徐贵祥长篇军事小说典藏

高　地

徐贵祥◎著

长江出版传媒　长江文艺出版社

图书在版编目（ＣＩＰ）数据

高地 / 徐贵祥著. -- 武汉：长江文艺出版社，
2021.2
　（徐贵祥长篇军事小说典藏）
　ISBN 978-7-5702-1668-0

　Ⅰ.①高… Ⅱ.①徐… Ⅲ.①长篇小说－中国－当代
Ⅳ.①I247.5

中国版本图书馆 CIP 数据核字(2020)第 121884 号

责任编辑：李 艳　田敦国　　　　　　责任校对：毛 娟
装帧设计：天行健设计　　　　　　　　责任印制：邱 莉　胡丽平

出版：长江出版传媒　长江文艺出版社
地址：武汉市雄楚大街 268 号　　　　邮编：430070
发行：长江文艺出版社
http://www.cjlap.com
印刷：湖北新华印务有限公司

开本：700 毫米×1000 毫米　　　1/16　印张：19.5　　　插页：1 页
版次：2021 年 2 月第 1 版　　　　　2021 年 2 月第 1 次印刷
字数：306 千字

定价：35.00 元

序:"孤岛"与"坦克"及其他

屈指算来,自从1991年徐贵祥考入解放军艺术学院文学系,我们建立亦师亦友的关系至今已经超过20年。20年来,军旅文学风云际会,潮起潮落,上演了一幕幕威武雄壮的活剧。其中徐贵祥频频亮相,多有精彩表演。我亦始终是这一幕幕大剧的忠实观众,并且不断地为其击掌喝彩,也留下了不少叫好声或嘘声。今天借给《徐贵祥军事精品系列》作序的机会,我来作一个回望与勾连,把徐贵祥纳入"朱氏语境"中,就算"老话新说徐贵祥"吧。

何谓"孤岛"?我说的是进入新世纪以来军旅文学整体态势中的一个突出现象,即"孤岛现象"。这也是它区别20世纪八九十年代军旅文学的一大特点。自新时期以来,无论是80年代之初的"两代作家在三条战线作战",还是90年代之初的"农家军歌",总体都呈现一种"集团冲锋"方式,人数众多,声势浩大,不成思潮也成现象,令文坛为之侧目。然而进入新世纪以后,由于"商业语境强化和政治语境淡化"的双重夹击,军旅文学也急遽边缘化。当年人多势众动辄群体作战的军旅作家队伍也作鸟兽散,或人员流散,或斗志涣散,只有少数执着的坚忍者在"商海横流"中显出英雄本色,遂像滔滔商海中的"孤岛"一样,岿然屹立蔚成大家气象。比如以长篇小说崛起的徐贵祥,比如以非虚构文学坐大的王树增,还比如朱秀海、柳建伟等等。

何谓"坦克"?这是套用十几年前我评价柳建伟的一个比喻:突出重围的文学推土机——如果把中短篇小说家比喻成中巴、轿车的话,那么,长篇小说作家则更像推土机,它不以灵活、精美讨巧,而是靠力量、气势取胜。准此,徐贵祥则是正面强攻战争文学的重型坦克。20世纪90年代中期开始,徐贵祥连续推出了《仰角》《明天战争》《历史的天空》《八月桂花遍地开》《高地》《特务连》《四面八方》《马上天下》八部长篇小说。除前两部外,基本上都是直面战争的重磅之作。时间上涵盖了抗日战争、解放战争、朝鲜战争几个重大历史阶段,塑造了一大批敌、我、友军从基层官兵到中高级指挥官以及战术专家、思想政治工作者、特种兵、医务人员等各色人等,特别是《历史的天空》中个性强悍奇谲的草莽英雄梁大牙,《八月桂花遍地开》中高蹈空灵而又深藏内敛的沈轩辕,再到《马上天下》中深谋远虑执着追求"不战而胜"之战争至境的战术专家陈秋石等人物造像,已经登堂入室,进入了当代战争文学人物长廊,显示了作家在 21 世纪战争文学探索的进程，文学视野不断拓展，战争理解趋向深入，写作技巧渐入佳境。

《历史的天空》与柳建伟的《英雄时代》(非军旅题材)联袂获得第六届茅盾文学奖，令人振奋的同时亦令人感慨。徐、柳二位和获得这一奖项的老一辈军旅作家魏巍、刘白羽之间，在年龄上存在着 40 年的"断裂"！徐、柳的获奖或从一侧面表明，部队的中年作家已趋成熟，特别是徐贵祥，已成了战争文学长篇小说创作领域的主要标志性人物。这辆正面强攻的重型坦克已然占领了战争文学的"高地"。

由于茅奖和电视的双翼，《历史的天空》几近家喻户晓，成为徐贵祥的标志性作品，这里就多说几句。作为第六届茅盾文学奖评委，我曾受评委会委托，为《历史的天空》写下如下评语："《历史的天空》在种种历史的偶然背后，显示出了历史的必然，纵向而又曲折地演绎了梁必达从一介草莽到高级将领的性格史与心灵史，通过个体生命对历史的重新言说，以真切厚重的军人生命体验的细节和碎片，去填充和修补想象中的历史，使历史中的战争和战争中的英雄都变得更加真实、丰富和耐人寻味，从而以鲜活强悍的人物性格和人格光芒照亮了苍茫深邃的历史的天空和当代战争文学的人物画廊。作品凝重雄浑，充满了战争文学的阳刚之气和崇高风范，故事跌宕起伏，包蕴了聪颖的战争艺术和兵家智慧。"

20 年来，我可以说是一步步看着徐贵祥如何蜕变和涅槃的。当然，全面分析，评价他的创作并非这篇短序的任务。我在此倒是想起了 26 年前提出的"寻找合点"的命题，今天面对徐贵祥的战争文学成就，我想借用这个命题但突破其界定，仅以《历史的天空》为例，来说明徐贵祥是如何"寻找"到成功的"合点"的。

首先是个人特质、秉性、经验、阅历与创作题材的合点。徐贵祥是个真正从兵堆里滚出来的军人，从战士、班长、排长、指导员一路走来，拾级而上，又两次进入南疆战场，经历了战火的淬炼，这一下就和大批战后去采访的作家划清了界限。后在出版社参与编辑撰写《百战将星》丛书时，又接触过大量梁必达式的原型人物的原生态资料。仅此，徐贵祥就足以成为《历史的天空》的最佳人选。然而事实还远不止于此。徐贵祥少年时期的乡村生活经历，甚至他一贯良好的"自我感觉"，风趣幽默、大大咧咧而又粗中有细的个性，都跟梁必达有契合之处。我大胆作个判断，梁必达这个人物，一半取于原型，一半则来自徐贵祥自己或者对自己的想象。此外，徐贵祥对军事的热爱，对战略战术战法的钻研，对单兵动作和班、排、连战术的谙熟，以及刻骨铭心的兵的生活经验和生命体验等等，都在小说中一览无遗。作者的性格就是作品的风格，这句话用在徐贵祥和《历史的天空》上，严丝合缝。

其次是思想与体验的合点。小说没有思想不行，杰出的作品更不能没有思想，任何杰作都一定是在哲学层面有作家的独到思考。但问题是为表达思想而表达思想，让思想罩住人物，让人物成为思想的奴隶，则小说难免会因为过于图解化而成为败笔。其实主题先行未必就不能出好作品，关键看你的主题是不是从生命体验中来，在小说叙述过程中又以生命体验为基础。《历史的天空》最大的成功之处就是写活了梁必达这个人物，而这部小说显然是灌注了作家一种独到的新英雄观或新历史观。徐贵祥的成功之处恰恰在于他没有或者说无力控制梁必达这个人物，这个人物自己"活"了，有了自己的生命，有了自己的精气神，已经逸出了作家的设计与掌控。所以，在写作过程中，是作者跟着人物走，而非牵着人物走。能达到这种境界，作者一定是有着充分的体验沉淀，以此为前提，任人物如何"冲撞"，也不会脱离在体验基础上生发的主题，而只会使主题得到更为充分的展现。此外，《八月桂花遍地开》中的沈轩辕，《马上天下》中的陈秋石等，均可作如是观。

再次是作品的艺术性与可读性的合点。尽管好读的不一定是优秀的，但不好读肯定不是作品的优点。何况一部几十万字的长篇小说如果不具备相当的可读性，在今天这个读图时代其受众恐怕就要打一个很大的折扣了。徐贵祥的长处正是编故事，他始终将目光聚焦于人物在战争与政治的多重纠葛和激烈碰撞中的复杂境遇和传奇经历，人物性格既有发展，又有恒定的基本元素贯穿始终。命运起伏跌宕，故事大开大合，常常出人意料却又总在情理之中。环环相扣，抽丝剥茧，草蛇灰线，引人入胜。再加上语言的粗犷劲道，酣畅淋漓，势如破竹，也加强了阅读的快感，一旦开卷便欲罢不能，非一气呵成而后快。显然，我们从中看出了中国传统章回小说对徐贵祥的深深浸淫，使这种一度被视为传统、保守的叙事形式越来越显示出了历史积淀的巨大穿透力和生命力。

最后，如果要对徐贵祥战争文学创作提出建议的话，我还是那句老话：写得再慢一点。15年来，徐贵祥保持了平均两年一部长篇的写作速度，就质量和速度的综合指数而言，他无疑是当下军旅作家中的冠军。他自己曾经在一个对话中有所辩白：难道十年写一部就一准能写好吗？潜台词似乎就是：我一年一部又快又好怎么啦？看得出，他对自己的写作速度和创作能量颇为自得。其实，是否写得快就一定写不好，或者说写得慢就一定写得好，这个问题还真不好说，需要具体问题具体分析。但是一般来说，容易"萝卜快了不洗泥"。至少对徐贵祥来说，多看多思少写，慢一点再慢一点，就有可能挣脱已然明显的轻车熟路的既定故事结构模式和人物关系模式；就有可能使小说语言更精细、丰盈、饱满和空灵一点。如此等等。今天,多一部少一部对徐贵祥来说意义已经不大了,他应该有一种自我要求,一种对当下军旅文学的引领或楷模的担当精神。总之,希望徐贵祥放慢速度,提高难度,降低产量,提高质量。不仅要立马可取地打造出谋生的柴刀斧头,更要千锤百炼锻造出传之后世的干将莫邪。

是为序。

著名评论家、解放军艺术学院原副院长 朱向前

壬辰春月于京西黑白斋

引 子

　　他向他们打了一个微弱的手势,这种手势表达了不容置疑的权威。他的左手掌心贴在床沿上,枯瘦的指头倔强地分开,然后节奏分明地弹动,示意众人注意。在指挥所里,他曾经无数次运用这种手势。配合这个动作的还有一柄雕花竹根烟斗,在适当的时候,他的手腕就会从烟斗上移开,抬至空中,掌心向内手背朝外,分开五指晃动几下,参谋人员立即就会打开作业夹记录口述。

　　自从被医院宣布身体某部位出现故障之后,烟斗里就永远地消失了新鲜的烟丝,但他仍然需要那只烟斗,需要在嘴里含上一个物件来维持某种平衡,当然也需要继续以手势发出预先号令。

　　他想用这种手势来阻止他们的徒劳,并且否定那些愚蠢的或者不算太愚蠢的建议。他是一个唯物主义者,他不相信那些虚构的灵丹妙药和渺茫的回春之术,他想由自己亲自支配最后的这一点时间。他已经摆好了一个姿势,当然很艰难,而且要想长时间地保持下去势必会更加艰难。在他看来,走向荣誉和走向死亡同样需要庄重的仪表。现在,他知道那个在心里准备了许多次的结局终于蹒跚而来。红崖峪那一次,敌人的子弹在他的腰眼上穿了三个窟窿,那当口他琢磨他肯定是完蛋了,他想挺起身子吼一嗓子响亮的口号,然后才耀武扬威地倒下去。他听说很多人在阵亡之前都来过那么一下子,想必是很豪迈的,问题是那会儿工夫他虽然想喊却无论如何站不起来,所以他最终没有喊也最终没有光荣掉,迷迷糊糊中让团部的担架队给抬走了。

　　他需要时间。

　　他终于有了属于自己的时间。

　　他尚有一些十分重要的东西需要在这段时间里进行思考,就像以往出发之前要摸摸裤扣紧紧鞋带一样重要。这时候,他觉得脑子里面格外清朗,进入了一个清静空旷的境界。一幅幅莺飞草长的画面从眼前纷纷掠过,就像忽冷忽热的风。后来他确凿地看见了一座古老的小镇和小镇东头的古柏,还有古柏下站着的女兵和她那双流光溢彩的眼睛。再后来他又看见了一座冰雪覆盖的山头和山头下隐隐约约的人群,这时候他的目光便坚决地停住了。他最后的视线被那座异国山头上的冰雪凝固了。他听见一阵悠扬的琴声从山谷冉冉升起,他认为那是催促他出征的号角。他在这一瞬间走进了全新的理智状态中。他目光雪亮地坐了起来,拍了拍床沿。

病房里安静极了,尽管里面有很多人。

他竖起了一根指头。参谋人员出去了。

他竖起了第二个指头。医护人员出去了。

他竖起了第三根指头。老伴和战友出去了。

现在,病房里只剩下他的女儿和女婿,女婿的手中拿着笔和纸。他微笑了一下,看着女儿,伸出了一根指头。女儿眼含热泪,走到了他的身边,他看了女儿一眼,目光黯淡了下来,孩子……

女儿跪在病床前,拉住了父亲的手。

孩子,爸爸要走了……爸爸给你的父爱太少了,爸爸……对不起你孩子……一阵剧烈地咳嗽袭来,护士赶紧进来吸痰,忙完之后,他又进入半昏迷状态,嘴里发出断断续续的声音:人固有一死,或重于泰山,或轻于鸿毛。我,兰泽光,中国人民解放军陆军第二十七师师长,不想重于泰山,也不想轻于鸿毛……兰泽光同志,男,汉族,体重九十公斤,不,八十公斤,不,六十公斤,不,兰泽光同志最终将不超过一公斤,把我的骨灰……撒到……随便你们扔到哪里……

别这样说,爸爸,你不会死的,你一定还会活着的,爸爸……

会的,爸爸会死的。

说完这句话,他像是清醒过来了,睁开眼睛,空洞的眼神停留在空中,又咳嗽了一声,这回是干咳,咳嗽之后,他的脸上出现了一阵红晕,他知道,这就是所谓的回光返照,也是上帝给他的最后的机会,他不失时机地抓住了这最后的机会,口述了最后一道指令——

第一,修改《步兵第二十七师师史》,澄清双榆树战斗——营失利真相。

第二,向上级组织报告兰泽光的最后意见,王铁山同志不宜担任各级主官,括号……重复!

女婿重复,括号。

包括各级司令部主官。括号完。王铁山同志宜担任副师长、副部长、副参谋长、副军长、副司令、联合国副秘书长……重复!

女婿重复。

一九八八年初春,人民解放军驻中原某部师长兰泽光病故。

第一章

一

那年那月那夜,那个少年不知道自己为什么会独自走上街后的山坡,去看那一片混沌的世界。他看的那个地方叫天空。不知道那天空有多高,不知道那天空有多黑,不知道那黑黑的天空有多少颗星星。

除了星星,天上似乎什么都没有。

少年兰泽光在看那片星星的时候,似乎在冥冥之中等待着什么,等待着一场前所未见的电闪雷鸣,等待着一个惊世骇俗的天塌地陷。但是他什么也没有等到。

那年那月那日,南溪埠像是一锅被煮沸了的开水,各种传言热气腾腾地向空中弥漫。那是春天,离夏天已经不远了,少年兰泽光的身上穿着春天的学生装,心里揣着夏天的燥热。

都说要变天了,都说解放军要攻打六安州了,都说老百姓的日子要天翻地覆了。兰泽光不懂得日子,但是兰泽光渴望换一个日子。兰泽光看惯了农舍和炊烟,看惯了环绕南溪埠的史河年复一年日复一日滚动的浪花。

他想看看外面的世界,看看另一种活法。

镇上的人都在忙碌着,烧饼铺上传出浓郁的烤面的香味,卤鹅店里传来嘎嘎的叫喊声。镇东头的坝子上灯火通明,那是王篾匠带领着一群壮汉在捆扎门板,说是要为解放军抬伤员。

街后的笋岗上挤满了人。有的站着,有的蹲着,有的靠在小树上睡着了。这些人都是来看解放军攻打六安州的。

笋岗上人多了,兰泽光就回家了。他爹兰二先生和他娘都在笋岗上看稀奇,看着看着不见了儿子。爹说,回吧,明个还要起早进货呢。娘说,那就回吧,明个就知道天是啥样了。

那个夜晚,少年兰泽光上半夜没睡着,下半夜还是没有睡着。不是他不想睡,而是没法睡。上半夜没睡着是因为等待,下半夜没睡着还是因为等待。

当隆隆的沉闷的雷声从东边传来之后,南溪埠的男女老少至少有一半的人回到了笋岗，他们看见了，东边的天幕下面有很大的一片真的变了，像冬天的火塘，红得鲜艳，亮得透明。少年兰泽光恰好在这个时候睡着了，睡得很踏实，还发出了轻微的鼾声，以至于他的父亲站在他的床前皱起了眉头说，这孩子不是扛枪吃粮的料，这么响的炮声，他竟然能够睡着。他的娘则完全持相反的看法，他的娘说，这孩子恐怕还真是当兵吃粮的料，这叫处乱不惊。

爹爹惊讶地问，难道你想让他去当兵吃粮？

娘惊讶地反问，咱为什么要让他去当兵吃粮？

爹是读书人，也是个小本生意人。娘是小本生意人的婆娘，也是读书人的婆娘。爹粗通文墨，娘文墨粗通。

少年兰泽光一觉睡到天亮，爹爹已经出门了，娘也把茶叶店的门板卸了下来。

那日之前，少年兰泽光正在六安州读书，国立初级中学一年级。那日之后，解放军打来了，六安州兵荒马乱，国军狼奔豕突，国立初中也关了门，兰泽光就回家了。

回到家里的兰泽光无所事事，那天早起喝了一碗稀饭，到外面看看变了的天。

天还是那样的天，蓝蓝的天空白云悠悠，太阳有些晃眼，照在脊梁上痒痒的。地却不是原来的地了。青石板街面的两边房檐下，像面条一样卷曲着一排排穿着黄衣裳的军人。

军人们显然太累了，以至于卖水的吴二推着独轮小车从青石板上走过，发出嘎吱嘎吱的响声，军人们都充耳不闻。少年兰泽光的心里充满了好奇，他从一双又一双脚板前面走过，一直走到镇东头的坝子边缘。镇东头的坝子上有个戏台，只要世道变了样子，那里就有好戏唱。

那天少年兰泽光没有看见好戏。坝子上挂满了白里透红的宽宽的布条，密密匝匝，层层叠叠，像是从染缸里刚刚捞出的绸缎，在春天的太阳下面轻轻飘扬。那情景把少年兰泽光的眼睛灼痛了，那是他第一次看见那么多血染的布条。

但是，很快就有另外一个景色把少年兰泽光的眼睛灼得更痛了。他看见从坝子下面的小河旁走过来一个人，穿着黄色的军服，腰肢细细的，走近了才发现那是个女的，个头儿不高不低，眸子黑亮黑亮的，军帽下面的两条辫子乌黑发光。兰泽光看得呆了，他从来没有想到女人还会这么好看，从来没有想到还会有这么好看的女人。

女兵端着盆子走到戏台北边，那里已经像丝瓜架子一样搭上了很多竹竿。女兵从盆子里抖擞开白里透红的布条，往远处一甩，眼看一端离地不远了，再往近处倏然一收，她的那双手巧得就像在房前穿梭的燕子。

兰泽光看得发呆，狠狠地看，贪婪地看，有失风度地看，不成体统地看，就连她手掌上的那块枣红色的胎记，他都看清楚了，以至于另一个女兵从他身边走过的时候他都没有反应。

从他身边走过的女兵说，喂，学生娃，看什么呢，想嫁给当兵的还是想要当兵的？

兰泽光吓了一跳，一张白脸咔嚓一声红遍了。兰泽光支支吾吾地说，我是来看解放军的。

从他身边走过的女兵对着那个正在晾晒绷带的女兵说，杨桃，有个熟人来看你。

那个正在晾晒绷带的女兵侧过脸来，喜眉笑眼地说，不会吧红叶，你又捉弄人。

名叫红叶的女兵说，你过来看看嘛，一个学生娃。

兰泽光窘迫得恨不得把脚下的石板踩个窟窿钻下去，正要转身逃走，却被名叫红叶的女兵伸手一把抓住了。红叶说，学生娃别走，窈窕淑女，君子好逑啊！

说话间那个名叫杨桃的女兵已经放下手中的绷带走了过来，看见兰泽光，黑亮的眼睛扑闪了一下，惊喜道，还真是个学生娃，你莫不是想参军吧？

兰泽光像是被当场抓住的小偷，红头紫脸地说，我，我是来看解放军的。

红叶说，好看吗？要是想看，穿上军装自己看自己，天天看。

杨桃说，看见戏台没有，那里正在报名呢。吃菜要吃白菜心，当兵要当解放军。

红叶说，你是中学生吧，中学生参加解放军，穿上军装就是排级干部。看看，杨桃就是。

兰泽光被夹在两个女兵之间，走也不是，不走也不是。兰泽光红着脸说，我就是来看看解放军，没有说要当解放军。再说，我说了也不算，我总得回家问问爹娘吧。

二

那天后半晌，南溪埠兰记茶行来了两男两女四个穿黄军装的人。兰泽光

005

躲在厢房里不敢出来，心里噗噗地跳。他不知道这四个军人要干什么，但是他看见了杨桃和红叶。红叶是干什么的他不在意，但是杨桃到他家里来了，无论如何也不是一件寻常的事情。

来的两女身份已经清楚了。两个男的，一个是解放军的连长刘界河，另外一个是他的通信员。他们刚刚走进门楼，兰二先生就迎出门外，打躬作揖咬文嚼字道，大军长官光临寒舍，蓬荜生辉。

解放军的连长一听这文绉绉的欢迎词，无意当中放慢了脚步，应答道：我军转战江淮，多有扰民，敬请兰先生见谅。

兰二先生一看这军人还有几分儒雅，顿时来了精神，弯腰向堂屋方向做了一个请的姿势，抑扬顿挫地说，贵军秋毫无犯，真乃仁义之师也！

说着话，几个人就鱼贯进了堂屋，兰二先生把刘界河往上手一让，刘界河一笑说，恭敬不如从命。坦然坐下了。

兰二先生不识眼色，见长官坐下，就开始礼让另外一个男人，说长官请坐。那通信员背着小马枪，红着脸往刘界河的背后一缩。两个女兵倒是不吭气，没等兰二先生礼让，便挤在一条长凳上坐下了。兰二先生赶紧吆喝，他娘，上茶！

刘界河说，别麻烦了，我们坐坐就走，顺便来了解一件事情。

兰二先生点头哈腰地说，但请吩咐，兰某知无不言。

刘界河说，据我所知，府上有一成年学生，想参加我军，不知兰先生意下如何？

兰二先生本来满脸堆笑，一听这话，脸上的笑容就消失了，疑疑惑惑地问，参加贵军？那不是要去打仗吗？

刘界河说，我们部队现在急需有文化的青年，眼看全国就要解放了，何不让小兄弟出去闯荡闯荡，大丈夫纵天下横也天下，好男儿志在四方啊！

兰二先生眯起眼睛看着刘界河，嘴里念念有词说，那是，那是，孟子云，天将降大任于斯人，必先劳其筋骨，饿其体肤。只不过，不知犬子是个什么心思。

这时候那个叫红叶的女兵说话了。红叶说，大叔，就是你们家那个犬子自己要报名参军的。

兰二先生愕然地看着这个唐突的女兵，又看看另外一个，半天才说出话来，莫非，你们是来做说客的？

杨桃说，你家学生确实说过，要参加解放军。我们女子都不怕打仗，难道他一个男子汉还怕打仗？

兰二先生愣怔半晌才说，那是，那是，巾帼不让须眉，志高不在年少。兰二先生把眼珠子骨碌了一圈子，突然提高嗓门喊了起来，兰泽光你给我滚出来！

兰泽光没有滚出来，而是衣冠楚楚走进了堂屋，对伸长了脖子的爹和惊恐的娘说，他们说得没有错，我已经报名要参加解放军了。

兰泽光的娘说，作死啊，你个孽种，好铁不打钉，好汉不当兵！

刘界河脸色很不好看地说，大婶此言差矣，我们这些当兵的，难道就不是好汉了吗？

兰二先生赶紧说，长官息怒，妇道人家，头发长见识短，莫跟她一般见识。

没想到这话还是没说到点子上，那两个女兵不干了。红叶说，什么叫妇道人家头发长见识短啊？大叔你这是封建思想，要不得。

兰二先生不知所措地看着刘界河说，嗨，嗨，解放军见谅……

刘界河说，我们是解放军，是人民子弟兵，不是军阀的队伍。

兰二先生狠狠地看着婆娘，嘴里说，那是，那是，解放军是仁义之师，所到之处，百姓箪食壶浆。这样的军队，古今少有。

说完这番下台阶的话，兰二先生又把目光转向刘界河，敢问长官，贵籍何处？

刘界河回答说，山西榆社。

兰二先生仰起脑袋想了想说，好地方好地方，那是个商才云集的地方。敢问长官，出自何等学堂？

刘界河还没有回答，那个叫红叶的女兵嘎一声笑了起来说，大叔，你这是相女婿吧？

兰二先生摇摇头说，非也，非也。犬子要投军，投军得投个明白处。

刘界河说，本人才疏学浅，毕业于太原师范。

兰二先生抬起一只手，摸摸胡子说，好好，师范者，学为人师，行为世范，为人师表也。自古道，良禽择林而居，水往低处流，人往高处走。好好，有这样知书达礼的长官，儿子，你就跟着大军走吧。

这回轮到兰泽光吃惊了，瞪着一双困惑的眼睛看着他的父亲。

兰二先生说，江山代有人才出，各领风骚三百年。你就跟着大军走吧，打江山，坐天下去也！

兰二先生最后这两句话说得字正腔圆，说得很响亮，因为用力，嘴巴都有些歪了。似乎江山已经打下，天下已经坐定。

三

大军打下了六安州，又往南走。

队伍里多了个兰泽光。

兰二先生老两口送到南溪埠的南门口。兰泽光的娘抹着眼泪说，这孩子不知着了什么迷，念书念得好好的，怎么就死活要扛枪吃粮呢！

兰二先生说，还不是怨你，就是你说的，处乱不惊是扛枪吃粮的料。

娘说，都是你咬文嚼字，什么打江山坐天下。屁股眼儿一热，你就把儿子送走了。

兰泽光说，自古忠孝不能两全，爹爹，娘，你们回去吧。连长说了，打过长江去，解放全中国，儿子衣锦还乡回来看你们。

兰二先生说，开弓没有回头箭，骑虎难下只管上。

娘说，要听长官的话，别傻大胆儿。

连长刘界河走过来说，二老请放心，我们革命军队亲如兄弟，不会让小兄弟受委屈的。

爹点头，娘也点头。爹说，在家靠父母，当兵靠长官。强将手下无弱兵，拜托长官啦！

连长说，我们解放军都是同志，兰泽光同志往后就是我们的同志啦！

说话间，队伍已经走远，兰泽光瘦长的身躯淹没在尘土飞扬的队伍里。连长向兰二先生挥挥手说，二老请回吧，革命成功了，我们就把兰泽光同志送回南溪埠来。

部队攻打六安州，有些伤亡，就地补充了。邻县过来支前的民工，年纪大的和妇女回去了，年轻后生多半留下了。刘界河的连队一下子多了二十多个新兵。

跟兰泽光分在一个班里的新兵叫王铁山。

那一年，王铁山十八岁，兰泽光十七岁。两个新兵啥也不会，于是就成了同盟。

大军离开南溪埠，当天晚上在古碑镇休整。刘界河做了动员，把大道理讲了一大串，又把小道理讲了一大串，着重强调，要加强对新战士的管理——不能想家，不能畏战，不能开小差。

连长说，从现在开始，我们要向长江方向前进，新战士第一要学会走路，第二要学会吃饭，第三要学会射击。

解散之后王铁山问兰泽光,为什么走路第一,吃饭第二,射击第三?

兰泽光想了想说,走不到地方就吃不上饭,吃不上饭就拿不动枪。

这话正好被连长刘界河听见了。刘界河笑笑说,嗯,这话有意思。王铁山,你说说,兰泽光说得对不对?

王铁山眨巴着眼睛说,也对,也不对。

刘界河说,为什么?

王铁山说,走不到地方也可以吃干粮,吃上干粮就能拿得动枪。

兰泽光说,我说的饭不是你说的饭,我说的枪不是你说的枪。

王铁山说,饭就是饭,枪就是枪。

兰泽光说,你不要抬杠,连长的话有深刻的道理。

王铁山说,你也不要抬杠,连长的话有深刻的道理,也不是你说的那个道理。

兰泽光说,连长的意思是兵贵神速的意思。

王铁山说,连长的意思是粮草先行的意思。

兰泽光说,连长的意思是循序渐进的意思。

王铁山说,连长的意思是……反正连长的意思不是你那个意思。

刘界河饶有兴趣地看着两个新战士争吵,脸上笑眯眯的。刘界河说,你们两个吵得很好,就要这么吵下去。战争行动,凡事都有学问,就这么争论下去,必有长进。

老兵说,不怕打恶仗,就怕急行军,一天二百里,脚板长肉钉。

老兵牢骚归牢骚,一声令下,还是健步如飞。

真累啊,跟着老兵翻山越岭,像利剑一样往长江北岸奔袭,奔袭,再奔袭。兰泽光累,王铁山也累。走着走着,就走不动了,遇上好地形,两个新兵手拉着手顺着山坡往下滑。

连长见到了,就训斥说,哪有这样偷懒的,一条裤子翻两座山就没屁股了。谁出的主意?

两个新战士你看看我我看看你,他们也搞不清楚是谁先出的主意。王铁山脑袋一硬说,是我先出的主意。我偷懒,请连长处分。

刘界河说,很好,这个主意不错。磨破裤子总比走不动要强些。

王铁山傻呵呵地看着连长,明白了连长的真实意思,马上改口说,其实这个好主意不是我出的,是兰泽光同志出的。

连长脸一沉说,好你个兰泽光,尽出馊主意!能这样偷懒吗?裤子屁股没有了还是小事,摔到山下面怎么办?还没有打一枪就牺牲了,值得吗?

王铁山一看，情况又坏了，马上立正说，报告连长，这个馊主意还是我出的，不怪兰泽光！

连长说，好你个王铁山，你倒是敢于承担责任。我告诉你，这还是个好主意，给了我一个很好的启发。再到平地，到老乡家买木锨，把东西捆在木锨上往前拖，比扛在肩膀上要省力得多。

后来到了平地，刘界河沿途派人到老乡家里买木锨，一把木锨二斤小米，把东西往上一放，拖着就走，一来省力，二来好玩，行军速度果然大大加快了，快得副团长贾宏生在步话机里直喊，说刘界河你他妈的照死地往前跑干什么，大部队没有跟上去，你那一个鸟连队就想打过长江去吗？

刘界河便让连队放慢速度。兰泽光说，兵法曰，兵贵神速，哪里还有放慢的道理。

王铁山说，兵贵神速也得大家伙儿一起上，光咱这个连队上去就是肉包子打狗，有去无回。

兰泽光说，你当支前民工好好的，为啥要参加解放军？

王铁山说，你在街上有吃有喝的，那你为什么要当解放军？

兰泽光说，我喜欢杨桃，杨桃是解放军，所以我就参加了解放军。

王铁山说，我也喜欢杨桃，杨桃太好看啦，所以我也当了解放军。

兰泽光说，你喜欢没用，杨桃喜欢我。

王铁山说，你凭啥说杨桃喜欢你，我还说杨桃喜欢我呢。

兰泽光说，你等着看。

部队过了湖北黄冈，那夜刘界河的连队在霍庄宿营，半夜里国民党部队摸过来了，连长命令一班前出潜伏，引诱敌人暴露目标。那是兰泽光和王铁山第一次参加战斗，两个人又兴奋又紧张，跟在班长的身后等待阻击敌人的冲锋。

那天是个月亮天，对面山坳黑黝黝的。兰泽光抱着大枪，心口跳跳的。问班长，要是挡不住，敌人冲上来咋办？

王铁山说，那还用问，照死地打呗，拼命呗。

兰泽光说，能不能想点办法不拼命？

王铁山说，我爬到前面去，把手榴弹挂在树上，等于埋地雷了。

班长说，好主意，就这么干。

王铁山便取下自己的手榴弹，又取下班长的手榴弹，再取下兰泽光的手榴弹，一个又一个地拧开屁股盖子，哆哆嗦嗦地想往上爬。

班长突然说，不行，一会儿少不了近战。手榴弹挂在树上，咱自己拉了弦咋办？手榴弹这狗日的没有阶级觉悟，它不认人。

王铁山说，乖乖，那算屁了。

兰泽光想了想说，班长，咱把军装都脱了。

班长问，做甚？

兰泽光说，挂在树枝上。

班长愣了愣，一拍脑门说，好，草船借箭。你狗日的兰泽光还是个二孔明呢。

那一仗打得漂亮，敌人摸上来之后，班长一声令下，全班十条枪一起开火。打了就转移，敌人的多数火力冲着那几件军装，一班长又指挥从侧翼射击。刘界河已经摸清敌人的偷袭路线和兵力，指挥全连打了一个漂亮的伏击战。

第二天早上又往前走，行军路上做总结，一班长边走边唱，同志哥哎你是听，听我说段打仗经，别看新兵年纪轻，克服蛮干动脑筋。军装挂在树枝上，引诱敌人来上当，草船借箭变个样，神机妙算打胜仗。

刘界河听见了，笑道，妈的一班长，牛皮哄哄的，就你那点小点子，又是草船借箭，又是神机妙算，好像你是诸葛亮。

一班长又唱，诸葛亮来不是我，新兵蛋子有战果：英勇杀敌王铁山，一人干掉两个半；出谋划策兰泽光，缴获一挺机关枪。

刘界河也唱，战士诗人一班长，驴头马嘴做文章，李白杜甫若听见，劈脸给你一耳光。

四

部队一路打仗，一路南下。在安庆潜山，又打了一场恶仗，以后兰泽光当了连长当了营长团长直到师长，对那场战斗还是记忆犹新，把它总结为小赤壁上剥皮战。

守敌是一个团。这个团并不可怕，厉害的是当地土豪的武装。土豪们怕共产共妻，一千多人的武装固守在潜山西北的小赤壁上，以猛烈的火力扼住了攻城的道路。

拿下小赤壁便成了贾宏生部队的首要任务。

第一次冲锋被打退了，第二次冲锋又被打退了。

后面的大部队被挤压在一公里左右的峡谷里，不光潜山攻坚战兵力增援不上去，如果敌人有重火力，本团还有全军覆没的危险。

营长急红了眼,把军上衣一脱,抱着机关枪就要上,被副营长一把拉住,副营长带着突击队上去了,下来就成了尸体。这次谁也没有拉住营长,营长还是抱着机关枪上去了,营长也下来了,是被人扛着下来的,营长的两条腿齐刷刷地被打断了,还没等送到救护所,就断气了。

后来教导员宣布刘界河代理营长,率领部队从小赤壁背后攻了上去。但是在半山腰上又被打了回来。刘界河看伤亡太大,居然问计于兰泽光,把新兵兰泽光当成了参谋。

兰泽光说,兵不在多而在精,这样整队冲锋不行,就像巴掌拍蚂蚁,一巴掌拍死一大片。

刘界河举起拳头在兰泽光的眼前晃了一下,咬牙切齿地说,你不要形容了,快说有什么好办法。

兰泽光说,放火!

刘界河大喜说,好主意,你兰泽光简直就是二孔明。当即令二连佯攻,以一连两个排把住小赤壁前后的两条通道,并派人到山下将炊事班的二十斤猪油运到山上,砍了一些竹子扎成火把往山头上扔,转眼之间,火势冲天而起。

小小山头,顿时烟熏火燎。民团队伍终于坚持不住,三挺机关枪在前开路,弹雨飘泼而下。

一排在左,二排在右,两面夹攻。但是敌人居高临下,眼看就有冲下来的可能。刘界河又问,二孔明,怎么办?

兰泽光一听刘界河喊他二孔明,浑身的血液顿时就热了起来,腰杆唰的一下绷直了,似乎他真的成了二孔明,孔明的谋略附在了他的身上,天目开了一般,他一眼就看出了一条取胜之策。

兰泽光说,困兽犹斗,不可逼虎伤人,宜围三阙一。

刘界河急得眼珠子火星直冒,吼道,你他妈的,再也不许你咬文嚼字了,都什么时候了,你还……快说,怎么打?

兰泽光说,下级服从上级。

刘界河跺脚说,妈的老子恨不得毙了你。

兰泽光眼看敌人快要冲下来了,这才不敢摆谱,伸手一指说,看见那个马鞍山了没?那个制高点只要放两挺机关枪就行了。

刘界河说,那没用,距离太远,射程不够。

兰泽光说,事在人为,引狼入室。

刘界河大怒,说妈拉个巴子,老子算是服了你了,敌人马上就要下来了,你还在这里搞八股文。

兰泽光说，敌人背水一战，势不可当。放他下去，让二连打回马枪，我们一连在后，两边兜住，把敌人逼到马鞍山下，他插翅难逃。

刘界河看了兰泽光一眼，突然高叫，步话机，通信员，一排长，我命令……

那一仗果然打得出神入化。兰泽光表现不凡，王铁山也没闲着。王铁山跟着他的排长打突击，排长牺牲了，班长代理排长，王铁山代理班长。

王铁山只用了不到一分钟的时间就学会了使用机关枪，一使上去就上瘾了。王铁山抱着机关枪，带着五个人像猴子一样在山林里跳跃式前进，直到教导员带领主力从马鞍山背后杀过来，直到刘界河带着一连从侧翼包抄过来，直到兰泽光带着三个人突然从右边冲了过来，王铁山这才觉得天旋地转，轰轰烈烈地倒在地上，原来他的身上已经被打了四个枪眼。

兰泽光见王铁山倒下去了，吓坏了，抱着王铁山喊，铁山，铁山。仗已经打完了，已经胜利了，你可不能死啊！

王铁山睁开眼睛，看着兰泽光说，摸摸我的鼻窟窿，看看我还有气没有？

兰泽光那当口已经乱了方寸，当真把手放到王铁山的鼻子底下，放了一会儿说，还有气，你的气还挺足呢。

王铁山把眼睛闭上说，这么说我还没有死？

兰泽光说，你当然没有死，你还有气。

王铁山说，兰泽光你他妈的真傻，我当然没有死，死了还能说话吗，死了还能叫你摸鼻窟窿？

兰泽光说，你浑身血乎乎的，把我吓坏了，把我都吓糊涂了。

王铁山说，我也被吓糊涂了。赶快送我到救护所啊，难道你想让我把血流尽吗？

兰泽光赶紧站了起来，一挥手，招呼那三个战士过来，四个人一人扯起王铁山的一肢，拽起来就走。

走在路上，王铁山问，把我往哪里送？

兰泽光说，送阎王殿。

王铁山说，我知道不是把我往阎王殿送，肯定要往救护所送。这样我就可以见到杨桃了。

兰泽光说，想得美，半路上我把你扔到河里喂鳖。

五

部队在安庆城外休整，刘界河找兰泽光谈话，说组织上决定，让他担任一连一排的排长。兰泽光说，当初我之所以决定参军，就是因为听信了你老婆的谣言，说是初中生当兵就是排级干部。

刘界河的老婆就是那个叫叶红叶的女兵，但眼下叶红叶还不是刘界河的老婆，只是老婆的预备队。

刘界河说，她们说的是事实。初中生参军就是排级干部，那是指技术单位的，像杨桃和叶红叶她们，搞医务的。战斗部队不行。

刘界河已经是营教导员了。本来该刘界河当营长的，但是刘界河说，他想当政工干部，政工干部照样指挥打仗。若干年后刘界河说，他在军事指挥上并不高明，但是他善于使用那些比他高明的人。

兰泽光说，难道战斗部队不比技术单位重要吗？

现在，兰泽光已经不是南溪埠上的那个懵懵懂懂的少年了，经过半年的实战，已经是一个底气很足的小指挥员了。

刘界河说，当然不是，是因为战斗部队需要战功，就像你这样的，打仗打出来的排长，战士们才服气你。

兰泽光说，哦，原来是这样，懂了。

刘界河说，你这个人，少年老成，老谋深算，这是你的优点。但是你也有缺点。当了排长，首先就要改掉两个毛病。

兰泽光说，我有什么毛病？

刘界河说，看看，用这种口气跟营首长说话就是毛病。骄傲，恃才傲物，目中无人，这是第一个毛病。

兰泽光说，我怎么恃才傲物了，我不是说下级服从上级吗？

刘界河说，妈的，难道你想要我说上级服从下级吗？你就是骄傲。你承认也是，不承认也是！你承认你骄傲不？

兰泽光说，你命令我承认我就承认，下级服从上级嘛！你说第二个毛病吧。

刘界河说，第二个毛病嘛，再打仗的时候，一定不能咬文嚼字，不能像你爹那样，引经据典出口成章，要干脆利索。

兰泽光不乐意了说，我爹怎么啦？我爹念了五年私塾，我爹就是出口成章。

刘界河说，什么出口成章，你爹说话酸溜溜的，牵强附会，牛头不对马嘴。好了，不说你爹了，还是说你，要学会用简洁明快的语言表达意图，进行指挥。

兰泽光说，这个我得慢慢来。

兰泽光当了排长,屁股后面就拷上了盒子炮。

兰泽光拷着盒子炮去卫生队看王铁山,也就看见了杨桃。卫生队设在一座庙里,里面又像半年前兰泽光看见的那样,到处飘扬着白里透红的绷带,空气中弥漫着难闻的中药和西药味儿。

看见兰泽光走进来,叶红叶打趣说,哈哈,杨桃你看,南溪埠兰记茶行的犬子来了。

兰泽光看了叶红叶一眼,没有搭理她。他不喜欢叶红叶。

杨桃说,啊,兰泽光你进步好快啊,有的老八路才是班长,你都当排长了。

兰泽光找了一个凳子坐下说,我早就该是排级干部了。

杨桃同兰泽光说着话,两只手却在王铁山的身上忙乎。王铁山的下巴颏被打穿了,绷带捆得很紧,说不出话,见到兰泽光,把大拇指竖起来比画。那当口杨桃正在给他的肩膀换药,伸手一扒拉说,你别乱动。

叶红叶也在一边忙乎,她在给一位伤员喂饭。叶红叶说,犬子同志……

兰泽光说,叶红叶同志,请你尊重点,本人大名兰泽光。

叶红叶笑道,兰泽光同志,你这个兵当对了吧?你们连长,不,你们教导员说你是天生的扛枪吃粮的料子,是军事天才。

兰泽光摆摆手说,不足挂齿。

叶红叶笑道,看看,好大的口气。什么才能挂齿,难道你想指挥千军万马吗?

兰泽光说,难道我只能指挥一个排吗?

叶红叶看着兰泽光,杨桃也看着兰泽光,连叶红叶手下的伤员都转过脸来看兰泽光。那伤员名叫沈湾,是团里的侦察参谋,兰泽光认得,是教导员刘界河的同学,好像是肋骨被打断了,喝着稀饭还呼呼哧哧地喘气。沈湾喘着气说,这个小排长不是一般人。

兰泽光朝他笑笑。

沈湾说,我听刘界河同志说,你很有战术意识,了不起。

兰泽光说,雕虫小技,训练三天,猴子都会。

沈湾说,哈哈,猴子……正说着,突然就叫唤起来了,原来那一笑把伤口给震了。

叶红叶说,你看你,笑什么笑!

兰泽光回过头来看杨桃。杨桃一边拾掇王铁山,一边回头对兰泽光说,我们那次在南溪埠扩军真的很有意义,你们这两个新同志,一个是运筹帷幄，一个是决胜千里。杨桃讲完了，自己也笑了，笑自己也变得咬文嚼字了。

兰泽光咳嗽了一声说，夸大其词了。区区小仗，既没有运筹帷幄，也没有决胜千里。牛刀小试而已，而已。

杨桃说，你的这个战友真的很刚强，做手术没有麻药，拿钳子从肉里挖弹头，硬是一声不吭。你看，我的胳膊都被他掐破了。

兰泽光这才看见，杨桃的胳膊果然青一块紫一块，原来是给王铁山做手术时被他掐的。

兰泽光说，我们革命军人，是特殊材料制成的。兰泽光在说这话的时候，不知道为什么，心里有点酸溜溜的感觉。他看见杨桃那双纤细的手在王铁山的脑门上面灵巧地舞动，像两只白色的燕子。

杨桃说，就凭没有麻药做手术一声不吭，你就知道他是多么有毅力。

兰泽光不吭气，他看见说不出话的王铁山冲着他龇牙咧嘴地笑，并且再次向他比画出大拇指，指指他，指指杨桃，伸开了手掌。

兰泽光没有搞明白王铁山是什么意思，王铁山伸出自己的手掌，又指指杨桃，兰泽光才若有所悟，注意地看看杨桃那只忙碌着的纤纤细手，逮着一个机会，终于又看见了杨桃右手手掌上的那块胎记，像一片玲珑的树叶，很好看。

叶红叶说，兰泽光啊，你不是冲着杨桃来参军的吗？你要当心哦。你没有看见给王铁山做手术的时候，杨桃的眼泪都流出来了。

杨桃说，红叶你别瞎说，他们都是我的好兄弟。

兰泽光站起身来，走到王铁山的面前，弯下腰摸摸王铁山的脑袋说，你安心养伤吧。我听教导员说了，你出院之后，也提拔你当排长。

王铁山龇牙咧嘴地笑笑，冲他摆了摆手。

兰泽光说，等你伤好了，我来接你。

王铁山点点头。

兰泽光又把嘴巴对准王铁山的耳朵说，不许打杨桃的主意，不许看杨桃的手掌。

王铁山瞪着眼珠子，起劲地摇头。杨桃不知道发生了什么事，过来问兰泽光，你对他说了些什么？

兰泽光笑笑说，我对他说，要听你的话。

说完，既不看叶红叶，也不看杨桃，转身走了。盒子炮一甩一甩地拍打着屁股。

叶红叶看着兰泽光的背影说，咦，这个人，真没礼貌。

杨桃说，都是你，惹他生气了。

叶红叶说，就这么点事也值得生气？

杨桃说，他是读书人，自尊心强。

杨桃追出庙门，看见兰泽光步子已经放慢了，好像想回过头来。杨桃说，兰泽光你等等。

兰泽光站住了，慢慢地侧转身子说，么事？

杨桃说，你为什么这么急急地要走？

兰泽光说，铁山不能说话，能说话的说话难听，所以我急急地要走。我还要回去搞泅渡训练呢。

杨桃说，祝你杀敌立功，我为你们骄傲呢。

兰泽光说，我们？

杨桃说，你和铁山啊。不知道为什么，自从南溪埠上你们俩参军，我就一直觉得自己跟你们建立了友谊，就像是一个队伍上的。

兰泽光说，我们本来就是一个队伍上的。

杨桃说，我的意思是说，好像我们之间更近一些。我很喜欢你们。

兰泽光说，喜欢是什么意思？

杨桃说，喜欢就是喜欢。

兰泽光说，你会嫁给我吗？

杨桃吃了一惊说，你说什么？天哪，你才十七岁！

兰泽光说，我已经是排级干部了。

杨桃突然慌乱起来，脸也红了说，快回去搞泅渡训练吧，我要回去照顾铁山了。

兰泽光说，杨桃你听着，我一定要娶你。打下南京，我就向教导员打报告。

六

后来就打下了南京。

可是打下南京之后兰泽光没有娶上杨桃。不是他不想娶，是组织上不让他娶。

刘界河知道兰泽光的心事之后，把他叫去狠狠地骂了一顿。读书人骂粗话，骂得更见功夫。刘界河说，妈的个小排长，鸟毛都没长齐，就想娶老婆。革命还没成功，就想老婆孩子热炕头？门都没有！你给我听着，新中国不成立，这事不许提。

然后部队一路南下,打衡阳,打长沙,打广州,打佛山,基本上是逆着当年北伐的路线往南打。

打着打着,兰泽光当了连长。

打着打着,王铁山也当了连长。

后来新中国成立了,兰泽光还是没有娶上杨桃,不是他不想娶,还是组织上不让他娶。毛泽东主席在北京天安门广场上宣布新中国成立的时候,部队正好在广东佛山。兰泽光到团部找政治处主任刘界河申请结婚,刘界河说,没想到新中国成立得这么快,你的年龄还是不够,你才十八岁。

兰泽光说,我已经是连长了。

刘界河说,连长算什么,小小的。一是当了营长再来谈婚论嫁。二是全国都解放以后再说。两条任你选。

兰泽光问,全国都解放是什么意思?

刘界河说,全国都解放就是要解放台湾。

兰泽光说,那我选第一条。

刘界河说,我是说到那时候再说,还不一定呢,还要看杨桃是不是同意嫁给你。

兰泽光说,她会同意的。

刘界河说,你别太自信了。你得搞明白,杨桃可不是一般的女人,她现在已经是主治大夫了,也是正连级别,马上就要到南京学习了。就算她有那个意思,你也不能拖她的后腿。

兰泽光说,那你为什么结婚?

刘界河说,妈的兰泽光,你能跟我比吗?我是团政治处主任,是一九四五年参加革命的老八路。

兰泽光说,我没有跟你比,我是说叶红叶也要去学习,你为什么要拖她的后腿?

刘界河说,我拖后腿和你拖后腿不一样。

兰泽光说,有什么不一样?我看都一样。

刘界河一拍桌子说,不一样就是不一样!你再胡搅蛮缠,我就让叶红叶做工作,把杨桃介绍给王铁山!

兰泽光说,我不胡搅蛮缠了。不过你也太军阀了!

刘界河说,一、我今年二十五岁;二、我是一九四五年的老八路,加上三年的青年团工作,八年;三、我是团级干部。二五八团,就是抗战时期,我也有结婚的资格了。

兰泽光不吭气了。

后来杨桃没有去成南京，叶红叶也没有去成。

那时候，虽然新中国成立了，但是南部还有很多残匪。突然有一天，来了一道命令，二十七师一团火速开往广西的十万大山地区剿匪。

到了十万大山，部队就分散了，成了三片。东片由团长贾宏生和政治处主任刘界河负责，又分成了若干个工作队，兰泽光被任命为毛田坝工作队的队长兼一连连长。叶红叶是东片医疗队的副队长，杨桃是医疗队的主治军医。

部队进山后，一边剿匪，一边搞土改，动员当地群众，孤立盘踞在十万大山里的国民党军残部。但是土匪迟迟不下山，天天跟区公所的人打交道，跟土匪亲属打交道，兰泽光觉得不过瘾，忙里偷闲，借着访贫问苦的机会，把这一带的地形也勘察了，把可能会出现的战斗也制订了很多预案，在地图上过战斗瘾。

有一次杨桃和叶红叶跟着工作队搜山，走到一个名叫沙陀的地方，兰泽光的两条腿就挪不动了，盯着山下，对着地图反反复复地看，嘴里还念念有词。

叶红叶奇怪地问，你在看什么呢？

兰泽光回过神来说，啊，我从来没有看见过这么好的地形，这绝对是一个打伏击战的有利地形。

杨桃说，你这话有语病，打伏击战的有利地形，要看对谁而言。

兰泽光说，当然是对伏击一方而言。

杨桃说，那也得看敌情是怎样的。

兰泽光说，那是当然。但是敌情怎样都可以打伏击战，大有大的打法，小有小的打法，强有强的打法，弱有弱的打法。

叶红叶说，这个犬子，打了几年仗，打出毛病来了，神经都不太正常了。

兰泽光说，你不懂。

后来就有了毛田坝伏击战。

那天是个阴天。

那天下午，贾宏生和刘界河得到紧急情报，原国民党军少将副师长余曾于率"黑桐山游击队"四百余人，在内奸的引导下，沿黑桐山正面一路扑来，意在全歼活动在黑桐山地区的工作队。

进入十万大山里，部队的小功率电台就失灵了，加上电话线没有拉上，通信就成了很大的问题,全靠人工传送。

贾宏生和刘界河火速派出两个连埋伏于巴岭、石盘一线,同时以两个营的兵力分成七路,增援各工作队所在点。

增援毛田坝的是王铁山的四连。从玉姚圩子至毛田坝直线距离六公里,盘山绕水则三十里有余。情报称余曾于先头部队距毛田坝只有十四点五公里,这样,王铁山连就必须以最快的速度抢在前面。王铁山带领本连九十六个人,从玉姚圩子出发,沿沙陀公路插进,越过野马川,直奔毛田坝。

待王铁山的连队筋疲力尽赶到毛田坝时,兰泽光正若无其事地主持诉苦大会,随队军医杨桃扶着一个壮族老阿妈在声泪俱下地控诉。王铁山二话不说径直奔上主席台,自作主张地说,今天的会议就开到这里吧,先散会,明天接着开。

兰泽光眼睛一亮问,有情况?

王铁山说,大情况。然后就把敌情一五一十地说清楚了。

兰泽光大喜过望说,他妈的,半年没打仗了,手痒。这下好了,你想睡觉,就有人给你送个枕头来。

王铁山说,你别耍嘴皮子了,敌情很严重。

杨桃也说,敌人那么多兵力,兰泽光你赶快想办法吧,你不是二孔明吗?

兰泽光问王铁山,指挥部有没有明确,咱俩谁指挥谁?

王铁山没好气地说,你指挥我,你是工作队长嘛。

兰泽光还是不慌不忙,对杨桃说,你去告诉叶红叶,医疗队赶快转移到蜂皇山去,待二孔明温酒斩华雄,去去就来。

杨桃说,马上就要打仗了,我们怎么能转移呢?你们兵力那么少,我们好歹也有几把枪啊。

兰泽光说,你那几把手枪,打乌龟可以,打土匪不行。赶快撤!

说完就展开了地图,对王铁山说,以逸待劳,不必慌张。我判断,这股敌人在今天晚饭前不会发起袭击。

王铁山说,何以见得?

兰泽光从地图上抬起头来,看了看天说,土匪不是正规军,乌合之众,惊弓之鸟,习惯于昼伏夜行。

王铁山说,那他为什么白天开进,还搞得声势浩大?

兰泽光说,那是虚张声势,想把我们吓跑。

王铁山说,如果我们不跑呢?

兰泽光说,那就夜袭。以我之浅见,准备袭击毛田坝的土匪晚饭前将在开河一带休整,然后沿开河至麻纱的土路向毛田坝机动。如果指挥部的情况准确的话,这股匪军将分成四个梯次,第一梯次将运动到工作队的驻地附近潜伏,第二梯次将运动到区公所附近潜伏,第三和第四部分将埋伏在毛田坝和沙陀之间,准备打我们的增援。

王铁山惊愕地说,你把情况搞得这么细? 可别一厢情愿啊!

杨桃也说,就是,兰泽光你太自信了,好像你真能神机妙算似的。

兰泽光发现杨桃没走,火了,说,杨桃同志,我记得当初你们到毛田坝来的时候,刘主任交代得明明白白,医疗队归工作队指挥,请你立即通知医疗队转移。

杨桃说,我们要参加战斗!

兰泽光说,命令你们转移就是命令你们参加战斗。立即行动,到蜂皇山开设战地救护所。零时零分以前,做好救护准备!

进入战斗指挥状态,兰泽光就像换了一副面孔,咄咄逼人,不容置疑。杨桃见兰泽光的脸色严肃得吓人,这才很不情愿地转身走了。

杨桃离开之后,兰泽光见王铁山还是满脸疑惑,不悦道,第一,你刚才说了,我是这次行动的指挥者;第二,我已经把毛田坝的地形勘察过无数遍了,差不多烂熟于心了;第三,关于这里的战斗,我从攻防两个方面都反复推演过了,也差不多烂熟于心了。只要你严格执行我的命令,成败与否,全由我来负责。

王铁山说,我熟敌情而不熟地形,听你的。

兰泽光说,这不仅是敌情地形的问题,还有心理和战术问题。这很复杂,以后慢慢讨论。现在我命令你,立即带两个排到开河后山,占领这四个高地。等我打响后,坚持按兵不动,在我打响后二十分钟,必有逃敌经过,那时候你就可以放开打了。惊弓之鸟不敢恋战,必然向沙陀方向逃窜,你也不要死缠烂打,让他逃。那时候我已经从开河前山撤出,在沙陀南边。看,就在这里布下阵势,这时候你尾随到沙陀东北,就可以关门打狗了。

王铁山听兰泽光如此这般,胸有成竹,探头往地图上一看,天哪,地图早就标好了,哪里是伏击线,哪里是拦截线,哪里是火力线,何时围歼,何时打援,全都有了预案。

王铁山说,看来你确实是早有准备。

兰泽光说,未雨绸缪,兵家必须。

王铁山说,如果他们撤退路线不经过沙陀怎么办?

兰泽光一掌拍在地图上,他别无去路!

后来的情况果然证实了兰泽光的判断,打响之后,战术情况也基本上没有跑出兰泽光的预案。先由兰泽光带领两个排伏击了余曾于先头部队的一个加强排大约四十人，接着王铁山在开河后山伏击了余曾于先头部队溃兵和余曾于主力一部，待余曾于主要兵力向沙陀逃窜的时候，兰泽光指挥的两个排在西南，王铁山指挥的两个排从东北，另有两个连队的指导员各率一个排在沙陀公路两边打援。

只有一点出乎意料。兰泽光原先预计敌人会一打就散，但是打起来之后敌人并没有散，仍然成建制的、有战术地突围。王铁山的兵力不够，强行阻挡有鱼死网破的危机，王铁山当机立断，命令两个排交替掩护机动，采取跃进式打法，且战且退，最终还是把敌人驱赶到了沙陀，实现了兰泽光的总体部署。余曾于的一百二十多名所谓先头部队大部伤亡，五十二人缴械投降。

这次战斗以后被命名为毛田坝连环伏击战，差不多就是兰泽光和王铁山战争生涯最得意的精彩之作。若干年后，兰泽光的连环伏击战术和王铁山的交替跃进战术，都被写进了二十七师一团的团史。

七

毛田坝战斗结束后的第二天晚上，驻地区公所杀猪宰羊，庆祝毛田坝伏击战的胜利。工作队、医疗队和王铁山的连队都参加了，酒摆了一地，人坐了一圈。

正闹得欢腾，驻地区公所的干部带着一群壮族青年来了，燃起了篝火，唱起了孔雀歌，跳起了孔雀舞，叶红叶和杨桃也跳进去了，跳着跳着，杨桃来拉王铁山，王铁山也跟着去了。王铁山既不会跳舞，也不会唱歌，就跟着杨桃瞎蹦跶，摇头晃脑地很开心。杨桃又来拉兰泽光，兰泽光说，我哪有工夫跟你们玩那玩意儿，我还要喝酒呢。

叶红叶瞅见了说，小犬子，脱离群众的干部不是好干部。

兰泽光说，滚你的蛋！

兰泽光喝着就喝醉了，见杨桃和王铁山一直手拉着手瞎跳瞎吼，心里有点不痛快，就端着酒碗走了过去，一把扯住杨桃说，杨桃，怎么样，二孔明真的神机妙算吧？

杨桃说，兰泽光同志，你要谦虚谨慎戒骄戒躁，不能居功自傲。

王铁山在一旁说，什么神机妙算，不过是一道作业，你先做题罢了！

当着很多人的面，兰泽光说，我兰泽光就是二孔明，你们信不信？

叶红叶一边蹦跶一边嬉皮笑脸地说，兰泽光同志，你不光是二孔明，你还是犬子啊,难道你忘了?

兰泽光说,去你的,不看你是刘主任的老婆,我敢关你的禁闭。你就是刘主任的老婆,惹急眼了,我照样敢关你的禁闭你信不信?

叶红叶说,你这个犬子,你还是我们介绍参加革命的呢,居然敢关老革命的禁闭,你太嚣张了。

兰泽光说,我不跟你说了,也不关你的禁闭。我想关杨桃的禁闭,把杨桃关在我的连部里。

杨桃的脸唰一下红了,看看兰泽光,又看看王铁山说,兰泽光你喝醉了吧,你不要胡说!

兰泽光说,我没有胡说,我就是想娶你。说着,摇摇晃晃地站了起来,举着酒碗,突然喊了一声,全体——起立,紧急——集合!

战士们正在大块喝酒,大碗吃肉,痛快过瘾,没想到会有一道紧急集合的命令,稀稀拉拉地站起来,有的端着酒碗,有的举着骨头,大眼瞪着小眼,不知所措。

站起来的多数是兰泽光连队的战士,王铁山连队的也有。

兰泽光说,同志们,我宣布,毛田坝医疗队的杨桃是我兰泽光的老婆啦,有意见没有?有意见的同志请举手。

一连的战士们嗷的一声欢呼,像举火把一样举着骨头和酒碗,乱哄哄地嚷嚷,没意见,没意见,英雄美人,杨桃医生就该嫁给我们连长!

兰泽光得意地看着一脸窘迫的杨桃说,看见了没有,群众的眼睛是雪亮的,大家都拥护,就这么定了。

等一等,我有意见!

就在兰泽光得意洋洋的时候,空中似乎被谁甩了一个响鞭,寂静的空气震颤了一下,王铁山站出来了。王铁山一站出来,王铁山连队的战士也都缓缓地向王铁山靠拢了。那阵势有点怕人。

兰泽光醉眼蒙眬,斜睨着王铁山说,你?你有什么意见,莫非你想跟我抢老婆?

王铁山说,我不跟你抢,可是你得问问杨桃,她爱谁!

王铁山连队的兵也跟着起哄,嚷嚷道,就是,杨桃爱的是我们连长,杨桃是我们四连长的老婆,杨桃向左转……

四连的兵一起哄,一连的兵也激动起来了,举着酒碗高喊,杨桃,杨桃,你快说,你是我们兰连长的老婆,你的心早就给我们兰连长啦,杨桃向右转……

杨桃杨桃——向左——向左!

杨桃杨桃——向右——向右!

一时间,区公所门前喊声沸腾,震耳欲聋,响彻云霄。

在一片轰轰烈烈的喊声中,兰泽光似乎醒酒了,转过身去问杨桃,杨桃你说,你爱谁?

杨桃的眼睛里噙着泪花,恨恨地说,你们两个都是山大王,你们都混账!我谁也不爱。打死我也不当压寨夫人!

说完,夺路而逃,甩下一串委屈的泪水。

兰泽光一觉醒来,就知道事情被搞砸了,气势汹汹地去找王铁山算账,说王铁山我这回才看清你的狼子野心。你明明知道我喜欢杨桃,我参加革命都是冲着杨桃来的,可你还是从中间插了一杠子,你简直就像国民党安在我身边的特务!

王铁山说,这事不能怪我,谁让你不尊重人家杨桃? 你当着那么多人的面,武断地宣布杨桃是你的老婆,你让她的面子往哪里搁? 我是看杨桃不乐意才这么做的。

兰泽光狠狠地向凳子上踢了一脚,差点儿把脚腕给踢折了,疼得直吸冷气。兰泽光吸着冷气说,妈的你王铁山,你这里,连凳子都没安好心!

王铁山说,你浑不讲理!谁让你踢它啦!

兰泽光继续吸着冷气说,你怎么知道杨桃不乐意?

王铁山说,我看出来了,她委屈得眼泪都快掉下来了。

兰泽光说,你怎么知道那不是幸福的泪水?

王铁山傻住了。

兰泽光说,如果你不插一杠子,如果你在我的战士一起欢呼的时候走上来向我和杨桃敬酒祝贺我们,如果我有工夫把杨桃抱起来绕场一周,如果……你想想那会是什么结果? 这是我兰泽光的战术,战术你懂吗? 我的事情全被你这个混进革命队伍的小炉匠搞砸了!

王铁山傻了半天,腰杆一硬说,我的事情也被你搞砸了,我也爱杨桃!

兰泽光说,我就知道你居心不良,跟我抢老婆,可是你休想!

王铁山说,婚姻自由,公平竞争!

兰泽光说,没门! 没你什么事!

杨桃一连几天没有露面,没有见兰泽光,也没有见王铁山。兰泽光去窥探情况,没见着杨桃,反而被叶红叶骂了一顿。王铁山去窥探情况,没见着杨桃,也被叶红叶骂了一顿。

叶红叶说,我已经给你们刘主任,不,还有贾团长写了一封信,反映你们两个酒后肇事,要军阀欺负女同志的情况。

兰泽光惊讶地说,你怎么能这么做?什么叫欺负女同志,我是爱她。

王铁山也惊讶地说,我什么时候要军阀了?我是替她解围啊!

叶红叶说,你们两个,没有一个好东西,你们就等着处分吧!

后来果然处分来了。可是处分来的时候杨桃已经同兰泽光和解了,也同王铁山和解了。王铁山后来同兰泽光说,也许你说得对,也许我不插一杠子,事情就不会搞砸。但是我能不插那一杠子吗?

兰泽光说,你插也白插,只不过让我们的爱情经历了一番曲折,将会变得更加坚强而已,而已!

处分通知到达毛田坝的那天晚上,兰泽光去找杨桃道歉,王铁山也去找杨桃道歉,三个人一起散步上了毛田坝的大堤。

那晚,顶上的月亮大得出奇,坝子下的山寨浸在湖水一样的月光中,整个山洼静谧得如同一场透明的梦境。他们沿着堤上的碎石路,来来回回地走了几遭。

杨桃是个单纯的女人,很快就活跃起来,或者说那件事情并没有伤害到她,只不过让她无所适从,有点难堪而已,就像兰泽光分析的那样。

走在毛田坝的月光里面,杨桃的心情很好,时不时地哼几声家乡小调。两个男人却显得矜持,很少说话,只是偶尔对望一眼,微笑一下。但是他们心里都知道,也许今天晚上是一个决定性的夜晚。

杨桃说,你们俩的心思我都懂,可是你们两个我谁也不嫁。兰泽光,我比你大三岁你知道吗?

兰泽光说,我们家乡有句老话,女大三,抱金砖。

杨桃说,王铁山,我比你大两岁你知道吗?

王铁山说,我们老家也有一句老话,女大两,黄金长。

杨桃咯咯地笑了起来。杨桃说,那咋办呢?你们两个都当连长了,可都还是一身的孩子气。我真的很爱你们,可是我是把你们当作我的弟弟。你们都长大了,我就难办了。

八

杨桃的难题还不仅是爱情上的。

杨桃是上海医科学校的学生,学的专业本来是西医,参军之后因为战争需要,也因为缺乏西医设备,改而专攻治疗跌打损伤,搞止血包扎救护,渐渐地专业就有些生疏了,倒是学了一些不中不西不土不洋的本事,望闻问切,麻醉手术,中西医都懂一点,但都没有往深里去。

杨桃现在遇到的难题是毛田坝妇女给她出的。毛田坝有个妇女积极分子叫周一峰,多少有点文化,帮助医疗队做了不少事。

周一峰的男人是土匪小头目,杨桃接近周一峰的目的是要她动员她的丈夫下山投降。周一峰起先支支吾吾,后来答应试试。但周一峰给杨桃提的条件也是空前的高价,她婚后五年了,还没有孩子,希望大军帮助她解决不生孩子的问题。周一峰说,只要能生孩子,谁愿意去当土匪呢,老婆孩子暖被窝,那是最能拴住男人心的。

那时候部队刚进十万大山,开展工作非常艰难。周一峰有了这个态度,杨桃喜出望外,头脑一热就答应了。杨桃说,不过我们医疗队都不是学妇科的,多少懂得一点,我们集体会会诊看看。

后来周一峰的丈夫果然下山来向工作队投诚,还带来了五个人八条枪。周一峰对杨桃说,你们解放军要讲信用,一定要帮我把孩子怀上,不然他会打死我的。

杨桃说,你别急,我们再想想办法。

杨桃有一箱子医书,走到哪里,带到哪里,走到哪里,搜集到哪里。几年下来,有增无减。杨桃和叶红叶轮流给周一峰把脉,也给周一峰的男人、前土匪头目把脉,对照医书找病源,后来终于把症结锁定在周一峰的身上。

一个非常有利的条件是,毛田坝这地方盛产一种叫作蛤蚧的两栖动物,形状丑恶,有点像癞蛤蟆,比癞蛤蟆细长。《本草纲目》有记载,这种东西补阳效果极佳。但杨桃手里唯一的一本妇科医书却记载此物用之得当可以补阴,母蛤蚧与益母草、蓝茱等物按方配制,患妇服用,可以"扩宫颈拓卵道"。当然,这也是因人而异,需要医生长期望闻问切,对症下药,慢慢疏导。

杨桃开始配制中药,配药需要蛤蚧。有一次杨桃让王铁山陪她到后山去抓蛤蚧,王铁山第一次见到这丑陋的东西,吓了一跳,说恶心死了,比日本鬼子还让人恶心,赶快扔了。

杨桃笑笑说,我敢把它吃了你信不信?

王铁山说,你要是想吃肉,哪怕从我身上割一块也行,哪能吃这东西啊!

杨桃笑笑说,偏方能救命,丑物治大病,往往是越丑的东西越奇,越有用处。猪只能杀肉吃,茶只能泡水喝,因为太多了就普通了。

王铁山若有所悟地点点头说，你说得有道理，可是再有道理，你要是让我吃这东西，那也是万万不能的。

杨桃说，那是因为你没遇上难处，遇上难处就由不得你了。中医里还有用尿碱做药引子的，恶心不恶心？

王铁山说，我宁肯吃尿碱也不吃这丑八怪。

杨桃咯咯地笑说，谁让你吃啦，这是给女人用的。

工作队在毛田坝待了大半年，杨桃费了九牛二虎之力，周一峰的肚子也没有凸起来，周一峰就有些疑惑杨桃的医术。她的男人，前土匪小头目还抱怨说上了解放军的当，那个女解放军是骗子。

其实那时候杨桃已经入门了，感觉周一峰的状况已经有所好转。杨桃耐心地解释说，中医治本，得文火慢攻，急不得。

杨桃听说沙陀镇有一家姓沈的民间中医，是妇科世家，方圆百里都很有名，想去求教，但是叶红叶不许，说敌情复杂，中医这东西，短时间学不会，天天去有危险，以后情况稳定了再说。杨桃劝周一峰自己去沙陀看病，周一峰说，知道老沈家是妇科行家，还有一个留过洋，可是他这一辈兄弟两个都是男的，摸这摸那怪难为情的。

杨桃知道，周一峰是舍不得出钱，她也没有钱。

到了这年秋天，有风声说部队要撤出十万大山，周一峰急了，找到杨桃说，杨同志你不能撒下我不管啊，当初说好了你们帮我治病，我才劝说那死鬼下山投降。我要是不能生孩子，那死鬼非休了我不可。

杨桃说你放心，我们解放军历来说话算话，我已经尽力了。只不过你的情况特殊，已经见效了，但这不是一时半会的事情，还得慢慢调理。

周一峰说，听说大军要出山了，要住大城市了。

杨桃说，就算部队要出山，要住大城市，我也不会忘记我的承诺。我这一辈子哪怕只做一件事情，那就是争取把你的病治好，争取让你怀上孩子。

周一峰说，你们到了大城市，天高地远的，我到哪里去找你啊？

杨桃说，真的到了大城市，反而好了，我会给你想办法，中西医结合，效果更好。

周一峰还是不相信。杨桃说，你要是不相信，我也没有办法，总不能部队撤出了，我一个人留下来专门给你治病吧。

周一峰想想也是，满腹惆怅地看着杨桃不吭气。

九

后来风声越来越紧了，一方面传说部队要出山，一方面传说残匪要进山，搞得毛田坝气氛有些紧张。

这天吃罢午饭，工作队和王铁山的连队分成几个小分队去搜山，临走时兰泽光专门交代，医疗队的同志不要乱走，要在驻地严防敌特破坏。驻地留下一个排警卫。但是杨桃那天还是鬼使神差地上了后山，她也预感到部队很快要走了，她想多晾晒一些蛤蚧，给周一峰炮制一些成药留下，等以后条件好了，再把周一峰接到城里，中西医结合治疗。

没想到就出事了。在后山上，她突然发现了一群鬼鬼祟祟的人影，心里一惊，就明白这是乘虚偷袭的残匪，她当即拔出手枪，鸣枪报警。

残匪不残，光这条路线就有三十多人。杨桃报警之后就往山下跑，一边跑一边射击。残匪紧追不舍，后山顿时枪声大作。

此时兰泽光和王铁山的队伍都还没有走远，听到枪声，赶紧带队反扑回来，但还是迟了一步，等他们赶到后山，杨桃已经中弹，从山上滚了下来。兰泽光喊着杨桃的名字，扑到杨桃身边，发出凄厉的惨叫。还是王铁山清醒一点，踢了兰泽光一脚说，她还没有牺牲，赶快抢救！

兰泽光像是大梦初醒，吩咐二班长带领本班，砍竹子绑担架，赶紧往救护所送。就在这当口，残匪主力将兰泽光和王铁山的主力包围了。王铁山说，医疗队不远，不要派太多的人，两个人抬，两人保护，其余人参加战斗。

兰泽光说行，两个连队由我统一指挥。然后精神一抖，挥泪大呼，一排二排，立即占领制高点，三排打通后撤路线，四连火速增援毛田坝！

那又是一场恶战，是突如其来的恶战。以兰泽光和王铁山被动开始，以兰泽光的灵活战术和王铁山连队的死打硬拼扭转战局而结束。

战斗一直打到黄昏，残匪多数被歼。

这边兰泽光和王铁山组织连队同残匪鏖战，山那边护送杨桃的四个战士却遇上麻烦了。先是遭遇了一股增援的匪徒，留下两个战士掩护，打了一阵，这两个战士牺牲了。抬着杨桃的两个战士下山之后，本来应该向东走，却走到了南边，两个人在路上还争执了一番，后来还是把路走错了，本来只有个把小时的路程，他们一直走到半夜也没有找回毛田坝，在山谷里乱转。后来摸摸杨桃的鼻孔，还有点气息，两个人急得又吵，一个说该往左，一个说该往右，正吵着，从半山腰下来一个人影，黑灯瞎火地也看不清楚。那人说，救人要紧,你们不要吵了,赶快跟我走吧。

这两个战士抬起杨桃跟着就走,走着走着觉得不对,负责的副班长问,你是什么人,我们为什么跟你走?

那人回答,我是郎中。

副班长还是觉得不对,问道,你是郎中,为什么半夜三更在山里,这里到处都是土匪。

那人说,就是因为到处都是土匪,我才半夜三更出现在这里,我是被他们绑架上山,给他们治伤的。

副班长一下子停住了步子说,把担架放下。然后横过枪来说,原来你是匪医!妈的给土匪治伤,老子先崩了你。

那人说,我不是匪医,我是被绑架的。

副班长说,你给土匪治伤,不是匪医也是匪医!

还是那个新战士明白事理,对副班长说,这个人不能枪毙,要让他戴罪立功,先把我们带出去再说。

副班长想想,也是这个道理,就同意了。谁知走到一个三岔路口,那人撒丫子就跑。副班长说,妈的,肯定去给土匪报信去了。追!放下担架就追了过去。剩下一个新战士,没有经验,又害怕,也追了过去。

这一追就追出了个天大的纰漏。两个人都是北方平原的人,路不熟,又迷了向,在山里转了个把小时,才找到原来的地方,可是已经见不到杨桃的影子了,只剩下一副竹竿捆绑的担架。两个人找啊找啊,找了半天也没有找到。新战士吓得哭了起来说,这回咋办,连长要是知道咱们把杨桃丢了,非枪毙咱们不可!

副班长说,我是副班长,都是我的错,我会跟连长说,只枪毙我,你没有责任。停了一会儿,副班长又说,千不该,我不该说要枪毙匪医;万不该,我不该去追匪医。

新战士说,要不,咱们也跑吧,躲回老家去。

副班长想了想说,见到连长,咱们别说遇上匪医了,就说抬着抬着,杨医生不见了。这山路曲里拐弯的,不知道是在哪里丢的,发动大家来找,没准还能找到。

新战士说,就算找到了,恐怕人也死了,她流了那么多血。

副班长说,那也比不找强啊,就是死了,也得找到尸体啊!不然咱俩的罪过就更大了。

主意拿定,二人这才硬着头皮继续瞎转。

十

战斗结束，回到毛田坝，兰泽光做的第一件事情就是去救护所看杨桃，可是根本没有见到杨桃的影子。直到下半夜，才有两个战士哭丧着脸返回驻地。兰泽光一把揪住其中的一个，红着眼睛问，杨桃呢，你们这些没用的家伙把杨桃弄到哪里去了？

那个新战士战战兢兢，副班长支支吾吾，最后还是把迷路的事情说了，说一路上稀里糊涂地跋山涉水，走着走着，他们也不知道怎么搞的，担架上没人了，又赶紧回去找，找了半夜，还是没有找到。

他们把遇上匪医的事情隐瞒了。

兰泽光的脸色苍白，久久地盯着这两个战士，一步一步地向他们逼过来，右手摸住了屁股后面的驳壳枪。要不是王铁山眼疾手快，这两个战士可能就危险了。

王铁山喝道，兰泽光你冷静点，你不能胡来！

兰泽光说，杨桃没了，我冷静有什么用？

王铁山说，立即集合队伍，搜山！

那个后半夜，毛田坝的后山到处都是火把，山里响起了此起彼伏的喊声，杨桃——！杨桃——！杨医生——！杨大姐——！

这喊声持续到第二天清晨，持续到第三天夜里，持续到第十天夜里。到了最后，部队就不再搜山了，只有胡子拉碴两眼血丝的兰泽光自己在喊，有时候他带着几个兵到山上喊，有时候他一个人在梦里喊。

直到有一天，上面下来一道紧急命令，部队迅速拉动，撤出十万大山，兰泽光才从巨大的悲痛中恢复过来。

部队离开毛田坝前一天，王铁山同兰泽光商量，给杨桃起了个衣冠冢。连队撤出的时候，绕杨桃的衣冠冢一周默哀致意，向天上放了一阵排枪。

再往后，部队雄赳赳气昂昂地跨过了鸭绿江，终于就有了双榆树高地战斗。

第二章

一

朝鲜战争中五次战役以后,志愿军刘震江部主力向新野城穿插,在双榆树地区受阻。前卫团派出兰泽光的一营主攻,王铁山二营五连助攻。

部队到了朝鲜战场上,两个人又配合打了几仗,倒是很默契,但那都是小仗。这一次感觉是个大仗,要围歼双榆树地区敌人的两个连,无疑是个很过瘾的任务,因为已经有风声传来了,二十七师很快就要回国了。

这是王铁山和兰泽光担任营长之后的第一次配合。

受领任务返回的路上,两个人都很兴奋,迎着凛冽的寒风,纵马踏雪,一路追逐。那天中午在兰泽光的营部就餐,房东朴顺吉老汉给他们做了一锅辣狗肉,高丽风味十分地道。兰泽光还慷慨地动用了国内慰问的茅台酒,开怀畅饮了一通。

那次战斗的最初方案就是在狗肉酒席桌子上诞生的。

王铁山那天看见,从兰泽光的指挥包里掏出来的作战地图,基本上稀烂了,那上面到处是窟窿眼儿,地图的边角已经被磨破了,看得出来,兰泽光对这次战斗做了何等充分的准备。

在实际的战斗中,却遇上了与预先侦察不符的情况。前一阶段,双榆树正面只遇到不足一个排的兵力抵抗,而王铁山在二号高地却发现敌人至少有两个连的兵力。按照常规和战斗发起之前的计划,王铁山营此时应全力钳制二号高地,保障兰泽光营乘虚突破双榆树正面。但是战斗进行不到三分钟,王铁山即呼叫兰泽光,要求兰泽光停止进攻,由他迂回至双榆树反斜面进攻。兰泽光当即拒绝,并指挥突击队长石得法强攻,占领了东北角无名高地,发起第二轮冲击。兰泽光的部队冲击至二号地区,竟然奇迹般地受到三面合围,五分钟内尖兵排损失大半。

兰泽光在二十分钟内没有做出调整战术的决定,二十分钟之后,他终于从迷雾中理出头绪,排除了敌人设下的心理陷阱,决定仍按第一方案执行,正要给王铁山下达命令时,却发现电台同王铁山联系不上了,接着就看见又一个奇迹出现了,双榆树山顶之敌纷纷被歼,余敌落荒而逃。王铁山指挥的两个连队出现在山脊上,以泰山压顶之势,扑向二号地域东部,解了兰泽光之围。

兰泽光蒙了,兰泽光手下的连长们也蒙了,一营一连副连长、突击队长石得法冲到了半山腰,看见二营的突击队长郭靖海亲手把红旗插上了主峰,顿时一屁股坐在地上,嘟囔了一句,完了。

王铁山的这两个连队打得很悲壮,从配属到快速转移,从打援到进攻,不到一个小时的时间多次完成了战术转换,尤其是在进攻主峰的时候,敌人居高临下,王铁山由下而上,伤亡很大。

后来兰泽光登上了被王铁山占领的双榆树主峰,看着二营的红旗,脸一下就拉长了,问跟在屁股后面的石得法,知道这是什么性质的问题吗?

石得法结结巴巴地说,我认为,都是我的问题,没准……

兰泽光阴沉沉地看着石得法说,你的问题?没准个屁!

石得法说,是因为我的突击不够……

兰泽光说,你在执行我的命令,但是有人乘虚而入!懂吗?

石得法说,懂了,咱好不容易把桩拔了,牛却被人家牵走了。

兰泽光没头没脑地说,成败论英雄,一仗定乾坤。

石得法说,营长,您的意思?

兰泽光说,再也没有机会了,战争很快就要结束了!

二十四岁的兰泽光说这话的时候,目光深邃而湿润,像是一个饱经沧桑的老人。

战后总结进行评功评奖的时候,上级认为,王铁山指挥果断,二营抢占主峰,属双榆树战斗首功,王铁山本人还记大功一次。一营进攻受挫事出有因,虽然没有追究,功绩却大为逊色,闹了个集体嘉奖。用兰泽光经常使用的口气说,嘉奖而已,而已!

兰泽光打落门牙往肚子里吞。损兵折将,还丢了头功,主攻营成了配属分队,对于一个用兵有素尤其是以山地战专家著称的指挥员来说,这个结局差不多就是奇耻大辱。

当天晚上,兰泽光营里的几名连长就找到营部,要求兰泽光牵头去告王铁山的状。理由是王铁山不听主攻营长的指挥,擅自行动,率部抢占双榆树反斜面,属于违反战场纪律的行为。同时,由于王铁山放弃了对二号高地的钳制和对无名高地的控制,致使兰泽光营在不便展开的三号地区受到敌人的伏击，其中最大的一股敌兵便是从王铁山手下放过来的二号高地上的一个加强排。石得法现在终于知道这是什么性质的问题了，抹着眼泪对兰泽光说，营长，我咽不下这口气啊，我们的人牺牲了十九个，还是把敌人顶住了，如果二营不擅自行动，没准我们的战术很快就调整过来了，那要比现在的结果好得多，至少不会有那么多同志牺牲！

那个晚上，兰泽光将起哄的下属们全部喝退，独自闭门在沙盘前琢磨了一夜，从此不提双榆树战斗。

二

双榆树战斗结束后的当年春天，部队回到中原某市，掀起了英雄美女的高潮，团政委刘界河组织联欢会，兰泽光称病不参加。刘界河向王铁山了解情况，王铁山含含糊糊地说，他的心里装着杨桃，一时半会恐怕很难接受别人。

王铁山没怎么太费周折，便同朴实憨厚的纱厂女工孙芳结婚了。王铁山说，我这个人要求不高，哪怕人丑点，工作差点都没关系，能生孩子就行。

在王铁山的婚礼上，兰泽光酩酊大醉，半真半假地说，王铁山你这个混进革命队伍的小炉匠，在哪个高地上你都是捷足先登。

王铁山听出兰泽光的弦外之音，反唇相讥说，你不下手，我不能袖手。

刘界河找兰泽光谈话，说人死不能复生，要兰泽光从怀旧的情感中解脱出来。

兰泽光说，如果必须结婚，我听从组织上安排。

后来刘界河就把兰泽光带到了师医院，在师医院大门外见到了女军医王雅歌。刘界河向兰泽光介绍王雅歌是叶红叶的师妹，也是一个很有学识的知识分子。

兰泽光文不对题地说，久仰，久仰。

刘界河又向王雅歌介绍兰泽光是山地战专家。兰泽光说，我不是什么山地战专家，我是败军之将。我只会带兵，不会打仗。

王雅歌倒是落落大方，开玩笑说，那我们就般配了，我只会看病，不会看人。

兰泽光说，那我们有约在先，我顾了工作就顾不了家，你跟着我会受委屈的。

王雅歌说，我有我的工作，你有你的工作，我不用跟着你，你也不用跟着我。

离开师医院，刘界河问兰泽光怎么样。兰泽光说，无所谓。

刘界河把脸一沉说，什么叫无所谓，婚姻大事是终身大事，马虎不得！这个问题组织上不勉强你。

兰泽光说，那就先处处看吧，反正我早晚是要结婚的。跟她结婚是结，跟别人结婚也是结。

刘界河说，他妈的我看你是打仗打傻了，哪有对待婚姻这个态度的？找爱人，总是要找称心合意的。

兰泽光说，称心合意的我倒是有一个，可惜她死了。她死了，我就再也不可能有称心合意的了。

刘界河觉得这家伙有点神经不正常，很是担心。转念一想，也许是因为他太痴情了，陷在对杨桃的思恋中不能自拔，结了婚，让他尝尝女人的好处，渐渐地可能就好了。刘界河问，那你说，你和王雅歌还谈不谈下去了？

兰泽光说，我听组织的。

刘界河说，他妈的，我好心帮你擦屁股，擦了一手屎。我跟你说，这事是组织牵线，个人负责。你们自己看着办，往后好与不好，不能抱怨组织。

兰泽光说，好汉做事好汉当。

往后就开始了约会。两个人的约会有些特别，不搞花前月下卿卿我我，而是谈工作谈事业，真的有点志同道合的感觉。

于是就结婚。把家安在一团的家属院里。那时候房子多，部队进城一号一大片。只要沾上抗美援朝的边，副连级干部的家属都可以住进部队。农村来的，部队帮助找工作。那年头大搞社会主义建设，工作岗位多得要命，相州市又在大搞拥军，家属的工作很好安排，只要不申请当市长当局长，军人的家属一安排一个准，所以家属院里很壮观。有农村来的，有童养媳圆房的，也有早已结婚拖儿带女的，还有一些把老人也接了过来，把个家属院搞得像个轰轰烈烈的大村庄。

王雅歌的师医院当时还没有专门的家属院，便住进了一团的家属院。营长待遇自然比连长的待遇高，都集中在一片，小平房，一溜三间，中间客厅，两边住人，每家一个小院，厕所和厨房分布在角落里，布局雷同于农民住房。

王雅歌和兰泽光就在这样的环境里开始了他们的新婚生活。

刚开始一个月亲亲热热。

第二个月客客气气。

第三个月就冷了下来。

这两个人都不是地地道道的过日子的人，结婚之后很快就发现有很多的现实问题，家庭同单位没有太大的区别。兰泽光给自己搞了一个书房，常常独自关在里面看书，并规定王雅歌，在他思考的时候，不得干扰，有事要先敲门。

王雅歌隐隐约约地感觉到了，她的这个丈夫在心里装着别人，后来向王铁山打听，王铁山含糊其词地说，兰泽光心思重，可能比较怀旧。

王铁山虽然说得含糊，后来王雅歌还是从其他渠道知道了兰泽光和杨桃的事情。

王雅歌的怀疑不是没有道理。兰泽光总是在心里拿王雅歌跟杨桃相比。杨桃是那样的善解人意，是那样温柔体贴。而王雅歌做事风风火火，说话大大咧咧，身上还有火药味，兰泽光渐渐地就觉得这个婚姻意思不大，新婚过后不久小家庭就冷了下来。兰泽光还别出心裁，把王雅歌的卧室命名为集体宿舍，把自己的书房命名为队部，把厨房命名为伙房。

夜里睡觉，偶尔冲动，回到集体宿舍，意思一下，匆匆忙忙，好比公事公办，然后就是背靠背。王雅歌意犹未尽，想说说话，兰泽光说，有什么好说的，明天还要投入新的战斗。很少同王雅歌交流。

王雅歌也是从朝鲜战场上回来的，在朝鲜战场因抢救伤员有功，曾经被授予战地巾帼的称号，性格泼辣。王雅歌说，我们过去谈得还算投机，为什么现在没有话说了？

兰泽光说，话说多了就没有话说了。两个人能有多少话？你天天看着同一块屋顶，烦不烦？

王雅歌说，我们恋爱的时候还是互相尊重的。

兰泽光说，不是恋爱，是相对象。

兰泽光有一个神秘的炮弹箱，王雅歌有几次看见兰泽光把炮弹箱打开，里面的东西摊了一地，兰泽光对着那堆东西长久出神。

王雅歌怀疑那是杨桃的遗物。王雅歌向王铁山诉苦说，兰泽光的人是她的丈夫，心却仍然在杨桃身上。

王铁山说，时间能够医治一切，兰泽光性格内向，请王雅歌耐心等待，春风化雨。

有一次王雅歌给兰泽光收拾房间，意外地发现炮弹箱没有上锁，她斗胆将其打开，结果发现，那里面全是打仗用的东西，指北针，公文包，地图，指挥尺等等，唯独没有发现杨桃的任何蛛丝马迹。有一张信函，王雅歌以为是杨桃的情书，看后才知道，那是《关于双榆树战斗的几个疑点》。

兰泽光回来之后,发现炮弹箱被打开,没有发作,而是一本正经地对王雅歌说,王雅歌同志,有一个情况非常重要。

王雅歌不明就里,问,发生了什么事?

兰泽光说,家中出现了敌情,要抓特务。我在这里守着,你到团长家报告。

王雅歌说,你带兵把我抓走吧,那特务就是我。

兰泽光说,你想干什么?

王雅歌说,我不能让我的丈夫跟我结婚了,心里还去想一个已经牺牲了的人。

兰泽光冷冷一笑说,我明白了,你在同一个死人争风吃醋。你找到你要找的东西了吗?

王雅歌说,你是山地战专家,我哪里是你的对手啊?

兰泽光问,你还看见了什么?

王雅歌说,你那些破玩意儿,我看不明白。我不明白,战争已经结束了,你为什么还把那些破铜烂铁当宝贝似的藏在家里。这个家被你搞得阴森森的。

兰泽光说,怎么阴森森的了?

王雅歌说,我们家是家庭还是战争博物馆?

兰泽光说,你把它看成备用作战指挥部好了。

三

这年的八一建军节给赴朝归建部队军官补授军衔。虽然同是营长,但因王铁山在双榆树战斗中记大功一次,授衔少校。兰泽光则授大尉军衔。在授衔仪式上,王铁山满面春风,兰泽光面无表情。

走出军部小礼堂,王铁山跟兰泽光开玩笑说,伙计,这下麻烦了,以后见面你要给我敬礼了。

兰泽光说,我现在就给你敬礼。说完,往前紧走几步,转身,咔嚓一个立正,抬起右臂向王铁山敬了一个礼。

王铁山说,开个玩笑嘛,你还当真了。

兰泽光仍然立正,面无表情地说,王铁山少校,兰泽光大尉向你敬礼,按队列条令规定,你应该及时还礼。

王铁山没办法,只好立正,还礼。

王铁山刚把右臂放下，又听到兰泽光铿锵有力地喊出了一声膛音——立——正——！敬礼！

说着又抬起右臂。

王铁山下意识地并拢五指，唰的一下还了一个礼。

岂料兰泽光并没有给他敬第二个礼，兰泽光的右臂抬至胸前，出其不意地倏然拐了一个弯，翻腕看了一眼手表，嘴里嘀咕了一声：哦，十六点三十二分。然后转身，扬长而去。

王铁山盯着兰泽光的背影，苦笑骂道，妈的，就这么点小便宜，也玩花招。

想想不对，自言自语地骂，狗日的手表是戴在右手上吗？

那天兰泽光还没有到家，石得法就跟着屁股追上来了。石得法说，营长，这叫什么事儿？我也是解放战争参加革命的，打双榆树的时候，我是副连长，突击队长。可是他郭靖海呢，排长还是代理的，凭什么他也授中尉衔？

兰泽光说，他不也是副连长了吗？好像正在代理指导员啊。

石得法更来气了，说，他妈的，老子打江山，他们坐天下。一个双榆树战斗，把我们一营的干部搞得人仰马翻。营长你不能就这么忍着。

兰泽光说，不忍着怎么着？你们就知道背后嚷嚷。你作为一个突击队长，最靠前的，可是敌情变化的时候，你为什么没有及时向我报告情况？

石得法说，我不是在听你的指挥吗？我怎么知道那股敌人是从哪里来的？

兰泽光把眼珠子一瞪吼道，难道是从天上掉下来的？

石得法说，王铁山他为什么擅自离开二号高地？我认为所有的问题都出在二号高地上。没准他知道这是最后的一次战斗了，不甘心当配角，利用敌情变化的机会，强攻占领主峰，让我们有苦说不出。

兰泽光说，你石得法不长脑子，你把王铁山看成是什么了，你以为王铁山是诸葛亮吗，是兰泽光吗？他王铁山没有那个灵活机动的能力。他是碰巧了。

石得法说，我认为我们可以从战术的角度，没准可以从全局的角度，揭露王铁山贪功自动、置一营于危险境地的错误行为。

兰泽光说，那好啊，你可以去好好地分析一下双榆树战斗的前前后后，我不反对你拿出一个有充分说服力的材料。不过我警告你，再也不能搞"我认为""没准"之类的东西了。你的所有的问题就在于"我认为""没准"。本来在部队没有回撤之前，是有机会进行战场考察，弄个水落石出的。可是就由于你的"我认为""没准"，模棱两可，似是而非，含含糊糊，这才让工作组下了决心做了那么一个结论。你看人家郭靖海，还搞了一个战术变化图，时间、地点、兵力，全都一清二楚，明明白白，言之凿凿。如果我是工作组，我也会倾向于郭靖海的证明。

石得法愣住了，傻傻地看着兰泽光说，那，那也不能因为郭靖海有文化，会瞎编，就听他一面之词吧？

兰泽光说，你认为郭靖海全是瞎编吗？我告诉你，他也是一线分队的排长！这个人要是跟你调个个儿，在我手下，双榆树战斗就不是今天这个结论，老子也不会弄这个鸟大尉！好好反思你的问题，再也不要"我认为""没准"了！

石得法嘟嘟囔囔地说，一步之差，步步差！营长我把话说在这里，这次授衔只是开了个头，往后，二营什么都要压过我们一营一头。没准王铁山当团长了，你还在当营长。

兰泽光说，那没办法，老子认了。

石得法说，营长，我知道你心里难受。你不能这么憋着，我们要战斗！

兰泽光说，战斗？跟谁战斗？跟王铁山？第一，王铁山小小的，不值得战斗；第二，王铁山不是帝国主义，你不能跟他战斗。

石得法说，这个卵子双榆树，真是黄泥巴掉到裤裆里，不是屎也是屎了，我就不信没有水落石出的那一天。

兰泽光说，好啦好啦，石得法同志，记住我一句话，忍辱负重，忍得了辱，才能负得了重。

石得法眨巴眨巴眼睛说，我明白了，营长，君子报仇，十年不晚！

兰泽光一拍桌子说，你向谁报仇，你把谁当敌人啦？

石得法又糊涂了，愁眉苦脸地看着兰泽光，嘴唇动了几下说，难道，难道……

兰泽光喝道，猪脑子！

石得法悻悻地离开了，好长时间兰泽光还没有从愤怒中解脱出来，这愤怒当然不仅仅是由石得法引起的，这是一股无名之火，不知发轫于何处，却全都积聚在今天。

兰泽光独自把自己埋在藤椅上，埋了很久才起身，把那件佩戴大尉军衔的军装脱下了，挂在衣架上，突然下达命令，敬礼！拿起军装衣袖，嚓嚓，又喊了一声,用衣袖给自己敬了个礼。

少校王铁山向中校兰泽光敬礼!

少校王铁山向上校兰泽光敬礼!

少校王铁山向大校兰泽光敬礼!

王雅歌正在自己的房间里看书,听到外面喊声,吓了一跳,赶紧奔出门外,发现丈夫举动异常,关切地问,怎么啦? 授衔激动啦?

兰泽光说,大丈夫能屈能伸,纵丈夫横也丈夫。

王雅歌说,你怎么回事?

兰泽光回过头来说,什么怎么回事,你神经兮兮的!

王雅歌说,我神经兮兮还是你神经兮兮? 我看授衔把你授出毛病了。

兰泽光说,是授出毛病了,他妈的连你都是上尉了,老子才是个大尉,简直岂有此理! 是可忍,孰不可忍!

王雅歌说,那就别忍,去争啊夺啊!

兰泽光说,你把我兰泽光看成什么人了? 我兰泽光不是鼠目寸光的人,也不是斤斤计较的人,我是一个具有钢铁般意志和高度觉悟的人。

王雅歌说,不会吧,你刚才还神经兮兮地大喊大叫,怎么转眼之间就有高度觉悟啦? 你变化真快啊!

兰泽光说,内外有别,懂吗?

当天下午,王铁山派通信员过来,请兰泽光夫妇到八一餐厅庆祝授衔,王雅歌一口答应。

等通信员走后,兰泽光说,你自己去啊,我不去。

王雅歌说,又是哪里出毛病了?

兰泽光说,有什么好庆祝的? 纯属多此一举!

王雅歌说,哦,我明白了,你是大尉,老王是少校,面子上不好看是不是? 你们这些男人啊,不,不包括老王,你这个男人啊,虚荣心太强。

兰泽光怒吼,闭嘴! 谁虚荣心了? 你懂什么叫虚荣吗?

王雅歌说,我认为你的胸怀比老王差了一大截。

兰泽光说,这话你说了不算,我有没有胸怀,苍天有眼!

兰泽光最终没有去参加王铁山组织的庆祝聚会,并且在此后一段时间里变得喜怒无常。有一天半夜,王雅歌被吵醒了,侧耳一听,原来是兰泽光在讲梦话。

兰泽光在梦里喊,王铁山你这个狗杂种,把我的杨桃还给我!

兰泽光在梦里喊，王铁山你这个狗杂种，把我的高地还给我！

兰泽光在梦里喊，王铁山你这个狗杂种，把我的少校还给我！

兰泽光在梦里喊，王雅歌你这个狗特务，把我的军装递给我！

王雅歌吓得毛骨悚然，从床上一骨碌翻起来，看着兰泽光像看见了鬼。

兰泽光居然揉揉眼睛坐了起来。

王雅歌说，兰泽光你想干什么，神一出鬼一出的，你想把我吓死吗？

兰泽光哈哈大笑说，这就是下场，这就是窥探我兰泽光的下场。一个称职的指挥员，在他睡着的时候，他也是清醒的。这一点你要永远记住！

王铁山夫妇恩恩爱爱，但是婚后三年不孕。兰泽光两口子冷战不断，却是首发命中，王雅歌很快就怀孕了。

孩子出生后，一看是女孩，兰泽光非常失望，对前往医院慰问的王铁山说，哪个高地都是你捷足先登，就这回让我先拿下了，妈的还是个女孩。

王铁山说，你这种思想要不得，女孩就不是人啦？没有女人哪有你？

兰泽光说，那好，我祝你一口气生八个闺女。

王铁山说，我不怕你乌鸦嘴。八个闺女好啊，可以编一个女兵班。

王雅歌要兰泽光给孩子起个名字，兰泽光想了想说，还是你起吧。以后我们家庭也搞个分工，女孩的事你分管，男孩的事我分管。

王雅歌说，你不起名我也不起。先喊她妞妞吧。

兰泽光说，无所谓，妞妞也是个名字。

孩子长到半岁，因为王雅歌要上班，兰泽光顾不上，便把孩子送回老家抚养。没过多久，王铁山回老家探亲，路过南溪埠，又把孩子给带回来了。说老家现在正在闹饥荒，饿死了很多人，孩子的爷爷奶奶朝不保夕，把孩子留在老家就是死路一条。

兰泽光说，我每个月都往家里寄钱啊，每月二十块钱够买二百斤粮食了。

王铁山说，你真是两耳不闻窗外事，现在别说拿票子，你就是拿金子也买不到粮食。你爹让我给你捎个信，自古忠孝不能两全，你在部队好好带兵，家里老人听天由命。

兰泽光说，为什么我们把天下打下来了，我们的老百姓却没有粮食吃？真是岂有此理！

王铁山说，天灾人祸，人祸大于天灾。这话不说了。

孩子回来后,王雅歌要求兰泽光回到主卧室,轮流值班。孩子夜里哭闹,兰泽光两手枕着头说,老王这个蠢货,一辈子没有做过一件好事。

王雅歌说,他把孩子给我们带了回来,就是天大的好事。

兰泽光说,老王这个蠢货,还挺重感情,结婚三年了,老婆连个耗子也没给他生,居然还能过得下去,还乐呵呵的。

王雅歌放下怀里的孩子坐了起来,披头散发地问,你是什么意思,你的意思是不是说,我要是不能生孩子,你就把我给休了?

兰泽光说,你别胡搅蛮缠。我说的是老王不是我。我这个人自私,不配有孩子。你要是没生这个孩子,我一点意见都没有。

四

部队恢复秩序之后,开始整理战史资料,作战股草拟了双榆树战斗经过,兰泽光看后说,这场战斗,战前有方案,战后有总结,按说没有什么可以说的了。但我是主攻营长,没有攻上主峰,而助攻营力挽狂澜反败为胜,这里面有很多东西值得总结。经过这几年的反思,我认为还可以深层地挖一下,把当时的敌情变化、气候变化和我们的变化依据整理得更加清晰一点,至少在理论上要自圆其说吧。这样对于后人提高判断力和指挥能力有好处。尤其是要多听一线指挥员对于细节的分析。

王铁山对双榆树战斗结论没有太多的想法,但听说兰泽光有这么个意见,就慎重了,经过一番深思,欣然表示,我认为兰营长的意见是对的。毛主席教导我们,打一仗总结一次,前进一步。那次战斗虽然以胜利而告结束,但实事求是地说,有好多情况都是突发的,都是凭借指挥员的感觉和经验,战术理论上并不是很清楚。现在整理战史资料,最好把细节都弄清楚。

兰泽光和王铁山的话说得都很漂亮,但都隐隐约约地流露出不排除重新调查双榆树战斗真相的可能,团司令部只好又把参加那场战斗的两个营的一线指挥员组织起来,进行座谈。

大家客客气气,但是各执己见,一连连长石得法和四连指导员郭靖海还吵了起来。焦点还是在二号高地的增援之敌的去向上。石得法坚持说,由于助攻营受敌情蒙蔽,未能严格按作战计划打援,放走了二号高地的敌人,因此对主攻路线构成毁灭性的危害。

郭靖海则跳脚顿足指天发誓,他们登上二号高地时,的确没有受到阻击。郭靖海说,哪怕我老郭是瞎子,我的一个排三十多个人总不能都是瞎子吧？哪怕我老郭贪天之功为己有，我的一个排三十多个兄弟总不能都是卑鄙小人吧？

这件事情把作战股弄得很为难，一是因为不可能再到现场考察了，二是因为那场战斗之后，双榆树地区就进入了谈判阶段，局部战争停止了。关于双榆树战斗的战略意义，敌我双方都没有继续延伸，因此无法了解敌方的真实企图和兵力调整的真实原因。

作战股把情况报到团首长那里，团首长也很为难。虽然王铁山和兰泽光都没有明确表态要重新调查，但是兰泽光提出的不能自圆其说问题，也确实存在。

后来由刘界河出面，分别找两人谈话。

王铁山倒是爽快，大大咧咧地说，行啊，我听组织的。不过我要说句公道话，兰泽光同志之所以提出来要自圆其说，自然有他的道理。当连长的时候，他就特别讲究战术，即便是狭路相逢的遭遇战，他都要琢磨成败得失的经验教训。他的出发点是对的。

谈话谈到兰泽光，就没有那么爽快了。兰泽光说，如果能够清楚的事情，我们为什么要让它含糊？我们个人背个黑锅无所谓，可是我们不能把说不清楚的东西留给历史。

刘界河说，所有的历史都会留下说不清楚的东西。

兰泽光不吭气。

刘界河说，我给你讲个故事。

兰泽光还是不吭气。

刘界河说，红军时期，一支团队遭到敌军围困，就在决定突围的时候，接到密报说，内部出了八个奸细。这时候团长和政委犯难了，抓这几个所谓的奸细吧，证据不足。不抓吧，又怕真的是他们里应外合，带着他们突围有很大的风险。而且没有时间调查了。商量再三，团长和政委决定，把这几个人毙了。后来就把人捆起来，派一个枪手从他们的背后一个一个地朝后脑勺射击。就在即将行刑的时候，一个"奸细"突然喊了起来，说我只提一个请求，大敌当前，要节省子弹。我们自己了断吧。说完就一头栽在地上，脑门磕在石头上血流如注。其他几个人纷纷效仿，差不多都喊，大敌当前，要节省子弹。顿时……你知道后来发生了什么吗？

兰泽光说，不知道。

刘界河说，想知道结果吗？

兰泽光说，已经知道了，停止行刑。

刘界河说，没有。团长说，同志们，也许你们是冤枉的，可是情况复杂，没有工夫调查，如果你们是清白的，那就算为革命牺牲了。就按照你们说的，节省子弹吧。

刘界河说完，心情很沉重，两个人都不说话。

后来兰泽光说，政委你的意思我明白了。

刘界河问，比起这八个人的牺牲，我们活着的人受点委屈，甚至被冤枉，又算得了什么呢？非常时期，非常情况，必有非常之手段。谁要是认为历史是可以说清楚的，那就太天真了。

兰泽光说，我不认为双榆树战斗是在非常时期非常情况下采取的非常手段。

刘界河说，但它已经是历史了。我们革命军人，要有胸怀。谁要是一味纠缠历史老账，一味生活在委屈之中不能自拔，那他就只能把自己置于痛苦之中。不就是记一个大功吗？

兰泽光说，我凭什么授衔大尉？一个不明不白的双榆树高地战斗，闹得我一个营的军官，军衔普遍比二营的低，这叫什么鸟事儿？

刘界河瞪着兰泽光说，难道你参加革命就是为了军衔？

兰泽光说，政委你要我表态吗？

刘界河说，我要你放下包袱。我送你两句话，沉舟侧畔千帆过，病树前头万木春。

兰泽光说，我尊重事实。

刘界河说，我更希望你尊重组织结论。

五

这几年，王铁山和兰泽光各忙各的，暗中较劲，两家的女人倒是走动经常。王雅歌比孙芳大一岁，孙芳喊王雅歌雅歌姐，什么话都说。孙芳把想要孩子的心思跟王雅歌讲了，王雅歌说，你别压力太大，你还年轻，我们来想想办法。

孙芳说，不瞒雅歌姐说，好多办法我都想了，连白蜡树那里我都去了。

王雅歌问，白蜡树是哪里？

孙芳支支吾吾地说，白蜡树是……送子娘娘庙……都说那里的香火很灵。

王雅歌说,嗨,你怎么会信那玩意儿。生育问题是科学问题,你再也不要搞这种封建迷信了。

孙芳说,我们家那口子太想要孩子了,看见你们的妞妞眼睛就发直,恨不得抢回家不还你们了。我这也是没有办法的办法。

王雅歌说,没有办法也不能瞎想办法,不能病急乱投医。

孙芳说,雅歌姐,我上白蜡树的事情你可别告诉别人啊!

王雅歌说,立即停止封建迷信活动,我也来帮你想办法。

王雅歌在师医院工作,在这方面自然要比别人了解得多。

二十七师是一支战斗力很强的部队,但是自从朝鲜战场上回来之后,病号特别多,有的是肠胃,有的是肺,而更奇怪的是,很多人结婚之后不生育。这个问题师医院解决不了,开始也没有在意,当作普通症状,一般都介绍到相州市第一人民医院。后来这类病人多了,引起了注意,把各种不孕病例综合起来分析,终于发现,那些不能生育的同志多数参加过恒甫战役,专家认为,与严寒有关。

师医院为此专门向师后勤部打了报告,后勤部又把情况向师首长反映了。贾宏生是分管后勤的副师长,一听说有八十多个干部丧失生育能力,当时就急了,拍着桌子把后勤部长和师医院的院长骂了一顿,说妈拉个巴子,我们二十七师是雄风部队,这些人在战场上都是出生入死的,绝不能让他们断子绝孙,他们断子绝孙了,就是二十七师断子绝孙了。你们给我治,照死地治!

师医院的院长说,这不是照死地治就能治好的,咱们师医院治伤是拿手好戏,治病不灵!

贾宏生又把桌子拍了一下,吼道,那是你的事,怎么治我不管,我只要求你把他们治好,治愈率达不到百分之八十,你这个院长就给我滚回老家种田去!

院长在贾副师长那里挨了骂,回到师医院召集业务骨干开会,王雅歌才知道在恒甫战役给二十七师留下的后遗症里,还有这么一项。她琢磨,王铁山两口子没孩子还不一定是孙芳的问题,没准是老王的问题呢。

周末晚上,王雅歌下班回来,吃了饭到王铁山家,往藤椅上一坐说,老王,你想不想要个孩子?

王铁山说,太想了。

王雅歌说,那你请个假,明天你们两口子跟我去一个地方。

王铁山说,是看病还是抱养?要是抱养就算了,要是看病,让孙芳跟你去就行了。

王雅歌说，是看病，但孙芳自己去还不行，你也得去。

王铁山说，怪了，生孩子是女人的事情，我去干啥？

王雅歌说，生孩子是女人的事情，但问题不一定出在女人身上。

王铁山眨巴眨巴眼睛，想了一会儿才说，那好，我就跟你走一趟。

晚上王雅歌把这件事情跟兰泽光说了，兰泽光说，你有这个精力多关心关心我好不好？

王雅歌说，我怎么没有关心你了？

兰泽光说，把家务事管好，把孩子带好，这不仅是对我本人的关心，也是对军队建设的支持。

王雅歌说，你要是把我当作家庭妇女，那你就想错了。当初我们结婚的时候，不，早在相对象的时候就有约在先，各有各的事业，彼此尊重，互不干涉。家务事谁有时间谁多干，不能光让女人干。干家务是个人的事，救死扶伤是我职责范围内的事。

兰泽光说，你那也不叫什么救死扶伤，就是个进出口的问题。你也太爱管闲事了。

王雅歌说，你也太不爱管闲事了。况且，这是闲事吗？这是积德行善，也是关心同志。

兰泽光说，好好，你去。今晚那个一下。已经好长时间没有那个了。

王雅歌说，那个一下可以，但是你得按我的要求做。

说完拉开床头办公桌的抽屉，找出一个半透明的东西，像吹气球一样吹了一下，检查有没有漏气，然后对兰泽光说，你不想要孩子，我也不想要孩子，那我们就采取措施吧。

兰泽光瞪大了眼睛，惊骇地问，弄那个还要工具，这东西怎么用？

王雅歌伸出大拇指，比画了一个动作说，就这样。

兰泽光恍然大悟说，我坚决抵制！成何体统，没见过两口子弄那个还要戴上橡皮套，这跟打枪戴枪口帽有什么区别？弄得不好还要炸膛呢，简直荒唐。

王雅歌解释说，这不叫橡皮套，这叫避孕套，是橡胶制品，可以避孕。

兰泽光说，我不管它是啥制品。我跟我老婆弄那个，不是跟这个橡皮套弄那个。

王雅歌说，那就算了，否则你写个保证书，弄出孩子来了你负责带。

兰泽光叹了一口气说,你要是保证一发命中给我生个儿子,我负责就我负责。

王雅歌说,那我不能保证,那不是以我的意志为转移的。你说吧,要不要用这个?

兰泽光说,还有没有别的办法?

王雅歌说,有,但是我不想吃药,而且那样也不安全。还是这个比较保险。

兰泽光说,太不道德了,居然让我跟这个橡皮套子弄那个。

王雅歌说,这不是什么道德问题,这是科学问题。

兰泽光大义凛然地说,算尿了,我宁肯憋着!

六

第二天一大早,王雅歌在前,王铁山在后,两辆自行车一前一后地驶出了西大营,迎着初升的太阳,意气风发地向东驰骋。王铁山的车后座上还驮着孙芳。

半个小时后,两辆自行车来到了相州市人民医院,王雅歌先进去找出来一个人,女的,穿白大褂,戴口罩,两眼在口罩上面显得很亮,显得很年轻。王雅歌介绍说这是贾护士,她的熟人。贾护士打量了王铁山两口子,对王铁山说,跟我来。

王铁山说,谁,你是说我吗?

王雅歌说,说的就是你。

王铁山嘟嘟囔囔地说,怎么回事,你们也不调查调查,怎么上来就把问题定在我的身上了?

王雅歌说,谁说上来就把问题定在你身上了,这不就是让你去接受调查吗?

王铁山扭扭捏捏的,很不自在,看了看王雅歌,又看了看孙芳,再看看那个穿白大褂戴口罩的女大夫,拿不定主意。

王雅歌说,嗨,你这个男子汉大丈夫,一点爽快劲都没有,还军事指挥员呢!

王铁山把胸脯一挺说,那好,我这就进去了。又看了看王雅歌和孙芳说,要不,咱们都进去?

王雅歌说,这种事情,我们在场,你更麻烦,还是你自己先进去吧。

王铁山说，那我就单刀赴会了。

贾护士在前，王铁山在后，一路畅通地往里走，七拐八拐，王铁山越来越觉得不对劲儿，因为走到尽头，通道两边全是女人了。

再往前走，终于看见了一个男人，也是个军人，邋邋遢遢的。定睛看去，有些眼熟，再细细一看，原来是师部侦察科的科长沈湾。沈湾王铁山是认识的，十多年前在潜山小赤壁剥皮战斗中，两个人还住过一个包扎所。只不过这些年没有来往。王铁山拿不定主意在这种场合要不要打招呼，那边沈湾却先开口了。

沈湾说，老王，你怎么回事？

王铁山脸红了一下说，嘿嘿，让我老婆来看病。

沈湾说，别蒙我，这里的规矩，老婆老公都要看。

王铁山说，那你也看了？

沈湾的脸一下灰了，骂骂咧咧地说，妈的，说是我的问题，睾……蛋收缩，恐怕是在恒甫的雪地里冻的。你也得抓紧看看，没准睾蛋也被冻出了问题。咱们师有不少人睾蛋都出了问题。

王铁山想起来了，师机关传出一个笑话，说的就是沈湾不能生育的事情。沈湾自己给自己解嘲，编过一个顺口溜：年近四十精力衰，发动半天才起来，好不容易爬上去，咳嗽一声滚下来。

王铁山说，沈科长，你可别咒我啊，我还想传宗接代呢。

沈湾说，哪个不想传宗接代啊，可那是你说了算的吗？

王铁山说，恒甫战役中我穿的是狗皮裤头，我睾蛋没有问题。

沈湾惊讶地问，真的？你从哪里弄的狗皮裤头？

王铁山哈哈一笑说，我骗你的。

两人正在扯淡，旁边的贾护士不高兴了，说你们解放军怎么回事？见面就说个没完，快去看病吧。

王铁山也不高兴了说，你这个同志怎么回事，还没有看你怎么知道我有病？

贾护士被问住了，笑笑说，你有理。不跟你斗嘴了，走吧。

王铁山向沈湾挥挥手，沈湾说，祝贺你啊，千万别像我一样，也被看出个睾蛋收缩。

王铁山自信地说，放心吧，不会的。

后来走到一个房间，王铁山跟着贾护士，一脚门里一脚门外，进去了又缩回来了，还倒吸了一口冷气。他明明白白地看见了，这间诊室的门上写着

"妇科(3)"。

贾护士进去之后,见王铁山没有跟上来,公事公办地喊道,王营长。

王铁山正在耳热心跳,猛然听喝,一个激灵,应声而答,到!

坐在通道里的几个待诊的女人都用奇怪的眼神看着王铁山。

贾护士又喊,王营长你请进。

王铁山犹犹豫豫,彷彷徨徨,探头探脑,气短心虚地说,这,这合适吗?

贾护士只好出来解释说,现在相州市还没有专门的男性诊所,但是我们新请来的一位妇科专家沈大夫,对于男性不育症的研究造诣颇深。今天是星期天,专门开设了男性门诊。

王铁山听得疑疑惑惑,但还是硬着头皮进去了。走进房间,才发现里面坐着一个女人,戴的口罩比贾护士戴的还大,把下眼皮都快遮住了,两边脸好像还有点不对称。大夫很注意地看了王铁山一眼,眼神有点异样,但是很快就恢复了正常,指了指旁边的凳子说,坐。

王铁山块头太大,凳子太小,只能坐下半个屁股。王铁山把半个屁股悬在空中,紧张地看着大夫。

大夫问诊,什么都问,比如性生活是否和谐,多少时间过一次性生活,性生活当中有什么感觉,射精量大不大,等等。

王铁山似懂非懂,隐约知道大夫问的都是"那个"方面的问题,如实回答实在是太难启齿了,不回答吧显然不行。便结结巴巴一一道来。有些环节,他想含蓄一点,但是大夫追问得十分具体,只好往实里说,一会儿就汗流浃背。

女大夫是中医,问诊完了又给他把脉,诊断完毕,又对贾护士说,去把林司药请来。

不多一会儿又过来一个女的,穿着白大褂,戴着大口罩,按照沈大夫的吩咐,过来给王铁山把脉。

王铁山紧张起来了,不知道是不是真的自己出了毛病。心里一慌,神情就有点恍惚,恍惚中突然眼睛被刺了一下,觉得哪个地方好像有一道强光向他射来。举目四望,还是妇科诊所。

那个叫林司药的给王铁山把完脉,避开王铁山,低声跟沈大夫交流了几句,便离开了。

七

林司药一走,沈大夫对贾护士说,把他带到仪器室。

这间诊室屋里有屋,王铁山跟着贾护士,钻进里屋,光线有点暗,王铁山的心里才稍稍踏实了点。刚刚踏实了一点,却又被贾护士吓了一跳。贾护士说,王营长,请把裤子脱掉。

王铁山的头皮唰的一紧,稀里糊涂地问,脱外面的还是里面的?

贾护士扑哧一笑说,外面的不脱下,里面的能脱吗?

王铁山僵住了,像根木桩,僵了半天才说,算了,这个病咱不看了。

贾护士说,你这个人怎么回事?要不是王雅歌说你是战斗英雄,我们还不会专门为你一个人开机器呢。我跟你说,这可是为最可爱的人开的特例哦。

王铁山梦游般地说,算了,你让我走吧。

贾护士说,太可笑了,你这个人。

这时候听见外面的沈大夫说,你去把他的爱人请过来。

贾护士出去一趟,不仅把孙芳领了过来,而且把王雅歌也领了过来。王雅歌见到王铁山就训,说老王你简直是农民,是封建主义分子。

王铁山说,她们让我脱裤子,这不是……这不是让我露丑吗?我不能脱。我除了在我老婆面前脱过裤子,没有在任何女人面前脱过裤子。

王雅歌声音很高地训斥道,你王铁山死都不怕,还怕脱裤子?今天来看病,可是我跑了好几趟才预约上的。这个裤子你脱也得脱,不脱也得脱。

王铁山被王雅歌训得脸上白一阵红一阵,吭吭哧哧说不出话来,问孙芳,你说,这个裤子咱脱不脱?

孙芳见王雅歌动气,对王铁山说,那就听雅歌姐的,脱吧。

王铁山这才视死如归地说,那好,叫咱脱,咱就脱!

王雅歌说,听大夫的话,叫你咋办你就咋办。现在你就是战士,大夫和护士就是指挥员,服从命令听指挥,听清楚了没有?

王铁山腰杆一硬说,是,服从命令听指挥!

王雅歌说,那好,我们在外面等你。

后来检查的结果是,王铁山没有问题,问题还是出在孙芳的身上,输卵管狭窄。大夫交代说,这个病不是不能治疗,但是很难治。可以做手术,但是目前我们国家只有北京和上海的几家大医院有设备,治愈率也不是百分之百。最好的办法是先用中医调养。妇科病,中医既能治标,也能治本。我给你开个方子,到药房配几剂先调调。

到了药房,那个林司药倒是很细致,在天平上过药,一丝不苟。王雅歌对孙芳说,中医就是这样,用什么药,怎么用,什么时候用。都有讲究。要过细。

孙芳心里有点忐忑，因为她文化程度不高，很多东西记不住。

离开人民医院，王铁山擦着脑门上的汗说，王雅歌同志，你可是把我害苦了，出尽了洋相，还弄了个冤假错案。

王雅歌说，你这个认识不对。不检查，你怎么知道是冤假错案？检查了，水落石出，就可以对症下药，你说是不是？

王铁山说，那是，那是。

王雅歌说，两个人的事，两个人都要负责，说清楚了一个，另外一个也就能够说清楚了，你说是不是？

王铁山说，那是，那是。

走在路上，直到扑扑通通的心平静下来，王铁山才想起来刚才在妇科诊室里好像有什么不对劲，紧张中好像发现了一个熟悉的东西。可是那是什么呢？他一直没有搞明白。

当天回到家里，王雅歌把王铁山在医院里的表现跟兰泽光说了，说哎呀，你没见他那个样子，一听说要脱裤子，恨不得两手捂住皮带，好像谁稀罕他那玩意儿似的。

兰泽光微笑，不咸不淡地说，他那个人，心理不健康。

王雅歌说，连军官都这么封建，能不土吗？

兰泽光说，也不是都封建吧？像你这样的女军官就很不封建嘛。风风火火地带着一个男人去检查他那玩意儿，可歌可泣啊。

王雅歌说，别那么酸。我看心理不健康的是你。我告诉你，医生在工作的时候，眼睛里只有病人，没有男人女人。

八

王铁山同沈湾见面有三次，一次是潜山攻防战斗中，他负伤了，沈湾也负伤了，两个人同住一个救护所。沈湾那人挺风趣，爱讲笑话。有一次他说他过去在河南一个日军占领城市搞侦察，化装成一个富商，结果被一个小偷盯上了。那天那个小偷跟了他一天，后来他明明知道小偷把他的东西偷走了，也不吭气，假装没看见。结果到了后半夜，小偷又摸到他住的旅馆里，气愤地指责他说，穷光蛋就穷光蛋吧，还愣充财主。今天跟了你一天，啥也没整着，你说咋办吧？沈湾说，咦唏，你这个小偷还挺不赖，偷东西还有理了？小偷说，在俺们平原省会，但凡冒充财主的不外有两种，一种是放飞鸽的骗子，一种是八路军。沈湾说，咦唏，你这个小偷还真不简单，还能看人识相呢，你说咋办吧？小偷说，杀人偿命，欠钱还钱。俺一天没吃没喝跟着你，总不能让俺空手回家吧？你身上有啥，多少给点吧。沈湾说，既然你已经看出来了，我就是穷光蛋，要钱没有，要命一条。那小偷也不示弱，说你们八路军打日本，俺老百姓举手赞成，可是你们太穷了，穷得连小偷都跟着受罪。沈湾说，为什么要当小偷呢，国难当头匹夫有责，跟我当八路搞地下抗战吧。你这身功夫说小不小，说大不大，当小偷被人打死了活该，搞抗战牺牲了还是英雄。那小偷想了想说，你说得有点道理，俺们两个赌一把，你身上有钱没？沈湾亮了两块洋钱说，俺还能一毛不拔吗？小偷说，那好，今晚就赌你这两块洋钱，俺要是偷走了，就拿着这两块洋钱远走高飞了，俺要是偷不走，俺就跟着你搞抗战。

沈湾那天给王铁山讲这个故事的时候，气色很好，很自得的样子。王铁山问，那后来呢？沈湾说，后来嘛，没有后来了。王铁山住院住得身上快长毛了，天天缠着沈湾问后来，沈湾就是不说，后来的故事就变成悬念了。

王铁山第二次见沈湾就是在相州市人民医院的妇科病房里，沈湾说他的睾蛋在朝鲜战场上被冻坏了，显然也是去检查生育问题的。

现在，王铁山第三次见到沈湾，沈湾已经是一具尸体了。

沈湾是在给特务连演练攻城攀登的过程中失足摔死的。说起来沈湾还是老革命，师范毕业生，抗战时期参军的，跟一团政委刘界河是抗大同学。战争年代出生入死，那么艰苦都活下来了，到了和平时期，却在训练中摔死了，很可惜。上级给沈湾定性为革命烈士，这是二十七师从朝鲜战场回来之后产生的第一个烈士，所以追悼会相当隆重，连以上干部都参加了。王铁山第一次看见刘界河抹眼泪，就是在沈湾的追悼会上。

沈湾的追悼会开得很隆重，师长贾宏生在致悼词的时候泣不成声，历数沈湾在抗日战争和解放战争、抗美援朝各个战争时期的贡献。贾宏生是真正的老革命，是一九三九年参加八路军的，后来搞阶段划分，他差点儿就成了红军，据说沈湾曾经救过贾宏生的命。

参加完沈湾的追悼会之后，回到团里，就开始搞安全教育，检查安全隐患。子弹一律统一保管，训练一律统一组织，动枪动炮次数减少，实弹射击批准权限升级。除了团里的巡逻队，连队站岗基本上背空枪，把干部们的手枪都收起来统一保管。

收枪的时候，兰泽光非常恼火，找到刘界河说，我觉得团里的做法有点不对劲。

刘界河不紧不慢地反问，哪里不对劲了？

兰泽光说,也不能因为沈湾同志牺牲了,大家就全龟缩起来了。你没看师长致悼词的时候哭得后背都是一抖一抖的,说明沈湾同志的牺牲重于泰山。可是团里回来却一味地布置总结教训,防安全。好像沈湾同志是个反面教材似的。沈湾同志不是烈士吗?

刘界河反问,难道你也想当烈士吗?

兰泽光说,我不想当烈士,但是我们不能当没有枪的营长。

刘界河说,烈士是烈士,教训是教训,两码事。营长归营长,没枪归没枪,还是两码事。

兰泽光说,你把我的枪都收了,我当个营长,屁股后面别个空枪套子,成何体统?

刘界河说,你要想背真枪,就去当巡逻队长。

兰泽光说,一九五六年冬天我就是营长,现在已经是一九六三年了,我已经当了七年营长,你还想降我的级让我当连长?

刘界河说,你嫌进步慢吗?我们革命军人不讲职务高低,能上能下。你还真有打江山坐天下的思想啊?

兰泽光不吭气,心里想,唱高调谁不会。让我去当团首长,你来当这个营长你痛快吗?

刘界河又说,你掰着指头算算,你进步已经不算慢了。你参军半年就是排长,一年半就是连长,三年半就是连长兼工作队队长。和平时期嘛,不打仗了你还老想升官?

兰泽光说,我不是说要升官,我是说我们不能因噎废食,不能因为沈湾同志牺牲了,你们团首长就让我们这些营长背空枪套子。难道我们是特务吗?连我们都不信任了,那你们信任谁?

刘界河脸一沉说,什么我们你们,从什么时候开始的,变成我们你们的了。你看看我背的是什么?刘界河说着把腰间的皮带解下来,递给兰泽光。

兰泽光傻眼了,刘界河的枪套里,满满当当塞着红绸子。

刘界河说,他妈的,不打仗了,什么毛病都出来了。你们这些鸟人,只能打天下,就是不能坐江山!

兰泽光灰溜溜地说,政委批评得对,我有错误,对于收枪思想上转不过弯。

刘界河说,行啦,也别假检讨了。你通知王铁山同志,今晚跟我去看一个人。

兰泽光问,谁?

刘界河说,看来还得狠狠地学习保密规则。

九

王铁山和兰泽光都没有想到,刘界河要他们陪着去看望的,竟然是沈湾的遗孀,刘界河还让王铁山和兰泽光分别买了一些红糖、肥皂什么的。

当天晚上,刘界河带着他们坐上团里那辆老掉牙的苏式嘎斯小车,快到师部家属院的时候,刘界河说,沈湾同志虽然跟我是同学,但是你们过去也认识,算是故交吧。我今天让你们买点东西,也不算敲竹杠,主要是给你们一个受教育的机会,一定要尽快实现从战争状态到和平时期的转变。给你们说一句绝密的话,沈湾同志虽然被授予烈士称号,但他的死确实是不应该,快四十岁的人了,还把自己当成是毛头小伙子,说三天不摸枪他就手痒,十天不搞擒拿格斗就难受,半夜里不做几次俯卧撑就睡不着觉。特务连训练,有一个参谋管着足够了,他非要逞能,去给人家露两手。这下好了,他成了烈士,倒是很体面,老婆孩子却遭殃了。

车子一直开到师部家属院大门口。进了沈湾的家,王铁山和兰泽光这才知道,沈湾原来不是河南人,而是东北人,他那一口河南话,全是在河南省搞地下工作时候学的,沈湾把一口地道的河南话也当作了地下工作的资本。

沈湾的老婆姓杨,叫杨体仁,是东北齐齐哈尔人。见这三个人进来,倒也平静,淡淡地打了个招呼,便张罗着要倒开水。刘界河说,别忙乎了,这是我们团的一营长和二营长,都是老沈的战友,过来看看你和孩子。

沈湾的老婆说,谢谢两位营长。

刘界河问,都准备好了吗?

沈湾的老婆说,都准备好了。

沈湾的老婆向屋里喊,津津,津津,出来见叔叔。

刘界河说,在做作业吧,算了。

话音刚落,便见里屋出来一个女孩,大约六七岁,还戴着红领巾,向几位叔叔行了个少先队礼,打了一声招呼,叔叔好!

王铁山和兰泽光眼睛落在孩子的身上,心里很是凄凉。王铁山说,好孩子,要坚强。

沈津津说,嗯。

刘界河又对沈湾的老婆说,回到老家,有什么困难,就给老战友们写信。

沈湾的老婆说,谢谢他刘叔。老沈命薄,却有一帮好战友。组织上和战友们把啥都想到了,没啥愁的了。

几个人没滋没味地说了一阵话,大家心情都不好受。出了沈湾家门,刘界河说,都看见了吧,孩子刚刚小学二年级,她爸爸就成为烈士了。她妈妈不愿意留在相州市,只好回齐齐哈尔了。

王铁山和兰泽光都不说话。

刘界河又说,这个老沈啊,个人逞英雄主义,撇下孤儿寡母的,真是不负责任。

王铁山和兰泽光还是不吭气。

刘界河说,我去师医院,要不让车子把你们送回去?

王铁山和兰泽光赶紧说,政委你坐车吧,我们俩五公里越野。

刘界河说,那好。兰泽光同志,再也不要提枪套的事情了。

兰泽光说,再也不提了。

刘界河的车子呜的开走了。王铁山和兰泽光看得有些发呆。兰泽光说,刘政委什么意思,抓我们开一个现场会?我就是对收枪提出了不同意见,未必就像老沈那样也想当烈士。

王铁山说,血的教训,确实值得引以为鉴。

兰泽光说,我就想不通,为什么一人得病,全体吃药。看现在这阵势,训练很难正常开展了。往后部队啥事不做,就做一件事情,防事故。

两人说着话往回走,走着走着,王铁山突然一惊一乍地说,咦,不对呀!

兰泽光说,怎么啦?魂丢了?

王铁山想了想说,魂倒是没丢,不过倒是好像真的丢了什么。

说着,转身就往沈湾家走。

兰泽光说,你屁股挨上板凳就没动窝,能丢什么东西?

王铁山往前走了几步又回转过来,摸摸口袋说,是啊,啥也没落下。可是我怎么感觉就像丢了东西似的。

兰泽光说,是丢了,东西没丢,把人丢了,死了一个沈湾,全他妈的被事故吓破了胆!

王铁山说,你有没有发现那个孩子有点眼熟?

兰泽光歪着脑袋想了想说,孩子嘛,大同小异。

第三章

一

　　六十年代中期,部队开展大比武。大比武序幕拉开之后,兰泽光一头扎在部队里,很少回来,回来也是匆匆忙忙,钻进自己的房间就不出来。那个小屋果然被他弄成了后方指挥部,里面不仅挂着作战地图,还堆起了沙盘。

　　王雅歌也忙。师医院开展业务练兵,她是三所所长,大小也是个负责人,而且是个很有责任心的负责人,而且是个很有上进心的负责人,这就决定了她比别人更忙,也就决定了她和兰泽光之间的战争不可避免。兰泽光说王雅歌简直就像国民党军统特务,无孔不入地跟他开展时间争夺战。王雅歌反唇相讥说,当个小营长把自己搞得像大军区司令似的,不光我是国民党军统特务,孩子更是绊脚石。

　　孩子如同野火烧春风吹的树苗,在兰泽光和王雅歌的冷战中一天一天地长大,到了四岁,兰泽光给她起了个名字叫兰丽文,送到了幼儿园。然而旧的矛盾解决了,新的矛盾又出现了,孩子上幼儿园需要接送,回来要吃喝拉撒,没有人管也还是不行的。

　　两个人也曾经商量要请保姆,最终没有请成。一来双方家庭都不富裕,需要他们拿出三分之二的薪水去支援;二者住房不宽裕,仅兰泽光的书房就占去了一大间。

　　王雅歌建议兰泽光把书房也就是所谓的后方指挥部腾出来给保姆住,遭到了兰泽光的痛斥。兰泽光说,你还挖苦我把自己当大军区司令,就凭你这个态度,我当营长都吃力。我的一点成绩都是跟你争分夺秒地抢来的。

　　王雅歌说,我是岗位练兵的先进工作者,还是驻地的爱民模范。我的这点荣誉,全是跟你进行艰苦卓绝的斗争得来的。

　　说归说,孩子还是王雅歌带的多。白天送幼儿园,晚上王雅歌下班骑车接回来。兰泽光基本上不管。

　　好在有个好邻居。孙芳在结婚后不久就随军安排在团里的军人服务社工作,上班不出营房。有时候王雅歌忙得没空了,就打电话给孙芳,由孙芳帮着接孩子。

孙芳和王铁山结婚四五年,王雅歌帮他们想了不少办法,附近几个大城市的医院都看遍了,孙芳的肚子还是不见大。王铁山倒是大大咧咧,说没有孩子更好,可以轻装上阵干革命。孙芳就不行了,老是觉得对不起王铁山。光看王铁山看别人家孩子那眼神,孙芳就知道王铁山说不要孩子更好不是心里话。下班回来,要是正好遇上孙芳接到了妞妞,王铁山就会兴致勃勃地跟孩子玩一阵子,比数数,捉迷藏,演大老虎,孩子开心,王铁山更开心,小院里笑声不断,像夕阳一样灿烂。

有一次兰泽光百年不遇地到王铁山家领孩子,在门外看见穿着绒衣的王铁山在带孩子玩。兰泽光走到门口又退回来了,在自己家这边听王铁山和孩子对话。

孩子问,为什么金鱼老是游来游去,它难道不睡觉吗?

王铁山回答说,金鱼也会睡觉,但它睡觉的时候也是游来游去。

孩子问,金鱼会唱歌吗?

王铁山回答,金鱼大概是不会唱歌的。

孩子又问,金鱼会说话吗?

王铁山想了好长时间才回答,金鱼会说话,但金鱼说话只有金鱼才能听到,人是听不到的。

孩子问,那金鱼会动脑筋吗,金鱼有幼儿园吗?

王铁山一头大汗,还是不厌其烦。

兰泽光那天最终没有进王铁山的家门,暗想,这个麻烦还是让老王先对付吧。他知道自己耐心不够。

王铁山带孩子玩的时候,孙芳就在旁边陪着。每当这个时候,孙芳就知道,王铁山想要孩子。她跟王铁山商量要去上海做手术,解决大夫说的那个输卵管狭窄的问题。一来王铁山抽不开身陪她,二来王铁山相信中医甚于相信西医,尤其他听说治疗妇科病,还是中医奏效。

王雅歌也多次劝说孙芳去上海做手术,表示王铁山不能陪同,她可以陪同,把孩子暂时交给石得法的家属带几天。王铁山说,再等等,等我稍微闲一点,还是我自己陪同比较好。王铁山有这样一个态度,事情就搁置下来了,一直搁置到大比武,更没有时间了。

王雅歌跟兰泽光夫妻感情一般,夫妻生活质量一般,相互体贴也很一般,倒是同王家走得很勤,不仅孩子要交给他们帮助照料,有时候她下班回来,累了不想做饭,就到王铁山家蹭饭。兰泽光偶尔回来,见没有人做饭,便回到营部吃饭。

王雅歌吃孙芳的饭自然也不是白吃。她从来没有放弃为孙芳寻医求药。有一服中药熬制技术要求高，沈大夫和林司药交代又交代，火候问题，时机问题，下药先后，程序复杂。王雅歌怕孙芳弄不好，干脆动手自己熬。那天兰泽光想老婆了，忙里偷闲回了一趟家，嗅到药味，吓了一跳，以为王雅歌病了，赶紧问寒问暖。

王雅歌故意不理他，蹲在地上，手里拿着扇子给小炭炉扇风，火借风势，把王雅歌的脸映得红扑扑的。

兰泽光这天本来心情不错，没想到回来看见老婆熬汤药，心里还真的有点沉甸甸的。王雅歌越是不理他，他越是着急，把脚挡在王雅歌和小炭炉之间问，你给我说实话，你是不是病了？

王雅歌见他真的着急，笑笑说，我病了好啊，你可以再娶一个能够生男孩的女人啊。

兰泽光急了说，我们两口子，有团结有斗争，团结是目的，斗争是手段，通过斗争达到团结。我从来没有三心二意，你知道我不是那样的人。

王雅歌听着这话，不伦不类，倒也不难听，心里一阵温暖。王雅歌说，实话跟你说吧，这药是妇科药，服用三剂可以生男孩。

兰泽光不知是计，两眼顿时放光，一句话脱口而出，真的啊？

王雅歌说，看看，狐狸还是露出了尾巴。

兰泽光说，要是真的生个男孩，那当然是好事。

王雅歌脸一板说，一个都顾不过来了，再生一个你带啊？

兰泽光困惑了，看着小炭炉说，那你这是干啥？

王雅歌说，把你那个破营长当好，别多管闲事。

兰泽光明白了老婆没有什么大问题了，还当真不管闲事了，哼着小调回到书房搞战术去了。

那天晚上兰泽光很晚还没有吃上饭，饿了就在屋里敲打桌子，声音不高不低地喊，开饭了，开饭了！喊了几遍没有回应，便到厨房去找，这才发现王雅歌不知去向，倒是听见隔壁笑语朗朗，于是明白，那药是给孙芳熬的。

二

兰丽文到了六岁，就该上小学了，可以寄宿。兰泽光如释重负，王雅歌重负如释。报名那天，兰泽光精神抖擞地亲自送孩子，这是他第一次踏上八一小学的大门，后来就再也没有来过。

到了大比武后期，兰泽光和王铁山都是老营长了。而此时王雅歌已经由师医院三所所长升任副院长，职务是副营级，享受副团职待遇。回到家里，再同兰泽光舌战的时候，底气更足了些，居高临下地说，兰泽光同志，别忘记了，我享受的是副团级待遇，而你呢，一个正营级干部，老是指挥一个副团级干部不太正常吧？

兰泽光说，我日他娘，这叫什么事！

有一天到团里开会，听副政委念《人民日报》社论。副政委口音很重，听屎不懂，加上错别字连天，干部们昏昏欲睡。

兰泽光起先还端坐在自己的位置上，保持坐如钟的风度，后来实在坚持不住了，就从学习袋里拿起一张纸信手涂鸦，写了一句，这个同志扯屎淡。

坐在一边的王铁山看见了，悄悄地把纸抽了过去，写了一句话推了过来，兰泽光一看，差点儿把笑给喷出来了，王铁山写的是，脑袋有点像大蒜。

兰泽光又写了一句，丑化领导要倒霉。

王铁山又写了一句，实事求是理当然。

就这样，两个人你来我往，方兴未艾。

王铁山虽然文化不高，但在一团是著名的打油诗专家。以后在"文化大革命"学习小靳庄的时候，他已经是团长了，据说某中央首长点名让他去参加诗歌创作学习班，军区打了埋伏，说王铁山这个同志家庭出身不好，这才让他失去了一个名扬天下同时也可能会臭不可闻的机会——这是后话了。

那天二人无意当中开展笔谈，居然兴致勃勃，居然其乐无穷，居然滔滔不绝。起先还是扯谈，后来渐渐地就涉及真情实感了。他们一共合作了多少打油诗已经无人知晓了，只有一首后来被流传下来。

营长当了八九年，
裤衩穿了百十件，
破枪破炮天天练，
红军不怕远征难。

钟山风雨起苍黄，
十年没有打过仗。
手发痒来心里急，
老想朝谁开一枪。

王铁山和兰泽光在合作打油诗的时候,充满了激情,充满了想象,也充满了才华和智慧。这是他们历史上配合得最好的时光,融洽默契,心有灵犀,天衣无缝,浑然一体。

他们全然不知道,几年之后,他们差一点儿因为这些打油诗会进监狱甚至会掉脑袋。政治嗅觉高度灵敏手艺非凡的工作组居然从这首诗里研究出来,其中一、三、六、八句,属于"牢骚太盛",从反动情绪上看,是一个人所为,而另一个人相对平和,罪行较轻。但是因为原件丢失,王铁山和兰泽光都主动承担最反动的那部分是自己写的,反而使问题拖住了。

那也是后来的师政委刘界河出的点子,把责任推给了"广大人民群众",说这是战士们编出来挖苦他们营长的,与这两个营长——后来的两个团长无关。这也是后话了。

回到当时当地,兰泽光和王铁山在会场上作诗密切配合,但是转眼之间兰泽光就把王铁山给卖了一次。

报纸念完后,散会。

其他人都走了,兰泽光还没走。王铁山说,走啊,你还想听一次社论吗?

兰泽光说,我等等,我想问参谋长,器材什么时候到。

其他人都走完了,团首长也从主席台上撤下。团政委刘界河看见兰泽光在东张西望,就打了一个招呼,走,老兰,到我办公室坐坐。

刘界河这个招呼本来是客套话,岂料兰泽光顺杆子就爬了上来。兰泽光说,正好,我有意见要向组织上反映。

刘界河顿了一下,哦,什么意见?

兰泽光说,政委要是广开言路我就畅所欲言,政委要是闭关锁国我就守口如瓶。

刘界河沉吟片刻,看看兰泽光,又抬头看了看天,笑了起来说,啊,今天太阳从西边出来了。

兰泽光一脸茫然地看着刘界河。

刘界河说,你兰泽光那么清高的一个人,平时不下通知你不到团里来,不逼急了你不发言,今天是怎么啦,要给我搞隆中对?

兰泽光不在乎刘政委的挖苦讽刺,一本正经地说,我只是想提意见。

刘界河说,你的意见重要吗?

兰泽光说,比较重要。

刘界河说,不是要打仗的事吧?

兰泽光说,不是。

刘界河想了想说,那今天先算了,我今天心情比较好,陈团长打猎又打了一只野兔子,说好了晚上要搞壶老酒的,别让你的比较严重的意见把兴致给我败坏了。说完,转身要走。

兰泽光迟疑了一下,硬着头皮跟了上去。

刘界河那天确实心情不错,因为听到风声,可能要提升为师里副政委或者政治部主任。刘界河边走边说,怎么,今天是对准了要一吐为快啊?

兰泽光说,憋得有点难受。

刘界河说,那咱们说好了,既然提意见,就痛痛快快地提,知无不言地提,干净利落地提。不许支支吾吾,不许含含糊糊,尤其不许拐弯抹角。你兰泽光是有名的弯弯绕,不能把我给绕了。

兰泽光说,政委放心,今天我是一根肠子通到屁股眼儿。

刘界河停步,扭头问,此话怎讲?

兰泽光说,直来直去。

刘界河说,哈哈,太粗。看来今天真的是太阳从西边出来了,你这个文雅的人也说起粗话来了。

兰泽光说,话粗理不粗。

刘界河说,那好,今天我们就来个雅俗共赏,但不要搞通宵达旦。晚上我要喝酒。

兰泽光说,我的意见不多,就三条。

两人说着话,就进了刘界河的办公室。

刘界河让警卫员给兰泽光倒了一茶缸开水,把手一指说,开始。

兰泽光说,那我就开始了。情况是这样的……

刘界河把手一摆说,打住,又拐弯了不是?

兰泽光说,那我就从头说起。昨天发薪水,我有三个没想到,一是没想到我的营长一当就是八年,我当营长的时候还没有结婚,现在孩子已经六岁了,已经上学了,我还当营长。

刘界河说,那没有办法,抽调你去工程兵部队当团长你不去。

兰泽光说,我是个野战军步兵营的营长,玩步兵战术我是行家,玩工程技术我基本上就是傻子,我不能因为追求职务而去做我力不能及的事情。

刘界河说,现在是和平时期,好多部队都转行了,有的还撤销了,干部多得像狗一样,漫山遍野都是。我这个团政委比你时间更长。战争年代我平均一年升官一级半,和平时期十年不升一级,这也是正常的。还有什么没想到?

兰泽光说,我授衔的时候是个大尉,眼睁睁地熬到年头了,总算可以授少校衔了,他妈的偏偏在这个时候又取消了。这不是瞎折腾吗? 看来我这辈子是当不上校官了。

刘界河说,这话不要随便说,这是上面的事情。

兰泽光说,为什么不让说? 授衔的军官是军官,不授衔的叫干部。干部是什么,日本鬼子才叫干部。

刘界河说,兰泽光同志,你说话注意一点。你是个老同志了,要注意影响。

兰泽光说,连老同志都不敢说话了,还有谁敢说话?

刘界河尽管表面上对兰泽光很严厉,但是从心里来讲,他还是很器重这个干部的,而且他也认为兰泽光的意见不无道理。这些从战争年代打出来的干部不是一般的干部,他连死都不怕,他还怕什么? 你不让他说话,你让他闭嘴那可能吗?

刘界河说,在这一点上,你要向王铁山同志学习。上次有一个提升的机会,党委已经上报要提他了,可是他却谦虚地说,他文化不高,水平有限,主动推荐朱辉午当参谋长,他不跟你一样,还是个营长吗?

兰泽光说,这就是我的第三个没想到。没想到组织上会推荐王铁山同志当参谋长而没有推荐兰泽光同志。政委同志我向组织上提出疑问,兰泽光同志差吗?

刘界河说,至少在觉悟上比王铁山同志稍逊一筹。

兰泽光说,第一,我们军人是要打仗的,是要懂战术的。时传祥同志掏大粪受到了国家主席的接见,你能说他觉悟不高? 可是他能够当团参谋长吗? 第二,我也不承认我觉悟就比王铁山同志差。当然我这不是说王铁山同志不好,王铁山同志很好,你把他提成副团长,哪怕你把他提拔成大军区副司令,我都没有意见,但是你们组织上推荐他当团参谋长,我认为简直就是驴唇不对马嘴。

刘界河火了,一掌拍在椅子扶手上,喝道,兰泽光同志,你太狂妄了! 你有什么理由说组织上推荐王铁山当参谋长是驴唇不对马嘴?

兰泽光说,参谋长是什么? 是司令部的灵魂,是指挥整个部队作战行动的中枢的中枢。王铁山同志觉悟哪怕再高,也抵消不了在作战指挥上的先天不足。他管参谋长可以,但是他不能当参谋长。

刘界河又把椅子扶手拍了一下说,还是狂妄,更加狂妄。谁在作战指挥上先天不足? 你别忘记了,双榆树战斗……

话到此处戛然而止，刘界河意识到自己犯了一个错误，急不择言说漏嘴了，恐怕点到兰泽光的死穴了，恐怕戳到了兰泽光的痛处，恐怕要伤兰泽光的自尊心了。

果然，兰泽光神情大变，脸色苍白地看着刘界河，嘴唇有些颤抖，很长时间一言不发。最后说，关于双榆树战斗，组织上的结论，我是有保留的。

刘界河温和了口气说，兰泽光同志，我这样说也不是很负责任。公正地说，双榆树战斗有不少问题没有搞清楚，可是仗已经打成那个样子了，王铁山的队伍已经上去了，敌人终于被击溃了，高地终于被拿下了。我们总不能处分王铁山吧？给王铁山记了一次大功，给你兰泽光也嘉奖了一次，我们也并没有说你兰泽光指挥失误。哪怕将错就错，我们也只能那样了，胜利属于整体，功劳大家都有，皆大欢喜，胜利而归。当然……刘界河有点语无伦次了，他看见兰泽光已经站了起来。

兰泽光说，政委，我走了。

刘界河说，你等等，我们还没有谈完。

兰泽光说，我的意见提完了。

三

王铁山和兰泽光的营长当到第九年头上，因为在大比武中各有表现，都提拔了，王铁山先兰泽光三个月提升为副团长，三个月后兰泽光被提升为团参谋长。

新任师政治部主任的刘界河在跟兰泽光谈话的时候说，兰泽光同志啊，看来你这个参谋长还真有两下子，我应该把你调到师政治部来给我当干部科长。

兰泽光说，首长又在挖苦我。

刘界河说，简直就是神机妙算嘛，谁当什么，全由你说了算。

兰泽光说，我只是觉得谁更合适。如果师政治部真的把干部的特长、性格、品质都加在档案里，到了该用谁的时候，基本上不用调查了。

刘界河夸张地说，哈哈，那我又犯错误了，小看你了。师政治部这个小庙哪里能装得下你这尊大菩萨？你考虑的问题是总政干部部长应该考虑的事情。

兰泽光想了想，老老实实地说，这个现在的档案太教条化了，无非就是家庭出身年龄性别出生年月民族婚否。我认为军官的档案应该更丰富一些，好像还缺少什么更重要的东西。

刘界河说，兰泽光同志，你的想法很好，但目前可能做起来有困难。干部问题是一个复杂的问题。我们不说它了。记得半年前，你向我提意见，说你有三个没想到。今天我也给你三个没想到。一是没想到你我一起刚刚发过牢骚就提升了，好像毛主席听到了咱们的牢骚，命令部队重用你我。第二个是没想到，真的像你说的，你适合当团参谋长，王铁山同志当的是副团长。你可别认为这是我听取了你的意见才有的结果啊。我跟你说实话，讨论提升你，我是投反对票的。你这个同志有很多优点，但是也有很多缺点。这个以后再说。第三个没想到的是王铁山是分管训练的副团长，具体说来就是分管你。虽然你们在职务上是同级，但在分工上你除了向团长负责，还要接受王铁山的领导。你听明白了吗？

兰泽光说，听明白了。

兰泽光当了参谋长，比过去更忙了。当然，忙得很起劲，忙得如鱼得水。参谋长这个职务是他向往已久的。虽说那时候的干部不是太在乎职务高低，但也不是完全不在乎，何况他又对搞战术充满了激情呢。

就在兰泽光雄心勃勃要大干一场的时候，麻烦又来了。

"文化大革命"开始后，八一小学取消了寄宿，孩子还得自己带。兰丽文已经上小学二年级了，每天晚上要做作业，做作业要人辅导。孩子拿着课本对兰泽光说，爸爸，老师说了，要好好学习，天天向上。可是我的算术成绩不好，你教我乘法吧。

兰泽光起先还有耐心，二乘以二等于四，三乘以三等于九，这太简单了，于是掰着指头给孩子讲解。孩子听得明明白白，可是还要问，三乘以三为什么等于九，而不是等于十呢？

这就不简单了。

讲了几个回合，兰泽光就急了，对孩子说，爸爸也要好好学习，天天向上，问你妈妈去。

孩子于是颠颠地跑到妈妈的房间。可是没过多久，小家伙又敲爸爸的门，跑进来说，妈妈说了，她也要好好学习，天天向上。

兰泽光说，跟你妈妈说，爸爸的好好学习，天天向上比她的重要。

孩子骨碌着眼睛，想了一阵子，又去找妈妈。

不到一分钟，孩子再次返回说，爸爸，妈妈说了，她的好好学习，天天向上比你的重要。她的好好学习，天天向上是为了救人，你的好好学习，天天向上是为了杀人。

兰泽光那天正在审定步兵连攻防战术教材，说起来确实也就是杀人的学问。兰泽光说，告诉你妈，我是团参谋长。

孩子犹豫了半天，一步一回头，可怜巴巴地看着爸爸，到了妈妈的房间。

这次孩子没有马上回来，兰泽光心想，妈的总算让步了一次，总算知道轻重了一次。然后静下心来看战术教材稿。可是看着看着觉得不对劲，外面好像有什么响动，出门一看，孩子呆呆地坐在客厅的角落里，悄悄地抹眼泪。这个可怜的小皮球，被她的爸爸妈妈踢来踢去，她再也不想挨踢了，只好独自忍受。兰泽光问，妞妞，你没去找你妈吗？

孩子说，找了，可我妈妈说，她是副院长，跟你享受一样的待遇。

兰泽光气恼地把手中的教材稿一扔，到王雅歌房间兴师问罪说，你这个当妈的怎么这么不负责任，怎么能向孩子灌输这种思想？简直是反军乱军毁我长城。

王雅歌说，我们各自都有自己的事业。我文化不高，当个副院长很吃力，我要加强学习。凭什么把孩子的事情交给我一个人？

兰泽光说，我是军事指挥员，你是后勤干部，打起仗来谁更重要？

王雅歌说，一，现在是和平时期，没有打仗；二，打起仗来，后勤医务干部同样重要。

兰泽光说，我真后悔，当初真应该像王铁山那样娶一个工人，服从命令听指挥。

王雅歌说，你现在后悔也还来得及。

兰泽光没有脾气了，只好火冒三丈地回到自己房间，像命令士兵那样命令八岁的女儿，来，我来给你讲，我只讲一遍，你必须记住。听明白了没有？

孩子怯怯地说，不明白，不，听明白了。

这样磕磕碰碰的事情几乎每天都要发生。有一天兰泽光睡在王雅歌的房间里，想亲热。王雅歌说，亲热可以，再生出一个你带啊！

兰泽光叹了一口气说，那好，就按你说的，用工具吧。

四

王铁山当了副团长之后，协助团长分管训练工作。训练计划由兰泽光主管的司令部制定。兰泽光对上级下发的训练大纲滚瓜烂熟，落实起来自然得心应手。

可是兰泽光就是兰泽光，一方面，要求部队完成训练大纲的指标，另一方面,又搞了一些标新立异的计划。譬如搞体能训练,把干部们的待遇普遍降了一级,跑步要跑十公里,射击要打二百米,军体训练排长执行的是班长的标准,连长执行的是排长的标准。而在战术训练上,又把标准提高了一级,排长要懂连战术,连长要懂营战术,营长要懂司令部参谋业务。那时候的干部多数文化程度不高,搞战术猜心思力不从心,搞作业想定图上沙盘推演更是捉襟见肘,搞得干部们叫苦连天。

情况反映到王铁山那里,王铁山就在司令部的业务会上说,不能把干部们的标准定得太高,要实事求是。

兰泽光说,不是我把标准定得太高,而是我们的干部水平太低。你不用高一点的标准去逼他,他永远低。

王铁山说,你让营长也去搞参谋业务,要你司令部干什么?

兰泽光说,打仗的时候我这个参谋长牺牲了怎么办,我的司令部被敌人袭击了怎么办?

王铁山说,心急吃不了热豆腐,还是慢慢来。

兰泽光说,毛主席说了,一万年太久,只争朝夕。

王铁山说,我们做事不能脱离实际,你让营长连长都去搞战术作业想定,有的连标图都不会,你三天一小考,一周一大考,有些人都快被你搞成神经病了,夜里说梦话都是唉声叹气的。

兰泽光说,这就对了,跟上的留下,跟不上的淘汰。

王铁山说,现在是和平时期,不能说战争结束了我们就让我们的干部水深火热。

兰泽光说,军队是要打仗的,我不能因为我们的干部受不了就降低标准。

王铁山说,你把干部弄得人人自危,部队管理怎么办,一日生活秩序怎么办?我建议司令部对现行训练计划进行调整,还是要坚持按训练大纲来,保证干部安心,部队稳定。

两个人唇枪舌剑吵了半天,司令部的两个副参谋长和股长们基本上插不上话,也不敢插话。

兰泽光终于火了,把手一挥,对作战股长石得法说,王副团长的指示很重要,但是他的重要性不在于他的正确性,而在于他的错误性。王副团长的战术观念基本上还停留在解放战争时期。

王铁山说,老兰,你太霸道了。

兰泽光说,我是被你逼的。王副团长你研究过没有,现在训练标准和内容都比较落后,战斗效率不高,就是与我们的指挥程序重叠有关。

王铁山问,你这话是什么意思?

兰泽光说,那我就不客气了。作为参谋长我也是团首长,我完全可以独立地指挥司令部工作,没有必要在我的头上安一个太上皇。

王铁山愤怒地说,我想分管你吗?这是领导分工,是党委决定的。你这个态度我们怎么配合呢?

兰泽光手一挥说,散会! 夹起公文包扬长而去。

那一天王铁山终于忍不住了,跑到师里向刘界河主任告了一状。

刘界河说,他妈的兰泽光就是自以为是,老是想另搞一套。

王铁山说,我也不完全认为他的做法没有道理。关键是个时间问题。同一件事情,在不同的时间内做,效果是不一样的。他天天喊战术,从体能上把连长当排长训练,从战术上把连长当营长训练。这些干部文化程度不高,他又煽风说要向上级建议,干部任职提升要以司令部考核成绩为准,意见由司令部和政治处两家拿,那干部们能不紧张吗?

刘界河说,你别说,他的这个想法还真的是新生事物,恐怕将来真有可能走这条路子。问题是这家伙过于理想化了。

王铁山说,我还有一点要反映,兰泽光同志忽冷忽热,喜怒无常,很难相处。

刘界河说,这个我也有感觉。兰泽光同志的长处在于勤于学习,知识面宽,爱动脑筋。其实他的很多想法都是非常有见地的,非常深刻的。我看军区的学术杂志上登的那篇《作战意志论》就非常深刻,论证充分。那里面阐述了指挥员在突发事件面前如何保持镇定,如何保持自信,如何审时度势,说得都很好。他举了朝鲜战场一个879高地攻防战斗的例子,879高地这个名字很陌生,但是那个战例我感觉有点眼熟。

王铁山吃了一惊说,我没看过。

刘界河说,王铁山同志,我们都是从死人堆里爬出来的,我也跟你打开天窗说亮话。尺有所短,寸有所长。对于你和兰泽光两个人,我的看法是,在团以下,你比他强,强就强在恒心上。在团以上,他比你强,强就强在见识上。如果说打仗,你的强项是勇,他的强项是谋。你王铁山是上什么山走什么路,他兰泽光是上什么山开什么路,他的闯劲比你强。但是这个同志好像性格上有问题,比较固执。这个比较要命。

王铁山心想,岂止固执,简直目中无人。这话王铁山没有说出来,王铁山说,其实我始终是尊重他的,我文化程度不高,眼光没有他看得远,所以我从来不会轻易地否定他，但是如果我研究透彻了，我就不能袖手旁观，我可以公开地跟他争论，并且及时地向上级反映。

刘界河说，很好。我们都看在眼里，你始终对他是宽宏大量的，你反映问题对他也是爱护。咱们这些打过仗的干部，都是国家和军队的宝贵财富，要保护。你放心，找个机会我要狠狠地敲打他。

五

不久，刘界河果然把兰泽光狠狠地训了一顿。

事情是因为王雅歌引发的。这年春天，离驻地相州市八十多公里的内详县发生流行瘟疫，由师医院和各团卫生队抽调二十多名医护人员组织医疗队，前往灾区救死扶伤，师医院一名副院长担任医疗队长，王雅歌自告奋勇地争取了这个任务。

下班回来，王雅歌把这个情况跟兰泽光通报了，兰泽光的脸色马上就变了，看也不看王雅歌，而是看着正在做作业的妞妞。看了半天才说，你真是一个混进人民军队的阶级异己分子，你无孔不入不择手段地毁我长城。

王雅歌说，我怎么毁你长城啦？救死扶伤，实行革命的人道主义，是我们医务工作者的神圣职责。全心全意为人民服务，是我军的宗旨。你反对我履行职责遵循宗旨，你才是毁我长城。

兰泽光咬牙切齿地说，你走了，她怎么办？

王雅歌说，我想好了，把孩子交给石得法家属，她刚刚从农村过来，还没有上班。

兰泽光的脸色这才多云转晴，嘟囔说，这倒是个主意。

达成协议，两口子都比较高兴。因为考虑到一去至少是十天半月，当天夜里还恩爱了一番，而且没用兰泽光说的那种"橡皮套子"，王雅歌是医生，知道掌握安全期。

可是第二天兰泽光往师医院给王雅歌打电话说，不行。我不能把孩子交给我的下级，这样有滥用职权剥削下级的嫌疑。再说，石得法的老婆一个大字不识，把孩子交给她，还不得给我带出个小农民来！

王雅歌说，那你说怎么办？

兰泽光说，你去把任务辞了。

王雅歌说，开玩笑，你以为这是开玩笑吗？

兰泽光说，我这就给你们院长打电话。

王雅歌说,你敢,只要你敢打这个电话,我们就离婚。

兰泽光说,婚姻自由,离婚也自由,但那是以后的事。我要解燃眉之急。说完就把电话挂了,挂了又把话筒拎了起来,对总机说,给我接师医院院长办。

一会儿总机回话了,说师医院院长办占线。

兰泽光等了一会儿,又把话筒拎起来说,给我接师医院院长办。

一会儿总机又回话了,说师医院院长办还是占线。

兰泽光说,把他们的线掐断,把我的插进去,我有急事。

一会儿总机回话说,插不进去,师部总机不给转接。

兰泽光心想奇怪了,谁这么长时间占用电话,有多少话要说吗? 如果有紧急情况怎么办,如果战备命令突然下达了怎么办?

想到这里,兰泽光脑子里突然闪过一道灵光,又拎起话筒说,给我接作战室。

刚刚讲完,就听对面办公室电话铃声大作,接着传来拉椅子推桌子的跑步声。见电话有人接了,兰泽光嗯了一声,接电话的是作战股长石得法,听到这声"嗯"就知道是谁了,听到这声"嗯"就知道出大事了,气喘吁吁地问,参谋长,有何指示?

兰泽光说,记录我的命令。

石得法说,是,记录参谋长的命令。

兰泽光说,陆军第二十七师一团司令部紧急通知,各营,独立连,团直、团后各分队:为确保战备通信之畅通,凡作战值班电话,私事不得使用,公事通话时间不得超过五分钟, 凡超过五分钟即由团总机撤线。此命令即日生效。记清楚了没有。

石得法说,记清楚了。参谋长,发生了什么事情?

兰泽光说,什么发生了什么事情? 畅通战备通信线路!

石得法问,参谋长你在哪儿?

兰泽光说,我在我办公室。

石得法一屁股坐在椅子上, 表情很滑稽地对刚刚进来的赵参谋和李参谋说,哎呀,这个官僚主义啊,他在办公室,就隔着一层墙,你过来说一声也行,你把我叫过去说也行,还打电话,还要我记录,还说要保障战备通信线路畅通,这不是官僚主义是什么……

赵参谋和李参谋都不说话,窃笑。这时候有人说话了,是电话听筒,听筒里传出来一声厉声质问,石得法,你说谁是官僚主义?

石得法吓了一个哆嗦，这才发现电话没有挂上，听筒还在自己的手上。石得法一抬屁股站了起来，打了个立正说，报告参谋长，我是说……我是说……我是说你就是官僚主义，你不仅是官僚主义，还是本位主义，还是自由主义！

兰泽光怒吼道，你混账，石得法你给我听着，你他妈的立即从作战股给我滚出来，等待另行分配工作！

电话里说，兰泽光你听着，辱骂下级，更是军阀。你他妈的立即从司令部给我滚出来，等待另行分配工作！

石得法吓坏了，他不知道自己说了什么，听筒里为什么会有另外一个石得法，简直是同参谋长对骂。两个参谋也傻眼了，觉得这一幕就像滑稽戏一样。石得法突然愣了片刻，似有所悟，挂上电话，戴上军帽，跑步出门，跑了七步就到了兰泽光办公室的门口。

终于，兰泽光也感觉不对了，听筒里的口气越来越硬，这不像石得法的风格，石得法跟敌人作战还算不孬，但是在他兰泽光面前，石得法永远是下属，是学生，是毕恭毕敬的。可是今天怎么啦？这个石得法难道吃了熊胆了不成？

再冷静下来一听，声音也不太对，口气更不用说了。那居高临下震耳欲聋的口气，如果不是比他高两级以上的人而是比他低两级的人说出来的，那这个人不是吃了熊胆就一定是疯了。

等石得法痛不欲生地出现在他的门口，他的脸一下子就白了。电话那端正在骂娘的是刘界河。他的线师部总机可以拒绝插接，但是刘界河的线他的团总机打死也不敢不插。就在石得法战战兢兢地说出第一个"我是说"之后，下面的话再也不是石得法说的了。

兰泽光立正，对着话筒，音量一落千丈：首长，刘主任，我没有听出来，我检查，我……兰泽光语无伦次，额头上热气腾腾。

刘界河说，你没听出来是我，就可以辱骂下级了吗？你不是官僚主义是什么，比军阀还军阀！

兰泽光说，是，我比军阀还军阀。

刘界河说，这个账我以后再跟你算。我问你，是谁给你的权力破坏师里部署的疫区救灾工作？是谁给你的权力阻挠师医院的副院长率队奔赴疫区？

兰泽光说，首长，我，我的孩子没有人管，我还要管司令部，管战备训练……

刘界河说，那我不管，你的困难你自己解决！现在我命令你，立即停止对王雅歌同志的阻挠,立即向王雅歌同志道歉,立即做好王雅歌出征疫区的后方勤务保障工作!听明白了没有?

兰泽光回答,听明白了!

兰泽光真的明白了,他明白为什么他插不进师医院的线路了,原来是王雅歌先发制人,挂了他的电话就给刘主任打了电话。足足有半个小时啊,半个小时可以告多少状啊!

刘界河说,我最后再给你一个忠告,在团里,要尊重王铁山,在家里,要尊重王雅歌。我随时听取他们的汇报。听明白了没有?

兰泽光回答,听明白了。

刘界河余怒未消地说,那好,你等着,最近一个时期,你犯的错误够多的了,只要我再听见二王当中有一个人反映你的问题,我们新账老账一起算,彻底清算!

砰,那边把电话摔掉了。

兰泽光一屁股瘫在椅子上,半天没有动弹,看见石得法在门口哭丧着脸,一拍桌子吼道,他妈的全都是你坏的事!

六

自从那年检查结果出来之后,每过几个月,王雅歌都要带孙芳去人民医院去复查,还是由沈大夫望闻问切,然后调整药方。

王雅歌是军医,过去的专业基本上是战地救护,对于伤筋动骨止血缝皮很有研究,妇科不甚了了。王雅歌有点着急,孙芳的中药吃了一剂又一剂,沈大夫不说行,也不说不行。王雅歌过去认为多播种收获的可能性很大,后来又认为还是应该集中优势兵力,掐准日子,交代孙芳每个月只准王铁山那个一次。姐俩现在已经不仅是好邻居的关系了,也不仅是亲密无间的关系了,连隐私都成了共同的了。孙芳对王雅歌言听计从,依赖性很大,这样就把王雅歌紧紧地套住了。孙芳怀不上孩子,不仅是孙芳的心病,更是王雅歌的心病。

王雅歌也曾跟沈大夫探讨过,干脆去看西医做手术。沈大夫说,有条件做手术当然更好。沈大夫又说,这种病,做手术成功的可能性不是没有,但是对患者伤害较大,术后会留下后遗症,经常会出现这样的情况,患者可以怀孕了,却不能怀孕了,手术过程中要给患者用很多西药,如果在术后怀孕,母子健康是一个问题,孩子的质量也是问题。再等等看。

王雅歌的医疗队很快就组织起来了。正在琢磨要不要带孙芳去沈大夫那里再调整药方，沈大夫却主动把电话打了过来。沈大夫居然知道了医疗队到疫区的消息，而且主动关心孙芳服药后的反应，这是王雅歌没有想到的。王雅歌很感动，心想这边刚刚组织了医疗队要去为人民驱赶瘟疫，那边就有地方医院的大夫关心军队干部的后嗣问题，这确实是军爱民民拥军的典型事例。

沈大夫说，走之前，你把患者带来，我再看看。

王雅歌暗喜，可能有戏了。

因为医疗队筹备工作紧张，约好了晚上去人民医院。沈大夫果然等在那里，一起等待她们的还有贾护士和林司药。

把过脉之后，沈大夫说，对不起你们，这么长时间没有治好你的病，我这个中医失职了。

王雅歌心里一沉，看看孙芳，脸色也很灰暗。

沈大夫说，我可能过于自信了，也过于迷信了。如果早点积极动员你们去看西医做手术，也许情况就改变了。

王雅歌说，难道一点办法都没有了吗？

沈大夫说，医生从来不敢给患者打包票。这次我倒是想给你们打一个包票。依我现在的判断，患者的病情已经起了很大的变化，但还需要最后攻一攻。王同志你这次到内详疫区，有空的话，去找一个叫孙大竹的人，他是旧社会的药材商，现在正在被管制，可能不太好找。如果找到，请他想办法搞三斤蓝茱，年代越久越好。

王雅歌觉得有点神秘，将信将疑地问，有了这三斤蓝茱就行了吗？

沈大夫说，如果搞不到三斤，至少也得二斤，回来请林司药给你们配药。再不见效，那我就黔驴技穷了，只好请你们去看西医了。

王雅歌大喜。凭她的感觉，沈大夫把话说到这个份上，心里已经很有底气了。这个沈大夫，当年王铁山来检查的时候就看着她不同寻常，好像很有城府，说话不多，但说出来的都是不容置疑的。

当天晚上回去，王雅歌的脸上有掩饰不住的愉快，似乎孙芳很快就能怀孕了，似乎孙芳怀孕就等于她自己怀孕了。

兰泽光见老婆回来，从鼻子里哼了一声，冷冷地问，都快半夜了，哪里去了？

王雅歌说，我是医疗队长，工作忙啊。

兰泽光说，我们家有个别人，当面一套，背后一套，阳奉阴违，居然告状。

王雅歌说，我们家的个别人是谁？

兰泽光说，还有谁，难道是妞妞？

王雅歌说，除了妞妞，就是你和我，也就是说，这个阳奉阴违的人不是你就是我。据我所知，今天我们家还有个别人向刘界河主任保证，不再阻挠王副院长当医疗队长了，而现在又讽刺挖苦，这不是阳奉阴违是什么？

兰泽光叹了一口气说，我他妈的娶的哪里是老婆啊，夜里是个橡皮套子，白天是个组织特派员。

王雅歌不理他，问，妞妞呢？

兰泽光说，嘿嘿，天无绝人之路，道高一尺，魔高一丈。你能治住我，我也不能束手就擒。孩子在老王家，你帮他老婆生孩子，我请他帮我带孩子。

王雅歌说，这样合适吗？我帮他们是出于战友感情，你把孩子交给他们照顾，那不成交易了吗？

兰泽光说，我他妈的真是聪明一世，糊涂一时，其实早就该这样了。这不是什么交易，这叫实行共产主义，各取所需。我今天跟老王说，我们家王副院长要去带医疗队，孩子干脆就住你们家，交给孙芳得了。你知道那厮怎么说吗？那厮高兴得手舞足蹈，当时就把妞妞给领走了，一头走还一头说，好了，好了，这下老王有事做了，家里没有个孩子，就像他妈的不长草的荒原。

王雅歌问，孩子呢，她什么态度？

兰泽光说，妈的这孩子对我很缺感情，一听说要去王铁山家，我们这里话还没说完，她自己就把书包衣服准备好了，好像是到她姥姥家过年似的。这下好了，皆大欢喜。

王雅歌想想，这的确是一个好主意，想了想又问，吃住都在他家？

兰泽光说，不光吃住，衣食住行都在他家，还不用交伙食费。

王雅歌见兰泽光喜形于色的样子，心里很不舒服，说，看你高兴的样子，把自己的孩子交给别人养，好像是送瘟神一样。不交伙食费不行，你好意思啊？

兰泽光说，我是提出来要交，按天计算，从即日起，到王副院长回来之日，每天三角钱伙食费。但王铁山那厮说，屁话，谁说这话谁就是放屁。

王雅歌说，那好吧，我走了，孩子也走了，就留你这个独夫民贼独守空房吧。

兰泽光说，什么话！我有了精力，可以甩开膀子干工作了。

七

王雅歌的医疗队到内详疫区,紧锣密鼓只开展了半个月工作,疫情就控制住了,第三十天头上王雅歌回来,还当真带回三斤蓝茱。

那天晚上,王雅歌强迫兰泽光跟她一起到隔壁领孩子,王铁山见王雅歌手里提着两瓶茅台酒,哈哈一笑说,好,好酒,我老王除了茅台,啥酒不喝。因为买不起茅台,所以还是啥酒不喝。

说完就让孙芳张罗几个小菜,吃完饭把孩子交给她的爸爸妈妈。

两家四个大人兴高采烈,两个女人一齐动手,很快就搞了三个凉菜三个热菜。尤其因为有了茅台,尤其是因为有了三斤蓝茱,王铁山和兰泽光喝得酣畅淋漓。这两个人都是好酒量,喝完了一瓶,兰泽光意犹未尽,吩咐孙芳再开一瓶,却被王铁山挡住了。

王铁山说,慢着,这是你们两口子送给我的礼物,你总得给我留一瓶吧。

兰泽光哈哈大笑说,老王老王,老奸巨猾。

王雅歌说,老王是怕你醉了,什么老奸巨猾。

兰泽光说,好好,给你留一瓶,不过留一瓶你也还得跟我一起喝,你要是独吞你是王八蛋。

王铁山说,我要不独吞你是王八蛋。

整个晚上,王铁山家里都是其乐融融。

吃过饭,喝完酒,再聊一会天,就该走人了。王铁山的心里突然就空落起来,孙芳的心也突然就空落起来。

这一个月来,王家清冷的小院因为有了一个孩子,就像沙漠里有了绿荫。过去的情形是,晚上两口子吃完饭,大眼瞪着小眼,想说什么都是小心翼翼的,生怕触动了对方那根敏感的神经。而自从妞妞进了这个家门,情形就完全不一样了。小家伙回来,如果王铁山在家,就要到爹爹的怀里撒一会娇——自从换了家,王铁山就出主意让妞妞喊他爹爹,喊孙芳娘。妞妞态度太明确了,一点含糊也没有,立马就改了口,把王铁山喊爹,把孙芳喊娘。每天妞妞要向爹娘讲一些在学校的故事,爷俩娘俩一起解决作业问题。王雅歌出行之后的第一个星期开家长会,是孙芳去的。孙芳文化程度不是太高,第一次参加家长会没有经验,回来传达会议精神,说得断断续续。第二个家长会王铁山亲自去了。

当爹当娘的当习惯了,这个家刚有点生机,孩子又要走了,王铁山说着话心思就不对了,孙芳一看王铁山不说话了,眼圈就红了。

孩子呢? 孩子闷闷不乐地吃过饭,就躲进自己的房间里做作业去了。王雅歌去敲门说,姐姐,妈妈回来了,跟妈妈回家吧。

里面一点响动没有。

王雅歌又敲门说,姐姐,难道你不想妈妈吗?

姐姐说,不,我不回家,那是你和爸爸的家,我要和爹爹和娘在一起。这是我的家。

兰泽光睨了王铁山一眼说,好啊,你老王有办法啊,杯酒释兵权。王副院长离家才一个月,你就给我搞策反,居然爹爹都当上了。

王铁山说,我策反什么了,孩子放在我这里,我总不能漠不关心吧,我疼爱孩子有什么错? 孩子一天天大了,有她自己的态度。

王雅歌说,这怎么办呢,给你们添麻烦太多了。

王铁山说,添麻烦我们不怕,但是请你们不要给孩子添难受。你们要是有本事,你们自己跟孩子说。但是不能强迫孩子。

孙芳左右为难说,要不这样,明天再说吧。

王铁山也说,我们明天再做做工作,要让孩子有个转变过程。

兰泽光说,好啊,妈的我的孩子不跟我亲,随她去。

王雅歌说,我看也只好这样了,明天让她放学直接回家。

这件事情就这样达成了共识。可是到了第二天晚上,姐姐放学了没回家,还是回到王铁山家。任孙芳横说竖说,姐姐就是不肯离开。姐姐说,爹爹,娘,难道你们不想要我了吗?难道你们不爱我了吗?我不想到他们家去,我想跟爹爹和娘住在一起。

王铁山的眼泪都被孩子说出来了,把姐姐抱在怀里说,姐姐啊,不是爹爹和娘不爱你了,那边是你的亲生父母啊。

姐姐说,不,他们不是,我的亲生父母是爹爹和娘。

那一天,姐姐最终还是留在王家。这一留,就是六年。好在兰泽光对孩子不上心,好在王雅歌每天下班可以到王家串门。久而久之,也就顺理成章了。

八

兰泽光担任团参谋长的第二年,团里组织编写师史,关于双榆树战斗,副参谋长石得法和担任编纂组组长的政治处副主任郭靖海在会上发生争执,石得法坚持说二号高地的敌人一个加强排是被助攻营放过来的。

郭靖海则坚持说，就算我们想放，敌人也未必就听我们的，难道我们内外勾结不成？

石得法说，那么为什么在我们进攻的时候，三号阵地出现敌人？

郭靖海说，我只能说是敌情有变化，这股敌人是后来增援的。

团史初稿形成后，郭靖海拿去送给团首长看，王铁山在上面批示，双榆树战斗是我们一团的集体荣誉，是两个营密切配合战斗的结果。不要突出个人，不要突出哪一个营，没有配合就没有胜利。

送到兰泽光的面前，兰泽光翻到了双榆树战斗那一节，看了几眼，面无表情地把初稿往桌子上一扔，皮笑肉不笑地问郭靖海，你能肯定三号高地的敌人是后来增援的吗？

郭靖海不卑不亢地说，我们攻上二号高地，没有受到任何阻击，就能说明问题。

兰泽光又问，假设二号高地的敌人转移，他不可能出现在正面三号高地，而应该出现在反斜面上，应该成为贵部的拦路虎，而不应该成为本部的身后狼。

郭靖海说，如果参谋长对这件事情有疑问，可以提出修改意见。

兰泽光在团史初稿上面批了几个字：功过是非，自有后人评说。

郭靖海拿起初稿就走，兰泽光又叫郭靖海回来，将那几个字抹掉，重新写道，此事已成过去，组织已有结论，死者不再复生，活人不必再争。

郭靖海拿起初稿要走，兰泽光又请郭靖海回来，再次将批示抹去，重新批道，区区小战，不足挂齿。所谓大捷，教训深刻。

郭靖海这次没有走，而是驻足等待。兰泽光微笑问道，郭副主任还有何见教？

郭靖海说，我等兰参谋长再改一次。

兰泽光说，不必了，按你们说的办。

郭靖海拿着团史稿，转眼就到了王铁山的办公室，向王铁山大诉其苦，说兰参谋长太难伺候了，太居高临下了。

王铁山批评郭靖海说，当政工干部的，要有胸怀，要拿得起，放得下。兰参谋长是个爱做学问的人，不同于工农干部。要团结，要尊重兰参谋长的个性。

郭靖海向王铁山汇报了兰泽光几次修改意见的内容，王铁山沉思道，最后的意见才是意见，你不必向我汇报被他自己否定了的意见。

郭靖海说，那是区区小战吗？那是双榆树大捷。可是他却说教训深刻。

王铁山说，打一仗总结一次，总结一次前进一步，这是我军的光荣传统。

郭靖海说，恐怕他的想法不是王副团长说的这样，这分明是不服气。

王铁山严厉地说，不要在领导中间搬弄是非。

不久，一团团长拟升任副师长，一团团长人选在王铁山和兰泽光两人中争议。刘界河带领工作组到一团考察干部。工作组离开之后，王铁山交代孙芳在家里炖了一锅狗肉，请兰泽光夫妇过来吃饭。

兰泽光吃着狗肉，哈哈一笑，赞美狗肉，问王铁山，分管首长请被分管的同志吃饭，别是不怀好意吧？

王铁山愣住，然后苦笑说，让孩子告诉你。

妞妞告诉爸爸，今天是她的十岁生日。兰泽光这才恍然大悟，他们家乡有给孩子过"十周"的习惯。王雅歌埋怨说，你兰泽光只顾搞战斗效率，家里事一概不管，哪里有这个细心啊。

兰泽光说，你这样说王副团长恐怕不受用，抓部队是王副团长的事，我只是个大参谋。参谋带长也还是个参谋。王副团长你说是不是？

王铁山说，兰泽光同志我怎么得罪你了？你说我不怀好意，我就是别有所图。我问你，工作组来考察班子，团长人选你推荐的是谁？

兰泽光说，我推荐兰泽光。我不能老是被你分管啊！

王铁山说，你知道我推荐的是谁吗？

兰泽光说，你我还不了解？你这个人，说好听点是觉悟高，谦虚谨慎，说难听点是言不由衷，虚伪。你总是说自己能力有限，水平有限，应该让能力更强的人当团长。但是你总不会推荐我吧？

王铁山反问，为什么？

兰泽光说，你想给我敬礼吗？

王铁山说，你这个人，小题大做，小肚鸡肠。我明明白白地告诉你，我推荐的就是你。我向刘政委掏心窝子，抓管理兰泽光不如我，抓训练我不如兰泽光。但是兰泽光文化比我高，他初中，我高小。从部队发展的大局看，兰泽光比我更合适。

兰泽光颇感意外，哈哈大笑说，敬爱的王副团长，你这个人，哪怕有一百个缺点，但是有一个优点我是坚信不疑的，有肚量。

王铁山说，我没有你有本事，只好比你有肚量。

兰泽光说，可是光你推荐也没有用啊。刘政委对我的印象差极了，我这几年没少惹他生气。三年前提升我当团参谋长，他居然投反对票。

王铁山愕然问道，你这是从哪里听来的消息？

兰泽光说，他自己亲口对我说的。

王铁山说，你这个人，还是以小人之心，度君子之腹。那一次刘政委提名你直接升任团长，常委会上没通过，才改的参谋长。

兰泽光愣了半天说，刘政委这个人，像个老革命，真君子。

王铁山说，在刘政委和你我三个人当中，至少有两个真君子。

兰泽光说，你什么意思，你们两个都是真君子，那我就是小人啦？

王铁山哈哈笑道，还是以小人之心，度君子之腹。我的意思是，刘政委是零点八个真君子，你我加起来是一点二个真君子。人无完人嘛！

兰泽光不再冷嘲热讽，转移话题说，哎王副团长，咱们一码归一码。你推荐我，我感谢你。可是，我的孩子怎么成了你的了，为什么见我不如见你亲？我去学校接她，她说是邻居爸爸。居然叫你爹爹。

王铁山说，因为你要抓战斗效率，我只好多抓下一代。我去参加孩子的家长会，总得有个身份吧，是孩子要求我当爹爹的，孩子的眼睛是雪亮的。我问你，这几年你参加过孩子的家长会吗？

兰泽光说，这种事情还要我一个团参谋长去吗？如果需要，可以让她妈妈去，也可以让警卫员去。

王铁山说，你要搞清楚，你不仅是个团参谋长，也是个父亲。你不履行父亲的职责，我不能不管。

兰泽光说，你真的去参加家长会了？

王铁山说，当然。不过，我也只去过两次，其余都是孙芳去的。孙芳文化不高，老师说的东西记不全。有一次妞妞回来跟我说，别的同学问她，为什么老是娘去，难道她没有爹爹吗？我答应孩子，下次家长会，爹爹去。

兰泽光放下筷子，看着王铁山，点点头说，难得，谢谢你老王。

王铁山说，也谢谢你，家里有个孩子，就像荒原上有了树林。

王铁山说这话的时候，有点伤感。

兰泽光说，嗯，你说得有一定道理。但是，我们那个荒原也需要树林。妞妞，今晚跟我回家。

兰丽文坚决地说，不，我跟我娘睡。

第四章

一

当上了团长之后兰泽光才发觉有很多不适应，在此之前他已经有了很多计划，想把一团训练成进攻钢刀团、防御金汤团、夜战团、近战团……这些计划当团参谋长他都想搞，但那时候他说了不算，那时候他就在琢磨，一朝权在手，便把令来行。可是当了团长之后他才发现，他说了还是不算。这正是"文革"高潮时期，地不分东西南北，人不分男女老幼，工农兵学商，都在忙着搞造反，搞打倒。部队虽然好一点，但也人心浮动，政治工作和军事训练都变了味道。

兰泽光感觉到自己的那一套不太灵光了。

王铁山也不适应，但王铁山有自己的事情做。王铁山文化程度不高，从不间断学习，当了九年营长，差不多把《孙子兵法》啃了一遍。当了副团长觉得有必要再啃一遍，但是那时候连《孙子兵法》也算禁书，有一次开学习毛泽东思想心得交流会，有一个副营长居然批判王铁山看古书，是搞封建迷信那一套。王铁山哭笑不得，跟兰泽光发牢骚说，他妈的，真是不学无术。兰泽光说，什么不学无术，他批判得对，你就是搞封建迷信那一套。

王铁山说，完了，连你这个冒牌的战术专家都这么认识，我们的部队还能打仗吗？

兰泽光说，首先，《孙子兵法》是封建社会的产物，所以说它封建也不是太离谱。其次，我们有很多干部，把《孙子兵法》当作宝典，好像人人都能当军事家，当军事家就必须学《孙子兵法》，其实是个误会。我读《孙子兵法》的时候，你们还在扫盲。

王铁山抗议道，我是高小毕业生，在战争年代算是知识分子，不存在扫盲的问题。

兰泽光笑笑说，孙子这老先生确实了不起，在几千年前就把战争问题研究得那么透彻，既有战略高度，又有战术思想，甚至还有作战技术。但是你死记硬背没有用，得融会贯通举一反三。孙子那个年代，不可能知道我们今天有飞机大炮，有坦克导弹，也不可能把它条理化系统化。而且，从内容上看，《孙子兵法》太乱了，是个大杂烩。我要是有时间，我可以把它好好地理一下，搞一套普及教材，譬如《孙子兵法中的思想政治工作》，如爱国爱兵励士等方面的内容；再搞一个《孙子兵法中的心理战》，譬如破釜沉舟背水一战等方面的内容；还可以搞一个《孙子兵法中的地形概要》《孙子兵法的机动原则》等等，有了这些东西，你们这些小半瓶醋学起来就通俗易懂了。

王铁山说，你这个人，太自以为是了，好像你是军事理论家。

兰泽光说，他妈的天天搞大批判，搞喂猪种菜做好事，我还不如到理论研究机构当个书呆子。

王铁山说，你这话在我面前说，我一般不会揭发你，要是传出去，搞不好要批判你。

兰泽光说，我他妈的连死都不怕，还怕批判？我不相信能把我的蛋批小一号。

大街上的大喇叭成天高喊"造反有理，革命无罪"，对一墙之隔的军营是很有诱惑力的。眼看训练一天一天的废弛，部队一天一天的乱哄哄的，兰泽光就开始琢磨对策了。其他办法他没有，有也实施不了，但是控制部队，让那些热衷于造反的官兵闲不住，没时间去搞那些起哄的事情他有办法。他让司令部把训练日程排得满满的，经常性地考察，并美其名曰抓革命促训练，把部队的战斗力搞上去，准备对付美帝苏修四类分子，谁军事训练成绩不好，以抵制革命或者假革命论处。

对于革命的含义，不同的人有不同的理解。兰泽光的这套革命理论，当真还把一些人唬住了，所以在"文革"最热闹的年代，一团的训练基本上没有停下来。

兰泽光经常熬夜，有时候看书，有时候看地图，有时候什么也不看，静坐思考。累了，就到小院里拔一会儿正步，然后接着傻坐。王雅歌说过他几次，说他才三十多岁的人，夜里傻傻地坐在那里，像是得了老年痴呆症。但是兰泽光不听。兰泽光说，我健康得像只老虎，你居然说我是老年痴呆症，我才三十五岁，离老年痴呆症至少还有五十三年！

没想到老虎的爪子也有发软的时候。

那夜兰泽光看书看到凌晨两点，突然感觉不舒服，心脏发闷，呼吸好像也不顺畅。不得已只好把王雅歌叫起来。王雅歌拿起听诊器听了一阵，看看兰泽光的嘴唇，心里一紧说，好像有点杂音，心律不齐，难道是心脏出了问题？

王铁山说，胡扯，我这么健壮，天天拔正步，怎么会心脏出问题？

王雅歌说，天天拔正步不等于就不得病。你马上跟我到师医院检查。

兰泽光说，真没脑子，我刚当团长，你就想让我病休？就这么点问题，我去师医院，全世界都知道了。你给我一点止痛药就行了。

王雅歌说，你开什么玩笑？我要在家里随便给你一点药，把你吃出毛病了，你是公费医疗，可我恐怕还得落个谋杀亲夫的罪名呢！赶快穿衣服跟我走。

兰泽光眨巴眨巴眼睛，将信将疑地问，有这么严重吗？

王雅歌说，讳疾忌医，那是后悔都来不及的。你对我没有感情，但我要对你实行革命的人道主义。

兰泽光这才穿上衣服，嘟嘟囔囔地说，我怎么对你没有感情了？没有感情能有孩子吗？

王雅歌说，两码事！要不要车？

兰泽光说，不仅不能要车，还要保密。我这个团长还没当半年，不能给人泡病号的印象。

王雅歌说，那怎么保密？师医院都是军人。

兰泽光想了一会儿说，要不这样，你带我去人民医院看看，你们不是认识一个沈大夫吗？

王雅歌扑哧一笑说，沈大夫是产科大夫，你想请她检查什么？

兰泽光说，那也去人民医院，他们又不光只有产科！师医院也就是你这个水平，你看过了，也就相当于师医院已经看过了。

王雅歌想想说，有道理，就听你的。现在我们分别请假。

这天上午，兰泽光第一次来到了相州市人民医院，因为他没有看见过从前的人民医院，所以对医院印象非常恶劣。

现在的相州市人民医院，到处都是大字报，连看病的人里面也有很多人箍着红袖章。王雅歌想去找贾护士长导医，没想到贾护士长早已因为丈夫是走资派而被剥夺了工作权力，已经成为医院的清扫工了。王雅歌又去找沈大夫，结果被告知，沈大夫也因为出身大地主家庭并被作为反动技术权威而被开除了，当了临时工。王雅歌问沈大夫在哪里接受改造，回答说不知道。现在，王雅歌熟悉的人只剩下林司药了，到药房一问，林司药也成了阶级异己分子，正在本院接受劳动改造。

王雅歌去找沈大夫和贾护士长的时候，兰泽光就在门诊室里等，等得不耐烦了就到外面溜达。正溜达着，他看见了一个人影，有点似曾相识，那是一个女人，戴着口罩和手套，正在候诊室的过道上拖地。

兰泽光盯着那个女人的背影，脚步不由自主地挪了过去。

就在这时候，发生了一件事情。

过道上人很多，两边有坐着的，有站着的。那个女人弯腰在缝隙里拖地，突然一个佩戴"相州市人民医院娄山关造反兵团"字样红袖章的年轻人朝墙上吐了一口唾沫，命令那个女人：把它擦了。

那个女人抬起头来，向"娄山关"看了一眼，弯下腰去，从水桶里拿出一块破布，拧干，默默地擦拭着那口唾沫。

就在女人抬头的那一瞬间，兰泽光的眼睛被灼痛了，那是怎样的眼神啊，虽然冰冷，却又蕴含着无奈和宽容，里面跳动着一团晶亮的光芒。

兰泽光觉得自己的心就像被弹簧秤挂了一下，一下子被拉得好长。可是他还没有称出分量，那弹簧便倏然收缩了，疼痛的心又回到了原处。他快步向那个方向走去，他想斥责那个佩戴红袖章的年轻人，更想去看看那个女人。可是等他走近，那个女人已经拎起水桶走了，走进了一间女厕所。

兰泽光正在发呆，王雅歌一路小跑着找过来，一脸细汗，见到兰泽光就训斥，你乱跑什么？好不容易才挂上号，你却不见了。

兰泽光喃喃地说，等得着急，过来遛遛。

王雅歌说，遛遛也该到外面遛啊，这里到处都是病菌。

兰泽光又往女厕所看了一眼，里面没有动静，王雅歌却不耐烦了，说赶快走，那边已经联系好了，是个戴罪立功的老大夫。再迟了，恐怕就是工农兵大学生给你看病了。

那天检查，中西医都看了，得出一个结论，确实是心脏出现了问题，不过问题不大。

出了门诊室，兰泽光还是心有不甘，在医院的院子里东张西望。

王雅歌说，怎么啦？魂丢了？

兰泽光说，这他妈的什么医院，怎么搞得这么乱！

王雅歌说，乱还是小事，关键是有本事的人都找不着了。心脏这东西，除非出了大问题需要做手术，最好还是中医治疗。可是沈大夫已经被他们搞得找不见人影了。

兰泽光说，你不是说沈大夫是产科大夫吗？

王雅歌说，产科大夫也是中医啊，也比工农兵大学生强啊，调经通络有相同的规律。

兰泽光说，那是，那是，经常听你们唠叨，其实我也想见见沈大夫，可是她在哪里呢？

王雅歌说，妈的，真是奇怪，好人全都找不到了。

二

兰泽光担任一团团长之后，在最初的时光里，对王铁山还很尊重，口口声声称呼土副团长，重要问题都跟王铁山商量，就战斗效率问题，还请王铁山提了一些具体意见。

王铁山说，提高战斗效率是一件很好的事情，势在必行，但不宜操之过急，不能取代部队的正常工作，要在稳中求进……然后就怎样"稳"、怎样"进"谈了一些看法。

兰泽光当即问身边的副参谋长石得法，石得法，王副团长的话你听清楚了没有？

石得法回答，听清楚了。

兰泽光说，立即将王副团长的意见整理出来，下发连以上干部。

石得法说，是！

石得法把王铁山的讲话稿整理打印出来之后，兰泽光亲自审定，还改了几个错别字和标点符号，交代石得法说，这就是我们一团今后相当长一个时期训练中要把握的原则。

这段时间，兰泽光和王铁山的关系进入到历史的最佳阶段。有一次兰泽光对王雅歌说，你看老王，其实也挺可怜，一个老革命，三十好几的人了，连个孩子都没有，把别人的孩子当作掌上明珠，还美滋滋的。

王雅歌说，你是真关心还是假惺惺？

兰泽光说，不管怎么说，我们是一条河水养大的，一个战场打出来的。我为什么要假惺惺？

王雅歌说，要是真关心，你就多尊重他一些，不要阴阳怪气的。

兰泽光说，我怎么阴阳怪气了，我和老王的关系和跟你的关系是一个原则，有斗争有团结。斗争是手段，团结是根本，我们在斗争中团结，在团结中进步。为了加强团结，我看干脆把小妞妞过继给老王算了。

王雅歌说，你什么意思？就因为是女孩，你就不当回事，放在人家家里养着不说，还要一刀两断啊！你把孩子处理了，是不是就该处理我了？

兰泽光说,混账话!我是同情老王,怕他老来无后。把姐姐送给他,我们还可以再生嘛!

王雅歌说,你以为我不明白你的小算盘?你是想再要个儿子。我告诉你,第一,生男生女不是以你的意志为转移的,我不能保证再生就能给你生个儿子。第二,就算能生,我也不想生了。你有你的工作,我有我的工作,既然你我都不愿意做出牺牲,那还要孩子干什么,再送到老王家养着?

这次争论不了了之。

姐姐已经小学四年级了,兰泽光有一次突然心血来潮,拉上王铁山一起去团部的大礼堂,观看八一小学的小红花表演。

表演中间休息,姐姐跑过来,先喊了一声爹爹,甩着羊角小辫奔着王铁山过去了。见到兰泽光,只是叫了声爸爸,然后就靠在王铁山的身边问,爹爹,我的歌唱得好吗?

王铁山抚摸姐姐的脑袋说,很好,我们的女儿唱歌像百灵鸟。

姐姐仰起脑袋问,百灵鸟是什么鸟?

王铁山说,百灵鸟是一种很好看的鸟,有漂亮的羽毛,还有动听的歌声。

姐姐说,那爹爹以后就叫我百灵鸟好了,别再喊我姐姐了。同学们都说,姐姐这名字难听死了。

王铁山呵呵一笑说,好的姐姐,不,好的我的百灵鸟。

王铁山和姐姐对话的时候,兰泽光坐在一边不动声色,基本上是个局外人。抽个空子,兰泽光说,姐姐,到爸爸这边来。

姐姐看了王铁山一眼,王铁山把头仰起来,看天。

兰泽光伸过手来要拉姐姐,姐姐一闪身躲开了,歪起脑袋看着兰泽光说,你不叫我百灵鸟,我就不叫你爸爸。

兰泽光的脸色立马变得难看起来,严厉地说,什么百灵鸟千灵鸟的,你就是姐姐。给我过来!

姐姐倔强地说,不!你不叫我百灵鸟,我就是不过去!

兰泽光火了,站起身来扬起了巴掌。姐姐一下钻到王铁山的怀里,直往里拱。王铁山也站起来了,抢起胳膊挡住兰泽光,板着脸说,有话冲我来,拿孩子撒什么气!你不来看表演,孩子活蹦乱跳的。你来了这么一下,凶神恶煞似的,把孩子吓成这样,她能跟你亲吗?

那天兰泽光回到家里,闷闷不乐,心不在焉地看着报纸,一言不发。王雅歌做好饭菜,喊兰泽光吃饭,兰泽光说,吃什么饭?一个人连自己的孩子都收买不了,还配吃饭?

王雅歌问,怎么啦?

兰泽光放下报纸,冲口而出,妈的,过去抢我的女人,现在抢我的女儿,王铁山简直就是国民党军统安插在我身边的特务!

王雅歌说,这叫什么话!把孩子送到王家,不是你自己出的主意吗?

兰泽光说,那是请他帮忙养着,并没有说孩子就是他的了!

王雅歌说,你后来不也说过要把孩子过继给老王的话吗?

兰泽光气急败坏地说,那只是动议,什么是动议你懂吗?动议和决议是有本质区别的。

王雅歌说,你这个人啊,太军阀了,横竖都是你的理!

三

王铁山同兰泽光的黄金搭档很快就结束了。

王铁山奉命去军部学习两个月,兰泽光就把动静搞大了。搞了一个半军校性质的战斗效率学习班,并且组织了一支"敌后武工队"。

"敌后武工队"的始作俑者是石得法和郭靖海。

有一天师里通知政治处去一名副主任到北山参加五好战士学习心得交流会,郭靖海找石得法要车。石得法说,你一个副主任去开会也要专车?团里就一辆破吉普车,万一团长政委要出去咋办?

郭靖海说,北山四十里路,一天只有两趟长途汽车,要求我今天下午必须报到,赶不上车了,耽误会议报到,你要负责。

石得法挠挠头皮说,要不这样,你到通信排去要一匹马,骑马去。

郭靖海说,都什么年代了,还让我骑马?

石得法说,发扬优良传统,保持更大光荣。

郭靖海说,那太不像样了。我不干。

石得法说,要不这样,我把卫生队的救护车给你调来,救护你一下。

郭靖海心里不痛快,但是有苦说不出,转念一想,坐救护车总比骑马体面一点,就同意了。但是动用救护车要副团长批准,王铁山不在家,石得法就去请示兰泽光。兰泽光说,猪脑子,就四十里路,用什么救护车,骑自行车去。

石得法又跑到政治处跟郭靖海说,团长让你骑自行车去。

郭靖海说,我不会骑自行车。

石得法只好再回来请示兰泽光,说郭靖海不会骑自行车。

兰泽光很诧异,问道,还有干部不会骑自行车?

石得法说,多了,好多人都不会骑自行车。

兰泽光笑笑说,这回有事做了。解放快二十年了,我们的干部还土得要死,连自行车都不会骑,还不如抗战老八路阔气。这回我来给他们搞一个敌后武工队。

石得法把救护车给郭靖海派了,同时还给郭靖海传达了团长的新指示,说兰团长说了,今天送你,你回来就不接你了。骑自行车回来。

郭靖海说,我现在不会骑自行车,学习回来就会了吗? 况且我也没有自行车。

石得法说,那我不管,你自己想办法。反正是早晚的事情,团长要求所有的干部,除了残废军人,全部要学会骑自行车。从骑自行车开始,踏上无产阶"文化大革命"的红色征程。

兰泽光的战斗效率培养主要是针对军官,学习外国军队,把部队交给一个值班干部和老兵,包括三大机关在内的连以上军官集合起来学战术,多数讨论败仗,尤其是本师历史上的失误,进行模拟对抗演练,有些已经被定论为胜仗的战例,也不厌其烦地从中吹毛求疵,研究其中欠妥的地方,论证最佳作战方案。

战斗效率学习班的文化程度参差不齐,其中有几个营级干部还参加过抗美援朝战争,对对抗赛、模拟演练和参谋作业,多数人不能完成,所以反映不同,大都抵制。王铁山也有看法,但因兰泽光硬着头皮坚持,也只好给予配合,只是反复向部队强调,连队干部集中学习,在位的干部骨干要严防死守,搞好管理,防止事故。

等郭靖海参加北山的学习心得交流会回来,就发现战斗效率学习班的出操内容变了。司令部反复下通知,连以上军事主官和团机关干部每天早晨要沿西大营跑步三圈,也就是三十公里,并且在一个小时以内完成。

干部们怨气冲天,纷纷反映说,就是长跑健将也完成不了这个任务。司令部于是又下了一道补充通知,说确有特殊情况,跑步完成不了的,可以骑自行车。建议干部们买自行车。

这项"建议"遭到了坚决的抵制,不仅因为当时的干部有了造反意识,也因为有许多干部买不起自行车,还有一些干部不会骑自行车,譬如郭靖海,身体很胖,根本骑不动三十公里。有意见的干部推选郭靖海出面向团长提意见。郭靖海正好有一肚皮怨气,当仁不让地接受了。郭靖海有句名言,老子也是从死人堆里爬出来的,老子不在乎谁。

那天上午，郭靖海大义凛然地来到了团长办公室门前，腆着肚子喊了一声报告，好长时间里面没有反应，郭靖海就大大咧咧地推门进去了，进去后才发现兰泽光正对着一幅作战地图发愣。

郭靖海一眼就看出来了，那正是双榆树战斗二号高地情况分析图。

兰泽光听见有人进来，背着手扭过头，看见郭靖海，眉头就皱了起来，低喝一声，出去，把门关好！

郭靖海的身体摇晃了一下，但还是坚持站稳了，看着兰泽光说，团长，我是来给你提意见的。

兰泽光说，我的组织关系在作战股，有意见到作战股党小组生活会上提。

郭靖海说，我现在就要提，刻不容缓。

兰泽光说，那也得先出去。内务条令规定，下级觐见上级，必须先喊报告。

郭靖海说，我已经喊报告了。

兰泽光说，你喊报告了是不错，可是我允许你进来了吗？内务条令怎么规定的，光喊报告行吗？还要得到允许。我到毛主席办公室，喊声报告，不得到允许就进去，行吗？搞得不好那是要掉脑袋的。

郭靖海的嘴巴哆嗦了几下，差点儿就喊出来了，你狗日的好大胆，竟敢跟毛主席相提并论。但是他没有把话说出口，他虽然不怕兰泽光，但是兰泽光更不怕他，这一点他很清楚。

郭靖海气冲冲地离开兰泽光的办公室，在过道里攥紧了拳头，冲着对面的墙上示威了一番，然后把自己站直了，字正腔圆地喊了一声报告。他准备跟兰泽光合法地理论一番。

但是兰泽光没有理他。他再次喊了一声报告，里面还是没有动静。

郭靖海没辙了，恨不得一头撞进去，试了两下，还是没敢，只好打道回府。

四

王铁山从军里学习回来的当天下午，郭靖海就去向王铁山诉苦。

王铁山说，我对战斗效率学习班的指导思想是赞同的，只是对怎样提高战斗效率没有悟透。这东西本来就是新生事物，需要摸索。兰团长现在正在牛角尖里，你充什么大头去翻他的眼皮子？

郭靖海说，你怕他，我却不怕他。他凭什么要求我们每个人都买自行车，他给出钱吗？

王铁山说，那不是司令部的建议吗？

郭靖海说，有这么建议的吗？他让司令部通知，每天在指定的时间，由指定的人员组织，沿指定的路线，完成指定的奔袭任务，乖乖，三十公里啊！不买自行车行吗？有几个干部买不起自行车，两人骑一辆，出洋相不说，几天就把一辆新车骑散架了。我倒是能买得起自行车，可我偏偏不买，我买了也等于没有买，我骑不动。

王铁山听了郭靖海的抱怨，也觉得兰泽光此举欠妥，良久沉默不语。很长时间过后，王铁山才对郭靖海说，也许兰团长的方法有值得切磋的地方，但他的出发点是好的，是为了提高部队战斗力。要顾全大局。

郭靖海说，什么提高部队战斗力？我看他是标新立异沽名钓誉。

王铁山说，有意见可以在民主生活会上提，不要在背后犯自由主义！

当着郭靖海的面，王铁山还能沉得住气，但是郭靖海一走，王铁山就坐不住了。分别找了几个干部了解情况，这些人瞻前顾后，支支吾吾，心有余悸，但最终还是把话说出来了，说咱们团现在搞抓革命促训练有些走样，天天议论外军如何如何，我们如何如何落后。大有崇洋媚外的倾向。特别是现在搞这个战斗效率学习班，把干部都集中了，连队只交给一个副职和老兵，好像全盘苏联化了。干部们大清早骑着破车像狗一样满院子转，搞得怨气沸腾。

王铁山连夜登门，说是向兰泽光汇报。

兰泽光说，汇报是假，兴师问罪是真。一定是那个郭胖子在你面前叽叽喳喳了。

王铁山说，他是找我了，但是我也不光听他的，我又找了几个同志了解情况。

兰泽光的眉头皱了一下，冷笑一声说，了解什么？了解我的问题？一个副团长，外训回来，下车伊始，就搞团长的小动作，这不正常吧？

王铁山苦苦一笑说，老兰，你别这么刻薄好不好？你就不能听听别人的意见？

兰泽光说，你是真的来找我谈问题，还是泼冷水？

王铁山说，既谈问题，也泼冷水。

兰泽光说，好吧，你王大人刚刚闯了大码头回来，刚刚见了大阵势，我洗耳恭听。

王铁山便把自己的看法和盘托出。王铁山说,我不反对战斗效率培养,但是我们这支军队是刚刚从战争里走过来的,都是土包子。你一夜之间就想让他们变成洋包子,这不现实。

兰泽光说,美帝国主义也是刚刚从战争中走出来的,他们土吗?

王铁山说,你说这话就是不讲理。我们能跟美帝和苏修比吗?他们本来就不土,基础不一样啊。

兰泽光说,你认为我们该怎么办,永远土下去?

王铁山说,那肯定是不行的,问题是不能操之过急,欲速则不达啊。尤其是不能无视训练大纲。大纲还是要达标的。我们虽然落后一点,但是要从长远看问题。一口吃不成胖子,训练大纲还是要达标。

兰泽光不以为然地说,训练大纲必须更新,再不更新我们还得当游击队。你看我们现在的这些战术要求和指标,跟解放战争时期没有太大的区别,有的还不如解放战争时期的训练方法实用。

王铁山说,更新是必要的,但那是上级部门的事。在没有更新之前,咱们还得执行。

兰泽光不悦道,老王你这是怎么啦?简直就是教条主义嘛。

王铁山也动容道,你兰团长电闪雷鸣似的把我的意见发下去,我以为你真的尊重我的意见,却原来是给我吃蒙汗药。我说我的,你做你的。

兰泽光嘿嘿一笑说,你去问问,我向部队指示对你阳奉阴违了吗?压根儿就没有的事啊。你知道他们为什么坚决地执行我的战斗效率标准吗?因为他们知道我是正确的。

王铁山说,上有所好,下必甚焉。他们揣摩你的心思,是因为你是一团之长。现在有一股不健康的风气,有些人投其所好,唯你马首是瞻。我要提醒你,虽然你是团长,我是你的副手,但我们是一起出来参加革命的,我也是兄长。你这样刚愎自用,会犯错误的。

兰泽光的脸色立即晴转多云,当时没有说话,很长时间之后才对王铁山说,王副团长,你这话是什么意思?

王铁山说,没有别的意思,我就是提醒你注意把握尺度,不要操之过急,凡事物极必反。

兰泽光板着脸看着王铁山,突然大笑说,哈哈,王副团长,不,王副师长,不,王副军长,不,王副司令,兰泽光向你报告,你的提醒非常多余,请你以后不要再对我提醒什么了。

王铁山气得两手发抖,盯着兰泽光说,兰泽光同志,你太过分了。我要向上级反映你的问题。

兰泽光说，我有什么问题？

王铁山说，独断专行，擅自修改训练计划，好大喜功，向部队灌输崇洋媚外情绪。

兰泽光说，有这么严重吗？这么严重的问题够枪毙了。

王铁山说，我再也不能容忍你的军阀作风了。

兰泽光手一挥说，随你的大小便。

兰泽光为他的这句话付出了代价。

五

第二天早晨出操，王铁山也出现在战斗效率学习班的队伍里，果然见到司令部、政治处、后勤处的机关干部和各营连干部狼奔豕突纷纭而来，有的骑着自行车，有的推着自行车，有的自行车前梁上坐着一个人，有的自行车后座上驮着一个人，那情景确实有点狼狈。

带队的石得法见到王铁山，赶快吹哨子集合，向王铁山报告，一团战斗效率学习班集合完毕，是否开始晨练，请王副团长指示。

王铁山还礼道，按计划进行！

然后就叮里咣当地开始了。除了几个车技好的一溜烟地飞出去了，有姿有势地挺好看，多数人的车技较差，还有那些两个人合骑一辆的就更是惨不忍睹，一路颠颠簸簸，陆陆续续穿过西门，驶向西大营训练场。

石得法属于车技好的一类，因为要负责带队，车技就更加好了。但是石得法骑了一阵子觉得哪里不大对头，又掉转车头向后驶来，果然发现王铁山正在一步一动地向前跑步。

石得法把车子往地上一扔，惊问，王副团长，你怎么也跟上来了？

王铁山说，团长要求连以上干部每天沿西大营跑三圈，我不跑行吗？我又不是排以下干部。

石得法心里一凛，知道这回事情麻烦了，王副团长恐怕要找茬了。石得法说，王副团长，你要是也参加，请你骑我这辆破车子，我来跑好了。

王铁山边跑边说，那怎么行啊？车子是你花钱买的，我不能官大一级压死人啊。

王铁山喘着说着就跑出去好几步，石得法无奈，只好抓起自行车推着往前追，追上了又说，王副团长，要不……要不咱俩骑一辆？

王铁山边跑边喘边说,那也不行啊,你骑车带我不成体统,我骑车带你力不从心。我看咱们还是各走各的吧。

王铁山喘着说着又跑出去好几步,石得法只好又往前推车,左顾右盼,身边已经没有几个人了。石得法琢磨,看来王副团长今天是有备而来,没准是想出团长的洋相。咋办呢?

老实说,虽然在一团有人把石得法看作是兰泽光的心腹悍将,但是石得法对于兰泽光的战斗效率培养也是有看法的,或者说有保留的。他当然不会去抵制兰泽光。他现在琢磨不透王铁山到底要达到什么目的,也拿不定主意要不要回去向兰泽光报告。

大约二十分钟之后,第一拨骑出去的人回来了,大家见到王副团长在跑步,纷纷下车致意。有的还跑过来敬礼。

王铁山脚不停步,边跑边挥手说,同志们,继续前进,不要管我!

石得法眼看形势越来越不好收拾了,急得满脑门是汗,推着车子跟在后面小跑,他比王铁山还累。石得法说,王副团长,我们,我们,我们还是骑车吧,我们,我们,岁数不饶人啊!

王铁山回过头来说,我老了吗?老汉今年三十六,你石得法也才三十三嘛。不到四十岁的人,恐怕还不能倚老卖老。

这时候后续部队上来了,七零八落,横七竖八,有的下来推着车子,有的走走停停下来安链条。太阳已经完全钻出了地平线,万丈光芒照耀着这支稀稀拉拉的队伍。

此时王铁山跑步的长度还不到一半,也就是六分之一,五公里不到。石得法起先一直推着车子跟在后面跑,后来突然灵机一动,把车子交给一个合骑自行车的人,这才一身轻松,边跑边动员王铁山说,他们骑车跑三圈,咱们徒步跑一圈。

王铁山边跑边摆手说,那可不行,我这个副团长,不能降低团长定的标准。三圈,一圈不能少。

跑啊跑,从大步快跑到小步慢跑,跑了大半圈,王铁山终于有点顶不住了,步伐渐渐摇晃起来了。石得法虽然年轻几岁,但情况似乎更不妙,跑着跑着脸就红了,跑着跑着脸就白了,跑着跑着脸就黑了。快到三分之二圈的时候,石得法在后面声嘶力竭地喊,王副团长,王爷,王大哥,求求你啦,咱别跑了,咱们以后慢慢地跑,咱来日方长,想怎么跑就怎么跑!

王铁山说,你骑车吧,老汉我还得严格按照团长的标准啊,不跑三圈,我绝不停步！

石得法又跟在后面跑了一会儿，最后通牒似的喊，王副团长，你当真要跑够三圈？

王铁山说，愚公把山都给搬走了，我跑三十公里算什么？

石得法立住说，那我就不奉陪啦！

王铁山回头看看说，不到长城非好汉，不跑三圈王八蛋！

石得法说，王八蛋就王八蛋，总比完蛋要划算。

王铁山说，降低标准罪加一等，老石你就看着办。

石得法跺跺脚说，看着办就看着办，马上回家喝稀饭。

石得法自己感觉喊出这句话费了九牛二虎之力，可是王铁山已经跑远了，不再理他了。

太阳已经很高了，早操的战斗效率学习班成员多数已经完成了三圈任务，屁淡筋松稀稀拉拉羊屎球一样返回了营房，王铁山仍然在场上不屈不挠地跑着，剩下的几个双人车和低技车不屈不挠地陪着。

后来就有一辆北京吉普车从西大门开了出来，一路狂吼。

王铁山远远地看见，心想，你狗日的派车来也白搭，老子不理你那一套。

吉普车开近了王铁山，王铁山又想，你一停下我就往回跑。

可是王铁山失算了，吉普车放慢了速度，从他身边擦过，并没有停下来，而是加速了。

就在那一瞬间，王铁山看见副驾驶座上坐着石得法，后排坐着兰泽光。

王铁山的脑袋唰的一下仰了起来，身板唰的一下直了起来，步伐唰的一下大了起来。

吉普车在训练场上风驰电掣，拖起滚滚黄尘，扬起漫天旋风。

仅剩的几个战斗效率学习班成员逐渐地聚拢在王铁山的周围，像一群小鱼环绕一条大鱼。

吉普车在训练场上转了两圈，这才跟在王铁山的后面，不紧不慢，不骄不躁。王铁山看见了兰泽光，兰泽光也看见了王铁山。王铁山面无表情，兰泽光表情面无。

终于，车速放慢了，不远不近地停在王铁山的前面。

王铁山稍微调整了方向，继续向前奔跑。石得法跳下前排车门，拉开了后排车门，露出了兰泽光的一只皮鞋，一条腿，另一只皮鞋，另一条腿。兰泽光下车之后就立住了，摘下雪白的手套，平静地看着王铁山。王铁山似乎微微一笑，两条长腿照样一前一后交替变换着位置。

兰泽光喝道，你给我站住！

王铁山立正，突然扯起嗓子吼了一声，是，我给你站住！

兰泽光的眼睛里露出痛苦的表情，但这只是一刹那间的事情，稍纵即逝，不易察觉。

兰泽光说，上车吧，我们谈谈。

王铁山说，我需要缓冲，想谈谈，你得陪我接着跑。一边说，一边跑。兰泽光几个大步跨上去，横住身体，拦住了王铁山的去路，两眼深仇大恨：王铁山同志，你到底想干什么！

王铁山说，我在落实你的指标啊！

兰泽光说，你不要成为我抓革命促训练的绊脚石！

王铁山说，你要是继续一意孤行，我就是大粪池里的石头，又臭又硬！

六

兰泽光和王铁山的谈话是在兰泽光的家里展开的，因为妞妞在王铁山家，妞妞要做作业，声音必须控制。

王铁山说，任何人做任何事情都是有目的，我别的不说，就说一个，让干部们成天骑自行车三十公里，是什么目的？

兰泽光说，第一，我们是步兵，一切都靠走路。外军有装甲输送车，我们没有，怎么办？二十多年前我们就有敌后武工队了，看过小兵张嘎没有？那时候就会骑自行车。而我们的部队居然有很多干部至今不会骑自行车，太土了。第二，部队长期不打仗，马放南山刀枪入库，我们的干部养尊处优，学问不长，本事不长，他妈的光长肚皮。别的不说，就说你那个天不怕地不怕的郭胖子……

王铁山打断说，什么叫我的那个郭胖子，他是我个人的吗？郭靖海同志是一团的政治处副主任，是上级组织任命的。

兰泽光说，他一个军事干部，居然牛皮哄哄地说他有政治工作经验，死乞白赖地要当政治处副主任。我对他有门户之见了没有？我排斥了他没有？但是他总是把我这个团长看成是压迫他的三座大山。他有什么政治工作经验？我看他不是有政治工作经验，而是有政治工作兴趣。这个人，以戏弄同志为乐，以顶撞领导为荣，以他人的痛苦为自己的幸福。人家政治处的干部背地里喊他郭霸天，就差没有搞半夜鸡叫了。

王铁山说，郭靖海是有很多毛病，可他也是从战争年代走过来的。我们不能苛求于他。

兰泽光说,坏就坏在你这样的态度上。毛主席他老人家怎么说的,要将革命进行到底,不能当李自成。而我们有些干部,在和平年代,就是经不起考验,从此不想打仗了,从此高枕无忧了。你看见郭靖海的模样了吗?他妈的一个营级干部,肚子像炊事班的行军锅。这么大的肚子,能打仗吗?我为什么要他们骑自行车?就是要把他们的肚皮恢复到战时状态来。我决不允许一团有一个大肚皮。如果今年年底郭靖海的腰围仍然大于三尺三,我坚决让他转业。

王铁山说,真是奇闻,没听说谁衡量干部要量肚皮。

兰泽光说,那就从我开始吧!

七

这年年底,军委命令,从陆军步兵部队抽调若干建制团,充实铁道兵部队,援助坦桑尼亚和赞比亚铁路建设。二十七师第三团从接到命令到出发,只用了十天。按照军委的统一部署,各部缺编的部队以军为单位抽调干部战士筹建。

王铁山被任命为新建的三团团长,根据军里的意思,新建的团队,以原一团二营为主体,加强以军直和师直部分分队。在调整干部的时候,师政委刘界河征求王铁山的意见。王铁山说,干部工作我无权干涉,一切服从组织分配,我不能搞山头主义。

刘界河说,你到三团,要迅速把部队素质搞上去。几个团在一起,不比也是比。过去你和兰泽光在一起,老是尿不到一个壶里,当然,主要是兰泽光的责任。

王铁山说,我也有责任。

刘界河说,有对立面不是坏事。我很早就发现了,兰泽光和你王铁山只要搞到一起,就磕磕碰碰的。其实这不是坏事。人这个东西很怪,军人就更怪,总得有个对手。和平时期看不见对手了,那咋办,自己培养一个对手。有了对手,双方都能进步。

王铁山说,我不想闹不团结,我是迫不得已的。

刘界河说,我跟你说实话,我虽然明明知道兰泽光你们两个不团结,但是从心里讲,我并不认为这是多么严重的问题。当领导的,既不希望下属不团结,也不一定就喜欢下属非常团结。我这话你明白什么意思吗?

王铁山老老实实地说，我还真有点不明白。

刘界河说，我给你讲一个故事，是外国故事，说有一艘渔船到很远的海域打鱼，每次满载而归，可是回到岸边，鱼都死了。而另外一艘渔船的鱼却多数活着。后来甲船向乙船请教秘诀，乙船说，很简单，我往鱼舱里放一条椎鱼，椎鱼好斗，沙丁鱼不敢有丝毫懈怠，始终保持高度警觉，它的身体就始终有活力，活而不腐，不至于很快死去。听明白了吗？

王铁山说，听明白了。

刘界河说，我这样说，不是说挑动团长斗团长，但是有对手不是坏事。和平时期，部队没有仗打，容易死气沉沉，容易被腐朽的东西侵染。但是你有对手，有对立面，那就不一样了。你盯着我，我盯着你，在竞争和对抗中保持活力！

王铁山说，我明白了，对手就是朝气的源泉。

新建三团的干部主要从二十七师内部产生，那些对兰泽光有情绪的干部们便各自向组织提出要求，到三团工作。郭靖海自然率先跳槽。

给王铁山饯行的酒会上，兰泽光假借醉意，半真半假地说，老王，今年下半年，你没有告我的状吧？

王铁山说，告了。

兰泽光说，我不信。你不是背后出拳的人。

王铁山说，我只告了一半，说你有点好大喜功，急于求成。

兰泽光问，真的告了？

王铁山说，真的告了。

兰泽光问，向谁告的？

王铁山坦然地说，刘政委。

兰泽光不说话了，端着杯子看着王铁山，好一阵阵才说，老王，佩服，好汉做事好汉当。来，咱们干一杯。

王铁山说，这个酒我喝。希望你记住我的忠告，哪怕逆耳。说着举起了酒杯。

兰泽光却盯着王铁山，把杯子往桌子上猛地一放说，一杯伤脸，两杯伤头，三杯伤心。这个鸟酒，还有什么喝头！老王，我也给你一句忠告。现在你也是一团之长了，你的老部下你都带走了，高低上下，我们场上见。

说完拂袖而去。

王铁山苦笑，把杯中酒一饮而尽，向在场的其他几个团首长说，我们的，不,你们的团长给我难堪,你们说这个酒还喝不喝?

石得法等人纷纷站起来说,王副团长,不,王团长,你就是到了天涯海角,不,你就是高升到军区当司令,你还是我们的老首长!

王铁山说,好,迈出一团营房之前,我还是一团副团长,我来最后主持一把工作。你们团长,不,我们团长不给我面子,无所谓。前汉亡了有后汉,老兰不干我们干!

八

王铁山担任三团团长之后,需要搬到一路之隔的西大营东部。搬家的时候遇到一个空前的问题,那就是妞妞住在谁家。这个问题是王铁山先提出来的,他对王雅歌说,说起来三团离八一小学比一团还近一点。但是孩子渐渐大了,是不是要跟她的亲生父母多亲近一点?

王雅歌说,这得听老兰的。

当天晚上,王雅歌跟兰泽光说起孩子的事情,兰泽光说,这的确是个问题。孩子大了,再也不能跟着别人了,不然就对我们没有感情了。

吃罢晚饭,兰泽光趾高气扬地来到王铁山家,站在门外喊,妞妞,跟爸爸回家!

里面没有人答应。

兰泽光又走进院子喊,兰丽文,你给我出来,跟老子回家!

这时候孙芳出来了,说老兰你别急,我们再劝劝。要让孩子慢慢地转变。

兰泽光说,转变什么,难道她是你们的孩子?

说完,不请自进,一屁股坐在王铁山家的沙发上。

王铁山也回来了,说老兰你别不讲理。孩子跟谁住,我说了不算,你说了也不算,得由孩子自己说了算。

兰泽光说,那你把她叫出来,我们当面谈。

王铁山说,妞妞,出来吧,我们慢慢商量,一定征求你的意见。

听到王铁山喊,兰丽文才极不情愿地扭扭捏捏地出了她的小屋,靠在孙芳的身边坐下了。

王铁山说,妞妞,听话,跟你爸爸回你们自己家吧。

妞妞没有说话,眼里突然涌上了泪水。

王铁山一看,赶紧安抚说,孩子别急,这不是跟你商量吗?

孙芳也摸着兰丽文的脑袋说,你要是不想过去,我们也不硬逼,妞妞还跟爹娘住在一起。

兰泽光已经感觉出来了,形势对他很不利,硬逼显然是不行的,但是不逼吧,女儿就不可能痛痛快快地跟她回去。现在女儿大了,打不得骂不得,倘若由着她的性子,继续拒绝他的要求,就有可能栽面子。

兰泽光说,妞妞,我知道你是怎么想的,你是认为你爸爸这些年不管你是吧?爸爸为什么不管你?是因为爸爸想磨炼你,培养你的独立生活的能力。你住在孙芳阿姨家里也不是不可以,但是这不是长久之计。

王铁山说,妞妞,我同意你爸爸说的,为了长久之计,还是跟你爸爸回去。

兰丽文想了想,她既不想离开爹爹,又不想得罪爸爸。怎么办呢?兰丽文的小脑瓜一转,有了主意,说,爹爹,你别为难了,爸爸,你别着急了。我出个主意,你们抓阄吧!

王铁山惊讶地看着兰丽文,兰泽光也惊讶地看着兰丽文。然后两个男人对视一眼,兰泽光说,我看这是个好主意。

王铁山说,我看也是。

兰泽光沉吟片刻,突然从沙发上弹起来,大步流星地走到院子里,对自家扯着喉咙喊,王雅歌,王雅歌,紧急集合,目标老王家!

王雅歌隔着院墙喊,你干什么? 神经病!

兰泽光说,要决定重大事项,赶快过来。

然后就紧急集合在一起了,开始抓阄。

阄纸是王铁山准备的,规则是写一个"王"字、一个"兰"字,分别放在左右手,让妞妞选择。

妞妞选择了爹爹的左手,王铁山摊开手掌,手心里是一个大写的"兰"字。

那一瞬间,兰泽光的眼泪都快流出来了,他在心里雀跃欢呼,哈哈,到底是我兰泽光的女儿,她的身上流淌的是我的血,你王铁山想抢我的女儿,那是万万办不到的!

王铁山说,不行,一次不算,三局两胜。

兰泽光像是捡到金子,一把拽住妞妞说,你休想,我已经胜利了。

王铁山说,妞妞,你的意见呢?

妞妞其实非常不想跟兰泽光到他那个家去,妞妞推着爸爸的手说,我赞成爹爹说的,三局两胜。

兰泽光心里咯噔了一下,可怜巴巴地看着女儿说,妞妞,你太让爸爸伤心了。

妞妞说，我想住在爹爹家里。

兰泽光一看情况又不好，赶紧对王铁山说，好好，三局两胜。你出我猜。停了停又补充说，刚才已经胜了一局，还有两局，不，也许一局定乾坤。

王铁山笑笑说，那好吧。然后就把两个纸团往上一抛，再别在身后，摸索了一番，搞得很神秘的样子。

兰泽光也动开了小心眼儿，按照王铁山的性格，极有可能重蹈覆辙，兵不厌诈出奇制胜这一套他也是懂的。等王铁山把两只拳头递过来，兰泽光说，左手。

王铁山说，你肯定？

兰泽光说，我肯定。

王铁山哈哈大笑说，那你就输了。说完就把左手往身后别，企图调包。兰泽光哪里能够容他做手脚，眼疾手快，一个一个箭步蹿上去，死死地抓住了王铁山的左手，强行掰开。

王铁山挣扎着叫喊，老兰你干什么，难道你想出人命吗？好好，你放手，我认输，我认输，孩子归你了。

兰泽光把王铁山的左手掰开，展开里面的纸团，果然还是一个"兰"字。

出师得胜，兰泽光兴高采烈，手舞足蹈地对王铁山说，哈哈，怎么样啊老王，所谓战术，很大程度上就是猜心思，跟我搞心理战，你不是对手啊！

王铁山苦苦一笑说，好好，老兰你厉害。

兰泽光说，咱俩一个姓兰，一个姓王，按笔画算，你比我少一笔，就那一点。我兰泽光不比你高多少，就多那么一点。不信？再赌一把试试。

王铁山说，你这个人真是得理不饶人，你都胜券在握了，我还跟你赌什么？

这时候妞妞又说话了，妞妞说，爹爹，再抓一次阄吧，爹爹你抓赢了就抓五次。

王铁山摸着妞妞的脑袋说，孩子，还是想跟爹爹在一起？

妞妞说，嗯。

王铁山想了想，对兰泽光说，听见孩子的话了没有？孩子的心思你明白。你要是有本事，就五局三胜。

兰泽光不干了，说那就算了。我已经胜利了，干吗节外生枝？

王铁山说，是你挑战的。如果五局三胜，你赢得理直气壮，孩子也没有话说了。我只有一次机会了，而你还有两次。你不要缺乏自信。

兰泽光的战斗欲望又被激起来了,咽了一口气说,那好吧,搞心理战我还怕你不成?

于是再抓阄。兰泽光虽然已经有了两次胜利,但是后三次他也不敢掉以轻心,等王铁山把手送到面前,兰泽光在心里展开了激烈的思想斗争,一会儿盯着王铁山的左手,一会儿盯着王铁山的右手。他想从王铁山的表情上侦察出蛛丝马迹。但王铁山的表情始终铁板一块。兰泽光最终下了决心,一条黑道走到底,还是选了左手。他分析王铁山可能是铤而走险。

当兰泽光把王铁山的左手抓住的时候,他看见王铁山的脸上露出了苦笑,王铁山说,大意!

兰泽光终于如愿以偿,拉着女儿的手,哼着小调离开了王铁山家。

妞妞却是一步一回头。

九

妞妞回到兰家之后,兰泽光坚持了半个月,每天同女儿交心,谈论国家大事军队大事和学校的大事。他知道,只要他放松了警惕,女儿还会回到王铁山的家。

王铁山的家搬到东边去了。每日下班,王铁山就会站在空荡荡的院子里,或者是站在院门外面,看着妞妞上学的那条路出神。王铁山还吩咐孙芳,给妞妞准备一个房间,随时欢迎孩子过来,哪怕偶尔小住。

但是妞妞没有来。妞妞已经被兰泽光不择手段地控制住了。

一天晚上放学,妞妞在岔路口犹豫了一会儿,毅然踏上了东边的那条路,但是没走几步,兰泽光的警卫员就追了上来,硬是把她堵了回去。警卫员说,我们团长果然是诸葛亮,算定了你要反水。

妞妞说,我想到我爹爹家去,就一会儿行吗?

警卫员说,一会儿也不行。我们团长说了,在这个问题上不能出现一点反复。几次反复出现之后,就只有反而没有复了。

妞妞说,我们可以不告诉爸爸。

警卫员严肃地说,我必须严格执行团长的命令。

有一天王铁山又在门口眺望妞妞放学的方向,孙芳下班回来看见,很不好受。聊起妞妞,孙芳说,你别说,老兰这个人就是个二孔明,他怎么一下子就猜中了呢?再猜再中,三次三中,真是神了。

王铁山淡淡一笑说,猜八次都是他中。

孙芳不解地看着丈夫问,为什么?

王铁山说,那两个纸团在抽屉里,你自己去看吧。

孙芳颠颠地跑到王铁山的书房,一会儿又颠颠地跑出来,把两个纸团都打开,两个纸团上写的都是"兰"字。

孙芳说,这是为什么?

王铁山说,孩子大了,我不能让她跟她亲生父母离心离德。

孙芳明白了,眼睛一下湿润了,看着丈夫说,老王,你是好人,好人是有好报的。都怪我,不能给你生个孩子。

王铁山说,这不是你的责任,我们继续努力吧。药还是要吃。

孙芳说,吃了这么多年了,我都灰心了。

王铁山说,只要有希望,就不要放弃。

孙芳说,好,死马当活马医,药再苦,我也咽下去。如果还不见好……要不……

王铁山脸色一沉说,什么话!要不什么?有孩子我们过有孩子的生活,没孩子我们过没有孩子的生活。少年夫妻老来伴,不管有没有孩子,你我都是相依为命,白头偕老。

孙芳的眼睛里噙着泪花说,老王,我真的想给你生个孩子,我是感觉到我太对不起你了。

王铁山说,这话别说了,慢慢调养吧。

没想到后来情况就起了变化。

就在抓阄过后不久,有一天王铁山正在院子里发呆,孙芳突然神情异常地走到了他的背后,把他的腰给抱住了。

王铁山被这反常的亲昵吓坏了,赶紧去掰妻子的手,却怎么也掰不开。王铁山说,你是怎么啦?你这是干什么,别让人看见。

孙芳说,大山啊,大山啊,善有善报啊!

王铁山说,你说什么,我一点儿也不明白。

孙芳把手松开,把肚子挺了过来说,让他告诉你吧?

王铁山回过神来,一把扯住老婆,声音都变调了,这是真的,不是做梦吧?

孙芳说,雅歌姐已经带我去医院了,号了脉化了验拍了片子,沈大夫肯定地说,一点没问题。

王铁山说，为什么不早一点告诉我？

孙芳说，刚知道的时候，我不敢肯定，怕你狗咬猪尿泡，空喜欢一场。现在可以跟你讲了。

王铁山愣愣地看着妻子，突然抬起头来，泪水顺着脸颊往下流淌，嘴里念念有词，啊，啊，老天有眼啊，你帮我大忙了，我王铁山三十六岁了，这也算老来得子吧，谢谢你啊老天爷！

孙芳说，谢谢老天爷有什么用？是沈大夫和王雅歌帮忙。我听雅歌说，在我长年服用的中药里，有一种名叫蛤蚧的东西，很贵重的，都是沈大夫自己掏钱为我买的，还专门派林司药去广西去了两次。咱们要报答，也得报答沈大夫。

王铁山说，那是那是。你说什么？蛤蚧？就是那种像癞蛤蟆的东西吗？

孙芳说，我也没见过，据说很难看。凡是有蛤蚧的药，都是雅歌姐帮我熬的，她怕我反胃。

王铁山的眼神在突然之间变得游离起来了，喃喃地说，蛤蚧，蛤蚧，她为什么要这样帮我，这个沈大夫好像跟我们有缘呢！她是谁，她会不会……

孙芳困惑地问，你说什么？你怎么啦？

王铁山一惊，回过神来说，没什么，我在想，我们怎么感谢沈大夫。

孙芳不说话了，幸福地依偎着丈夫，王铁山拍着妻子的手背，恍惚的视线里却出现了一个梦幻般的场景，好像就是在一家医院的产科诊所里，有一束柔情的光芒出现了，在他的视野里稍纵即逝。他记得那天他从仪器室里出来，抽空注意观察了沈大夫，可是沈大夫的眼镜背后是一双模糊的眼睛。

第五章

一

七十年代中期,部队开展训练改革,兰泽光系统地提出了陆军战斗效率改革设想,具体地说就是步兵智能化,炮兵战术化,后勤平行化。为了提高部队实际作战能力,在八连搞了一个步兵智能化的试点,重点训练纵深穿插战术和野外生存能力。并且发明了火力接力战术,以增强运动中的杀伤力。同时,搞了一个《军官训练七大程序》,让干部们研究几个假设敌国家军队的步兵战术,以朝鲜战争的诸多战例为教材,探索假设敌陆军的作战模式和战术。

兰泽光的这些想法在上级机关和部队引起了争论,支持兰泽光的一方认为传统战法不灵了,人海战术需要改进,要建立快速反应和高强度作战步兵;不赞成的一方认为我们的装备落后,还是要靠发扬阵地战、运动战的优势,发挥人的主观能动性。

在支持兰泽光的一方,出现了一个特殊人物,他就是毕业于南京步校的三团见习参谋沈东阳。

沈东阳认为,按照现行的训练模式,基本上还是针对国民党军队的,还是小米加步枪那一套。凭借的是人多势众和死打硬拼,一味地注重米、秒、环而忽略对于外军新装备条件下的新战术的研究,还是把大量的牺牲作为胜利的代价。

在全师参谋训练队毕业座谈会上,沈东阳提出,现有的步兵数量太多而质量太差,二者是因果关系,因为人多,大量经费用在了人的消耗上,因此装备无法更新。沈东阳打了个比方,如果把造三支半自动步枪的钱用于造一支远程步枪,哪怕射击距离增加五十米,精度增加十个百分点,那么自身防护能力就能成倍地增加。而且省下两个战斗员的开支并减少了伤亡的概率。如果把造十门迫击炮和省下的九个人的经费用于造一个地面导弹发射架,不仅能提高速度和精度,而且能节约经费,减少百分之九十的伤亡概率。

沈东阳的观点遭到了很多人的反对。

郭靖海对王铁山说，这是装备第一的反动思想，是强调物的因素第一而忽视了人的主观能动性。再说，照他的观点，我们步兵好像多数都没有存在的必要，那我们干什么去？

王铁山冷冷地说，我们种田去，把仗交给他们打好了！

沈东阳从参谋训练队回来，被王铁山叫去训了一顿。王铁山说，你知道枪子儿是什么做的吗？站着说话不腰疼。年纪轻轻地口出狂言。什么步兵大量存在没有意义？我们这支军队是从战争中打出来的，怎么没有意义了？

沈东阳说，战争感情和战争需要是两回事。我并不是说步兵存在没有意义，而是认为有必要精简。三门迫击炮加上炮手消耗的经费，可以造一个地对地导弹发射架。把在一个团头上花的钱用在一个营的头上，搞武器尖端化，人员优质化，战术针对化，这个营的战斗力至少相当于两个团。

王铁山怒气冲冲地问，你有什么根据？

沈东阳说，这是显而易见的，好比说，一百个拿大刀的人打不过十个拿步枪的人。就是打个平手，双方同归于尽，也是一比十的比例。

王铁山说，中国需要多少步兵，这是你考虑的问题吗？这是党中央和中央军委考虑的问题。

沈东阳说，我是参谋，参谋就是出主意。

王铁山说，参谋还有高参低参，你一个团里的参谋还是见习的，你以为你是党和国家领导人吗？

沈东阳说，作为一个基层的参谋，我有义务从基层的角度提出自己的观点。

王铁山说，年轻人，你知道天有多高吗？

沈东阳回答说，学无止境。

王铁山说，年轻人，你知道地有多厚吗？

沈东阳说，这个我知道，地有多厚等于地球的直径！

王铁山怒吼，你好好地给我搞三大战术，给我把进攻防御那一套弄明白。然后命令参谋长，让这个不知天高但是知道地厚的小子下到连队当半年排长！

王铁山虽然对沈东阳很严厉，但是他从心里喜欢这个桀骜不驯的青年。他对郭靖海说，老郭啊，你别看这小子嚣张，我琢磨他的话还真不是没有道理。但是，说说容易，做起来哪里是他想的那么简单啊！盘根错节，纵横交错，复杂啊！

郭靖海说，纸上谈兵谁不会？我看这小子有点华而不实。这样的干部不好管。以后干脆把他放到政治处,让我来把他的骨头捋软。

王铁山哈哈笑道,你也想得简单了。把他交给你,他要是不服你管怎么办?用他的话说同归于尽,难道你这个老革命还要跟他同归于尽?现在不是战争时期,战争时期那好说,谁不听命令我敢毙了他,但是现在情况复杂了。

郭靖海说,嘿嘿,团长,美国鬼子把我耳朵咬掉半拉我都没松手,硬是把他掐死了。我就不信收拾不了这么个乳臭未干的黄口小儿。

王铁山问,你怎么收拾?

郭靖海说,很简单,我上午让他写一份思想汇报,下午再让他写一份汇报思想,晚上再让他加个班写份学习心得,明天再让他写份连队调查。他写好了我表扬他让他接着写,他写差了我批评他让他重新写。我保证不出一个月,他就没脾气了。

王铁山说,这就是你的绝招啊?嗯,不错。

郭靖海得意地说,嘿嘿,这个办法屡试不爽。你看政治处的那些干部,见到我就像耗子见猫,脸都是绿的。

王铁山脸一板说,郭靖海,你给我听着,以后再也不许你这么干了。这是变相体罚你知道不知道?难怪人家都说你是不学政治的政工干部,让你去当营长吧,你还不干,硬着头皮说自己是文武双全,非要当这个政治处副主任。你这个同志,以顶撞领导为荣,以收拾下属为乐,这是什么性质?老革命要注意学习,要讲方法!

二

听说三团有个叫沈东阳的见习参谋跟王铁山唱反调,兰泽光心里很得意,交代副参谋长石得法想办法打听这个人的来头。后来打听清楚了,此人是南京步兵指挥学校的毕业生,现年十九岁。此人从上步校的第二年开始,就在各种军事学术报刊上发表学术论文,从冷兵器时期的战阵到火器初级阶段的配置,直到现代中程步兵火力运用,都很有见地。尤其是《精兵战略论》一文,观点新颖,说理犀利。

兰泽光不以为然地说,不能光看文章,要深入了解,带兵打仗是科学,来不得半点虚伪。

石得法说,不知团长有何想法?

兰泽光说,连这个都不懂,你是怎么领会首长意图的?领会领会,这两个字是什么意思?

石得法是个打仗打出来的，文化程度不高，那天晚上回去领会了大半夜，第二天早上向团长报告说，领会的意思就是挖墙脚的意思。

兰泽光笑笑说，为什么要把话说得那么难听？不是挖墙脚，而是人尽其才。

石得法说，现在打仗，都讲究指挥艺术了，团长你常常讲，打仗打的就是人才，是使用人才的艺术，是经验的艺术，是智慧的艺术，是意志的艺术……诸葛亮三顾茅庐，二孔明盯着三团……

兰泽光淡淡一笑说，这是什么话，驴唇不对马嘴，牵强附会。这个人，是不是人才，还有待于实践检验。我只是听你们这样说那样说，我觉得这小子好像很对我的思路。

石得法说，师机关和团机关都这么看。据说这小子在他的好几篇文章里都提到团长和跟团长有关的战例，譬如潜山小赤壁剥皮战，毛田坝的连环伏击战，都是精彩的大手笔。

兰泽光哦了一声，若有所思，沉吟了一会儿才说，这个人看来确实是有心人。你是知道的，凡是对我思路的，都不对王铁山的思路，凡是我拥护的，王铁山都反对，反之也是如此。现在这个人被王铁山之流指责为好高骛远好大喜功，就说明这样的人在王铁山的手下吃不开。好大喜功有什么不好？好高骛远也没有什么不好，关键是看能不能"大"得起来"骛"得起来。当然，文章是要做的，更重要的还是要有真本事，会说不会做不行，会做不会说也不行，要既会说又会做。

石得法说，我继续了解。不过，我认为我们一团从三团挖墙脚，没准……

兰泽光再次打断了石得法的话头说，石得法，你给我坐到开水瓶上去。

石得法迷迷糊糊地问，开水瓶咋坐，坐爆了咋办？

兰泽光说，对吧，屁股只能坐在凳子上，不能坐在开水瓶上。懂了没有？

石得法眨巴眨巴眼睛说，懂了。

其实他还是不懂。

但是不久之后，石得法还是巧妙地把沈东阳秘密接到了一团，受到兰泽光的接见。在兰泽光的办公室里，兰泽光一眼看见这个小伙子，就觉得挺顺眼，谈不上英俊魁梧，也有点少年老成的味道，略有拘谨，倒也大方。沈东阳在跨进兰泽光办公室的时候给兰泽光敬了个礼，兰泽光站起来摆摆手说，你是我们一团的客人，请坐。

沈东阳坐下后，兰泽光说，一团团长涉嫌接见三团的参谋，意味着什么？

沈东阳没想到兰泽光会首先问到这个问题，他想说是英雄识英雄，觉得不妥，想说惺惺相惜，觉得更不妥。沈东阳说，我说一句不谦虚的话，兰团长秘密召见我，是慧眼识珠。

兰泽光意外地看了沈东阳一眼说，哦，你的自信已经超出了我的想象程度。可是我怎么才能证明你就是珍珠呢？你倘若只是个纸上谈兵的赵括，本团长岂不成了有眼无珠？

沈东阳的额头立马渗出了细密的汗珠。

好在兰泽光没有继续为难他。兰泽光说，听说你对战例很感兴趣，还研究过本师的一些典型战例。一定会有很多心得啰？

沈东阳这才找到适合自己的话题，但也不敢锋芒毕露。他知道自己面对的这个团长是个老谋深算的家伙。

沈东阳说，以史为鉴，我想从中学习。我对兰团长在解放战争时期发明的小赤壁剥皮战和广西剿匪的毛田坝连环伏击战做过细致的分析。我认为前者是临机发挥，检验了指挥员的应急应变能力。后者才是战争艺术的精品。打毛田坝连环伏击战的时候，兰团长当时是一连连长兼工作队长，作为一个基层指挥员，您对地形有着异乎寻常的敏感。那一仗再一次说明，不打无准备之战，先有胜算，而后有胜券。

兰泽光说，你认为一支部队制胜的关键问题是什么？

沈东阳说，除了军心士气和装备训练，那就是战术了。而所有的战术问题，都可以归结到时间和空间，在指定的时间到达指定的位置，方可达成胜利的基础。所以兵家说，兵贵神速。

兰泽光说，兵不在多而在精。实话说，我对重叠指挥很有看法，重叠指挥的弊端还不仅是指挥程序复杂，影响战斗效率，重要的是它容易限制基层指挥员的主观能动性，更重要的是它可能在客观上会逐步养成基层指挥员的不负责任习惯。我听说你对精兵简政有自己的看法，好像我们有点……英雄所见略同。

沈东阳说，惭愧，我哪能谈得上是什么英雄？不过，我确实对兰团长的见解很……兰团长的见解的确一语中的。就一个国家而言，兵多了并非好事，一是和尚多了没水吃，部队多了容易产生依赖心理，容易产生侥幸心理，容易造成集体不负责任。二是兵员多了，除了人肉优势以外，其他的东西势必削弱，比如装备，比如伙食，比如薪水。别看伙食和薪水，他不仅仅是个人的利益问题，更重要的是投射在官兵心里的优越感和自豪感。军人地位低了，缺乏优越感和自豪感，自然就缺乏责任感。

兰泽光问，你认为我们的军队地位低吗？

沈东阳说，这就要看跟谁比了，如果是跟先进国家相比，我们军队的待遇是很低的，低十倍以上。如果是同国内工人阶级和农民阶级相比，我们军队干部的待遇又算高的。

兰泽光说，你说的先进国家指的是哪些国家？你是怎么知道我的待遇比先进国家军队的待遇低？难道你偷听敌台了吗？偷听敌台是反革命行为你知道不知道？

沈东阳不解地看着兰泽光，好长时间才说，我是从《参考消息》批判修正主义和资本主义的文章分析出来的。

兰泽光说，报上都说，我们中国人民生活在社会主义的幸福之中，世界上还有四分之三的穷苦人民生活在水深火热当中，你居然说我们的生活水平低，依据何在？没有依据地胡说，弄不好是要蹲监狱的。年轻人，你要当心。

沈东阳注视着兰泽光，判断着兰泽光的真实想法，但兰泽光的脸上不显山不露水。

沈东阳说，兰团长，如果您想知道依据，我可以向您汇报我获取依据的办法。我们的报纸报喜不报忧，讨好讨得很拙劣。譬如说，批判某某国家资本主义搞物质刺激，收买军官和士兵，这样收买，那样收买，我把半年这方面的报纸内容收集起来，就知道人家收买的数额，差不多能算出被收买者的总数。全体军人都被收买了，那还叫收买吗？那不是整体提高吗？再比如装备，人家外国都使用了，还对我们自己保密，可是保密保得又很蠢。把有关帝国主义侵略战争的报纸收集起来综合分析，就能大致发现他在侵略战争中使用了什么样的战术，大致发现他的兵器已经发展到什么程度了。比如格莎拉战争中有一个战例，是步兵战斗，我们的报纸报道，一方陆军在浅近纵深里展开集群冲击，三小时冲击七十二公里，我当时判断，这支部队是装甲输送部队，或者使用了装甲运兵车。三个月后我从另外一场战斗的报道中证实了，这支部队是一个装甲运兵营。我看报纸，往往透过那些胡说去找我最需要的知识。我认为我们中国军队应该充分了解外面的世界，再也不能自欺欺人了，什么世界上还有四分之三的穷人生活在水深火热之中，这样胡说八道，无异于夜郎自大。我们在这里洋洋得意，那边又是坚船利炮，鸦片战争，甲午战争，吃的都是这个亏。义和团居然举着大刀，脸上涂着猪血，嘴里喊着刀枪不入，结果血流成河。

兰泽光看着沈东阳，突然觉得这小子有点像自己，爱琢磨事，也能琢磨到点子上。兰泽光说，放肆！现在祖国山河形势一片大好，不是小好，不能崇洋媚外,不能妄自菲薄,不能长他人志气,灭自己威风!

沈东阳吃惊地看着兰泽光说,兰团长,我们不是在探讨问题吗?如果你召见我是为了给我喊口号,喊不是小好而是大好,那恕我不恭,告辞啦!

说完,站起身来,拿起军帽戴在头上,正要敬礼,兰泽光喝道,坐下!

沈东阳犹豫了一下,还是坐下了,停顿片刻说,兰团长,报喜不报忧,我也会,但是我希望我有机会了解我们的敌人,我们不能沉浸在敌人都是乌合之众、我们战无不胜的神话里。我们不仅需要研究过去的战例,还需要研究我们的敌人今天在干什么?我们不能日复一日年复一年地练三大技术。我们潜在的敌人步兵都用上了导弹,我们不能举着长枪去跟敌人的坦克拼命刺刀。

兰泽光说,那你说该怎么办?

沈东阳说,我认为,你们当作战部队一线首长的,尤其是像你们这些从战争年代里闯过来的老革命,应该有勇气向上反映问题,要熟悉对手的战术,至少要给我们下发教材,让我们知道我们的潜在对手到底有多大力气,然后开展针对性的训练,不能老是停留在跟国民党作战的水平上。

兰泽光说,应该反映?你口气倒不小。反映,反映什么,说我们不行,敌人厉害?我是不会犯这个低级错误的。要知道,你的这些言论要是传出去,有可能倒霉。

沈东阳说,我是真诚地袒露我忧虑,知无不言,言者无罪嘛!

兰泽光冷笑一声说,言者无罪?嘿嘿,你还嫩了一点。不过,我不会揭发你的,因为这是你我单独探讨问题。但是,出了这个门,你再说这些话,我不能担保有没有人检举你。

沈东阳笑笑说,出了这个门,我是不会说这些话的。

兰泽光对这句话很受用,又问,喜欢看什么书?

沈东阳说,现在没有多少书可看,我比较喜欢看《参考消息》里那些批判帝国主义和修正主义的文章。

兰泽光笑了说,好啊小伙子,看大批判文章好啊,就是要接受思想改造。活到老,学到老。我这里也有一本毒草,拿回去好好批判吧。

兰泽光说着,拉开抽屉,递给沈东阳一个破书卷子。

沈东阳接过来一看,心里凉了半截。他本来以为是什么兵家圣典,他特别渴望得到一本内部版的供批判的克劳塞维茨的《战争论》,他听说二十七师只有兰团长有一套。

可是,兰团长交到他手上的,却是他童年就看过的《敌后武工队》,这让他大惑不解。

三

兰丽文已经上高中了,住校,星期天才回家住,但并不一定都住兰泽光家。多数时候还是回到王铁山家住。王铁山的家像个家,温暖。尤其是有了个憨头憨脑的小弟弟王奇,王铁山的家对兰丽文就更有吸引力了。她像热爱宠物一样地爱着小王奇,有空就带王奇玩。

比起兰泽光,王铁山显然是个慈父,虽然有了自己的儿子,仍然对兰丽文一如既往地疼爱,当然不止生活上的,还有学习上的。那时候学校一会儿停课闹革命,一会儿复课闹革命,一会儿批判白专道路,一会儿批判万般皆下品,唯有读书高。但是王铁山坚持一条,要求兰丽文,在学校能学的在学校学,回家也不放松。

兰泽光基本上没有参加过兰丽文的家长会,而王铁山只要有时间,就尽可能地去参加。实在没空了,才派孙芳去参加。孙芳参加家长会次数多了,知道什么该记了,什么不用记了,回来还要向王铁山一五一十地汇报。王铁山对兰丽文说,妞妞,记住,技多不压身,爹爹当兵,就是把枪打好,你上学,就是把书读好。不管啥年月,知识都是重要的。

兰丽文对爹爹的话一向奉为真理,所以学习成绩一直很好,并且很荣幸地一度被班里推荐为白专典型接受过小批判。

兰泽光没想到,王铁山也没有想到。"文化大革命"中,二十七师所在的野战军基本上没有受到冲击,反而在"文化大革命"快要结束的时候,他们两个人同时倒了一霉。

起因是因为一封告状信。信上揭发兰泽光一贯坚持反动的军事路线,对伟大的无产阶级"文化大革命"心存不满并恶毒攻击。

揭发信的后附了一首打油诗,正是当年兰泽光和王铁山信手涂鸦的杰作——

> 营长当了八九年,
> 裤衩穿了百十件,
> 破枪破炮天天练,
> 红军不怕远征难。

钟山风雨起苍黄，
十年没有打过仗。
手发痒来心里急，
老想朝谁开一枪。

上面来了工作组，说是要一查到底。

师政委刘界河看了这首诗，哭笑不得说，这是狗屁，这算什么问题？第一，没有证据说是兰泽光写的；第二，就算是兰泽光写的，这也算不上什么反动诗。

工作组负责人说，第一，是不是兰泽光写的，可以调查；第二，一定要搞清楚，这家伙想朝谁开一枪。这里面隐藏着很危险的情绪。

于是就查。一查，这首打油诗还不是兰泽光一个人的作品，王铁山也参与创作了。刘界河先下手为强，秘密地把王铁山和兰泽光叫到西大营的一个角落里，黑着脸把两个人都训斥了一顿。刘界河说，妈的，你们这两个人，自从不打仗了，我看见你们就烦。你们自己看着也烦。没见着你们有团结的时候，写这个狗屁诗倒是团结起来了。说，哪一句是你兰泽光写的，哪一句是你王铁山写的。

两人这才明白大祸临头了。兰泽光阴沉着脸把揭发信看了一遍说，我明白了，这是冲着我来的。这里面最反动的就是我写的，老想朝谁开一枪。

王铁山也把揭发信看了一遍说，那是我写的。我当时因为老婆不怀孕，心里着急，牢骚太甚。

兰泽光说，老王你别引火烧身，这事跟你没关系。

王铁山说，集体创作，谁也脱不了干系。

刘界河说，妈的你们还挺仗义。好好回忆一下，这是你们写的吗？你们有这个才华吗？

兰泽光说，这破打油诗，要什么才华？

王铁山说，我虽然只是高小毕业生，但是写这种东西还是绰绰有余的。

刘界河说，两个团长，一对猪脑子。你们再给我好好回忆一下，有没有记错，是不是剽窃别人的，或者是别人栽赃你们的？

王铁山说，好汉做事好汉当，这就是我们写的，最反动的那几句出自我手。

兰泽光说，最反动的那几句，恰好是最有才华的，你老王没那个本事，那是本人的杰作。

刘界河说,这哪里是猪脑子啊,简直是没脑子。打仗你们各有各的高招,政治上一塌糊涂。我跟你们讲,你们谁也别争了,一口咬死,这卵子打油诗不是你们写的,见都没见过,听都没听说过。你们两个听明白了吗?

兰泽光说,不明白!

刘界河说,王铁山,你帮帮他,让他明白过来。把你们关进大牢,把你们枪毙了都是小事,可是我这个政委也得跟着你们倒霉!

王铁山说,明白了。

刘界河说,不管发生了什么事,一定要一口咬死,哪怕给你们上老虎凳灌辣子水,要保持革命气节。这也是战斗,明白了没有?

兰泽光这才慢吞吞地说,好像有点明白了。

过了两天,工作组就宣布把一团团长兰泽光和三团团长王铁山一并隔离审查,两个人被软禁在西大营训练场的一个破旧的仓库里。

还好,有人担任警卫,有人送饭,伙食还不是太差。两个人住在一间房子里,里面还有蹲坑便池。

那时候王铁山的儿子王奇已经上小学了,小家伙长得伶俐可爱,王铁山被关在西大营里,别的倒没什么,就是看不见儿子心里急得慌,天天骂娘。说妈的这是什么鸟事儿,就是发发牢骚,就给小鞋穿,简直是文字狱!

兰泽光不理他。兰泽光有兰泽光的事情。兰泽光让"探监"的石得法把他的指挥包取来,地图摆了一桌子。闲来无事,兰泽光就去摆弄那些破地图。

四

终于有一天,两个人又吵了起来,因为兰泽光提到了双榆树战斗。兰泽光利用茶缸、肥皂、烟灰缸、铅笔头,总之一切能够利用的东西都利用了起来,用这些东西代替沙盘。

兰泽光说,我想来想去,双榆树战斗你还是有问题。我制订的上中下三策,什么情况都考虑进去了,包括敌人增加兵力,包括实际兵力和情报兵力不符。但是,战斗发起后,情况和我们设想的不一致,不,我说的是好像不一致,其实还是一致的,它符合我的最佳方案。可是你擅自离开二号高地,就造成了被动。

王铁山说,你现在还提这个没有用了。我不跟你扯皮。

兰泽光说,现在你我都快成阶下囚了,功过是非已经无所谓了,反而可以放开了讨论。讨论清楚了,以后把我们放出去了,还可以吸取教训。要是不放我们出去,我们也有个事情做,就当下象棋了。

王铁山说,我并不是一开始就离开二号高地的。我是在二号高地等了二十分钟,向你呼叫你不理睬,我二十分钟之后才下决心机动的。我不能守株待兔。

兰泽光说,你就应该守株待兔。你应该清楚,你的战术水平远不如我,所以你就应该坚定不移地相信我的计划。

王铁山说,我也承认敌人的兵力没有变化,敌人给我们搞了个假象,但那是在二十分钟之后才明白过来的,可是那时候我已经插向主峰的反斜面了,再返回来不及了。

兰泽光说,谁命令你离开二号高地的?

王铁山说,我在二十分钟内接不到命令,我就要见机行事了。

兰泽光说,坏就坏在你这个见机行事上,就是你这个见机行事把双榆树战斗打成了夹生饭。

王铁山说,什么叫夹生饭?组织上已经有结论了,那叫双榆树大捷。虽然你没有上主峰,但那是因为敌情变化需要,只不过我们两个的任务调了个个,同样功不可没,你为什么还要耿耿于怀?

兰泽光说,因为我想证实我的正确和你的不正确。

两个人被关了七八天,还是没有动静要放人。王铁山终于沉不住气了,说要去找工作组谈谈,要不干脆把他送到牢里,要不放他回去抓部队。

兰泽光说,地球离了谁都照样转动。就你那两下子,都是老一套。抓不抓都无所谓。

王铁山说,我想儿子,我要他们放我出去。

兰泽光说,放不放你出去,你说了不算,我说了也不算。我看这样很好,有吃有喝的,还可以讨论战术。关于双榆树战斗,我是这样看的……

王铁山烦躁地打断他说,别提你那个双榆树战斗了,我头疼。

兰泽光说,毛主席教导我们说,世界上怕就怕认真二字,我们共产党人最讲认真。双榆树的问题不单纯是你我两个人的事情,它关系到……

王铁山愤怒地说,求求你姓兰的,我们能不能谈谈别的?

兰泽光说,谈谈别的?别的有什么好谈的?

王铁山说,谈谈杨桃!

兰泽光愣住了,放下手中的放大镜,一屁股瘫在椅子上,喘着粗气,梦游一般地说,杨桃,杨桃……杨桃在哪里啊?

111

王铁山说，你认为杨桃在哪里？

兰泽光说，还能在哪里？杨桃牺牲了，埋在广西的十万大山里。

王铁山说，你敢肯定？

兰泽光说，我不想肯定。

王铁山说，这就对了。不知道为什么，这些年来我一直有个疑惑，也许杨桃并没有死，也许杨桃还活着。

兰泽光突然跳了起来，指着王铁山的鼻子说，都是你这个混进革命队伍的小炉匠坏了我的好事。如果那天你不傻乎乎地举手，如果杨桃那天当众接受了我的求婚，她就不会疏远我们，她不疏远我们，就不会有后来发生的事情……

王铁山不动声色地看着兰泽光。过了一会儿才说，你这话浑不讲理！但我不计较你，我现在想跟你说的是，杨桃可能还活着。

兰泽光一巴掌拍在桌子上说，做梦！

顿了顿又说，做梦也轮不到你来做！

王铁山说，难道你不觉得奇怪吗？如果说杨桃真的死了，可是我们搜山搜了那么多天，生不见人，死不见尸。

兰泽光泪如雨下说，我猜测是野兽……

王铁山说，我当时也这么想，可是就算是野兽……总得留下一点痕迹吧，比如衣服，还有手枪！

兰泽光说，我当时也有一丝念想，可是一个月过去了，没见踪影，我就绝望了。

王铁山说，要不是后来部队紧急赴朝，我肯定还会继续寻找的。

兰泽光不理睬王铁山，自顾自地说，我是多么希望杨桃她还活着啊，只要她还活着，见上一面，我死也瞑目了。

王铁山说，如果能把我们放出去，你跟我去一趟广西。

兰泽光说，你真是梦想，我不会上你这个小炉匠的当。

五

所谓的反动诗词一事，最终还是刘界河纵横斡旋给解决了。

刘界河把兰泽光和王铁山稳住之后，就开始转移工作组的视线，把工作组的视线引到了人民群众的身上。工作组在一团和三团调查了两个星期，没有一个人出面说那首打油诗是兰泽光和王铁山写的，反而异口同声地说，因为当时兰泽光和王铁山抓教育改革手腕很硬,有些同志写诗讽刺他们。诗的视角属于第三人称,也就是人民群众。

当然,如果仅凭这个,也还不足以把兰泽光和王铁山放出来,而是因为刘界河和副军长贾宏生都到军区做了工作,加上"文化大革命"此时已是强弩之末,大家也都看出来了,不可能再长期这么瞎闹腾了,上面这才发话,把兰、王二人放出来,暂时不参加工作,停职休养。

没有事情做了,兰泽光备感孤独,自己把自己关在家里的所谓第二作战室里研究了几天战例,越研究越是心灰意懒,终于有一天憋不住了,鬼鬼祟祟地跑到王铁山的家里,对王铁山说,你不是说放出来了要去广西一趟吗?我现在同意了。

王铁山说,可是我现在走不掉啊,我的儿子才上小学,我得经常辅导他。

兰泽光心里一阵酸溜溜的,硬着头皮说,现在就是咱俩没屎事干了,你一个解放军的团长,总不能老是在家带孩子吧,那也太玩物丧志了吧?

王铁山正色道,第一,我是解放军的团长,但是是被罢官了的团长,已经赋闲了,可以不负责任。第二,我的儿子是宝贝儿子,不是什么物。我辅导我的宝贝儿子好好学习天天向上,不是玩物丧志。你说话注意一点!

兰泽光说,求求你啦,你总不能让我憋死吧?

王铁山说,去广西可以,但我有三个条件。

兰泽光说,只要不太过分,都可以考虑。

王铁山说,第一,这次行动你是主谋,一切责任由你承担,尤其是王雅歌那里,你不能露出半点风声。

兰泽光说,这个你放心。我们以回老家的名义,事实上我也确实想回老家一趟,还是大比武之前回去过,一晃都十年了。我们可以公私兼顾。

王铁山说,第二,差旅费一概由你承担。

兰泽光叫了起来,休想,两个人的行动,凭什么由我一个人承担差旅费?

王铁山说,你不承担差旅费,那就算了,我们家王奇如雨后春笋,呼呼地苗壮成长,需要营养,我们家钱紧。

兰泽光愤愤地说,妈的,我承担!第三?

王铁山说,何时走,何时回,到哪里,见什么人,全都得听我的。

兰泽光说,那我跟你去干什么,我不成了摆设了吗?

王铁山说,你要是不同意,那我就没有办法了。

兰泽光咬牙切齿地说,狗日的小炉匠,老子就委曲求全吧!

师政治部干部科长向刘界河呈递王铁山的探亲报告时，刘界河的心情正好着。刘界河看看报告说，这个王铁山，总算想明白了，也该回家看看了。提笔写了一个"同"字，又停下，抬起头来问干部科长，团长请假，需要报军政治部批准吧？

干部科长说，王铁山同志已经免职了，师里批准，报军里备案就行了。

刘界河这才重新捏起笔，在"同"字后面写了个"意"字说，也好，王铁山老来得子，也该回家光宗耀祖了。

干部科长说，是。

到了下午，干部科长又呈上一份探亲报告。

刘界河掸着报告问，搞什么鬼？

干部科长吓了一跳说，没有搞鬼啊！

刘界河抓起电话说，给我接兰泽光。兰泽光接通了，刘界河说，二孔明，你他妈的给我说清楚，你们想玩什么花招？

兰泽光在电话那边说，不明白刘政委的意思。

刘界河说，上午王铁山打了探亲报告，下午你的又送上来了。你们莫非是搞什么阴谋？

兰泽光说，我们没有搞阴谋。我不知道王铁山也请假了。

刘界河说，难道你们是不谋而合？为什么要走一起走？

兰泽光说，第一，如果情况属实，那真是不谋而合；第二，我们两家虽然都在鄂豫皖，但不是一个县，井水不犯河水；第三，我们一起被隔离，一起被审查，一起被免职，一起告老还乡也在情理之中。

刘界河说，妈的二孔明，你以为我是稀罕你啊，我恨不得给你放假十年，让你重新当农民。但是现在我不能放你走，尤其是不能放你和王铁山一起走。你们这两个冤家，鬼一出神一出，我不放心。

兰泽光说，政委你放心，我和王铁山在一起，什么都能搞得好，就是搞不好团结，更不要说肝胆相照搞阴谋了。你批不批准王铁山请假我不管，但是你要是不批准我请假，我明天就找工作组，我承认那些所谓的反动言论就是我写的，我还回到我的隔离室。刘政委你就等着交代你的问题吧。

刘界河说，嘿嘿，四条腿的蛤蟆我见多了，就是没有见过三条腿的驴。我还怕你要挟？你要是真的探亲也行，我批王铁山一个月，批你半个月。

兰泽光说，能不能调个个儿，批我一个月？

刘界河说，也行啊，王铁山先走，等他回来你再走。

兰泽光说，刘政委你太偏心了，为什么他先走我后走。我现在被免职了，白天没屎事,晚上屎没事,身上都快长毛了,你不批我休假,我给你捣乱,天天写你的大字报。

刘界河说,你先走也行,那就等你回来王铁山再走。

兰泽光说,我同意。

刘界河在电话里嘿嘿一笑说,你同意?那是你同意的事情吗?你要一起走,我偏让你分开走。你同意分开走,我偏让你一起走。让你们这两个冤家狗咬狗,互相监督。

刘界河说完,放下电话,唰唰地写了一张纸条交给干部科长:同意王铁山和兰泽光休假一星期,一起出发,一起归队。

六

兰泽光一接到干部科长的通知就傻眼了,惨叫道,一星期?一星期够干屎事!我老家离这一千二百公里,火车就是照死地跑,也得一天一夜加半天半夜。来回路上就要三天三夜。你们这些机关大老爷为什么不从实际出发,干部原籍的距离你们干部科难道没有掌握吗?

干部科长理直气壮地回答,兰团长息怒,我不仅能算出你回原籍的火车距离,还能算出汽车距离。你们报销探亲车票的金额,正负不会超出本科长预算的百分之五。可是兰团长你想想看,这是我说了算的吗?

兰泽光怒气冲冲地去找王铁山,王铁山也正在为这事发愁,看着兰泽光说,咋办呢?别说去广西了,就是真的探亲也不够啊,除非把咱俩的假期加起来让一个人回去。

兰泽光说,你真是死脑筋。第一,假期是从明天开始算起的,至十月三十日凌晨止,只要我们精打细算,可以把假期拓展为十天。

王铁山说,十天也紧张啊,现在学生到处搞串联,车上挤得要死,路上慢得要死,比牛车还慢。

兰泽光说,第一,早就不搞串联了,现在是"文化大革命"胜利阶段。第二,你我虽然被免职了,干部证还是有效的,我们都是十四级干部,是可以坐软卧的。第三,就算不能按时归队,也无所谓。哪怕现在打仗了,你我两个下台团长也干瞪眼,还不如躲出去心里好受些。

兰泽光这样一说,王铁山就动心了。他已经做好了充分的准备,也把谎跟孙芳撒出去了,就像上足了劲的发条,不把弹力释放掉,恐怕是要憋出毛病的。

两人在这个问题上达到了高度的一致,便紧急行动起来,先是由王铁山托熟人开后门买了车票,两小时后两人便出现在火车站的广场上。为了保密,他们连车子也没敢派,是乘公共汽车来的。

王铁山上身穿着灰色的中山装,下面一条草绿色的军裤,多少还像个工宣队长或者队员。兰泽光的样子有点滑稽,上面穿着摘了领章的军上衣,下身穿了一条蓝裤子。他是忙中出错,决定了要微服私访,这才发现没有便衣,这条裤子还是十多年前王雅歌怀孕的时候做的,腰身极其肥大,还是女式的,偏腰。

出门的时候王铁山说,还十四级干部呢,真他妈的丢社会主义的脸!你就这一身打扮去找杨桃?

兰泽光说,还不一定找得到呢。

王铁山说,心里先自没有了把握,这仗看来是打不赢了。

兰泽光说,没有办法,我没有便衣。我那个家属不像你那个家属,我那个家属恨不得把我当成家属,根本不管我的生活。妈的连个便衣都没有。要是杨桃……

王铁山打断他说,凭什么她就要给你当家属,你已经是光杆司令了,人家还是正团级待遇!

兰泽光愁眉苦脸地看着王铁山说,问题就在这里啊,要是杨桃……

王铁山再次打断他说,我问你,如果真的找到杨桃咋办?

兰泽光稀里糊涂地问,什么咋办?

王铁山说,结局,你想会是什么结局?

兰泽光断然挥手说,这个问题很可笑!

王铁山说,可笑还是可悲?你难道从来没有想到过,万一杨桃真的活着,真的被我们找到了,那该怎么办,往后的戏该怎么演?

兰泽光再次断然挥手说,这个问题更可笑!万一杨桃真的活着,万一真的被我们找到了,我跟王雅歌离婚,跟杨桃结婚!

王铁山说,就算你能离婚,可是你想想,你都是过了四十奔五十的人了,杨桃比你大三岁,她难道没有成家?

兰泽光这回傻眼了,在这个问题上他永远是弱智。兰泽光愣了很长时间,这才第三次断然挥手说,这个问题还是很可笑!万一杨桃真的成家了,我动员她也离婚!

王铁山嘿嘿一笑说,这才是真正的可笑,真正的一厢情愿!如果杨桃真的活着,真的被我们找到了,不用别人下手,你身边就有一个强大而英勇的敌人！

兰泽光说，你？你有你的儿子，有你的恩爱老婆，你跟我抢了快三十年了，我只剩下杨桃了，你不能再跟我抢了。你再跟我抢，我只好当普希金了。

王铁山惊问，普希金是谁？

兰泽光说，连普希金是谁都不知道，就这点文化，还想跟我抢杨桃？门都没有！

王铁山说，好，退一万步说，就算我俯首甘为孺子牛了，可是你了解敌情吗？你知道对手是谁吗？尤其是，你知道杨桃是怎么想的吗？你不知道！所以你的想法是错误的，你的战术是盲目的，你的进攻是注定要失败的！

兰泽光火了，原地站立，不走了，阴沉沉地看着王铁山说，那我们为什么还要去广西？找不到难受，找到了更难受。我难道是活得不耐烦了吗？

王铁山说，所以我要提醒你，要有一颗平常心，不要幻想奇迹发生。我们这次行动，什么目的都没有，就是故地重游，就是看看我们打过仗的地方，哪怕是为了检讨战术。

兰泽光怔怔地站着，仰起头来看空气。

王铁山急了问，你说吧，是去还是不去？

兰泽光一拧脖子说，去，箭在弦上，不得不发，为什么不去？

后来就上了公共汽车，后来就到了火车站。

七

兰泽光和王铁山拎着印有"上海"二字和锦江饭店大厦的塑料旅行包，东张西望地寻找进站口，刚刚找到，正要排队验票，一个右臂佩戴"军代表"红袖章的年轻人拦住了去路说，两位首长，请到贵宾室。

兰泽光大喜说，他妈的，没想到化装了还能被认出来，什么叫老革命？老革命的风采脸上都有。

王铁山说，就你那尖嘴猴腮的模样，人家肯定认为你是我的秘书，随行人员。

兰泽光说，就你那五大三粗的模样，恐怕被看成是高级干部的特级警卫了，连随行人员都不是。

两个人斗着嘴，跟着军代表趾高气扬地走进贵宾室，刚进门，兰泽光就像见了鬼，一个哆嗦，行李包便从手中跌在地上。

贵宾室中央，大模大样地坐着二十七师政委刘界河，手里夹着香烟，跷着二郎腿,正笑眯眯地看着他们。

王铁山倒吸了一口冷气,反应过来之后,满脸堆笑地问,政委,你咋来了?

刘界河反问,你说呢?

王铁山说,首长莫非也要探亲?

刘界河说,我探亲? 我他妈的乱弹琴! 把车票拿出来!

王铁山的眼珠子僵硬了。

兰泽光见势不妙,先发制人说,车票在他手里,这次行动是他提倡的。

王铁山说,血口喷人,车票是在我手里,可是说好了,我给他当秘书,我是随行人员。你坦白从宽,我胁从不问。

刘界河喝道,把车票交出来!

王铁山说,我戴罪立功!

说着,摸摸索索地从衣兜里找出车票,双手交给了刘界河。

车票是从相州市到桂林的。

刘界河淡淡一笑,捏着车票说,你们这两个家伙,给老子玩迷魂阵,差点儿被你们蒙哄过去了。可是你们也不想想,二十七师,只有你们最聪明吗?我一个堂堂的师政治委员,要是被你们两个团长玩了战术,那不成天大的笑话了吗?

王铁山说,首长真是神机妙算。

兰泽光说,再狡猾的狐狸也斗不过好猎手。

王铁山说,道高一尺,魔高一丈。

兰泽光说,假的就是假的,伪装应当剥去!

刘界河把脸一沉,厉声喝道,立即回到你们的岗位上,进入一级战备!

兰泽光困惑地问,我们不是被免职了吗?

刘界河挥挥手说,上车再说。

王铁山和兰泽光面面相觑,突然二人一起咧嘴笑了。王铁山说,乖乖,恐怕要打仗了。

兰泽光说,日他娘,再打仗,组织上如果再派你给我当助手,我宁肯上吊!

王铁山说,那叫临阵脱逃,死有余辜!

二人拎起行李包,精神抖擞地跟着刘界河一路小跑,上了北京牌越野吉普车,刘界河坐前座,二人坐后座。

刘界河说,想知道发生了什么事情吗?

二人异口同声地说,太想知道了。

刘界河说,那你们老实交代,你们要去桂林干什么?

王铁山说，关禁闭关了这么多天，出来又没工作了，我们想去散散心，故地重游。

刘界河扭头问兰泽光，他说的是实话吗？

兰泽光说，我揭发，他说的是假话，他说杨桃可能还活着，撺掇我去找杨桃。

王铁山痛不欲生地说，兰泽光你这个同志真是血口喷人，是我撺掇你的吗？王雅歌同志揭发你，你夜里说梦话都喊杨桃的名字。

刘界河把香烟屁股往手里的烟盒里摁了摁，摁灭了，这才回过头来说，啊，原来是这样。你们怎么知道杨桃还活着？

兰泽光说，是老王瞎猜的，我们要是知道了，就不去广西找了。

刘界河突然转过身来，指着兰泽光的脑门说，在婚姻家庭这个问题上，你兰泽光成事不足败事有余，跟自己的妻子把关系搞得一塌糊涂，雾里看花，水中捞月，天天琢磨一个牺牲了的同志。

兰泽光不服气地说，我没有把关系搞得一塌糊涂。

刘界河说，还不一塌糊涂？你对王雅歌同志严重不尊重。人家称爱人是怎么称呼的，爱人，妻子，老婆，最差的也是婆娘，虽然有大男子主义色彩，但好歹还是个人话。你呢，向别人介绍王雅歌，居然说，这是我的配偶。听听，配偶，有这么称呼妻子的吗？

兰泽光讪讪地说，本来就是配偶嘛，这也是规范称呼。什么爱人不爱人的，意思暧昧，听着肉麻。我到师医院找王雅歌，也介绍自己是王雅歌的配偶。

刘界河说，你兰泽光做什么事情都与众不同，我警告你，以后不许你再称呼王雅歌为配偶了。爱人，妻子，老婆，婆娘，这几个称呼随便你怎么选，就是不许你称呼王雅歌同志为配偶了，你听明白了吗？

兰泽光说，听明白了，那就是老婆吧。不要为这件小事费口舌了，政委你快告诉我们发生了什么大事？

刘界河说，你二孔明不是料事如神吗？

兰泽光说，我连团长的职务都被免了，料事如神个屁。

刘界河说，你被免职算个啥？中央有四个比你们官大一百倍的人被免职了。你们官复原职了。

兰泽光和王铁山坐在后排，你看看我，我看看你，王铁山突然抓起兰泽光的手说，老伙计，不容易啊，你我总算熬出头了，差点儿就成了流窜犯了啊！

兰泽光也激动地握着王铁山的手说，老炉匠啊，虽然你这个人有很多缺点和错误，但我还是原谅了你，谁让你是我的战友加难友呢！

第六章

一

"文化大革命"结束的第二年，师里空出一个副师长的位置，上级征求师里的意见，刘界河说，战争年代搞战术嘛，兰泽光略高一筹;和平时期搞管理嘛，兰泽光稍逊风骚。

刘界河那时候已经上报要担任军政治部主任了，所以军党委比较重视刘界河的意见。

后来就提升王铁山为副师长。

王铁山当了副师长，家就从西大营搬进了城里的师部。兰丽文正在读高中，过去王家和兰家一东一西，跟兰丽文上学的中学基本上是等边三角形，兰丽文以王家为主要根据地，每周平均回到兰家一点五次。现在王家搬进城里，位于兰丽文读高中的一中和西大营之间，兰丽文理所当然地更少回到西大营了。

沈东阳是在王铁山家认识兰丽文的。这年中国恢复高考制度，王铁山听说师政治部干事姚得春数学成绩不错，请姚得春周末到家里来帮助兰丽文复习，姚得春又介绍他的好朋友、师司令部作训科的参谋沈东阳来帮助兰丽文复习化学。

沈东阳起先很不乐意，说我是个军官，又不是家庭教师，我凭什么去给他女儿复习? 我有我的事情要做。

姚得春说，王副师长是一个很厚道的首长，很关心年轻干部，你接触一下没有坏处。

沈东阳说，王副师长太四平八稳了。他不喜欢我，我也不喜欢他。我不去拍马屁。

姚得春说，你这话是什么意思? 同志之间还讲个阶级感情呢，我难道是为了拍马屁才去的吗? 你在三团表现一般，出了名的好高骛远，可是王副师长还是同意你调到师机关工作。很有肚量。

姚得春是干部科的干事，他说这话是有依据的。上半年讨论抽调沈东阳到师作训科当参谋,当时就有人提出反对意见,认为这个年轻人有点好高骛远不切实际。王铁山说,年轻人嘛,思想活跃不是坏事。随着阅历的丰富,他会逐步脚踏实地的。像这样有锐气的干部,至少要比那些只会唯唯诺诺的好,应该放到较高层次上锻炼。

这些话沈东阳当然不得而知。其实在沈东阳的心目中,王铁山就属于唯唯诺诺的那种,他哪里知道,王铁山也不喜欢唯唯诺诺。当然,沈东阳对王铁山也并无恶感,觉得这位首长相对来说有眼光,有定力。但是,在本部的几个老团长中,他还是更佩服兰泽光。兰泽光给他留下的印象是睿智,敏锐,个性也很鲜明。王铁山被任命为副师长上任那天,他就在姚得春面前发表过奇谈怪论,说像王铁山这样的老革命,从部队里一抓能抓一大把,而兰泽光这样的人却是凤毛麟角。姚得春说,你把你自己的事情管好,不要背后议论首长。

有一天沈东阳去向王副师长汇报军马场失火的处理情况,王副师长看完汇报材料之后说,很好。一二三四,明明白白,教训分析得透彻。和平时期不打仗了,部队住在城里,野营拉练一年就那么次把两次,军马的重要性不那么显著了,养得膘肥体壮,却跑不动路。管理上也就掉以轻心了,所以老出事。有的仓库里,马蹄铁都生锈了,那么好的马鞍子,皮革都发霉了。可惜了。

沈东阳说,我注意到一个情况,多数发达国家的军队都取消了骑兵的编制。听说我们也要改革军事交通,军马这东西确实越来越不适用。

王铁山异样地看了沈东阳一眼,欠了欠屁股说,是啊,是啊。时代在发展,科学在进步,不破不立嘛。你骑过马吗?

沈东阳说,骑过,不过那是玩儿,游戏。

王铁山说,你没有骑马打过仗,你就体会不出来,军马这东西是很通人性的。一匹好的战马,就像你的手足,在战场上,你的脑子想到哪里,战马就会驰骋到哪里。解放战争中,战马载着我们的士兵同国民党的坦克搏斗,那真叫壮烈。坦克轰鸣,战马长啸,尘烟滚滚,血色大漠,回肠荡气!

沈东阳说,王副师长像个诗人。

王铁山说,我们在朝鲜战场上,营以上的干部发过战马,都是蒙古马,骁勇善战,只要你骑在马背上,你就想冲锋,就想挥舞你的战刀。那时候战马的作用绝不仅仅帮助你提高速度,而是提高你的战斗激情,因为它和你的命运血肉相连。

沈东阳发现,王铁山在谈起这个话题的时候,目光深邃而温柔。

王铁山说,因为是历史了,是过去的事情了。什么东西一旦成为历史,你在回忆它的时候,感情色彩就浓了。可是,感情是一回事,理智又是一回事。

我们不能因为我们这些老家伙有感情，就把那些落后的东西死死地抱在怀里不松。我预计，我们很快就要向军马告别了。

这是沈东阳第一次面对面地聆听王铁山的声音，他发现当了副师长的王铁山和他过去认识的在三团当团长的王铁山有了明显地不同，首先就表现在胸襟上，这位首长既有柔情的一面，也有开明的一面。

中午在机关食堂吃饭，沈东阳问姚得春，王副师长的女儿学习成绩怎么样？姚得春说，出乎意料地好，据说老头子抓得很紧，丫头也很用心。我原来以为"文革"中的高中生都是徒有虚名，哪知道这丫头基础那么好，基本上不用辅导，个别难题一点就通。就是化学稍微差一点。

沈东阳说，那我来帮帮她，本人别的什么都不行，就是化学好，原先我还想当科学家呢。

那天晚上，沈东阳跟着姚得春进了王铁山的家，王铁山不在家，姚得春向孙芳介绍说这是司令部的沈参谋，化学特棒，未来的科学家，来帮助丽文复习化学。

孙芳高兴地说，那太好了。这孩子就是差这一把火候，着急。有沈参谋帮忙，我们就放心了。

姚得春说，今晚复习化学，我有事先走了，后天复习数学。

孙芳说，谢谢姚干事啊，孩子考学，你们都费心了。

姚得春说，应该的，应该的。一边客气，一边告辞走了。姚得春走了，孙芳就上楼敲兰丽文的门，妞妞，沈叔叔来了，出来见一下。

少顷便看见一个穿着红格裙子的女孩从楼上笑模笑样地下来了，落落大方地打招呼，沈叔叔好！

沈东阳有些发愣，这女孩看样子有十七八岁了，他那年二十四岁，被这么大的姑娘称呼叔叔，有些不适应，连连摆手说，别喊我沈叔叔，叫我沈参谋，或者沈大哥也行。

孙芳察觉了沈东阳的窘迫，解释说，她爹爹说，凡是当兵的，不论大小，都是爹爹的战友，跟爹爹平辈，一律都喊叔叔。妞妞喊警卫员小张也喊叔叔。

沈东阳这才释然。问了兰丽文一些情况，然后说，今天我是送来让你拜师的，你先把你的难题列出来，我们有针对性地解决，不搞漫天撒网。

兰丽文说，老师说要多做题。

沈东阳说，不能把做学问搞成体力劳动，知其然，不知其所以然不行。要首先把原理弄透，心里豁亮，难题自然迎刃而解。

兰丽文说，好，就听你的，我先理一遍。

过了两天，沈东阳才正式给兰丽文上课，发现兰丽文的作业本上的名字，不解地问，怎么，你不是王副师长的女儿吗？怎么会姓兰呢？

兰丽文羞赧一笑说，我爸爸姓兰，我爹爹姓王。

沈东阳更不明白了，说，你怎么既有爸爸，又有爹爹呢？

兰丽文说，沈老师，这是私事，与复习没有关系，就不必问了吧。

沈东阳有点不好意思，说，那是，那是。我们开课吧。

二

王铁山担任副师长之后，分管训练，经常下部队。有一次在一团司令部看见几名参谋训练没按计划落实，而是撅着屁股在标图，敌情、地形和双方兵力已经确定，让参谋们用兵。

王铁山走进去，参谋们就停下来，向王铁山敬礼，请王副师长指示。

王铁山翻了几份作业想定，看了半天，问负责训练的副参谋长石得法，我记得你们上报的本周训练内容是轻武器分解结合，为什么搞成了这东西？训练大纲里有吗？这可都是师以上司令部的业务。

石得法支支吾吾答不上来，正在着急，兰泽光出现了。兰泽光说，报告王副师长，这东西是我让他们搞的。你可以批评我，但你没必要批评我的参谋。

王铁山很尴尬，没有理睬兰泽光，气呼呼地离开了一团的作战室。

兰泽光撵出门外说，王副师长你走好。请你以后不要再搞微服私访了，来之前打一声招呼。

王铁山说，老兰你这是怎么回事，哪有这么袒护部属的？

兰泽光说，确实不是袒护。你想想，没有我的命令，他们敢不按计划落实吗？他们的训练任务都是由我下达的，所以你只能批评我。如果确实是他们错了，由我来批评他们。

王铁山说，你为什么不按训练大纲来？

兰泽光说，分解结合那东西，你弄几只猴子来，他都可以学得会，用不着我的参谋操心费神。

王铁山恼怒地说，难道我一个副师长，连团里的参谋都不能批评吗？

兰泽光说，王副师长，我不是说了吗？你可以批评我这个当团长的，但是你不能批评我的参谋，因为他们的任务是由我来分配的。假如你现在看见两个没有按规定着装的干部，你看见他们穿便衣，你肯定想批评，可是你一批评就可能批错了，因为是我命令他们在搞化装侦察，你说他们挨批委屈不委屈？

王铁山伸手一指说，看看前面那个兵，见到首长老远就躲开了，也不过来敬礼，这么没有礼貌，原来也是你调教的？

兰泽光说，那是当然。我是一团团长，一团的每一只耗子都归我管，所以每一只耗子犯了错误都应该由我来负责。

王铁山说，你别胡搅蛮缠。你说刚才那个兵，见到副师长和团长，不过来敬礼，脚底板抹油，溜之乎也，难道这也是你调教的？

兰泽光说，那是自然，我一直谆谆教导他们，在不便敬礼的地方不要敬礼。

王铁山说，现在不便敬礼吗？不便敬礼的地方——不便敬礼的场合通常是指饭堂或者厕所，蹲在粪坑上或者站在小便池上确实不方便敬礼。可是我们现在走在阳光大道上，有什么不便的？

兰泽光说，你这么一说我倒是觉得这个兵太聪明了，太会领会首长意图了，太会处理棘手问题了。王副师长你想想，一般人都会像你这样，把不便敬礼的场合理解为厕所，可是这个兵就不一样，他会举一反三，他会灵活机动。他看见团长跟着一个人并肩而行，他不知道你是副师长，也不知道你过去是我的副手，在拿不准咱俩是谁官大官小的情况下，在拿不定主意该首先向谁敬礼的情况下，他灵机一动，他急中生智，他迅速隐蔽了自己，这是保护自己的最好的战术。你走之后，我要找到这个兵，当众表扬。

王铁山说，妈的，简直是强盗逻辑。你兰泽光胡搅蛮缠起来，就像个强盗，不，你本来就是个强盗。

春节过后，师里召开训练誓师大会，军长贾宏生和军政治部主任刘界河都回到了相州市，军区还派了一个部长和几名参谋。沈东阳是会务组成员，排座次的时候，突然发现问题麻烦了。第一排是军首长、军区部长和副政委以上的师首长，第二排是军机关部门副职和师部门首长；第三排是军区的参谋和军里的处长、副处长，师里部门副职；第四排才是本师党委委员，各团团长和政治委员以及师直、师后负责人。

兰泽光的位置在主席台最后一排，这是沈东阳调到师机关之后发现的一个让他很难理解也很难接受的事实。他向负责会务的师副参谋长张省相建议说，二十七师的训练动员大会，把战斗部队的团长政委排在主席台最后，是不是合适？最后一排，除了团长政委，就是农场厂长，医院院长。

张省相反问沈东阳，那你说该怎么排？

沈东阳说，把军区那几个参谋和军里的副处长调到后排，把团长政委们调到第三排，比较合适。

张省相笑笑说，你合适了我就不合适了。谁坐哪里，这是有一定之规的，按你那一搞，就搞乱了。这里面名堂大了。

沈东阳说，军区的参谋，再大也是个参谋。

张省相说，军区的参谋，再小也是军区的人。

沈东阳说，团长政委坐后排，部队看不见，看不见团长政委的脸，这动员大会成了什么了？

张省相说，你少出花花点子。这是惯例你懂不懂？按惯例来，谁也没有话说，不按惯例来，搞得不好就出乱子。会务里面有一个重要的内容，就是排座次，座次无小事。

这次动员大会的排座次问题，不仅沈东阳感到别扭，兰泽光也很不舒服。因为坐在最后排的，除了他以外，都是中华人民共和国成立后参军的，他在八个团长政委中间是资格最老的。

当天晚上，兰泽光到师部第一招待所去拜见老首长刘主任。兰泽光说，这次训练动员大会，我有三个没想到。

刘界河故作夸张地问，又怎么啦？

兰泽光说，第一个没想到，我从一九七一年开始就当团长了，到了七七年，我还是团长。

刘界河说，你那年提意见，说你没想到营长一当就是七八年，我也没想到。可是后来你当了团参谋长，不到两年，又当了团长，你想到了吗？我们是革命军人，只有分工不同，没有尊卑贵贱。

兰泽光说，当团长只能做团长的事情，我想担负更大的责任。我让司令部的参谋多研究一些战例，王铁山讽刺我说，那是上级司令部门的事情。

刘界河说，别见我就诉苦。就不能说些让我高兴的事情？

兰泽光说，我把工作做好了，不就是让你高兴的事情？

刘界河说，走，陪我散散步。

兰泽光说，散步，我陪你？

刘界河说，是啊，这个院子我住了好几年，还是很有感情的。

兰泽光迟疑了一阵说，你是军政治部主任，手握重权，你到二十七师来的当天晚上，我就陪你散步，那别人看见了会怎么想？

刘界河说，那你来找我干什么？

兰泽光说，我找你是汇报思想的。

刘界河说，汇报思想有什么见不得人的？你这个人，看问题就是狭隘。这些年来，你兰泽光无事不登三宝殿，汇报思想不就是要升官吗？

兰泽光说，汇报思想是反映情况，不是要升官。

刘界河说，明人不做暗事，那你心虚什么？

兰泽光硬着头皮说，那好，我就陪首长散步吧。人在屋檐下，不得不低头啊。

走在师部大院的林荫小道上，兰泽光说，第二个没想到，我当排长是全连最年轻的排长，我当连长是全营最年轻的连长，我当营长是全团最年轻的营长。没想到，现在我是全师最老的团长，除了副参谋长张省相和政治部副主任李开杰，在全师正团级干部当中，我是最老的。

刘界河说，是啊，你好歹还是个封疆大吏呢，张省相是一个老八路，跟我一起参加工作的，当个下手，你看他有牢骚吗？要知足。

兰泽光说，我知足，但首长总不能让我满足吧？

刘界河说，那你自己说说，你为什么进步慢，为什么提升王铁山而不提升你？

兰泽光说，组织上用人不当呗！

刘界河说，听听，这是什么话？就冲这句话，不提升你就是对的。你这个人，毛病太多。

兰泽光说，我所有的毛病都是小毛病，我所有的优点都是大优点。我的毛病无伤大雅，我的优点有益国家。组织上不能把我的优点缩小看，把我的缺点放大看。

刘界河说，简直是污蔑组织，我们把你的缺点放大了吗？组织上要是把你的缺点放大了，你档案里的处分都有三尺厚了。

两个人边说边走，正走着，张省相从后面追了过来，给刘界河敬礼说，刘主任，贾军长请你到他房间去一下。

张省相看见了兰泽光，兰泽光也看见了张省相。张省相向兰泽光咧嘴笑笑，那笑容让兰泽光很别扭，他知道张省相心里想什么：军首长下部队第一天，你兰泽光就靠上来了，倒是不失时机啊！

兰泽光心里别扭得很，说，既然首长有事，那我就告辞了。

刘界河说，别，跟我去见见军长。他也是你的老团长了，对你不薄，可是你从来没有主动登门去看看。这回军长送上门来，你不去看望一下就说不过去了。

兰泽光说，我怕影响首长们谈正事。

刘界河说，要是有公事，你见一面就撤，要没有什么大不了的，你就陪着。我估计这老先生牌瘾上来了，多半是三缺一。

三

兰泽光跟在刘界河的屁股后面，回到第一招待所，进到军长贾宏生的房间，这才看见房间里除了贾军长，还有一个女人，大约四十来岁的样子。兰泽光心想，无论公事私事，都不宜久留。

贾军长也看见兰泽光了，怔了一下说，咦，那不是二孔明吗，难得啊，见你一面不容易啊，进来吧。

兰泽光进去说，一直想去看看首长，怕首长忙，不敢打扰。

贾军长说，屁话，军长再忙，也不能不见二孔明啊，倒是你这家伙清高，过年连电话也不打一个。过来，我给你介绍一个你应该认识的人。这位是你们，不，这是我们相州市人民医院的沈大夫，你知道这个沈大夫是什么人吗？

兰泽光说，好像听说过，是著名妇科大夫，人称相州市的林巧稚。我听我配偶，不，我听我老婆说，王铁山，不，王副师长他爱人的不孕症就是沈大夫给治好的。

贾军长向刘界河笑道，哈哈，我们的二孔明也并不完全是你们说的，完全是不食人间烟火嘛。我跟你讲，还不仅是王铁山的老婆，我们，不，你们二十七师的，从战场上下来，有不少干部落下这样那样的毛病，沈大夫可是出了大力帮了大忙，我们这支部队才得以重振雄风人丁兴旺。

兰泽光向沈大夫微微点点头说，沈大夫好，我听说了，你是我们二十七师的送子娘娘。

沈大夫戴着一副小巧的口罩，坐着没动，向兰泽光点头致意说，兰团长过奖了。

贾军长诧异地问，你们认识？

沈大夫说，我认识兰团长的爱人。对不起，我患了肺炎，所以只能戴上防护口罩。

兰泽光心里有点疑惑，因为他听王雅歌说过，她从来没有见沈大夫有不戴口罩的时候。兰泽光愣愣地看着沈大夫，突然感觉好像有些面熟，从沈大夫那双眼睛里，流露出来的是平静的也是似曾相识的神情。

贾军长说，坐吧。

兰泽光便坐下。

贾军长对张省相说，我这次来，除了参加你们的动员大会，就是要看看沈大夫。那件事情刘主任说吧。

刘界河说，哦，是这样啊，军长今天不打牌了？

贾军长说，打，怎么不打？劳逸结合嘛，但我们先把正事办了。

刘界河说，啊，是这样的，沈大夫是我们二十七师的恩人，我们也应该帮沈大夫做一点事情。贾军长对这件事情很重视。沈大夫有个侄女，想找个军官，你们司令部有没有合适的人选？

张省相说，没结婚的倒是有几个，但是不一定合适。

兰泽光说，既然首长和沈大夫有事，我还是先走吧。

贾军长说，别，你既然来了，就别躲避，弄得不好，你也有任务。

兰泽光只好坐下，奇怪地看着沈大夫。

刘界河对张省相说，老张你讲具体点。

张省相说，譬如沈东阳，年轻有为，才华出众，但是……

贾军长的脸一沉说，但是什么？你也是老同志了，还怕我们吗，别支支吾吾的。

张省相说，这个人思想活跃，看问题很有眼光，办事也很利索，就是有点，有点……好高骛远。

兰泽光忍不住插嘴说，沈东阳同志我也认识，我觉得这个年轻人很有远见，走一步看三步，把他放在合适的位置上，应该很有培养价值。

刘界河断然说，沈东阳不合适！

兰泽光愣住了，看着刘界河说，难道刘主任也认识沈东阳？

刘界河怔了一下说，不认识，但是我听说过，倒不是说这个同志不好，你想想啊，沈大夫的侄女势必姓沈，沈东阳也姓沈，弄得不好还是近亲呢。

贾军长扭头看看沈大夫，笑道，我倒没想到还有这个问题。

沈大夫说，姓沈不一定是一家，我倒是很想见见这个好高骛远的小伙子。

贾军长说，那好，张省相你去把沈……沈什么？

张省相回答，沈东阳。

贾军长大手一挥说，好，你就去把沈东阳给我叫来。

张省相挠挠头皮说，这小子今天好像在王副师长家辅导他女儿复习，我现在叫他过来，以什么名义呢？

贾军长说，啊，王铁山倒是很会假公济私啊，让参谋帮他女儿复习……

哎,不对啊……贾军长把脑袋转向沈大夫说,王铁山老来得子,还是沈大夫帮了大忙,没听说他有女儿啊?

兰泽光赶紧说,是我的女儿,在老王家养大的。

贾军长说,哦,知道了,知道了。我听人家说,不,是你自己说过,王铁山帮你养孩子,你帮王铁山带部队。王铁山养孩子比你强,你带部队比他强。

兰泽光大窘,赶紧申辩说,那是过去,吵架无好言。

贾军长说,人家帮你照顾孩子,你居然还贬低人家,不厚道哦!

兰泽光说,接受军长批评。

贾军长又把大手一挥说,好了,不说你了,言归正传。张省相,你去把那个沈……沈什么给我叫过来。

张省相还是犯难,嘟嘟囔囔地说,军长召见,总得有个理由吧,我总不能明着说是给他介绍丈母娘吧?

贾军长说,你老张难怪进步慢,就是死脑筋!军长召见,这不就是最好的理由,还要什么理由?

张省相还是忸怩,说,军长召见,不是一件小事,我得找个冠冕堂皇的理由。

刘界河说,这点小理由都想不出来,那你就只好永远当师里的副参谋长了。

尴尬之间,兰泽光帮了张省相一个忙。兰泽光说,这个年轻人写过一篇文章,叫作《精兵战略论》,高度很高。老张你就说军长对这篇文章很赏识,想听听他的具体想法。

贾军长很高兴说,我看二孔明这个话题好,既符合本军长的身份,也符合事实,就这样吧。

四

那天沈东阳没有在王铁山家帮助兰丽文复习,而是闷闷不乐地躺在宿舍里看书,害得张省相拐了好几个弯才把他找到。

沈东阳乍一听说贾军长紧急召见,根本就不相信是真的,还以为是张副参谋长戏弄他。沈东阳说,不就是排个座位提个建议吗,张副参谋长您就别再耿耿于怀了。

张省相说,你小子糊涂,这么大的事情,我能开玩笑吗?赶快起来!

沈东阳半信半疑地穿好军装,走出门了,又回头戴上军帽,这才心事重重地跟着张副参谋长进了小招待所。

一进军长的房间,沈东阳的心里就噗噗咚咚地乱跳,不知所措,局促不安。贾军长指着一个椅子说,小伙子,听说你写过一篇文章,叫作什么什么精品……

兰泽光说《精兵战略论》。

贾军长摆摆手说,知道。小伙子,你给我谈谈,依据是什么?

沈东阳有点纳闷,他不知道军长为什么会突然想起来召见他,问他这个问题,况且,这屋里还有一个看不清容貌的女人,自从他进门之后,那个女人的目光就没有从他的身上离开过。他似乎感觉出来,这种场合并不适合讨论学术问题,好像有点醉翁之意不在酒。

沈东阳说,报告军长,这个观点也算不上什么创意,兵法曰,兵不在多而在精,兵贵神速,这里面有两个含义,一是时间,二是空间,之所以要神速,就是兰泽光团长说的,用兵之道,其根本在于在指定的时间到达指定的位置,展开指定的战术完成指定的任务。每一个战斗员完成自己的哪怕是很小的任务,那么就奠定了全局胜利的基础。然而,实现这一切的前提就是兵要精,如果我们用花在一个步兵团身上的钱去装备一个营,提高机动能力和装备精度,延伸火力和快速反应能力,那么这个营的实际战斗力将远远胜于一个团,我计算了两者之间的对比……

贾军长说,照你这么说,就是说,部队多了,装备差了,战斗力反而下降了?

沈东阳说,我是这么认为的。这就像民兵再多,也打不过野战军是一个道理。

贾军长说,难怪有人说你好高骛远,我看也是,这些问题不是你考虑的,甚至也不是我考虑的。

沈东阳说,战斗部队的指挥员有向上级提建议的义务。

贾军长把头伸向沈大夫,沈大夫却目不转睛地看着沈东阳。贾军长说,你看呢?

沈大夫回过神来说,哦,这些我不懂。不过,我看这个年轻人还是很敢想的。

兰泽光插话说,有些事情,不一定马上就能做到,但是可以提前想到。沈东阳同志站在基层,深入实际,提出的问题是很有见地的。其实精兵战略跟集中优势兵力有异曲同工之妙。

贾军长说,好啊,你兰泽光思想倒是很解放。你赞成精兵战略,也就是精兵简政嘛。那好,下次再有工程兵或者铁道兵要部队,我就先把你的一团砍掉,看你还敢不敢站着说话不腰疼。

兰泽光说,军长,就算我同意把一团砍掉那也没用,您是一团的老团长,刘主任是一团的老政委。把一团砍了,你们没有故居了,我本人说不定还可以在师里找个位置。

贾军长哈哈大笑说,老刘啊,谁说兰泽光同志不食人间烟火?我看兰泽光同志有时候也是有幽默感的嘛。好了好了,小伙子你回去吧。

兰泽光也趁机告辞,贾军长说,好吧,你们带兵的,早点歇着吧。

兰泽光跟沈大夫打了招呼,刚准备出门,贾军长又说,兰泽光同志你等一等,你是哪一年出生的?

兰泽光回答是一九三一年十二月。

贾军长问刘界河,在线内吗?

刘界河说,差两天超一个月。

贾军长眉头一皱说,兰泽光你的出生年月是按阳历还是农历算的?

兰泽光回答说,档案就是这么记载的,从小也是这么过生日的,我也搞不清楚是农历还是阳历。

贾军长对刘界河说,他搞不清楚我清楚,我们小时候过生日全是按农历算的。老刘你查查,他那个生日是阳历什么日子,搞不好就是一九三二年的。

刘界河说,军长这个指示太重要了,也太及时了。这样会让好多老同志沾光。

兰泽光听得不明不白,但感觉贾军长和刘主任说的肯定不是坏事,心里一高兴,居然哼起了小调。走出门外,一个人从旁边跑过来,敬礼后喊了一声,兰团长!

兰泽光站住,一看是沈东阳。兰泽光说,小伙子,表现不俗啊!

沈东阳说,兰团长,我觉得有点不对劲啊!

兰泽光明知故问地说,有什么不对劲?

沈东阳说,莫名其妙,军长为什么会突然召见我这个副连级参谋?而且军长王顾左右而言他,那个戴口罩的女人倒像个考官似的。

兰泽光心里有数,暗想,这小子洞察力果然很强,一针见血。兰泽光说,那是军长的朋友,临时来看军长的。

沈东阳说,哦,原来是这样。

兰泽光说,听说你在帮……王副师长的女儿复习,准备高考?

沈东阳说,是的。

兰泽光说，那孩子成绩好吗？

沈东阳回答说，出乎意料地好。不过我有一点很奇怪，王副师长的女儿怎么会姓兰呢？居然跟兰团长您一个姓。

兰泽光笑道，她就是我的女儿。

沈东阳没有把持住，惊喜地喊了起来，真的？这太好了，这太好了。

兰泽光收敛笑容问，什么太好了？

沈东阳一愣说，太好了，我是说，有其父必有其子，不，有其父必有其女，难怪丽文那么聪明，原来她是兰团长您的女儿，那是自然了。

兰泽光淡淡地说，年轻人，说话要当心，你这话让王副师长听见了，他会不高兴的。

五

过了半个月兰泽光才知道，那天贾军长问他年龄的意思，原来是要送他去军事学院深造。兰泽光对于上军事学院积极性并不高，甚至还有点沮丧。据传说，军党委原先有考虑，提升他到二十五师当副师长，可是后来从军区下来一个处长，把那个位置占了，军党委又考虑，调他到军后勤部当副部长，可是遭到军区后勤部的反对，那个位置又由军司令部的管理处长接替了。

兰泽光想想心里就窝火，妈的老子一个野战军的团长，而且是老团长，而且是享有二孔明美誉的老团长，居然没法安置了，连后勤部的副部长都没有当上。这全都是因为不打仗了，自己没有用武之地了，二孔明没法显示了。看这样子，如果再不提升，恐怕连团长都不能再当下去了。据说连副团长石得法都发牢骚了，说没有谁营长一当就是八九年，团长一当又是七八年。妈的，这伙计看来还想抢班夺权呢。

兰丽文开始报名高考了。兰泽光听说兰丽文报的第一志愿是军医大学，很不高兴，跑到王铁山家里兴师问罪，说这么大的事情，你们两个干爹干妈就做主了，连我都不通知一声。你们家王奇小学快毕业了，我让他到西大营去读初中你们高兴吗？

王铁山说，你无理取闹。孩子要考什么，那是我说了算的吗？我说了不算，你说了也不算，孩子自己说了算。王奇要是愿意到西大营读初中，我坚决支持，他愿意给你当儿子我都没有意见。可是你能对他负责吗？

兰泽光说，我坚决不同意妞妞考军医大学。

王铁山说，那你想让妞妞上什么学？

兰泽光说,清华北大都行,复旦也行。

王铁山说,你还是不讲理。能不能上清华北大,别说你说了不算,我说了不算,就是妞妞说了也不一定算。你以为北大清华是你的一团吗?

兰泽光说,那就上军事通信学院。

王铁山说,为什么?

兰泽光说,不为什么,我是他爸爸,我说了算。

王铁山说,那你自己跟孩子说。

当天晚上,兰泽光让王雅歌打电话把兰丽文叫回家,一家三口商量报志愿的事情。兰丽文说,这事没商量,我已经报名了。

兰泽光火扎扎地说,改过来,报军事通信学院。

王雅歌说,孩子想上军医大学,你非让她报通信学院,是什么理由,难道通信学院的院长是你的老部下?

兰泽光说,什么理由都没有,凡是他王铁山拥护的,我就要反对。我的女儿快要变成他的了,不,已经变成他的了,什么都由他做主。这叫什么事儿!

兰丽文说,这事是我自己定的,与爹爹无关。再说,就算是爹爹的意见,我也听爹爹的。

兰泽光对王雅歌说,看看,什么叫策反,这就是策反。王铁山这个老狐狸,搞得我众叛亲离。

王雅歌说,你别拉不下屎怪茅房,你也不想想,孩子长这么大,你尽过多少义务?现在孩子要考大学了,你从峨嵋山上下来了,摘桃子来了。

兰泽光吼道,你还不是一样?第一,你没有给我生个儿子;第二,你只给我生了一个女儿;第三,生了女儿你跟我一样也撒手不管,不,你有过之而无不及。

兰丽文说,你们都别吵了,这个家我一分钟都不想待下去了。高考快了,我还要进行最后的冲刺,我回家了。

说完,甩着两条小辫走了。

女儿一走,两口子都愣住了。兰泽光说,喂,你听见没有?

王雅歌说,什么?

兰泽光说,她说她回家了,那这里是什么?妈的连女儿都嫌贫爱富。王铁山当副师长了,他就认他那个爹爹,不要我这个爸爸了。

王雅歌说,你还是浑不讲理。孩子喊老王爹爹的时候,他是副团长,而你是团长。

兰泽光说,这孩子先知先觉,她从小就知道她爸爸不是她爹爹的对手。

她爹爹太狡猾了。

那段时间，兰泽光的情绪很差，动辄发火，喜怒无常。他甚至想到了转业。可是一个四十六岁的团长，而且是一个战功卓著的老团长，而且是一个自认为是战术专家的老团长，真的转业到地方，简直就是笑话！

兰泽光简直想象不出来，转业到地方他会干什么，他甚至连西服领带都不会打。他有他自己的世界，在这个世界里，他是能工巧匠，他是艺术家，他得心应手，他游刃有余。你把一张一比二十万的地图放在他的面前，他能立刻让这张地图站起来，等高线一点都不会差，坐标误差基本上不会超过二十公尺。他不用侦察，就能凭借对于地形的敏感和战术的经验，判断出攻防双方的兵力部署和火力配系，甚至能够预测战斗第二阶段乃至第三阶段的走向。这种能力绝不是那些仅仅凭借资历的人所能具备的。职务高的不一定水平高，过去的战争靠大刀片子，靠勇敢加大喊。他记得他参军的时候刘界河就跟他说过，在战斗中只要会喊，喊一班向左，二班向右，三班跟我来，喊对了就能当排长。

当然，刘界河本人并不是靠勇敢加大喊，刘界河是一个货真价实的文化人。凭着良心说，王铁山也不是大老粗，王铁山是文化人中的大老粗，大老粗中的文化人。而他呢，他虽然算不上是大文化人，可他是战术专家，这是有目共睹的，这是国内外都知道的事实，因为在朝鲜战场上美国人也领教过。

哦，对了，等等，问题可能就出在这里。在过去，从来都是他领先一步，从当排长，连长，营长，从来都是他在前而王铁山在后。可是自从双榆树战斗之后，情况就变了，王铁山是少校而他是大尉，王铁山先他一步当了副团长，虽然说他很快就压了王铁山一头，但是王铁山很快就以更快的速度同他平起平坐，并且还以更快的速度当了副师长，几乎成了他的顶头上司。他不能不承认，王铁山比起一般的老干部要强得多，可是王铁山跟他比，那就差得太远了。他靠什么？因循守旧，按部就班，循规蹈矩，一句话，稳稳当当地使用自己的资历，使用自己的谦逊，使用自己的和蔼，使用自己的人缘，除此之外，别无他长，如此而已，而已！

在等待通知的日子里，已经有风声传出来了，石得法代理团长职务。

兰泽光现在已经开始讨厌石得法了，这个人品质上倒是没有太大的毛病，战争年代也是一条好汉，就是一条，官瘾很足，在他的所有的对兰团长迟迟得不到提升的同情里面，其实充满了他个人希望得到提升的愿望。

想想也是。你自己不能提升，副团长和参谋长就得不到提升，营长们也得不到提升。一个人不走，堵了一大串，一个人走了，一条路全通了。

每当想到这里,兰泽光的心里就充满了悲哀。他渐渐地意识到,他一直等待的那个日子遥遥无期,而且他更悲哀地意识到,他一直期盼的战争不仅一直没有来临,就是真的来临了,他恐怕再也不会像过去那样生龙活虎了。一个四十六七岁的团长,而且是步兵团长,再也不能上阵了,廉颇老了,只能饭了。

那么,他只能寄希望于下一代了。在这个问题上,他恨透了王雅歌。他要是有个儿子该有多好!有个儿子,哪怕他再也不提升了,再也不能打仗了,甚至连团长也不当了,那他也不愁。他可以什么事情都不做了,集中精力跟儿子探讨战术,他可以把本团本师乃至解放军历史上那些精彩的或不精彩的,出奇的或不出奇的,胜利的或失利的,一一进行分析,分析成败得失。他还可以像沈东阳那样研究针对性训练,开展对假设敌潜在敌的研究。有了后嗣,就没有后顾之忧了。

啊,他太赏识那个锐气逼人的年轻人了,他们在一起交流的时候,他们一起面对贾军长和刘界河的时候,他们配合得是那样默契,那样心有灵犀。他简直就是他的儿子,不,他就是他的儿子。有时候在幻觉中,他真的把沈东阳当成是自己的儿子,是他和王雅歌在不经意——不,不是和王雅歌,是谁都不能是王雅歌,最好是杨桃——是他和杨桃在不经意间在梦中结合的结晶。

他决定,一旦组织上做出什么决定,要他离开部队,或者说离开战斗,他就把他的全部财富——足足一炮弹箱战争实物和战术检讨心得,全部交给沈东阳,在感觉中,他已经把那个小伙子看成是他的精神后裔了。

六

差不多就在兰泽光接到军事学院通知的同时,兰丽文也接到了军医大学的录取通知书。王雅歌提议说,我们到相州市人民饭店庆祝一下吧!

兰泽光说,我们?我们是谁?

王雅歌说,我们家和老王家。

兰泽光说,谁掏钱?

王雅歌说,当然是我们掏钱。

兰泽光说,那不行,我们一家两口,他们一家四口。该他们掏钱。而且老王是副师长,薪金比我高。

王雅歌说,你是真的不讲道理。是你们爷儿俩深造,又不是老王爷儿俩深造。再说，你要是还说他们一家四口的话，那我以后就让兰丽文改名为王丽文了。

兰泽光说，墙倒众人推，无所谓。我这个老团长是死猪不怕开水烫了，随便你们怎么糟践。

王雅歌说，你别阴阳怪气的，你说请不请？

兰泽光说，我说过不请了吗？孩子上大学，是考取的，而且分数很高，应该庆祝一下。但是别提我的事，我那是给别人让路，不是什么光荣的事，也许住校回来就该到后勤部或者农场去了。别给老王幸灾乐祸的机会。

王雅歌说，老王才不会像你这样小肚鸡肠呢。

兰泽光说，属于后勤方面的事，你们几个女人商量着办就行了。反正我身上一分钱都没有。

兰泽光说的是实在话，他这半辈子基本上没有沾过钱，工资从来都是团里的管理员直接交给王雅歌，当然他也用不着花钱，需要花钱的事情总是由王雅歌出面，就连那次未遂的广西之行，身上的钱还是向石得法借的。

王雅歌于是给孙芳打电话。

两个女人一拍即合，随即定下日程，选的是王奇的生日，喜上加喜。

兰泽光说，庆祝妞妞上大学，有一个人不能不请，师司令部作训科参谋沈东阳功不可没。

王雅歌说，还有一个人不能不请，既然是双喜，王奇的送子娘娘不能不请。

兰泽光说，你说的是那个怪里怪气的沈大夫？

王雅歌说是，难道你反对？

兰泽光说，我明白了，你们全是给老王抬轿子的，在这两个家里，敌我对比是五比一。

王雅歌说，又胡搅蛮缠！人家把妞妞带大，送上大学，我们不能忘恩负义。受人之滴水恩，必当涌泉相报啊！就请个沈大夫，你就这么不乐意？

兰泽光说，谁说我不乐意了，我举一百双手赞成。我一见那个沈大夫，就觉得面善，那个人就是个白衣天使，是上帝的使者。可是你能把她请来吗？上帝的使者是不食人间烟火的，她那么高贵的样子，会吃你的俗饭？

后来的事实果然被兰泽光料定，王雅歌和孙芳往人民医院去了两趟，都没有把沈大夫请动，二人退而求其次，又去请林司药，但是林司药到外地选药去了，只有当年的贾护士现在的贾护士长答应届时赴约。王雅歌回来后对兰泽光说，嗨，你二孔明还真名不虚传，不光会搞战术，连请客也料事如神。

兰泽光说,那是啊,住校回来,没屁事了,我就去帮人看相。

这是王铁山当了副师长之后两家的第一次聚会,孙芳和王雅歌把姚得春也请来了。因为有外面的客人,王铁山考虑到兰泽光自尊心强,对他那个老团长的身份缺乏荣誉感,提前给沈东阳和姚得春打了招呼,说今天你们都不要喊我王副师长了,也不要喊兰团长。

沈东阳说,那我们喊你们什么?

王铁山顿了一下,皱皱眉头说,这倒是个问题,喊我们叔叔吧,就把上下级关系搞庸俗化了。

姚得春说,还不仅是这个问题,兰丽文和王奇喊我和沈东阳叔叔,我们又喊你们叔叔,这不把辈分搞乱了吗?

王铁山说,那你们说怎么办?

沈东阳说,很简单,一律喊首长不就行了吗?

王铁山说,好主意,虽然正规了一点,但也只好如此了。

晚上六点钟,各路人马都到了人民饭店预定的包间,王铁山先到一步,亲自排座位,把贾护士长排到主宾席上,把自己排在副主宾席上,然后依次是姚得春和沈东阳,两个夫人,兰丽文和王奇。兰泽光的位置在东道主的位置上。

孙芳还带了两瓶茅台酒,因为王铁山有交代,亲兄弟明算账,两家喜事,一桌请客,他出菜钱,我出酒钱。

这是兰泽光第一次私人请客,有点不知所措,一切都听王铁山安排。见王铁山把自己推到东道主的位置上,欣然落座,嬉皮笑脸地对王铁山说,王副师长,是你女儿考上大学还是我的女儿考上大学?

王铁山说,你说呢?

兰泽光说,用你的话说,你说了不算,我说了不算,妞妞说了算。

兰丽文说,爹爹的女儿考上了大学,爸爸的女儿也考上了大学,你们这两个父亲都值得庆贺。

然后又转向孙芳和王雅歌说,娘的女儿考上了大学,妈妈的女儿也考上了大学,你们这两位母亲也值得庆贺。

王铁山说,好,孩子会说话。

兰泽光说,好,孩子像你一样圆滑,滴水不漏,一个不落,我的孩子在你家,耳濡目染,已经变成小狐狸了。

王铁山说,你这个老东西,不失时机地攻击我,我怎么就成了老狐狸了?

王雅歌赶紧打岔说，别忘了，今天是双喜临门，还是王奇的生日呢。沈大夫没来，贾护士长你要代沈大夫多喝几杯酒。

贾护士长说，哎呀，我今天真是受宠若惊，你们部队这么大的首长请客，我这个小护士居然坐了首席，受之有愧啊！

兰泽光说，我听说了，是你穿针引线，帮我们老王解决了后顾之忧，帮助我们军队干部很多人解决了后顾之忧，拥军，拥军，帮助我们多生小解放军，这就是最好的拥军。来，我敬你三杯！一杯是敬沈大夫的，一杯是敬你的，还有一杯是敬……

王雅歌说，还有林司药，她们三个都是做出大贡献的。

兰泽光说，对头，有医还得有药。这一杯是敬林司药的，回去向沈大夫和林司药代我问个好！

说着就站了起来，咣咣地倒了三杯酒，并到一个碗里，往贾护士长的酒杯上一碰说，我先干了，先干为敬。一仰脖子把酒喝了。

贾护士长吓坏了，说，怎么敢当，怎么敢当。兰团长这么大个首长，老革命，这么平易近人……说着也干了三杯，三杯下去脸就红了。

王铁山心里很感动，因为请贾护士长的理由是因为他的儿子王奇，贾护士长是代表沈大夫和林司药来的，兰泽光首先就轰轰烈烈地向贾护士长敬酒，是给了他很大的面子。

王铁山也倒了三杯酒对姚得春和沈东阳说，平时我不主张你们年轻人喝酒，但是今天是庆贺妞妞考上大学，你们这两个同志，都付出了心血。今天没有什么首长，只有战友，我这个当爹爹的，敬你们这两个无私奉献的辅导老师三杯酒。

姚得春和沈东阳都不胜酒力，也风闻王副师长和兰团长之间有一种说不清楚的瓜瓜葛葛，但见今天气氛热烈，就硬着头皮把酒喝了。那都是真茅台，下到肚子里，呼啦一下就起了火。

沈东阳不胜酒力，暗暗告诫自己不可失态，遂采取了先发制人的战术，端起酒杯说，两位首长，三位阿姨，两个小妹小弟，我不会喝酒，但是我今天高兴，我一人面前敬一杯酒，醉了算了。

兰泽光不动声色地看着沈东阳，暗暗诧异这小子冒失。

王铁山说，喝醉不要紧，只要主义真，醉了沈东阳，还有姚得春。

沈东阳数了数，除了他自己，包括王奇在内，一共有八个人需要敬酒，他就一杯一杯地倒，嘴里念念有词，敬首长的，敬首长的，敬贾阿姨的，敬王阿姨的，敬孙阿姨的，敬丽文的，敬王奇的，敬姚干事的……一共倒了八杯，眼看倒了大半碗，估计有三四两，站起身来，举起酒碗，在众人面前亮相之后，在众人惊愕的目光和阻止声中，仰起脑袋把酒一饮而尽。

王铁山说，好小子，有种！

兰丽文说，沈叔叔，不，沈参谋，不，沈大哥，太了不起了，简直就像英雄！

只有兰泽光矜持地笑笑，看着姚得春说，沈参谋这个动作是有名堂的，姚干事，知道什么叫先声夺人吗？你麻烦大了。

果然，后来再敬酒，大家一致保护沈东阳，说沈参谋英雄豪气，喝多了，不能再让他喝了。好像沈东阳是从战场上凯旋的英雄，受到人民群众的一致爱戴。

几个女人和孩子酒量有限，但是敬酒人人都有一份，多数冲着王铁山和兰泽光以及姚得春。而此时沈东阳已经坐在沙发上和兰丽文说悄悄话了。

沈东阳说，你为什么不喊我沈叔叔，居然喊我沈大哥？

兰丽文说，我爹爹定的规矩，凡是当兵的，都是他的战友，都是他的平辈，所以我们要喊叔叔。可是现在不一样了，我是军医大学的学生，也是军人了，跟你也是战友了。

沈东阳说，恐怕不对，你不能因为上了军医大学，就提高了辈分。照你这么说，你和你爸爸和你爹爹也成了战友，那该怎么称呼？

兰丽文说，去你的，我爸爸和我爹爹跟你自然不一样。

这顿庆贺晚会，其乐融融，几乎没有出现一点不和谐的音符。结束之后，三个女人带着王奇在包间另一端说女人的家长里短。兰泽光和王铁山带着兰丽文在沙发区交代上学注意事项，什么优良传统啦，什么艰苦朴素啦，什么谦虚谨慎啊，等等。

沈东阳假装喝醉了，傻傻地看着，傻傻地笑。

沈东阳在心里同情着兰泽光。

这次参加王、兰两家的聚会，沈东阳有一个令他心疼的发现，兰泽光真的老了，尽管他也就四十六岁，可是由于在同一职务上待的时间较长，也可能是由于他的一肚子战术思想得不到施展，就像困在笼子里的老虎，不，困在笼子里的老虎还可以仰天长啸，兰泽光连长啸的条件都不具备，他就像一个道具一样，被女人们和孩子们支配着使用着，连说话都不再像过去那样掷地有声铿锵有力了，居然也变得琐碎起来了，脸上皱纹多了，下眼袋松弛了，脸上甚至还长出了几粒黑黄色的斑点，那是老年斑，在他这个年龄是不应该长的，然而他居然就长了。

沈东阳想，兰泽光即便是老了，也不是岁月催老的，而是因为没有用武之地给憋老的。

七

因为沈东阳速战速决,顺理成章地退出鏖战,姚得春便孤军作战了,一会儿要敬这个首长,一会儿要敬那个阿姨,如此这般,三番五次,没完没了,等到宴会结束的时候,他已经酩酊大醉了。众人说话,他还在餐桌边上呼呼大睡。

王铁山和兰泽光那天情绪很好,都喝了不少酒,一半清醒一半醉。两个人都把思维集中在兰丽文身上。尤其是兰泽光,他很少有机会同女儿这么近距离地交谈,现在孩子大了,心里突然有种说不明白的惆怅,想起了这么多年,确实对不起孩子,也确实应该感谢王铁山。兰泽光说,孩子,爸爸在你身上花的力气实在太少了,自愧不如你的爹爹。

王铁山说,你也别这么说,我这个人抓战术不行,那我就抓人才呗。

兰泽光说,我知道老王你不是挖苦我,可是你说这话我的心里还是不受用。我抓那点战术管什么用?用沈参谋他们的话说,游击战不能指挥未来的科技战。

一直半闭着眼睛的沈东阳突然睁开眼睛说,报告首长,我没说过这话,我恰好认为,在科技含量不能对等的前提下,我们中国军队就是要发挥我们的游击战优势,当然,那是有未来战争特征的游击战,而不是鸡毛信似的游击战。

兰泽光被这声音弄蒙了,王铁山也被这声音弄蒙了。兰丽文说,沈参谋你不是喝醉了吗?

沈东阳说,我没醉,我只是不想多喝而已。

王铁山说,去看看姚干事,让他喝点水,醒醒酒。

沈东阳便知趣地离开了,张罗着照顾姚得春。

兰泽光说,这小子!

王铁山也说,这小子! 这小子像你,喝酒也玩战术。

兰泽光说,这小子像我也不像我,比我圆滑。

王铁山说,看看,我们的孩子都长大了,都要上大学了。

兰泽光说,马上就跟我是同学了,爷俩都在一个地方。

王铁山说,都在一个地方也没用,你又照顾不了孩子!

兰泽光说,在孩子这个问题上,我有欠缺,但是你老王更有欠缺。我的欠缺是管得太少,你的欠缺是管得太多。你说孩子都上大学了,你还口口声声照顾。她需要照顾吗？她毕业就是军医，就是照顾别人的人，你还要照顾她，那她什么时候能独立？

王铁山说，你这个人，完全是为自己狡辩，你恨不得孩子一出生就让她独立，那行吗？

兰泽光说，老王你等等。

王铁山说，你干什么？

兰泽光说，老王你给我仔细看看。

王铁山说，仔细看什么？女大十八变，孩子已经是个漂亮姑娘了。

兰泽光说，你仔细看看妞妞像谁？

王铁山看了半天说，妞妞就像妞妞，还能像谁？

兰泽光说，你再仔细看看。

王铁山说，莫非……你是说？

兰泽光说，还记得吗，她的手心，右手。

王铁山说，记得，记得。

两个老家伙突然激动起来了。兰泽光说，妞妞，把你的巴掌伸出来。

兰丽文说，爸爸你要干什么？怎么突然就神秘兮兮的。

王铁山说，妞妞，把右手给我，让爹爹看看你的手心。

兰丽文莫名其妙，苦笑着把右手伸到王铁山和兰泽光的面前，两个人左看右看，然后互相对看，异口同声地叹气说，非也。

当晚回到家里，兰泽光说，细节暴露性格，性格决定命运。

王雅歌说，太深奥了，听不懂。

兰泽光说，你看，就是喝个小酒，两个年轻人就表现出不同的风格，分出了高低上下。不喝不行，喝多受罪，况且还在我们这些老家伙的面前，醉了失态，失态影响形象，影响形象就影响进步。

王雅歌说，天哪，跟着你这么个德高望重的老团长，可真得处处小心。不过我跟你讲，你别自以为是，没有谁像你天天算计人的，任何事任何人你都玩战术。

兰泽光说，处处留心皆学问，吃喝拉撒有战术，这是不可否认的事实。你说请客，请哪些人你瞎订计划，可是你的计划能够实现的，都是次要方向的，主要方向的你实现不了。为什么？因为你只知己不知彼。

王雅歌问，你指的是什么？

兰泽光说，这次请客，除了我们家和老王家，只请了三个客人。第一，最重要的角色沈大夫没到。第二，多了一个可有可无的贾护士长。第三，姚得春是你们提议的，第一轮冲击之后就失去战斗力了，只能算半个，所以你们请客基本上意义不大。我提出了一个沈东阳，第一，这个人迅速适应战场形势，集中优势兵力，先发制人；第二，这个人达成战术目的之后，急流勇退，见好就收；第三，酒没喝多，豪气可嘉。

王雅歌说，你这个人，小心眼儿太多。照你这么说，我看沈东阳这个人只有一个优点，就是爱玩花招，耍小聪明。

兰泽光说，小聪明也是聪明，小聪明积累多了，就是智慧。

王雅歌说，你当心哦，我看这个沈东阳对姐姐好像有点意思。

兰泽光愣住了，半晌才说，不会吧，姐姐才十八岁。不过，这事还真不能掉以轻心，就算我喜欢这小子，但是以我的团长的身份，暂时还不能让姐姐有情感方面的瓜葛，一个团长是不配当爷爷的。

王雅歌说，你总是站在自己的角度看问题。要是你再当十年八年团长咋办，那我们的姐姐就一直不谈朋友？

兰泽光说，你瞎说什么，你希望我当十年八年团长吗？

王雅歌说，我今天才有点明白了，你猜那个沈大夫为什么深居简出？

兰泽光说，猜不出，我也没兴趣。你们女人都很复杂。

王雅歌说，我听贾护士长讲，沈大夫好像身世不太好，据说是国民党的军医，被俘虏过来的，好像给贾军长治过病，贾军长的夫人后来生了四个孩子，据说沈大夫做出了重大贡献。当年就是贾军长把她安排在人民医院的，那时候的相州市市长是贾军长的老部下。

兰泽光心里动了一下，有些半信半疑，他想起了前不久在师部小招待所贾军长的房间里看见沈大夫的情景，当时确实感到意外。看来贾护士长所言不是空穴来风。

兰泽光说，看来还真的很神奇哦，据说她治好了二十七师八十多号人。

王雅歌说，那倒没有什么神奇的，相同的病因，一旦确诊，治好一个，就能治好一百个。

兰泽光说，这个人为什么老是戴着口罩呢？

王雅歌说，这个问题我也问过，贾护士长说，那是在战争中受伤了，破了相，嘴歪了。

兰泽光不吭气了，不知道为什么，好像有一根神经被拨动了。

这天夜里兰泽光很长时间没有睡着，肚子里的酒在半夜里发作了，起床喝水。喝了水，还是睡不着，也不开灯，就坐在阳台上看月亮。月亮很大，在沉睡的城市的上空像探照灯一样,将地平线上的轮廓勾勒得界限分明。湖水一样的月光轻轻地荡漾着涌动着,覆盖着天地之间万籁之音。

恍恍惚惚中,他看见了毛田坝的月亮。毛田坝的月亮才是真正的月亮,在暗蓝色的天幕下面,清澈透亮,落在层层叠叠的山坳里,从树林里反弹出雾一般的氤氲。置身在毛田坝的月亮下面,感觉简直就像是站在另一个世界,那世界是森林的世界,是山花的世界,是河水的世界。月光下的空气,是那样清新,是那样湿润,飘扬着淡淡的酒香,也飘扬着淡淡的杨桃的香味。

真的,这么多年了,他已经快把杨桃给忘记了,不,可以说每一秒钟都没有忘记,杨桃的影子每一秒钟都储存在他的记忆深处。当他忙忙碌碌的时候,杨桃会躲在他心灵的角落,一动不动,跟着他走南闯北。只要他稍微有点空闲,可以拿起烟斗抽上两口的时候,杨桃就会无声无息地出现在眼前,那红润的脸蛋,那汗涔涔的发梢,还有那手心里的紫红色的胎记,都是那样刻骨铭心。寻常看不见,三十年后那个蹦蹦跳跳的女兵再从记忆的海洋里冉冉升起,就像月中嫦娥那样令人向往又令人无限怅惘。

这是兰泽光难得有的平静的夜晚,难得有这份休闲的心境。他想现在他真的是老了。老了,锐气就减退了;老了,就爱想过去的事情了。

这个夜晚,兰泽光想起了"文革"中间的那一幕,那个拎着水桶,用一种无奈而哀怨的目光打量世界的女人。她的眼睛,那一闪而过的目光,在兰泽光的心里久久徘徊。半醒半梦中,兰泽光看见一个熟悉的身影,像是从遥远的天际向他款款飘来。

八

兰泽光的军事学院在城东,兰丽文的军医大学在城南,相距有二十多公里,只要不是功课太紧,星期天兰丽文就去看爸爸。

爸爸好像真的老了,不像过去那样,总是一副雄赳赳气昂昂的样子,精神气儿很足,动不动就是我决定,我命令,拟同意,拟不同意。现在的爸爸,变得沉默寡言。爷儿俩在学院的林荫道上散步的时候,爸爸常常心不在焉。兰丽文就把自己学校的故事讲给爸爸听,说谁谁的篮球打得好,三步上篮几乎百发百中。说谁谁胆子特别小,上尸体解剖课,当场晕过去了。

兰丽文的班上,多数是军队干部的子女,家长多数都是师以上干部。兰丽文知道爸爸职务低,最不愿意听女儿谈论别人的爸爸,所以在爸爸面前,她就很少提到别人的家长。

兰泽光说，我们师机关的篮球队也很棒，沈东阳打中锋势不可当。这小子也应该上军事院校。

兰丽文说，我知道，他野心大得很，不仅要当研究生，还想当博士。

兰泽光说，长江后浪推前浪，我们就不行了。爸爸感到自己落伍了。

兰丽文说，爸爸怎么就老了呢？我看爸爸是雄风不倒。爸爸你可别灰心啊，沈东阳说，您是全师最有战争意识的军事干部，也是全师最有战术思想的军事干部。

兰泽光说，好汉不提当年勇。爸爸现在学的课程，什么合同战术，什么多兵种协同，什么信息化主导，都是过去没有接触的，吃力得很。

兰丽文说，沈东阳说，那都是超前的东西，可望不可即，爸爸的战术思想十年之内不落后。

兰泽光看了女儿一眼说，妈的，就十年？十年我才五十六七岁，那十年之后我干什么？

兰丽文说，人家说的是您十年之内不落后，可是还有不少老干部十年之前就落后了，不还是照样在位置上吗？

兰泽光高兴了说，那是那是，像王铁山，我看现在就不适应了，多年一贯制，只会抓作风纪律整顿，安全防事故，照搬照套训练大纲，基本上没有自己的创新。

兰丽文说，爸爸你就不能不说我爹爹的坏话？我爹爹在部队口碑很好！

兰泽光不高兴了，看着女儿说，你要搞清楚，你的爸爸是我！

兰丽文说，可他是我爹爹。

兰泽光说，爹爹是假的，爸爸才是真的。他那个爹爹是他自己封的。你是我的女儿，你不能老是站在王铁山的立场上。这是个原则问题。

兰丽文说，爸爸是真的，爹爹也是真的，他那个爹爹是我自愿喊的。他是一个慈父，我绝不能容忍别人对我的爹爹说三道四，这也是个原则问题。

兰泽光长久地不说话，爷俩从林荫小道散步散到学院后面的山坡上，坐在草地上看着西边的晚霞出神。兰泽光说，妞妞你不懂，血浓于水，世界上没有比父女之间的血缘关系更深了。

兰丽文说，我不否认这点。过去我不喜欢那个家，因为你和妈妈都有自己的事业，你们的事业大于一切，所以你们把我像皮球一样踢来踢去。可是爹爹就不一样，他也有他自己的事业，在部队，练兵带兵管兵是他的事业，可是回到家里，他就把我当作事业，他参加我的家长会，他找人给我辅导作业，他甚至还带我去公园。

兰泽光说，那是因为他那时候没有孩子，他说他家就像荒漠，需要绿荫。

兰丽文说，并不是这样的。王奇出生之后，爹爹还专门跟我娘说，带好王奇，也不能忽视妞妞。妞妞的学习和生活，一样也不能放松。我每次回到西大营，不是见不到妈妈，就是见不到你。就是一家三口团圆了，也没有亲热劲。你和妈妈不是冷战，就是互相挖苦。可是我回到师部大院，永远面对的是慈爱的面孔。在我准备高考的时候，爹爹经常下厨房给我做汤。我不想喝，爹爹就把汤放在锅里暖起来。等我想喝汤了，汤凉了，爹爹就会再去烧热。爸爸，这些你能做到吗？

兰泽光说，我得承认，王铁山是个好父亲。可是你知道，爸爸是个事业型的人，抓部队高于一切。可是话又说回来了，王铁山他值得啊，他不仅有了一个儿子，他至少还有大半个女儿。我现在只有小半个女儿，还离心离德。

兰丽文说，爸爸，我没有跟你离心离德。我知道你是我的亲生父亲，我就是再不满，也不可能跟你离心离德。我只是希望你对我爹爹尊重一点，你们毕竟是从战争年代患难与共过来的，我认为你们之间的那些磕磕碰碰，比起两家多年的情谊，简直不值一提。

兰泽光说，不值一提？孩子，你懂得什么？就算我和王铁山之间没有任何矛盾，但是你知道吗，性格决定命运。我们的世界观不同，方法论不同，这就决定了重大问题上的分道扬镳。所有的小事我都可以妥协，但是在重大问题上，我必须坚持。

兰丽文说，爸爸，有人说你刚愎自用，你承认吗？

兰泽光说，你认为王铁山，不，你爹爹他比我聪明吗？他不比我聪明，那么你为什么不听我的？

兰丽文说，爸爸，你这话有问题，智者千虑，必有一失。就算我爹爹不比你聪明，但是也不能说凡事都是你的正确啊。

兰泽光说，天不早了，你回学校去吧。

兰丽文说，说好了一起吃晚饭的。

兰泽光说，我不想同一个坚持反动立场的人一起吃晚饭。

兰丽文说，爸爸你太霸道了。不讲道理！

兰泽光扬扬手说，滚蛋，兰丽文同学。别了，司徒雷登！

九

这次之后的第二个星期天兰丽文没有到军事学院看爸爸，第三个星期

145

天还是没来。

这期间兰泽光写了几篇论文，阐述军事改革转型期如何保持优良传统的传承性和新思维的再生性，其中有一篇，题目叫作《两点一线》，强调军事改革不能盲目，不能脱离实际，要根据我们自己的特点和基础，科学地、有步骤地、循序渐进地进行。

这篇文章写好之后，兰泽光自己也很振奋，因为文章的论点显然同自己过去的工作风格大相径庭。过去他强调的是大刀阔斧，跃进式发展，像西医做手术那样，毫不留情地割掉在教育训练中存在的痼疾，所以就有了在团里的战斗效率培养，有了强迫军官提高能力层次的硬性规定，有了军官们多数抵制的情况。现在他发现，他是有些一厢情愿了，把幻想当理想，把强求当追求。

这篇文章在班级讨论的时候得到了赞扬。兰泽光所在的班级，叫作高级指挥班，除了极少数的团长以外，多数都是师里的参谋长或者副师长，还有四个师长和两名军司令部副参谋长。至少有一半是参加过解放战争的，实战经验丰富，理论水平参差不齐，但是多数支持兰泽光的见解。也不一定是理论上支持，多数是感情上的支持。因为当时有一股潮流，就是否定，七否定八否定，把过去的本钱都否定了，那他们这些老家伙干什么去，喝西北风不成？

支持兰泽光观点的不仅是军事学院的高龄学员们，还有沈东阳。沈东阳给兰泽光写信说，部队从军区报纸上看见了兰团长的文章，还组织了学习。王铁山副师长有一次跟几个年轻的参谋谈话说，老兰变了，老兰现在注重实际了。

这话兰泽光不爱听，尽管是褒义。兰泽光心想，什么叫现在注重实际了，老子什么时候脱离实际了？

但是这些赞扬还是给了兰泽光很大的鼓励。兰泽光的学习劲头空前高涨，渐渐地就得心应手了。比起本班的同学，他年龄大，但不是最大的，他文化程度低，但不是最低的。只有职务是最低的，不，是最低的之一。职务最低的之一成了成绩最好的之一，对于他继续学习有着很大的驱动力，他甚至把双榆树战斗、潜山小赤壁战斗也拿出来讨论，看看这些战斗还有哪些不完美的地方，哪些可以采用更好的战术。

至于学完之后干什么，这些理论派不派得上用场，那是另外一回事。学习的意义就是学习本身。他觉得他像一个孩子一样，很喜欢听赞扬，喜欢听表扬。

美中不足的是好长时间见不到女儿。他觉得随着年龄的增加，他对女儿的感情与日俱增。他不得不承认，他对女儿欠情太多。

到了第四个星期天,兰丽文还是没有到军事学院来看爸爸。

兰泽光沉不住气了,甚至有点恼火。他终于发现,女儿还真的像他,也是一根筋。他在忽然之间产生了警觉,女儿的身上流淌着他的血,却蕴含着王铁山的情。从精神上讲,女儿差不多不属于他了。这太可怕了,王铁山抢走他的东西还少吗,跟他争夺杨桃,争夺双榆树,争夺少校军衔,争夺职务,争夺口碑,争夺在部队的影响力。现在又一场战争发生了,争夺女儿的战争似乎早就打响了,只不过他没有意识到,他的主要精力都放在了防范日本帝国主义、美帝国主义和苏修帝国主义去了。王铁山这个老狐狸,就靠着参加家长会,靠着上公园,靠着热汤,就不动声色地把他的女儿给策反了。

那个星期天,兰泽光正要礼贤下士,到军医大学去看女儿,兰丽文却出现了。让兰泽光喜出望外又疑窦丛生的是,兰丽文的身后还跟着沈东阳。

兰泽光隐隐约约意识到了什么,问沈东阳,你怎么来了?

沈东阳说,我到军区参加指挥专业硕士答辩,已经结束了,来看看首长和丽文。

兰泽光听了这话,才半信半疑地问,答辩得怎么样?

沈东阳说,我选的课题是陆军在未来战争中的地位和作用,写了一篇论文叫《时间决定空间》,而我的研究资源就是兰团长你的战斗效率速成法和《两点一线》的辩证关系。

兰泽光顿时抖擞了精神说,哦,说说看你的论据。

兰丽文说,爸爸,沈参谋不仅是来看你的,也是来看我的,你能不能带我们出去逛逛,别一上来就搞这些战术啊,效率啊,辩证啊,烦不烦啊?

兰泽光说,妞妞,搞这些东西是爸爸的强项,别的不会啊!

兰丽文说,逛公园总会吧?

兰泽光说,可是爸爸没有便衣啊。你妈妈给你爸爸买的便衣,永远不合身,不是裤腿短了就是袖子长了。

兰丽文说,那我们今天什么事情也不做,到商场去给你买一身合适的便衣。

兰泽光眯缝眼睛想了想说,那也不是不可以。可是沈参谋来了,好不容易见面,你总得让我们说几句话吧。爸爸很想听他的辩证关系。

兰丽文说,爸爸你感兴趣的是他把你作为研究课题。那好,给你十分钟。

兰泽光问沈东阳,十分钟够吗?

沈东阳回答说,一个参谋,应该用最简洁的方式尽可能简短地向首长汇报自己的想法。我的辩证关系说是建立在《两点一线》这个大思维的基础上,

"承上"是出发点,"启下"是方向,点的问题确定了,剩下的就是度。速度和精度,也就是兰团长常说的,二度决定胜负。训练改革好比开汽车,遇上弯子不能猛打方向,猛打方向就是走极端,打过头了再往回打,又走极端。宁肯稍微放慢速度走直线,也不能快速走"S"路线。

兰泽光乐呵呵地看着沈东阳,又看看兰丽文,问女儿,你听明白了吗?

兰丽文说,似懂非懂。

兰泽光说,这里面名堂大了,属于战争意识形态范畴。沈参谋,你很不走运哦,你没有参加过战争。要是真的参加了战争,我敢打赌,就算你不是一个很好的指挥员,也一定是一个很好的参谋。我也不走运,妈的现在还是个团长,想把你拉入麾下也是力不从心。

沈东阳说,我相信我会在您的麾下效力的,总有一天。

兰泽光笑笑说,但愿吧。世界是你们的,也是我们的,但是归根结底是你们的……

兰丽文说,你们不算太老的人,好比中午十二点的太阳,正是阳光普照的时候……

兰泽光说,妞妞,你好大的胆,竟敢篡改毛主席语录。

兰丽文说,爸爸,你好大的胆,竟敢滥用毛主席语录。

兰泽光说,好,老子今天心情很好,跟你们一起上街。本团座今天要搞一套高级中山装。

十

兰泽光当然不是傻子,虽然说他在非军事领域内反应稍微迟钝了一些,但是谁要是认为他一窍不通,那就大错特错了

沈东阳第一次到军医大学看兰丽文,并且结伴来看兰泽光,借口是到军区进行陆军指挥硕士答辩,兰泽光虽有疑惑,却并没有点穿。他喜欢这个年轻人,他甚至一度希望自己能有一个像沈东阳这样的一个儿子。但是,当他看出沈东阳和兰丽文日渐亲近的时候,他的心情就有点复杂了。这倒不是因为他不喜欢沈东阳,而是因为他不想让女儿这么快就谈男朋友。他才是个团长,女儿谈了男朋友,就意味着很快就要结婚,很快就要生儿育女,他很快就要当爷爷了,一句话,女儿穷追不舍把他撵老了。

这种心态有点奇怪。

可是,有些事情还是不以人的意志为转移地发生了。

半年之后,也是一个星期天,兰丽文给他打电话说,沈东阳又来了,还要来拜见他。兰泽光一听,女儿的话有点郑重其事,就预感到了什么,但是他没有办法,只好在房间里等待,一边等待一边琢磨如何打赢这场战争。他的想法是,先把这个企图跟他争夺女儿的家伙打退,再打退,但并不打垮,等上几年再说,最好在他五十岁的时候再说。

军事学院的学员都是中高级干部,宿舍以人为单位,房间布置充分地体现了军事化的特点,结构紧凑,作风朴实。

那天沈东阳也很心虚,进门的时候不像上次那么坦然,耗子一样跟在兰丽文的身后,脸上尽量保持着一丝不苟的微笑,胸膛也尽量挺得恰到好处,心里却疙疙瘩瘩地像个不大成熟的贼。老谋深算的兰泽光一眼就看出来了,这家伙没准已经向女儿发起攻势了,显然已经成了同盟了,没准这次来是给他下达预先号令的。

事实果然如此。

当然,这种面对面的摊牌不像搞沙盘,也不是沈东阳的强项。谈朋友他是第一次,接受未来岳父大人的检验也是第一次,他自然不可能有太足的底气,更何况主考大人是全师著名的严格的团长呢。

因为提前双方心里都有了戒备,进门之后,兰泽光并没有站起身子,没有了上次的客气和惊喜,只是淡淡地指了指对面的沙发,不痛不痒地说了一个字:坐。

军事学院的东西多数都有了一把年纪,沙发是战争年代里留下的旧物,一坐下去便猝然嘎吱一声。

沈东阳心里一紧,不由自主地就把双手放在膝盖上。

兰泽光微微一笑,有点幸灾乐祸的意味,问沈东阳,沈参谋这次来,莫非又是搞硕士论文答辩?

沈东阳说,不是,我是利用休假的时间,来看看丽文和首长。

兰泽光说,你是上级机关的工作人员,我是下面部队的团长,不,现在我连团长都不是了。我们不是上下级关系,你喊我首长不合适。

说完,从茶几上漫不经心地拎起一个干燥得皱皮的苹果,亲自削了起来。

沈东阳说,兰团长,我今天是兰丽文的朋友。我可以喊您叔叔吗?

哦? 兰泽光的眉毛一扬,小刀在苹果上做了一个短暂的停顿,似乎对沈东阳表现出来的坦率有点吃惊。他避开沈东阳的问题说,我当然知道你是丽文的朋友,但是你为什么要强调这一点呢? 你这么一强调,我就有点不明白了,你是丽文的什么朋友?是一般的朋友呢还是非一般的朋友?

沈东阳的身上立刻沁出了细汗。打过几次交道,他当然知道这个年近五十的团长是个极不好对付的人,他的洞察力极强,而且表达方式阴阳怪气,今天是考女婿,自然更加深沉,这比他在战术上的要求恐怕要更加挑剔,弄得不好就要钻他的圈套。

沈东阳支支吾吾地说,我们目前还……只是……一般的朋友关系,不过……我们正在向非一般的关系……发展。

兰泽光惊讶地问,你是怎么啦?你感冒了吗?我记得你在师里的训练会议上谈战术想定口齿是很清楚的嘛,那次我们两家聚会,你的口才也很利落嘛,现在怎么变得结巴了呢?

爸爸!

坐在沈东阳身旁的兰丽文用力地喊了一声,以示抗议,同时也给沈东阳壮胆。

沈东阳的精神果然为之一振,鼓起勇气说,我在……追求丽文。

兰泽光又表现出了吃惊的样子说,是吗?我原先只知道你给丽文补习功课,没想到你还有长远计划呢。你估计我会同意吗?

沈东阳说,分析认为,您会同意的,或者说您最终会同意的。

兰泽光问,依据是什么?

沈东阳说,第一,我知道您一直关注我,您欣赏我。作为一名军事干部,您不会对我表现出的能力和……工作水准无动于衷的,这就给我们的对话铺垫了宽阔的前景。

兰泽光难得一笑说,小伙子你很自信。坦率地说,你是个好参谋。过去你在三团,我就想挖你,后来我在一团号召我的参谋向你学习,我们之间有过的几次接触,你都给我留下了很好的印象,但这并不等于我就会同意你和我的女儿交朋友。尤其是你们说的那种朋友。

沈东阳端正地坐着说,可是您又有什么理由不同意呢?

兰泽光愣了一下,目不转睛地看了沈东阳一会,突然哈哈笑了起来:问得好,目前我当然也还没有依据不同意。可是我告诉你年轻人,第一,我这个老丈人可是一个很不好对付的人。你在上级机关里当参谋,我是不找你麻烦的,可是你要到了我的手下,那就不轻松了。第二,也许我的军事生涯很快就要结束了,你知道,一个四十六七岁的团长意味着什么。

沈东阳说,我并没有攀龙附凤的想法。当初我听说是王副师长想请我去给他女儿辅导化学,我还很不乐意,而后来我明白了丽文是您的女儿,我喜出望外。

兰泽光说，哦，当时好像你是这么表现的，或者说是这么表演的。

沈东阳说，我最近又在研究你的《两点一线》，我知道您需要什么样的预备队……

兰泽光说，今天不谈这个了，与本题无关。说着，扬掌向外挥了两下，突然改变态势问，会打乒乓球吗？

沈东阳沮丧地回答，不……太会。会打篮球。兰泽光这种飞速跳跃的提问方式让他应接不暇，往往毫无思想准备，只得仓促上阵。

兰泽光说，唔，会打篮球的人怎么能不会打乒乓球呢？要全面发展。又笑了笑问，穿几号的皮鞋？

沈东阳答：一号。

其实是二号，但沈东阳为了进一步博得兰泽光的好感，虚报了一等。兰泽光一眼就看穿了沈东阳的把戏，狡黠地一笑说，我看你这块头，应该穿二号皮鞋。胶鞋倒是可以穿一号的。野营拉练穿大一号的养脚，平时行动穿小一号的精神。这里面也很有讲究，要多揣摩一些道道。

沈东阳的旧汗还没有干，新汗又冷飕飕地冒了出来。他实在摸不清楚团长大人的战术，这么东一榔头西一棒子地敲打，让他防不胜防，不知道什么地方部署不当，就被他批亢捣虚干一家伙。

一直静观默察双方舌战的兰丽文却始终笑意可掬。在这片战场上，她无疑是最后的胜利者。她不反对老爸刁难刁难沈东阳，她也认为有必要让沈东阳多经受一点挫折，别以为兰泽光的女儿是轻易就能追到手的，让他体会一下追求的艰辛，在此后的生活里更加珍惜来之不易的幸福。但是她也不反对沈东阳在老爸面前露出恰当的锋芒，让老爸明白女儿可不是随便就往他面前领人的，女儿的眼光不是一般的水准。

兰泽光问，敢抓蛤蟆吗？

沈东阳的头皮一阵发麻，他是最腻味那东西了。但是，他分析兰泽光是在考他的胆量，只好麻着头皮回答，敢。

哦？兰泽光做意外状，吃过吗？

吃……过。沈东阳控制住强烈的恶心，迅速在脸上布置出一副无所畏惧的样子。只要兰泽光爱好，他打算从明天开始，就请教侦察科的马参谋，进行抓蛤蟆吃蛤蟆的训练。要是做法得当，蛤蟆肉倒是又鲜又嫩。说完，还当真做出一副回味的样子。

要改掉这个不健康的毛病。兰泽光斩钉截铁地说。

沈东阳吃了一惊。

没到军事学院之前，我就听说师机关里有几个年轻人，专门吃些稀奇古怪的东西。吃耗子，吃蚂蚱，吃癞蛤蟆。怎么能吃癞蛤蟆呢？那东西我一看见就浑身起鸡皮疙瘩，不小心会中毒。我怎么能答应丽文跟一个爱吃蛤蟆的同志在一起呢？

沈东阳恨不得找根绳子把自己吊死。

团结搞得怎么样？兰泽光又问。

您可以调查，上下都处得很好。上星期张参谋家属来队，被子都是我帮忙洗的。

你的父亲是干什么的？

答：工人。

你的爷爷呢？

答：还是工人。

你爷爷的父亲呢？

不知道。沈东阳的声音不由自主地提高了，情不自禁地流露了些许不快，停了停又补充说：再往上说，就该是农民了。

兰泽光又一次笑了，站起身子，做出送客的架势。好吧，沈参谋，你来一趟不容易，不，我看很容易，才半年，我们又见面了，你们年轻人去逛逛吧，我还得复习合同战术啊。但是，沈参谋，我把话说清楚，你和丽文交朋友可以，但是暂时不许交你们说的那种朋友。

沈东阳冷静地问，为什么？

兰泽光说，不为什么。

离开兰泽光的宿舍，沈东阳说，都怪你，非让我来吹风，这个风是好吹的吗？一身冷汗，一无所获，还落下个不许。

兰丽文咯咯笑着说，这一关早晚得过啊！晚过不如早过，没准老头子哪天高兴了，打个电话说，沈东阳啊，那件事情我同意了。

沈东阳说，这倒是完全有可能的，因为你爸爸赏识我，就像我赏识他。

兰丽文说，你还得记住，就算我爸爸赏识你，还有我爹爹，还有我妈妈，还有我娘。你要过的关多了。

沈东阳夸张地惨叫一声，天哪，你们家怎么这么麻烦啊，我沈东阳怎么这么命苦啊！

兰丽文说，我们家怎么麻烦了，我有爸爸妈妈，还有爹娘，有什么不好？

沈东阳说，你们干部子女，说幸福也幸福，说不幸也很不幸。倒是我们这种平民家庭,日子虽然苦,却很单纯,不像你们的家庭钩心斗角。

兰丽文说,给我谈谈你的家庭吧,我对你的父母充满了好奇。

沈东阳说,没有什么好谈的,普通工人家庭。不过,我的父母确实是好父母。

兰丽文说,我听说你小时候挨过饿,差点儿饿死了,有这事没有?

沈东阳诧异地问,你是怎么知道的,姚得春说的?

兰丽文说,你先说是不是真的?

沈东阳的脸色黯淡下来说,不是我差点儿饿死了,是我的妈妈和妹妹被饿走了,逃荒要饭。你经历过三年困难时期吗?

兰丽文说,那时候我还不到一岁,是爹爹把我从农村老家接到军营,才没有怎么挨饿。

沈东阳说,啊,难怪你对你爹爹感情深厚。我也是。我对我的父母也是怀着一颗感恩的心。我后来听我婶娘说,在最严重的那一年,我们那个城市起先每人每月只供应十斤小米,小孩七斤,后来连小米也没有了,只供应一点点红薯干。那时候我六七岁,正在长身体。我们家有一个陶罐,在我的印象中,那里面永远都有粮食,开始是面粉,后来是小米,再后来是麦麸,直到灾害结束。那个陶罐就是我和我妹妹的奶娘,不,主要是我的,就是我生命的源泉。虽然还是吃不饱,但是还是让我活下来了。

兰丽文说,既然有粮食,为什么会活活地饿死人?

沈东阳说,我的爸爸妈妈吃过野菜,吃过耗子,但是,他们从来没有吃过陶罐里的粮食。以后我的父亲告诉我,那个陶罐里的粮食是专供我们兄妹的,我们家那时候有一句话,叫孩子吃干,大人吃稀,孩子吃稀,大人喝水,孩子喝水,大人饿死。不管是陶罐里有面粉还是麦麸,我的父母从来不去动用,而且对我的妹妹都很控制。那罐子是藏在床下的,既怕人抢,也怕耗子,藏得很紧。到了后来,每天只能掏出一点点了,为了保证我读书,我娘就带着我的妹妹到东部海边去了,之后困难结束了,我娘和妹妹回来了,是沿途乞讨回来的。

兰丽文的眼睛湿润了,噙着泪花说,你的家庭真的太伟大了,这个经历是我们难以想象的。我以后一定会好好地待他们。

沈东阳说,是啊,日子好过了,我们是应该让他们享享福了。我一直没有搞明白,在那样艰难的岁月里,我的父母不知用的是什么办法,居然保证那只陶罐始终不空,将近一年啊,那里面或多或少或好或差,总是有一点吃的。做父母的,为了我这个儿子,不知道付出了多大的努力。

兰丽文说,尽快带我去你家吧,我太想见到他们了。

第七章

一

在军事学院学习的一年多,兰泽光打赢了两个战役。第一个战役是基本上把女儿笼络住了,第二个是基本上完成了常规战争陆军战术思想到机械化和远程火力条件下的现代战争战术思想的过渡,连续三个月终考试,合同战术、多兵种协同战术首长决心、机关作业等科目,都取得了很好的成绩,以至于那几个学不进去的老伙计开他的玩笑说,老兰今年四十七,发奋图强像十七,回去继续当团长,满腹战术打地皮。

兰泽光的发奋图强的确是罕见的。

军事学院的学员除了地方高考的本科生,所有的指挥系差不多都是由中老年学员组成的,指挥系出操只是象征性的蜻蜓点水,一群老头或小老头有的腆着肚皮,有的谢顶,跑步跑得五花八门。但是兰泽光从来认真出操,集体行动的时候绝不中途退场,自由活动的时候,别人溜达,他拔正步。兰泽光拔正步不光是在操场上拔,回到宿舍,有时候看书累了,写论文累了,就在宿舍里拔。直到有一天楼下的齐副师长跑到楼上来抗议,这才改在宿舍外面的马路上拔。学院的纠察队常常看见一个瘦高个小老头半夜三更在院子里拔正步,传为奇闻。

兰泽光深造的这个班,学期是两年,但是刚刚过了一年半,突然来了一道命令,高级指挥系的学员提前毕业,立即返回部队。大家便赶紧收拾铺盖,然后各奔东西。

一个车厢里还有本军的另外几个高龄学员,路上大家议论,看来真的要打仗了。最近这段日子,不断从南方边境传来各种消息,报纸也加大了边境摩擦宣传的力度。兰泽光是敏感的,他把各种消息综合起来分析,认为打的可能性不是没有,但是不可能大打,真的打起来,也不过是敲山震虎,威慑一下而已。这个国家跟本国的交往历史悠久,用兰泽光常说的话说,有团结有斗争,斗争是手段,团结是目的。眼下虽然有摩擦,但是还没有到引发世界大战的程度。

兰泽光多少还是有点兴奋，你找不到狮子老虎，打一条狼也可以过过瘾啊！

但是兰泽光又分析了，即便是真打，恐怕也轮不上二十七师，因为二十七师作为战略预备队，其主要的作战方向是北方而不是南方，这几年的训练和装备都是根据北方潜在敌的装备和战术，连服装都是根据北方气候配发的。兰泽光分析，可能是南方有军事行动，北方进入战备。如此而已，而已！

二十七师一团老团长兰泽光乘坐火车奔驰了一个昼夜，回到所在地相州市。火车快要停下的时候，兰泽光往车窗外一看，吓了一跳——站台上几乎出现了二十七师所有的首长。兰泽光心想，不知道这趟火车还有大首长呢，看这规格，被迎接的至少是大区副以上。赶紧缩起脖子想溜，眼睛骨碌碌地寻找石得法，他估计石得法会亲自来接他。

兰泽光见师首长们都挤在十六号车厢门口，就退回到十五号车厢，免得撞见首长们尴尬。岂料他拎着包刚下车，就听十六号车厢那边喊，下来了，下来了。

兰泽光稀里糊涂地站住，东张西望，看见师长秦国家、政委马士基带头，其余副师长、副政委、参谋长、政治部主任一干人等在后，大步流星地向他走来。

兰泽光心想，妈的，这么多人来了，老子这个老团长连敬礼都来不及。正傻着，师长秦国家说，老兰，赶快走，十万火急。

这当口，沈东阳和另外一个参谋已经把他的行李接走了。

兰泽光稀里糊涂地问，去哪儿？

秦国家说，去机场。

兰泽光说，干什么？

秦国家说，上了车再说。

一行人便匆匆上车。几辆蒙上伪装网的北京牌越野吉普车风驰电掣地向八十公里以外疾驶，那里有军区空军的一个直升机团。

兰泽光见师首长们表情都很严肃，而且他是和师长政委同坐一辆车子，心里好像有点预感，好像是有紧急情况了。兰泽光说，什么事情搞得这么严重？我总得回一趟家吧，我在车上连脸都没有洗，牙也没有刷，我说话口臭你们可别怪我啊！

果然，师长秦国家介绍情况很紧急。秦国家一脸严肃地说，兰泽光同志，现在我代表军党委，不，我是受军党委委托跟你谈话，因为情况紧急，军区党委于一月九日,也就是前天下午召开紧急常委会,会议内容暂不传达,现在只向你传达一个内容,任命兰泽光同志为陆军第二十七师师长。听清楚了吗?

兰泽光腰杆一挺说,听清楚了。

秦国家问,知道这是为什么吗?

兰泽光说,知道,要打仗了。

秦国家说,你现在还想回家洗脸刷牙吗?

兰泽光说,等打完仗再说。

秦国家说,那也用不着。一会儿上了直升机再说,不过直升机上也没水。现在师首长全都出动了,董副师长去军里受领任务,准备拉动。我,你,马政委,王副师长,张参谋长,乔主任,贺部长,还有司令部的几名参谋,构成二十七师前指,直接到广西边境看地形。你这个脸至少要到中午才能洗上。

马士基说,现在明白了吧,你以为我们都是来接你的啊,你就是当军长,我们也只会派副师长来接站。

兰泽光还是东张西望说,秦师长,马政委,我还有点不适应呢。妈的就像做梦。

马士基说,你老兰糊涂,什么秦师长?老秦已经是副军长了,否则师长怎么能轮上你来当?

兰泽光说,我说的不适应就是这个意思,现在适应了。

秦国家说,你有什么要求吗?

兰泽光说,地图,我现在就想看地图。

二

王雅歌没有想到,她的丈夫说好了回来过春节,这天早晨到家,可是直到中午,连人影也没有见到。

这天上午师医院也处于紧急状态之中,先是接到了董副师长的命令,立即进入一级战备,一是立即遣散轻病号轻伤员,二是组建留守处,三是做好前出的人员物资准备。

王雅歌是年龄偏大的副院长,院党委开会决定让王雅歌负责留守。王雅歌有点拿不定主意,她不知道兰泽光何时回来,兰泽光的团长还能不能继续当下去。如果兰泽光回来了,还在一团当团长,一团去了前线,那她也应该去。虽然夫妻关系不甚融洽,但一日夫妻百日恩,这话是没错的。随着年龄一天一天地往老里长,老两口也就磨合得没有多少脾气了。王雅歌担心的是,部队打仗要年轻化,以兰泽光的年龄,当步兵团长,和平时期咋咋呼呼还凑合,真的翻山越岭去打仗,别说指挥了,能不能走得动恐怕都很难说。王雅歌的想法是,如果老兰回来闲置了,她就留守算了,到前线去她不一定有用,留守了至少还可以陪陪老兰,免得他受刺激。以王雅歌对兰泽光的了解,如果这次去前线,倘若因为年龄大而被留了下来,老兰是很难接受的,这是一道危险的坎。

到了中午,董副师长亲自来到师医院,把王雅歌叫到会议室,开门见山地说,兰师长已经到前线了。

王雅歌吃了一惊,说董副师长你真会开玩笑,我们老兰都已经做好了到农场的准备,已经做好了到二线的准备,已经做好了退休的准备,什么时候成了兰师长啦?

董副师长说,你们家老兰,如果继续当团长,那他真该转业了。可是从前天夜里开始,他是二十七师的师长了,在本军区内,他还算是比较年轻的师长。他比我还小一岁呢。

王雅歌说,我知道部队要动了,但我不知道老兰已经当师长了。这个人,太不把我这个配偶当回事了,连个招呼都不打。

董副师长说,王雅歌同志你不能这么说,兰师长自己都不知道他当了师长,他下了火车就被接走了,直接坐飞机去前面看地形了。

正说着话,石得法过来了,说没有接着兰团长,兰团长被师首长接走了,兰团长现在是兰师长了。

王雅歌说,知道了,你如愿以偿了,可以当一团的团长了。

石得法表情很难看地说,还没有呢。

董副师长说,石得法同志,军党委已经通过了,你这个代理团长前面那两个字基本上已经去掉了。这两天就宣布。你要保证部队拉得动,走得出,行得顺!

石得法说,放心吧董副师长,我们一团已经作好了一切准备,随时领命出征。

董副师长和石得法离开之后,王雅歌找到院长,坚决不同意留守。院长也知道兰泽光当师长了,无论让王副院长留守还是前出,他都不敢做主,又打电话请示董副师长。董副师长说,不能让他们一家两口都到前面去,孩子过年回来家里不能没有一个人。

院长心里有了底,对王雅歌说,董副师长说,你们家得有一个人在家,不然孩子回来过年咋办?

王雅歌给董副师长打电话说,董副师长你又不是不知道,我们家的孩子是在王副师长家长大的,她妈妈到前线了,她娘还在家嘛!

董副师长想想,也是这个道理,就同意了王雅歌的请求。

到了下午,孙芳也把电话打到了师医院,说不得了,听说部队要打仗了,老王他们先走了。你们家老兰当师长了,也走了。

王雅歌说,知道了,我也要走了。妞妞寒假回来,你们娘几个过年吧。

孙芳说,你一个女人家,都这么大年纪了,你去做什么?

王雅歌说,我都这么大年纪了,我在家又能做什么?

孙芳说,那你给我参谋参谋,要不要给他们带点什么?

王雅歌说,你真是个好家属。不过他们什么都不需要,他们需要的,你也办不到。你就在家好好地带好孩子,就是对他们,不,就是对我们的最好的支持。

三

二十七师前进指挥所一到边境,新任副军长秦国家直接去了战区前指,其余人员在玉田军分区匆匆休整了一下,下午将由边防部队的一个连队护送,登上玉屏山。按照战区的统一部署,一旦战争打响,他们将从这里展开攻击,向纵深推进。

沈东阳发现,从玉田军分区招待所里走出来的兰泽光已经不再是一年前的兰泽光了,尽管他又多长了一岁。兰泽光脸上的胡茬子被刮净了,下巴铁青,一套合身的新军装穿在身上,里面露出雪白的衬衣领口。帽徽和领章都是新的,鲜红鲜红的。鼻尖上亮闪闪的,不仅脸上的晦气一扫而光,就连他曾经见到过的老年斑的痕迹也全然不见了,眼袋似乎也平整了许多了,身板也显得比过去高大,好像一有仗打了,一当上了师长,岁数立马就年轻十岁,个头立马就长高了三公分。

兰泽光下午两点三十分准时出现在玉田军分区招待所院子里,这时候前进指挥所的人都还在各自的房间忙乎着,参谋长张省相手里还拿着电话在叫喊。只有王铁山跟兰泽光前后脚站到了院子的中央。

兰团长,不,兰师长,像南方峻峭的山峰一样挺拔,脸上洋溢着矜持和威严的微笑。看见师长和王副师长雕像一般一动不动地站在院子中央,张省相对沈东阳说,去向老兰,不,去向兰师长报告,交通车很快就到。

沈东阳便赶紧下楼,向兰泽光敬礼报告。

兰泽光冷峻地看着沈东阳说,回去向你们参谋长传达我的命令,让他在三十秒内下来见我!

沈东阳惊呆了。他计算了一下,他从院子跑回三楼,至少要十秒钟,他把师长的命令传达给张参谋长,至少要用十秒钟,张参谋长最多只有十秒钟的时间从楼上跑下来。张参谋长已经是五十岁的人了。

王铁山站在兰泽光的背后,没有说话。

兰泽光见沈东阳犹豫,翻腕看了一下手表说,还有二十八秒。

沈东阳箭一般地返身向楼上冲去,连报告都没有顾上,只对张省相说了八个字,师长要你马上下去!

张省相放下电话说,干什么火急火燎的,仗不是还没打起来吗?

张省相也是个老革命,还沾点抗日的边,过去他当师里的副参谋长,兰泽光当一团团长,兰泽光傲慢,他也傲慢。兰泽光对他阴阳怪气,他对兰泽光也是阴阳怪气。后来他当了参谋长,副师级了,兰泽光还是团长,兰泽光就不再对他阴阳怪气了,因为一个师司令部的参谋长对于一个团长来说,差不多就是顶头上司。通常的情况下,一个团长宁肯得罪一个副师长,而不愿意得罪师里的参谋长,训练考核、器材分配、战备检验等等,都是要参谋长说话的。但是现在不一样了,兰泽光一夜之间当了师长,张省相还得尊重一点。当然,角色转换需要时间,张省相在很短的时间内还没有转换到位,他可以对兰泽光尊重,但尊重不等于敬畏。张省相大步下楼,跨到兰泽光的面前说,兰师长,交通车还没到。

兰泽光看也不看张省相,看着手表说,为什么还没有到? 谁的责任?

张省相顿时语塞,支吾了一下说,这段时间那边的特工渗透得厉害,边防部队正在进行地毯式搜索,为了确保首长的安全。

兰泽光说,我中午睡了两个小时,因为我是一师之长,我养足了精神就是给你们下达命令,难道你们全都睡了吗? 在我休息的时候,你们必须行动,包括你说的确保首长安全。现在我要上山!

张省相说,我已经打电话催了。

兰泽光说,这个电话你应该提前一个小时打! 没有车子,我徒步!

说完,迈开长腿,就要出门。

这时候,政委马士基也下楼了。马士基说,老兰,兰师长,没必要发这么大火吧?

兰泽光的目光向马政委的脸上一扫,一字一顿地说,马政委,从进入战区开始,我是一号,你是二号!

马政委的脸色顿时极其难看,嘴巴动了动,想发火,但还是忍住了。

王铁山说,兰师长,请你稍等,我已经调越野车了。

兰泽光这才站住,背着手,谁也不看,看天。

大约过了五分钟,三辆越野吉普车吼叫着开进玉田军分区的招待所院内。所有的人都自觉地退在后面,包括政委马士基,都没有说一句话。沈东阳把第一辆车门打开,兰泽光招呼王铁山和马士基说,走吧!

王铁山说,我坐第二辆,你和政委先走。沈东阳你带车。

坐在车上,兰泽光和马士基都没有说话,盘旋了几个弯子,兰泽光才咬牙切齿地说,妈的,出师不利!

马政委说,老兰,你太不冷静了,就十分钟的事情!

兰泽光说,不冷静?我够冷静了!你说就十分钟的事情?说得轻巧,十分钟就能决定一场战斗的胜负!在战场上,我是一号,军事行动由我负责。下来开党委会,你是书记,由你主持。

马政委一听这话,才觉得有了台阶,委婉地说,现在还不到火烧眉毛的时候,我们都不能带着急躁情绪上战场。

兰泽光说,这样的参谋长还能用吗?我提议今晚就召开常委会,研究上报张省相的免职问题,我这个师长不能用这样的参谋长。光他那个体重,快二百斤了,他就不能当师参谋长。

马士基的脸腮一哆嗦,眼睛里出现了巨大的惊愕,见鬼似的看着兰泽光问,老兰你说什么?就这么点小事,你就要换参谋长?

兰泽光说,请你组织常委会形成决议报前指党委,推荐张省相当副师长,当副军长,当副司令员,他就是不能给我当参谋长!

马士基说,这个常委会我不能开。

张省相和王铁山坐在第二辆车上,张省相满脸愁云地向王铁山诉苦说,王副师长你评评理,我也是一天一夜没有合眼了,中午你们至少都睡了一个小时,我一个电话一个电话地打,都在落实他的指示。边防部队又不归我指挥,他的交通车就迟了十分钟,他老兰,不,他兰师长,就当着参谋干事的面那样批评我,这不是给我下马威吗?

王铁山说,老张,哪怕你打了一千个电话,哪怕你累死,但是有一件事情你不能含糊。计划是两点半登车,你让师长政委等司机,那他当然不痛快了。

张省相说,我感觉这是小题大做。妈的我前年就是师参谋长,前天他还

160

是团长,你当了师长总得给我这个老参谋长一点面子吧。这真像鲁迅说的,人一阔就变脸。他变得真他妈的快,一夜之间,连政委都不放在眼里。

王铁山说,那你就想错了,他前天还是团长那是不错,但是他在心里三年前就把自己作为师长对待了。你今天给他下个军长的任命,他明天就敢训秦副军长,你信不信?

张省相说,我这个参谋长怎么当啊?

王铁山说,你要搞清楚,老兰现在是个什么心态。你知道公园里的老虎是怎么养的吗?

张省相说,不知道,我知道这个干什么?

王铁山说,公园里养老虎,光给它肉吃,年复一年,日复一日,老虎就没有野性了。可是你把老虎放出来,放到深山老林里,你让他自己找肉吃,不出三天,老虎会比过去更加凶猛。老兰就好比关了二十年的老虎,已经快要憋死了,突然放虎归山,那你想想吧,他能不凶吗? 你一定得当心。

张省相说,我是有思想准备的,可是我还没有转过弯来,就被他劈头盖脸地搞了一顿,措手不及。

王铁山说,你不能让一号适应你,你得以最快的速度适应他。他的风格是说一不二,言必信,行必果,你既然当的是参谋长,那就要摆正位置,不然的话,恐怕还有更难堪的事情。

张省相说,我日他娘,我也是个老革命了,在他眼里就是个大参谋,不,连大参谋都不是,就是个参谋。只不过年龄大一点而已,而已!

四

沈东阳原以为,当了师长,又到了边境线上,眼看就有仗打了,兰泽光一定是春风满面,一定是笑逐颜开,一定是从容不迫。

但是他想错了。

他知道在玉田军分区招待所的那个中午兰泽光并没有休息,只是简单地洗漱更衣,然后就摊开了地图。

参谋们也都没有睡觉。兰师长一会儿要前指的敌情通报,一会儿要东西两个战区的部署设想,还要了近几天的报纸,甚至还要了槟辉地区的地方志。以作训科长朱定山为首的参谋们忙得团团转,不敢离开房间半步,因为你不知道兰师长在什么时候要什么。

根据前指的部署,二十七师的作战方向预定在中线,也就是依托玉田地区,师前进指挥所设在距离骑线点三公里的槟辉山上,有一截长满青苔的城墙,上面镌有"镇北锁南"四个正楷大字,据说是清朝同法军对垒的时候修的。

那天下午,兰师长登上城墙,站在城墙上,举着望远镜看了很长时间。马政委火了,说仗还没有打起来,你这个当师长的就这么大摇大摆地暴露目标,倘若对方给你一炮,战争可能就是从你身上引发的。

兰泽光没有理他,从城墙上下来之后,阴沉着脸,一言不发,又去看地图,又去看东西两个集团的作战方案,还把地方志翻了翻。

张省相接受了教训,寸步不离,但是又不能靠得太紧。

兰泽光后来站起来了,出了临时构筑的指挥所掩蔽部,对沈东阳说,你去把王副师长请来。

王铁山那当口正在跟后方的董副师长通电话,询问部队前出的情况,那边回答说一团和炮团已经作为军里的第一梯队,正在装车。王铁山过来,把情况向兰泽光汇报了,兰泽光不说好,也不说不好。兰泽光说,老王你过来看看。

王铁山俯身在地图上看了良久才抬起头来说,这个地形,打进攻战斗有很大难度。

兰泽光说,你说对了一半。有很大难度不怕,有难度就有高度,我们二十七师不怕难度,就怕没度。

王铁山说,此话怎讲?

兰泽光说,我在直升机上就开始分析我们二十七师的具体任务,最好是在西线,其次是东线,我最不想来的就是中线。妈的后来果然来了中线。中午我并没有睡觉,我把这一块的地形都琢磨透了,把敌情状况也分析得八九不离十,结合战区赋予东西两个集团的任务,我发现不对了,我们二十七师这次到前面来,可能是狗咬猪尿泡,空喜欢一场,没有仗打,最多敲敲边鼓。

王铁山愕然道,不会吧,这么大的行动,又不是儿戏。

兰泽光说,我把话放在前头,你等着看。

王铁山说,你这样说,我觉得也像。我们是北方部队,针对的是丘陵、江河和平原作战。这个地方有点伸不开拳脚。

兰泽光和王铁山对话的时候,沈东阳就在旁边,这时候他似乎明白了,兰师长为什么那么喜怒无常,为什么中午会发那么大的火。

王铁山说,我分析,我们二十七师不一定首当其冲,但是也不一定没有作为。东线可能用不着我们。但是从总体战略上看,西线方向对方有三个重要城市,从地形上看,我们向西线机动的可能性比较大。

兰泽光一拳擂在王铁山的肩膀上,哈哈大笑说,老王,你这个老狐狸,哪怕你这一辈子打的都是糊涂仗,但这回你搞明白了。二十七师要想啃一根硬骨头,就看西线了。

王铁山说,你这话有问题,你总不能把二十七师打硬仗的希望寄托在西集团的失利上吧?

兰泽光说,别忘了双榆树,你这个老狐狸之所以登上了主峰,不就是把你的胜利建立在我的失利上吗?

王铁山说,岂有此理,这是一回事吗?栽赃啊!

兰泽光说,你明白我明白,这事不说了。

兰泽光和王铁山看了一阵子地图,又把张省相招呼过来。兰泽光好像是忘记了中午的事情,好像是忘记了要向常委会建议换参谋长的事情。兰泽光对张省相说,老张,看出名堂没有?

张省相说,我这个大参谋,就是看出名堂也没有名堂,你兰师长说怎么打我就怎么打。

兰泽光说,你老张当什么都合适,就是不适合当参谋长。说起来你还挂点抗日的边,比我早两年参加革命,给我打个下手确实委屈你了。

张省相说,那你把我撤了好了。就怕你没有那个权力。

兰泽光说,我是没有权力撤你,但是我有建议撤你的权力。就算不撤你的职务,我还可以把你晾起来,让比你更明白的人干。

张省相说,我到底做错了什么?

兰泽光说,没有在指定的时间内落实一号的命令,这是当参谋长的大忌。我已经向马政委提议,召开常委会,推荐你去当副军长,当副司令员,当联合国副秘书长。但是现在我改主意了。你还当你的参谋长吧。你给我记住,如果战争打起来了,你再有一次打了一号命令的折扣,你就立即给我歇着,安度晚年。

五

鹅毛大雪下了一夜,把相州市覆盖了,把城市的道路覆盖了。就在纷纷扬扬的大雪里,一辆又一辆覆盖着伪装网的军车从西大营疾驶而出,隐没在雪地里。

相州市的老百姓在半夜三更听见外面滚过隆隆的雷声,第二天早上,就不是秘密了——二十七师的部队已经连夜出征了。

这年的春节，兰丽文从学校回来，二十七师的部队基本上都空了，爸爸妈妈不在家，爹爹也不在家，只剩下娘和一个王奇。

王奇已经十四岁了，正读高中一年级，见兰丽文一身军装回来，高兴得跳了起来，喊着姐姐，就把兰丽文给抱住了。

兰丽文说，王奇简直就像雨后春笋，一年多不见，已经长这么高了，连鼻涕都没有了。

王奇抗议说，我什么时候流过鼻涕？我听妈说，你小时候还尿过床呢！

兰丽文抓住王奇就捏鼻子说，小坏蛋，再胡说我揍你！

王奇大喊大叫说，解放军打人了，耍军阀作风！

孙芳听见外面动静，出门一看，又惊又喜，张着手就跑了过来，拉住兰丽文，刚说了一句姐姐，眼泪噗噗嗒嗒就落下来了。

兰丽文松开王奇说，娘，你怎么啦？

孙芳说，都去打仗了，都去打仗了，枪林弹雨的，枪子儿可不认人。

兰丽文说，嗨，娘你真是家庭妇女，军人嘛，打仗算什么？像我爹爹和我爸爸，再不打仗就憋死了，打仗就是他们新生命的开始。

孙芳说，你也这么说？

兰丽文说，我不光这么说，我还要这么做呢。我们学校要组织医疗队，抽调一批成绩好的到前线见习，我已经报名了，只要有动静，马上就前出。

孙芳说，天哪，你这孩子，你爸爸妈妈爹爹都不在家，这么大的事情，你也不跟你娘商量一下，你去了，万一有个三长两短，我咋向他们交代啊？

兰丽文说，娘你搞清楚了，我也是军人了，到前线是我分内的事情。娘你就别怕了。

孙芳说，就算不用我负责，可是我不放心啊！

兰丽文说，娘，你就放心吧，我们是医疗队，不会去拼刺刀。

王奇说，就是，妈妈就是杞人忧天，什么事都管。

兰丽文说，王奇，我的警告你记住了吗，学习成绩不在前十名以上，不许你喊我姐姐。

王奇说，第一，你让不让我喊你姐姐，那是你的事，我喊不喊那是我的事。我高兴了喊，不高兴了还不喊呢。第二，本司令的成绩不仅在班里是前十名，在全年级也是前十名。

兰丽文说，好，那你就是我的好弟弟。不过你不许撒谎。

王奇说，正好，明天就是家长会，我正愁着，妈妈老是记不住老师的话，还把我的成绩跟别人搞混,贬低我。明天家长会布置寒假作业,姐姐就劳你大驾了。

兰丽文说,我是有必要掌握你的真实情况。

第二天,兰丽文果然参加了相州市第三中学高中一年级的家长会,兰丽文穿的是军装,胸前别着军医大学的校徽。老师们议论说,这些军队干部的家庭真逗,开家长会,有的来司机,有的来勤务兵,还有的来保姆,这回又来了一个军医。

眼看就到了大年三十了,孙芳跟兰丽文商量,说每年过年都是热热闹闹的,今年两家一下子出去了三个,剩下咱三个,冷冷清清的,我想请个人到家里过年,你看行不行?

兰丽文说,娘想请的,一定值得请,我同意。

孙芳说,我想请人民医院的沈大夫,这个人帮别人帮了不少,自己却孤苦伶仃的,怪可怜的。

兰丽文说,就怕她不来,老太太挺孤僻的。

孙芳说,我去说说看,来,自然是好事,不来,我们也尽心意了。

兰丽文说,她没有子女吗?

孙芳说,我听贾护士长说她是孤身一人,但是有个侄女,也是养女,传说前年贾军长和刘主任帮助她在部队物色女婿,好像还把沈参谋叫去相了一面,后来又没有下文了。

兰丽文说,哦,还有这事,我怎么没有听说?

孙芳说,你爸爸好像也在场。后来你爹爹说,那个沈大夫好像有些来历,跟贾军长和刘主任都很熟。

兰丽文沉吟着说,娘,请沈大夫的事交给我吧,冰天雪地的,你就别跑了。

第二天早上,兰丽文骑着车子去了人民医院,贾护士长说,沈大夫不在家,去广西了。

六

尽管感觉上中线可能没有大仗,但是二十七师还是积极地做好了准备。一夜之间,全部换上了作战迷彩服。

兰泽光把综合情况都分析了,并且一再向战区请缨,陈述了中线出击的有利条件。凭借战术谋略的优势,他把不利条件都看成是有利条件。

后来前指来了预先号令,原则上同意了二十七师侧翼出击保障西线的方案,但是前指一再强调,即便是战争启动,即便是中线出击,也只能是侧翼保障,不可做长驱直入的计划。

有了这道预先号令,部队就有事情做了。兰泽光和王铁山等人连夜研究侧翼保障的打法,几个主要首长心里有谱了,王铁山提议,把各团团长和参谋长以及师里的科长参谋们集中起来,召开诸葛亮会,集思广益。

兰泽光说,王副师长的主意好。第一,可以不打,但不能不做打的准备。第二,可以不大打,但是不能不做大打的准备。第三,可以这样打,也可以那样打,但是要制订最佳的打法。哪怕是小打甚至不打,但实战的氛围有了,可以检验和提高首长机关的作战指挥能力。

讨论会开得很热闹,但多数意见还是常规打法,火力准备,步兵突击,大正面推进等等,没有多少出奇之处。不同的只是兵力部署和火力配置。

王铁山说,师机关的参谋普遍年轻,没有那么多条条框框,要大胆发言。后来师机关的参谋就发言了,主要针对对方的兵力和火力特点,提出了一些补充建议。

王铁山看看兰泽光,兰泽光看看王铁山。王铁山说,沈东阳呢,沈东阳同志为什么不发言?

沈东阳站起来说,我的想法还不是很成熟。

兰泽光说,要怎么成熟?是不是成熟,你说了不算,我说了也不算,打起来了实际效果说了算。你到前面来,把你的不成熟的想法说说看。

沈东阳迟疑了一下,还是硬着头皮走到了挂图前面,拿起了指示棒。沈东阳说,目前的敌情,我们正面的一道防线是一个团,第二道防线是一个团加强一个营。以我们一个师的兵力进攻,至纵深二十公里,后勤就跟不上了。而且从地形上看,我认为对方无须两个多团的兵力,因为这不是打阵地战的地形,大部队展不开,他两个团同两个营的兵力能够发挥的战斗效率差不太多。所以我有理由认为,一旦战斗打响,当面之敌不仅不会得到增援,而且极有可能撤出大部兵力,留下小股同我纠缠,最多两个营,也可能只有一个营。

一团团长石得法忍不住说,不会吧,照你这么说,我们这么大一个师,打来打去,只打一个营?

张省相说,你也别说没有这种可能,跟八国联军打,我们中国以二十万对一万呢。张省相对石得法没有什么好感,多少还有点借抑石得法点击一下兰泽光。再说,参谋长支持自己手下的参谋也在情理之中。张省相对沈东阳说,你接着说。

沈东阳说,我们正面到底有多少敌人,主动权不在中线,主要看西线如何。如果西线进展顺利,我们遇上的抵抗就弱。如果西线进展不顺利,我们遇上的抵抗就可能很强。所以我认为,不宜正面强攻,不能让对方以逸待劳以少胜多。

这时三团政委郭靖海发言了,郭靖海说,万变不离其宗,进攻战斗出其不意只是在战术上,大的原则还是正面推进。我们这么大一支部队,不能搞成长蛇阵,别打进去了顾头不顾尾,被对方腰斩了。

沈东阳说,郭政委的担忧是客观存在的,我研究过师史里关于马鞍山战斗的战例,当时的指挥员提出的是剥皮定点,多路推进的战术,这个战术很有借鉴之处。鉴于兵力上敌弱我强和地形上敌优我劣的特点,我想在马鞍山战术上稍微做个修改,因为这个地形机械化展不开,坦克展不开,重炮展不开,所以我建议,回到解放战争时期的打法,战斗的第一阶段,在火力准备之后,甚至在火力准备之中,以精锐步兵穿插。各位首长请看——我们至黄琨地区,共有六条路线可以穿插,每条路线可以展开两个连队。只要在三小时内有两个营能够穿插到黄琨地区,占领四号至十一号之间的任何四个以上的制高点,反过来控制当面之敌,在黄琨之北,祁阳之南,敌人的兵力再多也没有用了,他就完全失去了作为西线屏障的战略意义。

石得法瞪着眼珠子问,你是说,只穿插不打? 把当面之敌还留着?

沈东阳说,打得下就打,打不下就走。穿插分队的任务就是直奔黄琨,可以放弃一切。

郭靖海说,现在我们已经装备了火箭炮,榴弹炮,坦克,你的意思都不用了?

沈东阳说,装备了什么并不等于都要派上用场,要切合实际。我建议,把所有的辎重都留在后方,除了可以直接瞄准射击的加农炮和迫击炮,在战斗第二阶段随主力行动,摧毁对方的山洞火力点和暗堡。但第一阶段不能上去,上去了就是负担,就是刀俎鱼肉。

沈东阳说完了,帐篷里突然寂静起来。

兰泽光看着王铁山说,王副师长啊,你看,这个沈参谋居然想让我们回到解放战争时期的打法,这倒是很符合我们的胃口啊! 可是我和老郭的想法一样,我们有了新的装备,再打老战法,连新的装备都不用,这不是倒退吗?

王铁山说,我认为沈参谋的观点很有可取之处。实事求是地说,当面之地形敌情,其实也就是解放战争的基础。关键是穿插分队和后勤如何保障,穿插之后,在黄琨能够支撑多少时间,战斗第二阶段会不会遭遇顽强抵抗。

兰泽光说,问题还不完全是这些。最重要的是,你说可以展开十二个连队,穿插成功六个连队,你的依据是什么?

沈东阳说,这是需要战斗说话的,我现在没法回答。

兰泽光说,很好!王副师长你谈谈我们的想法。

王铁山说,好,现在我来做个发言。接到前指的预先号令之后,兰师长马政委我们几个人反复在沙盘上,在地图上推演,我们设想的方案同沈东阳同志提出来的设想大同小异。当然,我们没有想到回到解放战争的打法,这个说法有点不时髦,但是事实上在这场特殊的战争中,战斗的第一阶段,放弃使用重火力,放弃固守的当面之敌,精锐穿插,敌后反攻,都是我军的优良传统。这个战术可不是照搬照套。沈东阳提到了解放战争,我想到了三个战例,一是解放安庆的时候,潜山外围小赤壁剥皮战,第二是广西剿匪的毛田坝连环伏击战,第三是朝鲜战争的双榆树……

王铁山话到此处,戛然而止,脸上不易察觉地跳动了一下。

兰泽光却像什么也没有看见,接过王铁山的话头说,王副师长的意思你们听明白了没有?今天我们研究的打法,不仅是集中了各位同志的智慧,还集中了过去三个战例的长处。你说它是因循守旧它不是,你说他是标新立异它也不是,因地制宜因时制宜,它的名字叫实事求是。关于玉田当面进攻战斗,我定一个大的原则,第一,立足浅纵深分阶段穿插,第二,基本上不考虑大正面推进。

七

为了争取主动,兰泽光指示张省相,以最快的速度制订出作战预案,报战区前指,以引起重视。张省相把这个任务交给了朱定山,最后自然而然地落到了沈东阳的头上。沈东阳把作战预案呈送给兰泽光,兰泽光看得很细。看完了,放下卷宗,擎起烟斗抽了一阵子,把眼光从南边的山脊上移了过来,落在沈东阳的脸上。

沈东阳有点心虚。他觉得很尴尬。他很后悔半年前听信了兰丽文的教唆,去向兰泽光摊牌说他是丽文的朋友,他不知道兰泽光在对他的赏识和对他的亲近方面,哪一头更重。他怎么会知道兰泽光这么快就当师长了呢,要是早知道,他就不会那么做了,倒不是因为他怕兰泽光,而是觉得跟师长的女儿谈朋友会有很多麻烦。

兰泽光抽完烟斗里的烟丝,拍了拍身边的石头说,来东阳,陪我坐一会儿。

沈东阳心里一跳,这是兰泽光第一次省略了他的姓氏,喊他东阳。可别小看了这个称呼,它标志着接纳,象征着亲近。沈东阳坐下后,兰泽光说,你对这次争取任务的前景是怎样判断的?

沈东阳说,一是前指批准了我们的预案,预案就变成了方案。这是最佳效果。二是前指认可了我们的预案,将其纳入总体作战方针中,不用我们的人,用我们的打法,这是次佳效果。三是置之不理,让我们坐镇玉田,威慑黄琨,声援西线,这对我们二十七师的部队来说,是最差的效果,引而不发,无功而返。

兰泽光说,我有个预感,可能的结果,既不是你说的最佳效果,也不是你说的最差的效果,可能是第二种效果。可是我不甘心啊。

沈东阳没有说话,他知道师长的判断是有深层依据的,作为一个曾经有过辉煌战绩的军人,作为一个几十年如一日把战术研究作为人生艺术和唯一乐趣的军人,可以说,没有谁比兰师长对于战争这门艺术更加执着了。进入战区以来,他做得最多的一件事情就是俯瞰沙盘和凝望地图。他对于敌情通报好像并不怎么在意,每当有新的敌情通报下达,参谋人员介绍的时候,他只是静静地聆听,眼睛却自始至终落在作战地图上。

临时指挥部的正面墙壁上,悬挂一幅一比五十万的地图,那是整个战区的战略态势图,几乎沾满了一面墙壁,其中二十七师准备开进的区域有办公桌那么大。另外一面墙壁上,分别挂着一比二十万、一比十万的战术标图。兰师长常常站在地图的对面,目光久久地凝望。他在凝望那些地图的时候,指挥部里一片寂静。

但沈东阳分明听见了脚步声。那是兰师长的脚步,兰师长的目光落在什么地方,就像他的脚步已经踏到了什么地方,那里便印上了兰师长的解放胶鞋鞋底的纹路。

但是进入战区二十多天了,部队已经在玉田地区集结了,连师医院都上来了,前指给二十七师的任务还是原地待命,原地待命,再原地待命。别人不一定能看见,但兰师长一定看见了,在东西两线,参战部队已经开始进行战役部署了,兰师长所担心的引而不发,很有可能就是事实。

沈东阳说,师长,战场形势瞬息万变,也许会有转机。

兰泽光说,但愿吧。但这不是我说了算的,也不是你说了算的,能不能抢到一块骨头,就看天意了。

停了停又说,如果只是让二十七师做一粒棋子,摆在这里无为而为,那我们就太不划算了。我希望给我一次机会,哪怕是敲敲边鼓,只要给我边鼓敲,我就能把鼓敲破。

在整个二十七师的部队,除了兰泽光和王铁山以及沈东阳等几个人以外,大家全都做好了大战的准备,包括物质上的和精神上的,他们跃跃欲试,他们蠢蠢欲动,部队还开展了表决心,写请战书,写血书,报名参加突击队等活动。部队士气高涨,就像装进枪膛里的子弹,保险已经打开了,只要兰师长一扣扳机,叭的一声,部队就会被发射出去。

他们哪里知道,兰师长没有权力扣动这个扳机,恰好在部队充满了希望的时候,兰泽光的心里充满了失望。他的预见和部队的愿望恰恰是两个方向。

政治部乔主任在向兰泽光汇报上述思想政治工作情况的时候,兰泽光苦笑。兰泽光后来单独跟王铁山在一起的时候,打了一个极其不雅的比方。兰泽光说,我现在担心的不是部队没有士气,我是怕把士气搞得太旺盛了,收不掉场,这就好像洞房里办那事,新郎官已经翘起来了,成仰角了,却发现新娘子跑了,弄得不好,就阳痿了。

果然不出兰泽光所料,就在战争即将启动的前十天,战区前指副总指挥、本军军长贾宏生来到了槟辉地区,上了槟辉山。贾宏生说,好啊,你兰泽光好大的胃口,你简直就像前指的副总指挥!

兰泽光困惑地看着贾军长,不知所云。

贾军长说,你们的作战预案前指研究了,很好!

兰泽光为之一振,两眼顿时放光,胸膛一挺说,这么说,我们有戏唱了?

贾军长哈哈一笑说,你们有什么戏唱? 现在整个战区有没有戏唱,都还没有定下来。你们这个地方,悬,你们既要做好打的准备,也要做好不打的准备。

兰泽光刚刚挺起的胸膛顿时往下一松,愁眉苦脸地说,那您刚才为什么说我们的方案很好?

贾宏生说,你们提出的减少大正面横向推进,加大浅纵深分阶段穿插的设想,高度地概括了这次战争的特征,已经被前指确定为整体战术原则,整个战役就以这个原则为灵魂。但是,这并不等于说你们就要打。

兰泽光说,我们为什么提出这个原则? 这是根据我们当前的地形敌情和任务决定的。这个原则它哪怕千合适万合适,但是它最合适的还是我们这个方向。这是为二十七师量体裁衣的,你们把我做的衣服拿给别人穿,还让我光着屁股!

贾宏生见兰泽光气急败坏,笑笑说,也不是说完全不让你打,但这要看西线的情况。西线情况越差,你们打的可能性越大。你说吧,你是希望西线打好呢还是希望西线打得一塌糊涂。总不能因为你们想打仗,我们就让西线打败仗吧?

兰泽光愤怒地说,瞎子用兵,用兵无当,为什么要把二十七师摆在玉田?让我去西线,玉田这个方向只需要一个团!

贾军长是个好脾气,仍然不急不恼,仍然笑容可掬,拍拍兰泽光的肩膀说,嘿嘿,这就是不让你去西线的主要原因。我告诉你,这场战争不比解放战争,也不比抗美援朝战争,这是一场政治战争,是有节制的,是要把握尺度的。让你去西线干什么,让你去西线,怕你把人家的老窝给端了,怕你把世界大战引爆了。好好当你的预备队吧同志哥,你的作战原则已经在指挥半个战区了,你该知足了。

贾军长离开之后,兰泽光的情绪明显地变坏了,在指挥部里焦躁不安,看什么都不顺眼。参谋长张省相过来请示要不要组织轻型坦克到前沿,兰泽光把桌子拍得山响,吼道,人都不让上去,还坦克! 坦克到前沿干什么,打野猪啊!

八

在兰泽光困兽一般焦躁的时候,王雅歌上山了。

王雅歌率领的医疗队也是万事俱备,只欠东风了。医疗队在槟辉山下开设了战地救护所,她忙里偷闲,上山来看看丈夫。兰泽光见到王雅歌,苦笑着说,这一下,我们老两口拴在一起了,我没有事做,你也没有事做,只有我有事做了,你才有事做。

王雅歌说,我听说你情绪很差。一个师长,应该有师长的风度。你的缺点就是急躁。

兰泽光说,你是我的党小组长吗? 没有听说过一个师医院的副院长随便就可以批评师长的。

王雅歌说,我身兼数职,我是师医院的副院长,同时还兼任你的老婆,别人谁敢批评你呢?

兰泽光说,虎落平川不如鸡,打不上仗,我们大家都是一样的傻子,傻乎乎地待命,待命而已,而已! 你有本事给我把进攻任务请来,我天天接受你的批评,我同意你一天批评我二十八次。

王雅歌说,你耐心点,待命也是战斗!

兰泽光说,是啊,待命也是战斗,可我已经待命二十多年了,我不喜欢待命的战斗,我喜欢拼命的战斗。

王雅歌离开作战室的时候,对王铁山说,老兰这个人疯了,你们要镇住他。

王铁山说,没关系,我了解他,时间能治疗一切,战斗任务也能治疗一切。

沈东阳陪送王雅歌下山,路上王雅歌问沈东阳,老兰这段时间跟王副师长处得怎么样?

沈东阳说,前所未有的融洽。自从进入战区,兰师长训斥过很多人,除了对政委还算尊重以外,就是王副师长了。凡是涉及战斗准备,几乎每一件事都跟王副师长商量。

王雅歌说,这就好。过去他们一起打仗,也许,只有战争能够把他们撮合在一起。

沈东阳说,阿姨,听说丽文也要上来了?

王雅歌停住步子说,是吗? 你消息比我还灵通啊。

沈东阳红着脸说,她给我写信了,说是要参加战地医疗队,来实习。

王雅歌说,那就热闹了,我们一家三口,还有她爹爹,同在一个战场,就有好戏看了。

停了停又说,还有你。你和丽文是不是谈恋爱了?

沈东阳说,我有这个意思。但是没想到兰师长会当师长。

王雅歌问,你这话是什么意思?

沈东阳支支吾吾地说,兰师长一当师长,关系就复杂了。

王雅歌沉吟道,似有所悟,点点头说,哦,是有一点。

转机出现在王雅歌上山的那个下午。

那是个阳光明媚的下午,兰泽光站在指挥部的门前,举着十二倍望远镜,在一遍一遍巡视槟辉当面的地形。他并不是为了作战看地形,而是为了看这片郁郁葱葱的风景。视野里最初出现的是一片苍茫的白云,白云的下面是浓郁的丛林,而在丛林的某个地方,正掩蔽着同样荷枪实弹的军官和士兵,那就是他所要关怀的对象,正是有了他们的存在,才有了他二十七师的存在。激情在一瞬间涌了过来,并且迅速地膨胀了并不年轻的思维。

他突然觉得这些陡峭的山峦很面熟，很亲切，很像广西的十万大山。那绿色的起伏的波浪一般的植被下面，不知道隐藏着多少秘密，历史就在那些植被的下面无声无息地流淌。

他想起了杨桃。站在槟辉山上，面对这片苍翠的山林，他不能不想起杨桃。这是战争的僵持阶段，是待命阶段，他有理由想想他的爱情了。在战地的上空，在指挥所的周边，飘动着战争和爱情的双重思维。他记得有个作家说过，战争和爱情是文学的两大永恒的主题，他想，战争和爱情也是他兰泽光人生的两大永恒的主题。

可是，他的爱情在哪里？他的爱情被埋葬在广西的十万大山里了，他的战争呢？也许这是最后的一次了，如果这最后的一次他不能够一展风采，那他的战争也将被埋葬在这一望无际的山的海洋里了。

沈东阳上来了，在他的背后轻轻地喊了一声报告。

他的心脏骤然跳了一下。对待下属的语调口气，他是敏感的，也是熟悉的。他从沈东阳压抑的报告声中听出了压抑不住的惊喜。

他的脊背动了一下，缓缓地转过身躯。他看见沈东阳的眼睛里闪烁着灼热的光芒。

师长，前指最新命令，我部做好一切战斗准备，执行一号方案。

他的思维在那一瞬间停止了活动，身体轻微地摇晃了一下，然后站稳了。沈东阳上前一步，把作战命令递了过来。

兰泽光没有接，挥挥手说，知道了。

沈东阳看师长的脸色不对，紧张地问，师长，您怎么啦？您不要紧吧？

兰泽光扔掉手中的烟斗，几乎是咬牙切齿地说，去作战室！

作战会议只开了一个小时。

作战会议确定，组织四路纵深突击，战斗第一阶段，由第一突击队首先撕破马关防线，摆脱一切纠缠，丢掉一切包袱，直插黄琨。

作战会议确定，第一突击队由特种分队组成，从师侦察连和各连特务排抽调副班长以上的老兵骨干，配属轻重机枪，喷火器，排雷工兵，共八十人。进行攀登、越障和野外生存训练，时间仅十天。

作战会议确定，沈东阳为第一突击队队长。

沈东阳担任第一突击队的队长，不仅王铁山没有想到，马政委没有想到，连兰泽光也没有想到，是沈东阳自己提出来的，由张省相正式向作战会议报告的。

作战会议中间休会十分钟。在这十分钟里,兰泽光和沈东阳单独进行了谈话,地点是在指挥所外的城墙南面。

兰泽光铁青着脸,严厉地问沈东阳,为什么要提出这个请求?

沈东阳回答,因为只有我最了解师长的作战意图。

兰泽光说,你准备好了吗?

沈东阳说,我自信,除了师长,对于这次穿插,从战术到技术,我是准备得最充分的。

兰泽光说,你知道我是怎么想的吗?

沈东阳说,师长,同意吧!

兰泽光说,我是多么希望有一个儿子啊,一个像你这样的儿子!可是,这个第一突击队差不多就是敢死队,你要当这个队长,就是敢死队长!我能让我的儿子去当敢死队长吗?

沈东阳说,师长,这可能是你最后一次参加战争,也是我第一次参加战争。我们两个都必须背水一战。我别无选择。如果您希望我成为您的儿子,那我就必须在第一时间内证明我无愧。如果您不同意我当第一突击队长,那将在您和我的心里都留下阴影。

兰泽光说,好吧,我同意。但是我命令你,活着回来。我不能失去我的儿子。

沈东阳大声回答,我尽力,我尽最大的努力,争取活着回来!

九

二十七师厉兵秣马,战争动员终于开始了。

第一突击队的待机出发地点选择在萨莫拉山口,从各特种分队抽调的骨干于当天晚上全部到齐,连夜进行了夜战训练。

第二天早上,沈东阳把队伍集合起来,宣布从现在开始,进行高强度攀登、越障训练。愿意留下遗嘱的,可以抽空写几句。沈东阳说,我的遗嘱就是三句话,第一,胜利了,总结我们的经验;第二,失败了,总结我们的教训。第三,只许成功,不许失败!

突击队高喊,只许成功,不许失败!

训练展开后,沈东阳正要上山,却意外地发现了从东边的小路上过来一队人马,走近了才看见,是兰泽光,王铁山,王雅歌,最后,他的眼睛就直了——他看见了同样穿着迷彩服的兰丽文。

沈东阳一一敬礼,最后走到兰丽文的面前问,你怎么来了?

兰丽文说,是爸爸通知我来的。

兰泽光说,沈东阳你听着,打死了,你是我的儿子。打不死,你是我的女婿。你自己选择吧!

王雅歌说,老兰你怎么能这么说,沈东阳你要不惜一切代价活着回来!

兰泽光说,我只能要求他不惜一切代价保证穿插成功!

王铁山说,穿插成功的先决条件就是突击队最大限度地减少牺牲,尤其是指挥员,所以你要不惜一切代价地活着,即便是牺牲,你也不能首先牺牲,明白吗?

沈东阳说,明白!

兰丽文眼里含着泪水说,爸爸,我要求跟他们一起行动!

兰泽光说,拟同意!给突击队增加一个名额,兰丽文为随队军医。我把我的儿子和女儿,一起赌上去!

王铁山说,我坚决反对,突击队已经有了三名随队军医,每个人都通过了战地救护和自救训练的考试!

兰丽文说,我必须同东阳在一起!

沈东阳说,绝不可能,这不是儿戏,你没有经过山地丛林作战训练,你去了只会给我增加负担!

王雅歌说,兰泽光你不要头脑发热,不要感情用事!

王铁山说,要从战斗实际出发!

兰丽文说,我在学校受过单兵战术训练,请相信我的能力!从现在起,我不会离开第一突击队的。爸爸妈妈爹爹,你们回到指挥部去吧,你们不能替女儿怕死!我决心已经定下了,死不改悔。

兰泽光看着王雅歌和王铁山,再看看兰丽文说,这下问题大了,我同意,你们说我头脑发热。我不同意吧,又说我替女儿怕死。怎么办啊?

沈东阳一把拉住兰丽文说,如果你一意孤行,那好,我辞职,这个突击队长你来当好了。

兰丽文说,你难道不希望我和你在一起吗?

沈东阳说,我不能每时每刻都和你在一起啊?难道你认为我此去必死吗?你要相信我,我是有战术水平的。

兰泽光说,好吧,那就再等等,妞妞,我们从长计议吧!

兰丽文说,那让我在突击队住几天,直到他们出征。

沈东阳说,这里不方便,再说大家天天训练,你留在这里影响不好。有空来看看就行了。

王雅歌说，姐姐，东阳说得有道理。别任性了。

离开萨莫拉，王雅歌对王铁山说，看看，我说的吧，这下热闹了，一家三口，不，一家五口，全集中在一个战场上，仗还没有打起来，生离死别的大戏就开唱了。

兰泽光说，什么话！难道你是来看戏的吗？战地救护那一块出了问题，我兰泽光是六亲不认的！

对于第一突击队的训练和作战准备，兰泽光高度重视，王铁山也高度重视。两位首长几乎每天都要来检查，有时候一起来，有时候单独来，只带两三个参谋。

沈东阳本来脸不黑，几天下来，脸就黑了。

王铁山检查得很细，从武器性能，到单兵战术，战场自救措施，遇到雷区的处理办法，到野外生存物资准备，甚至连打散了如何收拢的方法都跟沈东阳一一研究。

兰泽光对这一点很放心。尽管他过去一直奚落王铁山，但他对王铁山并不轻视，这同他轻视张省相之流有着本质的区别。在战场上，他还是需要王铁山这样的助手。用沈东阳的话说，如果用一句话来概括兰泽光和王铁山的性格特征，那么兰泽光是胆大包天，王铁山是心细如发。当然这也不是绝对的，而是相对而言。

兰泽光也有很细的时候，一仔细起来，那就不是心细如发的问题了，而是比头发还要细。沈东阳对于即将遇到的战场情况，一共分析了十二种可能，十二种都是突发事件，都有应对措施，然而还是被兰泽光挑出了毛病。这个毛病还不是小毛病，是足以让兰泽光勃然大怒的毛病，是差一点儿撤了沈东阳突击队长职务的毛病。

沈东阳什么都想到了，就是没想到俘虏问题，所以沈东阳在拟定各阶段行动计划的时候，都是连贯的。兰泽光戴着老花眼镜，逐条审查沈东阳的应急方案，看着看着，抬起头来，目光从眼镜边框的上面射出来，落在沈东阳的脸上，突然问，出现俘虏怎么办？

沈东阳说，拒绝俘虏！

兰泽光点点头，他明白沈东阳的意思，但显然沈东阳没有明白他的意思。兰泽光又说，包括你在内，第一突击队是八十一人，好数字，九九归一。但是我问你，这八十一个人，除了阵亡的、负伤的，会不会出现失踪的？

沈东阳顿时语塞,怔怔地看着兰泽光说,可能会……

只听啪的一声,沈东阳的应急方案被扔在他的脚下,兰泽光站起来说,你这个突击队长不能当了。可能会?什么叫可能会?战争是科学,不是打哑谜。你应该知道,这样的战斗,战斗队形很容易打散,迷路、失踪、被俘的概率都有。你应该考虑的是概率和措施,而不是什么可能……

沈东阳的脑门立即冒出了热汗。

兰泽光说,我记得有个军事家说过,一个损坏了的马蹄铁可能会导致马失前蹄,一匹战马突然倒下可能会损伤一名战将,一名战将出现意外可能会导致一场战争的失败,而一场战争的胜负往往决定一个国家的命运……战争,战争,每一个环节都在决定着胜负。先有胜算而后有胜利,每一个细节胜利了,整个战争就胜利了。

沈东阳说,我明白了。

兰泽光说,你第一突击队有八十一个人,我希望你八十一个人都是战斗英雄,但那只是希望。哪怕你有八十个英雄,你出现了一个非英雄,而恰好这个人被俘了,别说他变节了,就算他不变节,他在被押解的途中,他的眼神,他的行为,也有可能让对方分析出你的行动。那好,你的秘密穿插就暴露在光天化日之下,我们只好给你收尸了,甚至有可能连尸体都找不到。组织部门就更麻烦,要辨别你们这些尸体哪些是英雄,哪些是找死的。

沈东阳说,师长,我明白了,我再推敲。今夜把防范措施送到您手上,再出现问题,我就申请降职,去当突击队的尖兵班长!

兰泽光说,那好,我拭目以待!

第八章

一

战争结束了,战争还没有开始就结束了。或者说是兰泽光的战争还没有开始就结束了。

二十七师的四路浅纵深穿插准备搞得轰轰烈烈,万事俱备,只欠东风,沈东阳的第一突击队枕戈待旦,一触即发。原计划是十天,后来说推迟到二十天,再往后推迟,兰泽光就知道,还是没戏了。战争结束了。牛刀小试,匆匆忙忙,没有二十七师什么事。

当然,总结表彰大会上讲得好听,说二十七师固守玉田方向,给对方造成了很大压力,牵制了对方有生力量,等等。兰泽光边听边在心里骂娘,妈的,把老子当孩子哄,朝屁股上踢一脚又给嘴里塞一块糖,什么破卵子牵制,小儿科!

但有一点兰泽光听了很受用, 那就是二十七师最早提出来的放弃大正面推进,开展浅纵深穿插的战术原则,在这场战争中得到了广泛运用。

兰泽光听表扬的时候想起了当初贾军长到槟辉山上说的,他兵马未动,就指挥了半个战区,指的就是他的战术原则指挥了半个战区。后来有些部队在总结战例的时候,特意指出了,二十七师提出的尽量减少坦克和重炮等使用,以少量精锐步兵乃至特种步兵突击穿插,在对方腹地展开,切断对方同纵深的衔接,使其兵力丧失战术意义等等打法,都是科学的,符合客观实际。

而这些想法,都是沈东阳最先提出来的。

命令是突然下达的,提前没有一点风声。接到停止行动的命令,兰泽光坐在指挥部里半天没有说话。张省相嘀咕说,怎么说不打了就不打了呢,难道这是遛狗吗? 把我们二十七师当狗遛了一遍。

兰泽光抽了一阵烟,出了门,对王铁山说,走,去看看我们的敢死队,给他们下免死牌。

到了萨莫拉,兰泽光老远就站住了,他看见沈东阳一干人等正在忙乎,搞通信接力对接。这也是沈东阳的点子,怕陷入深山老林电台失灵,所以搞了一套接力方案。

见师长和副师长过来，沈东阳跑来敬礼。

兰泽光问，这东西好用吗？

沈东阳说，线形差点，网形可以。十八部步话机，加上四部电台，形成联网，接力是不成问题的。

兰泽光说，你敢肯定？

沈东阳说，我不会拿生命开玩笑的。

兰泽光点点头说，是啊，我知道你不会拿生命开玩笑的，可是有人跟我们开了一个玩笑，国际玩笑！

沈东阳瞪大了眼睛问，难道？

兰泽光说，把气门芯拔掉，把篮球给我扔掉！

沈东阳失声叫道，怎么会这样，第一突击队写血书的血都够给一个伤员输血的了，怎么能这样？

兰泽光说，东阳啊，十年磨一剑，霜刃未曾试，就稀里糊涂地结束了。我现在感觉这个世界有两个最背时的人，你和我。

停了停又说，还有王副师长。

王铁山笑道，我是副手。有活做，最幸福的人不是我，我是次幸福的。没有活做，最倒霉的人不是我，我是次倒霉的。

兰泽光哈哈大笑说，啊啊，老王啊，你有很多话都不在点子上，这句话最在点子上。

沈东阳说，难道，难道不可改变了吗？

兰泽光说，当然可以改变，等你当了军委主席再说吧。

二

一道停战命令下来，部队就像打足了气又被突然被拔掉气门芯的皮球，瘪瘪洼洼地在边境线上又过了一个月屁淡筋松的日子，这就班师回朝了。

火车穿过十万大山，穿过长江，穿过黄河，又回到了起点。

兰泽光和王铁山坐在软卧车厢里下棋。兰泽光从来都让王铁山一个车，过去从来都是兰泽光赢，但现在不行了，不让车赢起来都费劲，居然还输了两盘。输到第三盘，兰泽光不干了，把棋盘一推说，什么鸟棋，这象棋有问题。

王铁山说，这真是浑不讲理，只听说过拉不下屎怪茅厕，还没听说过下不赢棋怪棋盘的，你兰师长不讲理都有发明创造。

快到相州市的时候,沈东阳手持文件夹进来说,报告首长,相州市十万人民自发上街,夹道欢迎我部凯旋! 司令部拟下通知,先头部队一团拟在沙河兵站下车,整队入城!

兰泽光看着王铁山,乐呵呵地说,伙计,麻烦又来了,你说咋办?

王铁山说,什么麻烦? 没有功劳,也有苦劳,通知各团,整顿军容风纪,耀武扬威。

兰泽光说,枪都没放一响,就凯旋了,还夹道欢迎,脸上挂不住啊。

王铁山说,就算是演习吧,人民群众箪食壶浆也是正常的。

兰泽光说,现在我宣布,兰泽光同志因健康原因,在沙河兵站下车后即进入701野战医院养病,在兰泽光同志离职期间,王铁山同志代理师长。

王铁山瞠目结舌,你这是干什么?

兰泽光狡黠一笑说,往后一周,相州市委市政府将会为二十七师首长接风,慰问,联欢,给新一代最可爱的人介绍老婆。这一套你老王得心应手,你去对付吧。本师长养病去也!

部队归建后差不多闹腾了一个多月,果然像兰泽光预料的那样,接风,慰问,联欢,给新一代最可爱的人介绍老婆,给家属安排工作,掀起了一阵拥军的高潮。

但凡需要领导出面,大都是马政委和王铁山斡旋。兰泽光很少出现。兰泽光很爱面子,他真的不知道该如何应对那些热烈祝贺的话,部队出去轰轰烈烈,连个仗屁股也没有落上打,有什么好炫耀的呢。

一个月下来,王铁山拍着肚皮对兰泽光说,你知道这里面装了多少东西吗?

兰泽光说,大粪一盆。

王铁山说,至少有二十斤茅台,光酒就价值五千元以上,多数都是替你喝的。

兰泽光说,那好,我让妞妞今晚就把你们家的酒拿几瓶过来,堤外损失堤内补。

三

因为有了一次引而不发的边境任务,部队归建后,要修订师史。按照兰泽光的批示,要将有关特殊战例拿出来重新分析研究,总结经验教训。成绩部分宜粗不宜细,问题部分,宜细不宜粗。对于兰泽光的这个批示,不同的人有不同的理解。石得法和一团副政委章济泽认为，兰泽光现在是师长，师长主导修改师史，无疑是给双榆树战斗盖棺定论的最好时机。没有等师史办的工作人员下手，石得法就指挥一团司令部在作战室里摆上了双榆树地形沙盘，自作聪明地将两支进攻部队取代号为"兰支队"和"王支队"，以至于这两个称谓此后在二十七师流传一时。石得法的"兰支队"苦心孤诣研究了半个多月，终于拿出了一份洋洋洒洒三万多字的《关于双榆树战斗若干问题释疑》，从方案的周密性、科学性和实战的灵活性等等方面，论证了兰泽光战术计划无可挑剔的真理价值。至于敌情为什么会突然发生变化，石得法的解释是，敌人的兵力并没有增加，只不过是敌人的快速机动使我方产生了错觉，误认为敌人实际兵力和情报兵力不符。对于主攻营没有及时调整战术，石得法用了十四个字来概括，即：审时度势，静观其变，以不变应万变。这份材料虽然没有点名，但是在肯定一营行动正确的同时，必然否定了二营的行动。

这边石得法和章济泽斗志昂扬，那边郭靖海和三团团长朱振国也闻风而动。

朱振国在双榆树战斗的时候是连长，比郭靖海资历稍长，做人也相对温和一些，但在双榆树战斗的问题上，却从来不妥协。朱振国将兰泽光关于修订师史的批示看了又看，就看出问题了。朱振国认为，成绩部分宜粗不宜细，主要的目的是为了淡化二营的历史功绩，使一营和二营处在同等位置上。问题部分宜细不宜粗，是为了突出二营的战术失误，通过战术检讨，将二营的正确行动打上问号。当然这只是第一步，有了这第一步，只要兰泽光在二十七师当师长，就有可能会出现第二步、第三步。朱振国对郭靖海说，兰师长这个批示很重要，如果在兰师长的任上，完成了修订师史的任务，往后，也就只能以这个作为依据了。

郭靖海说，解决这个问题很简单，就一条，维护组织结论。

朱振国说，组织结论是人人都知道的，人人都知道的东西如果拿出来重新论证，那就势必有推翻的意图。郭政委你当时是突击队队长，你最有发言权。

郭靖海说，你放心，我郭靖海别的本事没有，但是对双榆树战斗，我比谁都清楚。这段时间，团长你抓部队，我用主要精力来打双榆树。

朱振国说，那好，就这么分工。

在所谓的"王支队"里，郭靖海是众所周知的主力干将，这不仅是因为郭靖海此人铁皮脑袋不怕打，更重要的是，在双榆树战斗中他是二营的突击排长，记特大功一次，可以说双榆树战斗给他带来了巨大的荣誉，这种荣誉在其人生的每一个转折环节都程度不同地起着作用。没有谁比郭靖海更有理由、更加坚定地捍卫双榆树战斗的组织结论了。当然,事实上组织的结论也基本上是以他提供的依据作为依据的。

郭靖海经过几个昼夜的苦思冥想,终于准备了一份多达四十多页的《双榆树秘档》,就双榆树战前双方兵力对比、敌情条件,我方态势以及战斗发起之后战局的变化和我方应对的措施,逐条进行分析,并附有示意图和数字统计表,以证明二营当机立断离开二号高地、直扑双榆树主峰,完成任务和支援一营同步进行,消灭敌人和保护自己相得益彰,"实乃灵活机动之典型范例"。

后来师史办的工作人员果然分别找石得法和郭靖海等人了解双榆树战斗情况,结果弄得骑虎难下。石得法的《关于双榆树战斗若干问题释疑》言之凿凿,不仅分析了当时当地的诸多情况,而且就一营的决心展望了更佳的战果,基本上否定了二营的功绩。郭靖海的《双榆树秘档》则持完全相反的观点,从字里行间推敲,郭靖海的声音坚定而又强硬:没有二营的灵活机动,就没有双榆树战斗的胜利,甚至就没有一营的今天。郭靖海的材料里,有一句很有杀伤力的结论,没有二营的以变应变,战斗结局将是不堪设想的。

难题再一次摆到了师史办的面前,最终又上了常委会。但是这一次出人意料地没有引起争论。

兰泽光说,双榆树战斗已经由组织上下了结论,我无条件地接受。师史办公室的同志要排除一切干扰,秉笔直书。只要我兰泽光还活着,就不许再提此事。请同志们以大局为重,维护常委班子的团结,不要再煽风点火了。

王铁山也当即响应:拥护兰师长的意见。我是坚决支持兰师长的工作的。争论也是一种支持。以后谁对兰师长有意见,请你当面向他提。如果有人在我面前做小动作,我就把你交给兰师长。我这个副师长,在工作上是师长的助手,在难题面前我是师长的扶手,在训练改革中我是师长的帮手。我可以当这个手那个手,但绝不搞阳奉阴违的两手。

兰泽光说,路遥知马力,日久见人心。槟辉地区作战虽然无功而返,但是我们师党委的团结得到了高度的检验。和平时期部队行政管理有条不紊稳步前进,王副师长功不可没。关于双榆树战斗,是我们二十七师的整体荣誉,以后再听谁说什么"兰支队""王支队",抓住了,以破坏领导团结论处。

一场风波被兰泽光和王铁山联手强硬地平息下去了。

四

旧的烦恼刚刚过去,新的无聊又开始了。

部队归建之后,两家又住在了一起,不同的是,兰泽光是单独的两层小楼,院内有假山花台,师长政委各一套。王铁山和于副政委共一幢平房。尽管兰泽光的独楼小院很宽敞,王铁山的平房相对狭窄,但是王雅歌还是常常去王铁山家蹭饭,孙芳却很少去王雅歌家。

兰泽光现在的日子并不好过。从前线回来后,兰泽光有很长时间都在郁闷着,把工作上的事情多数推给了副师长。

师里决定改建招待所,董副师长拿着预算找兰泽光签字,兰泽光把大手一挥说,这种小事情,你和后勤部长两个人就定了。以后不要请示我了。

董副师长惊讶地看着兰泽光说,这涉及大笔经费,常委会规定,必须由师长政委审批。

兰泽光说,我又不懂财会,我审批什么? 你们找专家拿意见,上会讨论。

董副师长说,有些事情需要上会讨论,有些就是你师长政委的权限。

兰泽光说,我有多大权限,你就有多大权限。你合理使用权限是天经地义的,你滥用权力,纪检部门找你麻烦。我不管。

但是师长就是师长,干部问题,开支问题,装备问题,总是有很多事情需要师长拍板。兰泽光终于急了,有一次开会,兰泽光居然说,以后,训练的事情,装备的事情,管理的事情,统统由王副师长分管。后勤的事情,教育的事情,建设的事情,统统由董副师长分管。不要什么婆婆妈妈的事情都来向我请示,你们签字就行了。

董副师长惊问,什么都让我们管了,那你分管什么?

兰泽光说,你们两个分管一切,我分管你们两个。

事实上,兰泽光连两个副师长的工作也很少过问,每周开一次首长办公会,每月开一次常委会,听听汇报,训训部门主管,然后就钻进自己的办公室看书,看战例。到了星期天,开着吉普车,背上小口径步枪,到西大营北边的蜂皇山上打猎。

董副师长说,乖乖,我们两个副师长权力好大啊,这伙计,是我见过的最大的甩手掌柜。

王铁山笑道,甩手掌柜? 那是因为没有仗打,要是在战场上你看看,要是打仗,墙上钉根钉子,钉什么钉子,在哪里钉,怎么钉,他都要管。

183

有一个星期天兰泽光没有出去打猎,在院子里闲逛,碰上高中生王奇,说小家伙过来。

王奇拍着篮球说,干什么,我有事。

兰泽光说,他妈的,好大的口气!你爸爸都听我的,你居然说你有事。你的事比我的事大吗?

王奇说,我爸爸是我爸爸,我是我。

王奇很不耐烦,但还是过来了。

兰泽光说,王奇,你知道你是谁的儿子吗?

王奇毫不含糊地回答,我是我爸爸和我妈妈的儿子。

兰泽光说,不是,你是我的儿子,想当年,你爸爸妈妈没有孩子,我们家已经有了你姐姐,就把你抱给你爸爸当儿子了。

王奇被说糊涂了,嘴硬说,我才不信呢。

兰泽光说,信不信由你。我再问你,你是想要师长爸爸呢,还是想要副师长爸爸?

王奇说,我是副师长的儿子,不想当师长的儿子。停了停又说,我姐姐说,你不是好爸爸。

兰泽光的脸色一下就变了,阴阳怪气地问,这话真是你姐姐说的?

王奇乐了,嬉皮笑脸地说,信不信由你。

兰泽光说,滚,玩你的篮球去!

王奇说,骂人,师长还骂人?

兰泽光说,臭小子,等你长大了,我把你送到连队去,天天训你个狗东西!

到了下个星期天,王奇在操场练球,一个人投篮,有一搭无一搭的。这时候兰泽光背着手走过来说,王奇,一个人打球好玩吗?

王奇说,不好玩,但是我愿意一个人玩。

兰泽光说,一个人玩球就好比一个人喝酒,一点味道没有。打球这东西,你得有对手,得有人跟你抢,得有人跟你比着投篮。来,把球给我,我陪你玩。

王奇把球夹在胳肢窝下说,怎么玩?

兰泽光说分头啊,抢啊,一个人就是一支球队,谁抢了谁投篮,积分,一球一分,十分定输赢。

王奇说,输赢有什么说头?

兰泽光说,哈,你这小子,还想跟老子赌博?这样吧,你输了,叫我爹爹。

王奇说,那不行,我有爸爸。

兰泽光说,怎么不行,你姐姐也有爸爸,可是你姐姐不也有爹爹吗?

王奇歪起脑袋想想说,也行。可是你要输了呢?

兰泽光说,我输了我叫你儿子。

王奇抗议说,你欺负人,我才不上你的当呢!你要是输了,把你那支小口径给我。

兰泽光说,狗东西,你口气还不小!我那小口径是打猎用的,给了你瞎打,打出事了,你未成年人不用坐牢,老子的师长就当不成了。

王奇说,那就算了。

兰泽光说,这样,我输了我给你买一支气枪,星期天咱爷俩去郊区山里打鸟。

王奇顿时来了精神,叫道,好主意,我同意。不过你说话要算话,说话不算王八蛋。

兰泽光二话不说,上去照王奇的屁股上踢了一脚说,小混蛋,老子这么大个师长,说话还能不算?

然后就开战。一个小老头,一个小胖子,你来我往,左冲右突,好不热闹,惹来一群干部战士在外面看稀奇。王铁山也听说了,溜达过来在操场外面看,看得直摇头说,这个老兰啊,没球仗打了,堕落到这个地步,跟孩子玩。

兰泽光球技不怎么样,虽然战术玩得花团锦簇,但老是犯规,王奇抗议也没有用,他还是照样犯规,但犯规也没有用,他投篮不准。满头大汗地打了半个多小时,最后还是王奇领先。兰泽光说话算话,当真派人去市里买了一支气枪,第二个星期天还当真开着吉普车,把王奇拉到山里打鸟去了。

那天晚上回来,爷俩收获不小,王奇打了几只麻雀,兰泽光打了两只野兔子,一老一少耀武扬威地回来,直接到王铁山的家里,把东西往院子里一放,兰泽光趾高气扬地喊,孙芳,搞饭!

王铁山出了门说,老兰,你这个老不正常,你现在闲得手痒,你可别把我的儿子教唆坏了,他还要考大学呢!

兰泽光说,你老王就是鼠目寸光,考大学怎么啦?考大学算个鸟。这个兔崽子枪法很好,是个扛枪吃粮的料,考大学就给我考军事院校,回来给我当排长!

王铁山说,考不上你负责啊!

兰泽光说,我负责就我负责,屁大个事儿!

五

这年秋天,兰泽光突然接到了一封神秘的来信,看完信,如雷贯耳,把办公室的门反锁上,半天没有出门。

首长:

请允许我先说一声对不起。还记得二十八年前的毛田坝遭遇战吗?提到这次战斗,你一定首先就会想到杨桃。是的,我就是您派去抬送杨桃的四名战士之一,后来牺牲了两名同志,我又成了活下来的两名战士之一。现在,那位同志也病故了,我就成了那四名战士中的唯一幸存者。

这些年来,这件事情一直压在我的心上,今天我要向首长汇报真实的情况了。那天后半夜,我们回到了毛田坝,向您汇报说,杨桃同志在我们抬送的路上丢失了,这是事实。但是我们隐瞒了一个细节,杨桃同志并不是无缘无故丢失的,而是因为我们迷路了,在迷路的过程中,我们遇上了一个人,他说他是被土匪绑架上山的郎中,我们中间的一个人当时就拉开了枪栓,要枪毙这个"匪医",后来郎中就逃跑了,我们怕他去给土匪报信,就拼命地追呀追,我们没有追上他,回到原来的地方,杨桃同志也不见了。您当时的心情暴怒,我们怕您知道这个情况后追究我们的责任,追究我们不仅犯了盲动主义的错误,还因为这个错误丢了杨桃,所以我们就隐瞒了这个细节。

这么多年来,我们一直在想,杨桃的突然失踪非常可疑,因为杨桃同志身负重伤,不可能自己行走,那么,一定是那个郎中,利用我们地形生疏,转回来把杨桃背走了。既然背走杨桃的是个郎中,而且连土匪都要冒险绑架他,那他一定是个医术很高明的郎中。也许,杨桃同志还活着,如果活着的杨桃同志没有回到部队,那她一定还在十万大山里面,一定还在毛田坝。首长,如果您还没有忘记杨桃,那就派人去找找看吧,无论找到还是找不到,我把实话向首长汇报了,也能减轻我对杨桃同志和首长您的负罪感。

落款是:一位对不起首长和杨桃同志的老兵。

兰泽光把这封信锁进了保险柜。

不久,师里研究干部调整,兰泽光找沈东阳谈了一次话,兰泽光说,东阳啊,我当师长之后,发现了一个规律。我们两个就像一条绳子上拴的蚂蚱,凡是麻烦的事情,跑不了我,也跑不了你。

沈东阳说,不明白师长的意思。

兰泽光说,我记得在槟辉地区准备战斗的时候,你当敢死队长,我跟你说过的,打死了你是我的儿子,打不死你就是我的女婿。虽然战斗最终没有展开,但是你的不怕死精神和战术水平都已经得到充分的展示了。可以算你已经当了一次敢死队长了,可以算你当了敢死队长之后又活着回来了,那么你就可以是我的女婿了。

沈东阳说,师长,我追求丽文是在您担任师长之前,而且那时候您还是个团长,是个老团长,您自己已经感觉您快要退出历史舞台了。无论是我追求丽文,还是我尊重您的战术水平,都跟您的职务无关。

兰泽光笑笑说,这个我知道,我跟你同样清楚。问题是,现在我是二十七师师长,而你是二十七师司令部的参谋。如果你没有和丽文的那层关系,我有一百个理由越级提拔你,但是现在全二十七师都知道了,你即将成为我的女婿,不要说越级提拔了,就是给你升一级,我也说不出口。

沈东阳说,无论是按资排辈,还是德才取人,哪怕民主投票,我沈东阳自信,我应该得到提升。

兰泽光说,所以我说我们两个都遇到麻烦了。我们长话短说,你沈东阳要是想提升,那就不能当我的女婿,要是想当我的女婿,那就不能提升,至少我在二十七师当师长期间,在与你同等条件的同志中间,你的进步速度只能是中等偏下。你选择吧。

沈东阳半天没作声,他的确面临着很难的选择。一方面,他的出色表现在二十七师已经形成共识,师里几位首长都主张越级提升,马政委和王铁山提议他到战斗部队当营长,张参谋长提议直接担任师司令部作训科副科长,但是都被兰泽光否定了。兰泽光说,这个年轻人有培养前途,但是怎么培养,是一门科学。

兰泽光之所以阻挡他的提升,仅仅因为他即将成为兰泽光的女婿。

沈东阳最后说,兰师长,我不一定当你的女婿,但我一定要当丽文的爱人。

兰泽光把桌子一拍说,兰丽文的爱人不是我的女婿是什么?难道你是王铁山的女婿?

沈东阳说,我选择不提升。

兰泽光说，你想好，两级啊！只要你选择放弃和丽文谈恋爱，我可以向常委会提名你担任作训科的副科长。

沈东阳说，我不稀罕副科长，我只稀罕兰丽文。

兰泽光说，那我建议你离开机关，到战斗连队当连长。

沈东阳说，我两年前就是正连级，在前线我是第一突击队队长，当时你们选配干部的时候，突击队的指导员是副营级，分队长都是副连级。那个突击队，就是敌后武工队的翻版，我这个队长，至少相当于正营级。可是师长你现在却让我去当连长，难道就因为我爱丽文，我就要付出这么大的代价吗？

兰泽光说，那没有办法，我还是那句话，你想当正营级一点问题都没有，只要你选择。

沈东阳说，那我选择当连长。

兰泽光说，那好，这个忙我可以帮你，明天常委会上我亲自提出来。

六

这件事情不仅在兰家引起争议，在王铁山家也引起反响。兰丽文已经快毕业了，分配到 701 野战医院实习，得知沈东阳提升受阻的消息，心里很窝火，拉上王雅歌一起跑到王铁山家发牢骚，说爸爸太过分了，哪有这么误人前程的？

王雅歌说，妈的他兰泽光沽名钓誉，老王你们也不主持公道？

王铁山说，常委会上定的事情，你们是怎么知道的？

王雅歌说，我们还用偷听常委会？老兰张嘴我们就知道他的嗓子是黑的还是白的。

王铁山说，我也认为，内举不避亲。但是遭到老兰的驳斥。老兰说，什么内举不避亲？全是他妈的给自己涂脂抹粉。我就不相信，我们军队没有那几个"亲"，就人才流失了？沈东阳哪怕是诸葛亮，但是只要他跟我沾亲带故，我就不用他。有本事到别的地方施展，要么等我滚蛋了，等我死了，你们想怎么提升就怎么提升，哪怕提他当副总参谋长。你看，他把话说到这个份上，我们还有什么话说？再说，丽文也是我的女儿，我要是说多了，别人还以为我和老兰唱双簧，一个白脸一个黑脸。

兰丽文说，难道我的爸爸和爹爹是师首长，反而成了沈东阳的绊脚石？说到底，还是我影响了沈东阳。

王铁山说，丽文你也别这样说，沈东阳下去当连长未必不是坏事。我和你爸爸,当营长当了九年,你爸爸当团长又当了八九年,现在大家都差不多了,你爸爸在师长的位置上,还算是中等年龄。

沈东阳被任命为一团一营一连连长,上任之前,兰泽光找他谈话,基本上没有说官话套话,什么谦虚谨慎戒骄戒躁之类的都没有,沈东阳从老正连到新连长,这些话自然都不用说。

兰泽光说,东阳啊,在提升职务上,我没有帮忙,反而帮了倒忙。我不需要你的理解和支持,只需要你把连长当好。你就算忍辱负重好了。记住这四个字,只有能够忍辱,才能负重。当然这个比方也不一定贴切,就算委曲求全吧,就算为我委曲求全吧。

沈东阳说,这个问题我想了十天,想明白了。我从基层做起,师长请放心。

兰泽光说,很好,咬得菜根,百事可做。当好连长,千难不怕。

沈东阳说,我明白了,我把根子打牢,咬定青山不放松。

兰泽光笑了说,看来我们两个真的像爷俩,这个世界上,能够理解我的也只有你了,丽文都不行。你接受了连长的职务,我们真的是爷俩了。现在,我们爷俩来开展一项绝密活动。

沈东阳看着兰泽光,等待下文。

兰泽光打开保险柜,把那封信找了出来,往沈东阳面前一放说,先看清楚再说。

沈东阳看完信,抬起头,脸上挂着一个巨大的问号。

兰泽光说,这是一个遥远的故事,遥远到什么程度呢,这么说吧,遥远到这个世界还没有你的时候,你未来的岳父,经历了一场初恋。以后你会明白,还有一个人在这其中也有故事。但是,后来她牺牲了,不,我们认为她牺牲了,也许她并没有牺牲。再后来,就是你从信上能够看出来的结果了。

沈东阳思忖片刻说,师长的意思是,让我去解开这个谜?

兰泽光说,四年前,我和王副师长曾经有一段赋闲的时光,你是知道的,当时我们差点儿就去了。但那时候我们只是猜测,只是带着一线幻想般的希望。现在,还真的有线索了。你下连之前,提出休假二十天,去看看,有则有,无则无,就算旅游了。如此而已,而已!

沈东阳说,我明白了,我明天就开始操作。

兰泽光说,你知道,这件事情是历史了,历史嘛,永远都有不解之谜。这是我们爷俩的事情。

沈东阳说,师长放心,我会绝对保密,包括对丽文。

兰泽光说，东阳，你确实像我的儿子。

沈东阳提出回老家探亲，遇到了一个空前的麻烦，兰丽文也要同行。沈东阳说，我们还没有结婚，你不能去，影响不好。

兰丽文说，我不管，我一定要去。我对你的家庭充满了好奇。

沈东阳摆脱不了，秘密地给兰泽光打了一个电话，兰泽光哈哈一笑说，好办，她在实习，需要请假。批假权限在实习单位，701野战医院的假也不是那么好批的。

沈东阳恍然大悟，在心里夸赞未来的岳父，高，实在是高。

果然，兰丽文向带队的教员请假，教员又向701野战医院请假，遭到了701野战医院院长的奚落。院长说，你们来实习，总共才半年，居然提出休假二十天，亏你说得出口。师长的女儿怎么啦？谁也不能搞特殊化。

七

借助兰泽光的暗中配合，沈东阳顺利地摆脱了兰丽文，踏上了揭秘之旅。

进入兰泽光和王铁山当年战斗过的地方，沈东阳惊奇地发现，今天的十万大山仍然很落后，还留有"文化大革命"甚至当年土改的痕迹，有很多墙壁被刷白了，在刷白了的墙壁上残留着很多红色的标语。

沈东阳出发之前已经有了预案，首先到了县城，通过县里的民政局、公安局、卫生局等机构，调查了五十年代初本县的人口情况，异地户籍情况，等等。不得结果。

在毛田坝，沈东阳多方打听，找到了兰泽光和王铁山当年给杨桃起的衣冠冢，结果惊骇地发现，杨桃的衣冠冢不见了。

几经周折，沈东阳访问了当地的一些群众，打听当年剿匪部队有没有留下伤员，都说后来没有见到解放军的人。倒是一个叫周一峰的女人说，解放军不骗人，杨同志牺牲了，在天之灵还帮助咱们，沙陀镇上的名医能找上门来给咱治病，这不是杨同志保佑又是什么？

沈东阳细细询问，才知道这个女人当年患有不孕症，杨桃曾经为她治过病。沈东阳问，你的病好了吗？

周一峰春风满面地往院子里一指，说，孙子都有了。

院子里有两个三四岁的男孩在玩泥巴。

周一峰说,她后来没有见过杨医生,倒是沙陀镇里的沈氏中医后来主动为她把脉送药,说是受解放军之托。

沈东阳大喜,觉得其中大有文章,顺藤摸瓜找到了沙陀镇,但沈氏家族已经败落,只剩下一个沈尔隋,而且沈尔隋在"文化大革命"中遭到猛烈批斗,已经疯了。

据镇上人说,沈尔隋兄弟是当地世代名医,五十年代初确实救过解放军的伤员,但那都是男的。

沈尔隋的弟弟沈尔石早在土改的时候就被错杀了,沈东阳只好去跟疯子打交道。

沈尔隋的家是一个大户人家的架式,房子雕梁画栋,廊檐很高,院子里有天井,四面有回廊。镇里干部介绍说,这房子土改的时候分给了社员,前不久落实政策才还给沈尔隋,但是沈尔隋已经无缘享受了,沈家没有后人,这房子早晚还是公家的。

沈尔隋快到六十岁的样子,他现在已经不是中医了,沈东阳到他家的时候,他正流着哈喇子在门口晒太阳。一见到镇里干部带着一个解放军找到家里,便习惯性地弯腰站在自家的院子里,勾着脑袋,两腿打着哆嗦说,我坦白,我交代……我什么也不知道。

沈东阳说,大叔别这样,"文化大革命"早已经结束了,没有人再让你交代了,我只是想来打听一个叫杨桃的解放军。

镇里干部说,你跟他说这些没有用,好几年了,他一直是这个样子,他疯了。

沈东阳不甘心,向沈尔隋出示了一张照片,照片质量很差,是兰泽光、王铁山和杨桃以及刘界河夫妇的合影,基本上看不清楚,但沈东阳还是抱着一线希望,指着两个女性问沈尔隋,这两个人你认识吗?

沈尔隋战战兢兢地说,我坦白,我交代,我什么都不知道。

沈东阳和颜悦色地说,大叔你别怕,我是受杨桃同志战友的委托,我们希望她还活着。而且我们知道她可能就活着。

沈尔隋的两条腿仍然哆嗦不止,磕磕绊绊地说,我坦白,我交代,我什么都不知道。

任沈东阳磨破嘴皮子,沈尔隋的铁嘴钢牙就是撬不开。

当天夜里,住在沙陀镇人民旅社里,沈东阳开始清点思路,展开了想象。他设想的可能是,那一年的哪月哪日,杨桃在战斗中负伤,转移途中由于战士迷路,不慎将伤员丢失在山下。恰好被匪医沈尔隋的弟弟沈尔石发现,沈尔石于是背着这位女军医回到了沙陀，伙同其兄，连夜将伤员藏到一个隐秘的地方。后来沈尔隋兄弟治好了这个女军医的枪伤，这个女军医后来嫁给了沈尔隋兄弟中的一个，并且继承了沈家的中医妇科传方。以后又通过沈尔隋给毛田坝的周一峰治疗妇科病，所以就有了那个周一峰的关于解放军人死了还给人治病的传说。

可是后来呢？

沈东阳推理，杨桃后来嫁给沈尔石的可能性大于嫁给沈尔隋，因为从调查所掌握的材料看，沈尔石有一段时间下落不明，这段时间可能就是他带着杨桃逃亡的时间。以沈尔石的身份，他既要逃脱土匪的追杀，也不敢贸然去见解放军，他不知道被土匪劫持到山上，并且给土匪治疗过枪伤，解放军会不会枪毙他，所以他两边都得躲。就在躲藏的这段日子里，也许他就成了杨桃的丈夫，当然这是在杨桃没有死去的前提下。

现在的问题是，沈氏两兄弟，一个死了，一个疯了，线索就断了。

沈东阳一夜辗转未眠，他甚至还想到了，自己没准跟这对兄弟还有一点关联呢，老话说，同为一姓，五百年前是一家，毛田坝的这个家门也实在够倒霉的了。

想了一夜，沈东阳决定还是从沈尔隋身上打开突破口。他感觉到，如果当时沈氏兄弟救治杨桃的事实成立，那一定是秘密的，他们一定有一个秘密的场所，这是不为人知的，只能靠沈尔隋了。

后来沈东阳就睡着了，迷迷糊糊中，他感觉自己突然置身在沙陀沈家，那雕梁画栋的庭院，那虽然陈旧但不失豪华的建筑和家具，都似曾相识，好像与他有着一种说不清楚的关联。恍惚中，他看见了一盏马灯，马灯忽明忽暗，照耀着几张脸庞。两个身穿黄色军服的人抬着一副担架，跟着一个脸色苍白的年轻人来到院中。另一个脸色苍白神色慌张的人把手放在担架上的人的鼻子下面，然后抬起绝望的眼睛，对那两个抬担架的军人说，没救了。那两个抬担架的军人说，拜托了，把她埋了吧，革命成功了我们还会来找她的。这两个军人留下几块洋钱，就匆匆地走了。就在他们离开之后不久，担架上的人突然发出呻吟，留下来的那两个男人给担架上的人喂米汤，灌中药，担架上的人坐了起来，无力地问，这是哪里……

梦中醒来，沈东阳惊出一身冷汗，竭力回忆梦中的每一个细节，觉得这梦似梦非梦，好像天目开了似的，让他看见了历史的真实。是的，这个梦并不完全是梦，这是无数次萦绕在沈东阳心灵飞翔的推理。

他分析事实极有可能就是这样的，那两个抬送杨桃的解放军战士迷路了,迷路的过程中遇到了沙陀郎中沈尔隋或者沈尔石,留下了杨桃的遗体,他们怕失去理智的兰泽光追究他们的责任,也或许是不忍心让兰泽光绝望,所以向兰泽光和王铁山隐瞒了迷路的细节,给兰泽光和王铁山留下最后一线希望……

可是如果真是这样,那么杨桃她现在在哪里呢?

第二天早上,沈东阳没有惊动沙陀镇里的干部,而是单独前往沈尔隋家。沈东阳耐心地说,我们已经知道了,沈尔石被镇压了,但是他是被错杀的。那时候错杀了很多人。我在部队就听我们首长讲,沈尔石曾经救治过解放军的伤员,他当匪医完全是被余曾于裹胁的,所以只要有机会他就逃跑,也正是由于这个原因,他才有机会救杨桃。如果你把事实真相都告诉我们,也许我们会帮助沈尔石平反,还我们沈家一个清白了。

沈东阳故意强调了"我们沈家",他在观察沈尔隋的反应。

果然,沈尔隋的眼皮不易察觉地哆嗦了一下,并且看了沈东阳一眼。沈东阳抓住了那稍纵即逝的目光,他发现,这个叫沈尔隋的人没有疯,至少没有彻底疯。

但沈尔隋仍然弯腰说,我坦白,我交代,我什么都不知道。一边说,一边偷眼觑着沈东阳。

沈东阳在沙陀镇上住了三天,天天都到沈尔隋家里去循循善诱。开始沈尔隋还是不厌其烦地重复那句话,我坦白,我交代,我什么都不知道。但是重复次数多了,他自己都觉得累了,他开始抬起眼皮打量沈东阳,而后变得沉默不语,再而后就站起身来进屋,不再搭理沈东阳。沈尔隋进屋,沈东阳也跟着进屋,沈尔隋绕着院子转圈,沈东阳也跟着转圈,直到有一天沈东阳彻底失望了,决定离开了,他才惊喜地得到了一个意外的收获。

那天沈东阳踏上通往县城的山路,准备去搜集当地民间医药的资料,刚刚走过一个山口,一个人冷不防地从路边的树丛中闪出来,原来是沈尔隋。沈尔隋说,解放军同志,我交代,我坦白,我什么都知道。那位女解放军叫杨桃,她还活着,她是我的弟媳妇,可是后来我弟弟被杀了,她就走了,还怀着三个月的身孕。

八

回到相州市之后,沈东阳把情况向兰泽光做了汇报,说基本上可以肯定杨桃没有死,至少在当时没有死。至于后来杨桃为什么要走,而且是怀着身孕走,沈东阳的判断是,杨桃后来同沈尔石成亲了,但是后来沈尔石在土改中被当作匪医枪毙了,杨桃为了活命,也为了腹中的胎儿,去找部队了。那个时候,正是二十七师从朝鲜回来的日子,杨桃一定是到了相州市,很有可能就是当时的师首长或者团首长接待了杨桃。

兰泽光听了沈东阳的汇报,很长时间没有说话,后来问,你觉得这符合逻辑吗?

沈东阳说,我认为这是符合逻辑的。

兰泽光说,是不是有点太传奇了,太有点离谱了,太有点像神话了?

沈东阳还向兰泽光提出了一个大胆的推测,他说,因为二十七师有不少官兵在朝鲜战场的皇甫战役中冻出了生理问题,而杨桃恰好落在沙陀著名民间郎中的家庭,沈尔隋是跌打损伤专家,沈尔石则是产科专家。沈尔隋兄弟这一辈上没有亲姊妹,所以就将家传秘方传给了杨桃。所以在五十年代末和六十年代初,二十七师部队盛传人民医院的沈大夫妙手回春,事情的谜底可能就在这里。

兰泽光问,照你这么说,沈大夫就是杨桃了? 我怎么看不出来?

沈东阳说,一是因为杨桃同志在那场战斗中负伤,可能是破相了。而沈大夫也是破相了,我听王阿姨和孙芳阿姨都说过,沈大夫的嘴巴是歪的,所以她总是戴着大口罩,而且有眼镜。第二,师长你同沈大夫见过面吗?

兰泽光说,见过。王铁山也见过,王铁山倒是疑惑沈大夫像杨桃。

沈东阳说,我估计,王副师长可能有察觉。不然"文革"结束那年他为什么提出要去广西呢? 可能就是因为察觉了,才动了溯本追源的念头。

兰泽光说,那么,你分析杨桃——我是说假如她就是沈大夫的话,那么她的孩子到哪里去了?

沈东阳说,根据杨桃的性格和当时的社会背景分析,杨桃的丈夫已经被当作匪医杀了,那么杨桃一定不希望她的孩子背上出身不好的黑锅,既然她已经找到部队了,她很有可能通过组织把这个孩子寄养在别人的家庭,而当时二十七师有很多干部没有孩子, 所以她的孩子最有可能的还是落在了二十七师。

兰泽光愣愣地看着沈东阳说,我想起了一件事情。我记得那是在一九六〇年前后,我们二十七师刚刚出了一件事情,侦察科长沈湾同志在指导特务连训练中牺牲了, 后来刘界河带着我和王铁山到沈湾同志家里看望他的遗孀,见到了一个六七岁的女孩。后来离开沈湾同志家,老王走着走着又回去了,说是什么东西丢了。我当时没有多想,现在想来,老王那晚一定是发现了什么不对劲的地方？什么地方不对劲呢？因为沈湾同志没有生育能力，还跟老王一起到人民医院诊断过，属于没法治好的一类。一定是老王想到了这个细节，想搞清楚那个女孩的来历，但是后来觉得不妥，又折回来了。

沈东阳说，沿着这个思路，找到杨桃阿姨就不难了。

兰泽光说，很有意思。我们姑且假设这个假设成立，倒是真的有些耐人寻味的东西。沈氏名医，沈大夫，沈湾之女，还都姓沈。

沈东阳笑笑说，我也姓沈。

兰泽光很注意地看看沈东阳说，没准哦，小伙子，没准这件事情跟你有关哦！

沈东阳说，那师长您看我像杨桃阿姨吗？

兰泽光说，不能细看哦，细看真像哦！我是很希望你就是杨桃的儿子。你不是我的儿子，但如果你是杨桃的儿子，也就相当于是我的儿子了。

沈东阳说，我还是不当你的儿子吧，我希望我和师长是另外一层关系。

兰泽光哈哈大笑说，哦，是啊是啊，假如你真是杨桃的儿子，也不影响另外的一层关系哦，那反而是姻缘了。

沈东阳说，不过这是不可能的。我的父母都是铁路工人。

兰泽光说，这个我知道。希望归希望，事实归事实。

沈东阳说，以后有机会，到齐齐哈尔看看沈湾同志的女儿，没准就能顺藤摸瓜了。

兰泽光沉吟道，这件事情暂时到此为止。你要记住，这是我们爷俩的事情，男人的秘密。

沈东阳说，这个我清楚。

兰泽光说，不要酒后失言，不要梦中乱说。当年我和你王阿姨新婚不久，她就听我的梦话，结果你知道发生了什么？

沈东阳说，不知道。

兰泽光说，她那点小把戏，哪里是解放军指挥员的对手。她正在偷听我的梦话，我突然在梦里喊，王雅歌你这个狗特务，把我的军装递给我，把她吓坏了。

沈东阳想笑，却没敢笑。关于他未来岳父岳母的故事，他从兰丽文的嘴里听到了不少。兰丽文毫不掩饰地说，他们两个，恐怕是世界上最差的爸爸妈妈。

后来沈东阳问兰泽光是不是要进一步了解，兰泽光说，此事到此为止，再也不要提了。

沈东阳又问,是否可以把这件事情向王副师长透漏?

兰泽光伸出一根指头,从胸前一划而过,断然说,否,这件事情跟他没有关系!

九

兰丽文毕业后,被正式分配到 701 野战医院,这年中秋节,顺理成章地同沈东阳结婚了。

在是否举行婚礼的问题上,王雅歌同兰泽光又发生了分歧。兰泽光同意小两口出去旅行结婚,王雅歌说旅行结婚不是不可以,但是我们和老王两家总是要聚会的。这是个大事。

兰泽光说行,只限于我们两家。

王雅歌说,总得把沈东阳的父母接过来吧?

兰泽光说,对头,还没有见过亲家呢。

王雅歌说,几个老战友总得请上吧?

兰泽光说,请谁?

王雅歌提出了请贾军长和刘主任,被断然拒绝。兰泽光说,这种事情,不要惊动首长。

王雅歌又提出请师里几位首长,又被兰泽光断然拒绝,说,孩子结婚,新事新办,不要搞庸俗化。

王雅歌提出,战争年代一起打过仗的,总要请几个吧?

兰泽光说,还有谁?

王雅歌提出有两个人不能不请,一个是叶红叶,一个是石得法。

兰泽光说,随你的大小便,但是你记住,最重要的是亲家。我很想看看我的亲家是什么样,凭什么生出这么好的儿子。

两口子达成共识之后,提前请来了沈东阳的父母,住在师部招待所里。王雅歌和孙芳轮流请沈东阳的父母到家做客。沈东阳的父亲是省城铁路段的退休工人,母亲是家庭妇女,儿子要娶师长千金的事情早就听说了,诚惶诚恐,后来又听未来的儿媳喊那个大个子副师长爹爹,搞清楚了,儿子不仅有一个当师长的岳父,还有一个当副师长的岳父,更加诚惶诚恐。在席上连吃菜都战战兢兢的。

兰丽文听说过公公和婆婆的故事,特别对婆婆当年为了给沈东阳省一口粮食,带着女儿离家乞讨的事情充满了感激,对婆婆的照顾无微不至。她几次想问，在自然灾害最严重的那几年，沈家那只神奇的陶罐是从哪里来的，为什么会源源不断地有粮食，那只陶罐现在还在不在了。但是她最终没有问出口，她怕触动了老人的痛处。

兰家的家宴结束后，兰泽光叹气道，谁都比我强，连铁路工人都比我强。

王雅歌立即反击，你这话是什么意思，嫌我没有给你生个儿子？别忘了，那时候你自己态度也不坚决，怕孩子影响你搞战斗效率。

兰泽光说，别提了，都是你跟我争分夺秒。不是你跟我争分夺秒，再生三个儿子都不怕。

王雅歌说，你要是眼馋，现在还来得及，你五十岁刚出头，我滚蛋，你给丽文再找个后妈，反正她也成家立业了。

兰泽光说，别扯淡了，你让本师长外孙儿子一起抱啊？成何体统！

王雅歌说，那就算了，你这个人，有时候也有几句人话。

兰泽光说，我绝不像你，张口尽是屁话。

后来果然就新事新办了，以兰、王两家为主体，拟举行小型婚礼。王雅歌给叶红叶和石得法打了电话，大家都兴高采烈地说一定参加。

到了下午，叶红叶又把电话打过来了，一本正经地对王雅歌说，你们怎么回事？光请我不请我们家老刘，哪有这样请客的？

王雅歌解释说，老兰的意思，这是私事，就不惊动首长了。

叶红叶说，我们家老刘很不高兴，说兰泽光这个犬子不是个玩意儿。告诉你老兰，不仅老刘要来，贾军长也要来，贾军长还提议，你们把人民医院的沈大夫和贾护士长、林司药请上。

王雅歌吃了一惊说，这不合适吧，我们请的是老战友。

叶红叶说，有什么不合适？沈大夫是贾军长和老刘的老朋友，你不知道当年沈大夫帮了你们，不，帮了我们二十七师多大的忙。朝鲜战场上下来，一大帮人被冻出了毛病，多数都是沈大夫的偏方治好的。现在连下一代都快生儿育女了。二十七师师长的女儿结婚，这种场合难得，你们借此机会请沈大夫，就相当于整个二十七师请了。

王雅歌还是迟疑，那边叶红叶说，我告诉你啊，这不是我的意思，也不是老刘的意思，这是贾军长的意思。

后来王雅歌把情况跟兰泽光说了。兰泽光说，看看，都是你惹的麻烦。我说是私事，悄悄地干活，打枪的不要，可你偏偏张扬。这下好了，军长要来，军政治部主任要来，家事变成了公事，我这个岳父，本来是一把手，你这么一搞，到时候我有没有讲话的机会都很难说。

王雅歌说，你没听见叶红叶跟我讲话的口气，大得很，真是官太太了。

兰泽光说，你还不一个屎样，在官太太面前你是群众，在群众面前你不也摆官太太的谱？

王雅歌就给叶红叶回电话，说同意请沈大夫。叶红叶说，很好，不过你要提醒你们家老兰和王铁山两口子，沈大夫嘴巴有残疾，不爱说话，不要盯着人家看，虽然老了，也很爱面子。

王雅歌说，这个我知道。

十

七折腾八折腾，沈东阳和兰丽文的婚礼终于被搞大了，因为贾军长要参加，师里的马政委董副师长张参谋长一干人等都要参加。一边非要参加，一边坚决谢绝，就差没有开常委会讨论了。后来兰泽光急了，说你们要是参加了，我就不参加了，让你们给沈东阳当岳父去。中央一再号召新事新办反对大操大办，你们这不是要我犯错误吗？

大家说，我们又不大吃大喝，又不送礼，犯屄的错误。

回到家里兰泽光又把王雅歌骂了一顿，说女人就是女人，一点不讲政治，尽他妈的添乱。

经过一番斗争，最后确定，马政委和董副师长于副政委参加，部门以下首长不参加。为此，张省相还很不高兴，说兰师长办喜事都分级别，但是级别又不严格，石得法才是个团长，为什么他能参加我不能参加？分明是山头主义作怪嘛！

婚礼那天贾军长果然来了，用他的伏尔加轿车接来了沈大夫。沈大夫那天没有戴口罩，只是戴了一副宽边眼镜，脸上还化了淡妆。为了掩饰嘴歪，一直努力地咬着嘴唇，这样就使得她的面部有点变形。

为了缩小影响，没有在师部张扬，在相州市委招待所摆了两桌。王铁山宣布婚礼开始，马政委致贺词，董副师长宣读结婚证，然后沈东阳和兰丽文拜天地拜父母，首先拜新郎父母，骇得沈东阳的父亲慌不迭地说，先拜首长啊，先拜首长啊，哪能先拜咱工人啊？

王铁山说，按风俗来，先拜男方父母，大哥你就别客气了，这里没有首长，只有亲家。

拜过男方父母，又拜女方父母。兰丽文聪明，提前就把兰泽光两口子和王铁山两口子组织在一起，一并拜了，倒也得体。

拜完父母,下面就该开席了,这时候刘界河站起来说,等一下,拜父母的项目还没有结束。下面请贾军长讲话。

贾军长也站起来了,咳嗽一声,清了清嗓子说,在这个喜庆的日子里,我要向大家隆重介绍一位贵宾,她就是沈大夫。早在二十多年前,我们的部队在朝鲜冰天雪地的严寒地带作战,恒甫一役,我们二十七师有很多同志患了生理疾病,不能生育。沈大夫利用了家传秘方,治愈了我们二十七师半数以上同志的生理疾病,丽文出生前后三年,我们二十七师共有五十多家喜得贵子,使我们二十七师重振雄风。从这个意义上讲,沈大夫就是我们二十七师后辈的再生父母。今天是兰师长的女儿结婚,我建议你们以师长女儿的名义,以二十七师儿女的名义,拜一拜我们二十七师新一代的再生父母!

沈东阳和兰丽文对视一眼,走到沈大夫的面前,深深地鞠了一躬。

那一瞬间,沈大夫的泪水汹涌而下。

其实沈东阳已经有点明白了,沈大夫之所以出现在他和兰丽文的婚礼上,绝非偶然。他记得在离开广西毛田坝的时候,从路边闪出了沈尔隋,就连这个突如其来的遭遇,也像是似曾相识。

在婚礼之前,听说刘界河和贾军长要来,并且听说沈大夫也要参加,沈东阳就有些明白了。这两位首长很有可能知道内情,当年杨桃到部队很有可能就是找的他们。那么,现在二十七师师长的女儿结婚,尤其是兰泽光和王铁山两个人的女儿结婚,这同杨桃或者说沈大夫是有关系的,二十七师的两位老首长利用这个机会让她同兰泽光和王铁山见面,并且让新娘和新郎以二十七师后辈的名义向沈大夫鞠躬——实际上同拜双亲是一样的,可见二位首长用心良苦,也很巧妙。

在婚礼过程中,沈东阳掩饰得很好,他没有把自己的疑惑流露出来,倒是不动声色地观察兰泽光和王铁山,结果发现,这两位也没有什么反常的表现,多数时间都在跟贾军长和刘界河海阔天空,开怀畅饮。

沈大夫这天倒是没有戴口罩,但是很难看清她的正面,她总是侧着一边脸,只同刘界河的夫人叶红叶,或者同王雅歌和孙芳偶尔说两句话。因为嘴巴有点变形的缘故,说话的时候下意识地用手挡住下巴颏。

十一

是夜皓月当空。

婚礼结束后,沈东阳和兰丽文回到了权作新房的机关干部单身宿舍,贾军长夫妇和刘界河夫妇邀沈大夫一起到招待所坐坐, 王雅歌和孙芳坐兰泽光的车先走了,兰泽光和王铁山坐车走到一半,王铁山说,停一下,老兰咱俩下来走走。

　　兰泽光说,酒喝得有点多,晕晕乎乎的,不想走。

　　王铁山说,秋高气爽,清风拂面,明月高悬,喜事盈门,就这么回家呼呼大睡? 那也太辜负这个好日子了。

　　兰泽光说,嘿嘿,老王你这个土包子,居然也附庸风雅起来,还一套一套的。

　　然后就下车,放回司机,两个人沿着相州河边向西大营方向溜达。

　　王铁山说,好大的月亮,我有很多年都没有看见过这么圆的月亮了。

　　兰泽光说,是啊,快三十年了!

　　王铁山说,你也发现情况了吧,反常啊!

　　兰泽光说,你这话什么意思?

　　王铁山说,我基本上可以肯定了,贾军长和刘主任今天把沈大夫请来,就是让杨桃和你我见面的。

　　兰泽光停住步子,看着王铁山说,老王你见鬼了吧?

　　王铁山说,你是真没看出来还是假装糊涂?

　　兰泽光说,我哪有你那么多闲心?

　　王铁山说,再没有闲心,杨桃的事我也不能不上心啊!

　　兰泽光说,那年咱俩被软禁,你天天唠叨杨桃还活着,把我也搞得疑神疑鬼的,还差点儿上了你的当,跑到十万大山,要不是刘政委火眼金睛,差点儿就把大事误了。

　　王铁山说,我是有依据的,我跟你说,我还暗暗调查了一下,杨桃活着的可能性很大。

　　兰泽光说,死而复生吗,借尸还魂吗? 我们都是中高级干部了,不能搞封建迷信那一套。

　　王铁山说,我基本上可以肯定了,沈大夫就是杨桃。

　　兰泽光说,你真是老眼昏花,难怪杨桃不爱你,在你这双牛眼里,只要是女人,全一个样。

　　王铁山说,我抗议,我有这么笨吗?

　　兰泽光说,杨桃是多么漂亮的女人,杨桃的眼睛像……像什么? 杨桃的脸庞真的像熟透了的桃子。这个沈大夫,倒是温文尔雅,有大家闺秀的派头,但她跟杨桃是两回事，杨桃就像盛开的鲜花，老远就能闻见清香。

王铁山说，你才是老眼昏花，你简直是老糊涂了。你也不想想，快三十年不见了，岁月不饶人，你还想见到二十岁的杨桃？做梦去吧！再说，杨桃还负伤了，你没有看她下巴还做过整形手术，这一整形，整个结构都发生了变化。

兰泽光说，岁月再催人老，杨桃的眼睛我是看得清楚的，杨桃不会见到我无动于衷。

王铁山说，她见到我还是无动于衷呢。这里面有隐情。我分析，杨桃当年没有死，有很大可能是落在土匪的手里了。杨桃漂亮，土匪不会放过她。剿匪结束后，杨桃逃脱了魔掌，寻找部队，可是部队到朝鲜战场上了。等部队在相州市落下，杨桃也来到相州市，很有可能就是贾军长和刘主任把她安排在地方工作，制造了一个假身份，隐瞒了她委身匪巢穴的一段历史。她就是沈大夫。后来沈大夫帮了我们二十七师很大的忙，贾军长和刘主任一直心存感谢，所以每次来都要见她，尤其是这次丽文结婚，居然让丽文和东阳把她当再生父母去拜，这一切都是精心安排的。

兰泽光说，听你这么一说，还真头头是道。可是你说杨桃是沈大夫，我不相信。我们两个都知道，杨桃原先是军医，是外科大夫，内科是外行，中医更是半瓶醋，怎么一下子就成了名气很大的产科医生？从她失踪，到我们回到相州市听到沈大夫的名气，也就六七年的事情。这六七年，难道她得了天书不成？

王铁山说，六七年的时间还短吗？要知道，杨桃本来就是上海医科学校的学生，中医这种东西，没有悟性的，学一辈子也学不会，有悟性的，三年五载就能妙手回春。

兰泽光说，我们真的老了。你老王只比我大一岁，但是你的心要比我老十岁。你开始恋旧了，开始把幻想当事实了。

王铁山说，你要是不相信，我来搞个秘密调查，总有一天水落石出。

兰泽光看着当空皓月，悠悠地说，老王，这件事情你以后不要再说了，集中精力把你的工作搞好！

王铁山说，好大的口气，妈的当个师长就像大区副司令，要知道，我这个副师长也是个老资格了，再也不能像过去那样任人宰割了。

兰泽光说，这件事情被你弄得好像真的一样，但我告诉你，你错了，整个牛头不对马嘴。

十二

沈东阳的连长一当又是三年。

兰泽光经常到一团去,每到一团,并不避嫌,必到一连。到了一连,什么都看,训练,学习,伙食,菜地,内务。但兰泽光不像别的首长,他只看不说,基本上不批评,也不表扬,所以兰泽光下部队,基层不烦,也不怕。

和平时期不打仗,军营生活就有点琐碎,干部们就变得婆婆妈妈,官当得越大,管的事情越小,因为没有大事可管。一句话说到底,军人没了对手,就有点不知所措,就乱用力气。据说有个首长,经常下部队检查一日生活秩序,口袋里装着报纸或者条令,一到部队,先把团长营长叫来,一顿猛考,考得人张口结舌。他是有备而来,部队是吃喝拉撒,谁能受得了这种突然袭击?还有个首长,为了纠正战士蓄长发的问题,在部队出操的时候,他老人家拿一把剃头推子,在队列里一排一排地穿梭,发现谁的头发长了,往后脑勺上推一剪子,而且只推那一剪子,从中间犁到豁子,剩下的你自己想办法。

兰泽光在二十七师有个规矩,他只管团长,团长只管营长。部队有什么问题他见到了也不说,记在心里,找团长的麻烦。所以二十七师的基层官兵都知道他们的师长是个不爱管事的人,他们不怕师长,哪里知道团长们却是见到师长两腿就软。

兰泽光到女婿所在的连队,就更不说话了。有话他只对沈东阳说。

这年部队开展教育训练改革,兰泽光亲自到一团一连蹲点,看看一连有什么花招。沈东阳说,人是这个人,装备是这个装备,我不能揪着脑袋把自己从地球上拎起来。

兰泽光问,这话是什么意思?

沈东阳说,我发现我们有些人爱走极端,一说我们的长处,那就是战无不胜,一说落后,就一无是处。就说教育训练改革吧,从战略上讲,是高层的事情,从装备上讲,是科研部门的事情,不能让我们基层部队跟着瞎起哄,不能让我们搞发明搞创造,所谓集思广益,恨不能把迫击炮搞成地对地导弹,这是不切合实际的。

兰泽光说,照你这么说,基层部队就没有作为啦?

沈东阳说,基层有基层的作为,那就是立足现有装备,把它搞精搞透。你不给我换装备,我学会打巡航导弹那也没用,我学会了步炮协同反而能够抵挡一阵子。

兰泽光说,很好!

沈东阳说,当然,我们不是被动地、消极地立足现有装备,我们把它搞精搞透就是延伸射程,提高精度,加快速度。我这个连,按照现有装备,随便你怎么考,我都不在乎。

兰泽光说,兵靠技术,官要战术。用兵没有一定之规,但是有些规律还是要掌握的。

沈东阳说,在战术上,我是潜心研究的。只要不搞神话鬼话,同等条件下,我这个连队的战斗力至少是其他连队的二倍以上。

兰泽光说,很好,你看问题很务实。过去毛主席说过一句很精辟的话,你打你的,我打我的。土地革命时期,你打你的正规战,我打我的游击战;抗日战争时期,你打你的速决战,我打我的持久战;解放战争时期,你打你的阵地战,我打我的运动战;抗美援朝战争时期,你打你的原子弹,我扔我的手榴弹。就是要立足现有装备,发挥他的最大的功效。至于战斗结构,编制体制,装备更新,那都是上面的事。你让基层部队瞎琢磨什么?但是有一条你要记住,基层部队是作战部队,有义务研究战斗需求,为决策提供依据。

沈东阳说,这个我想到了,带兵是一回事,理论上是另外一回事。

兰泽光问,当连长是不是委屈你了?

沈东阳回答说,是大材小用。

兰泽光说,说得好。不过,真的是大材,即便被小用了,他还是大材。大材小用比小材大用好。

沈东阳说,我不在乎职位高低,只在乎职责大小。

兰泽光笑道,这是变相牢骚。职务决定职责,你希望担负的职责大,其实就是希望职务高。

沈东阳说,我总不能希望官越当越小吧?

兰泽光笑呵呵地看着沈东阳说,哦,这话说得好,二十年前我也说过这话。你知道吗,我在部队,连长当了五年,营长当了九年,团长当了九年,现在师长也当了四年,老汉今年五十有一,说大不大,说小不小,我估计没个三四年还是上不去下不来,在哪个主官的位置上都没有少干。你说得对,是大材小用,和平时期不打仗,光是些婆婆妈妈的事情,是个猴子你把他训练几天,他都能当连长。

沈东阳心里一咯噔,难道在他眼里,我仅仅只是个猴子吗?

兰泽光说,可是我为什么还要你当连长呢?我是有考虑的。以你目前情况看,当团长嫩了点,当营长没意思,当副职施展不开,那么既然如此,还是老老实实当个连长。把连长当得出神入化,把连队搞得滚瓜烂熟。有人说,兰泽光是二十七师的师长,跺跺脚相州市半壁河山都是抖的,这话没错。可是我不是军阀,不是土皇帝,不能搞裙带关系。我的女婿,当一个老黄牛一样的老连长,这不是一个坏事,这是有着深远的意义和影响的。

沈东阳说,我今年快三十岁了。

兰泽光说,我二十五岁当营长,三十四岁还当营长,三十八岁当团长,四十七岁还是团长。没关系,好好地当吧。

沈东阳不吭气,但心里很不舒服。他觉得崇拜一个战术专家是一回事,给他当女婿又是另外一回事。

十三

王铁山的儿子王奇临近高考,准备报理工大学,王雅歌回家把这个消息告诉了兰泽光。兰泽光说,这小子讲话不算话,原来说好了要考陆军学校的,为什么要考理工大学。当兵的孩子都不想当兵,有本事的人还有谁想当兵?

王雅歌说,你管得也太宽了吧?

兰泽光说,我的女儿不就是王铁山的主意考的军医大学吗?他能当我女儿的家,我为什么不能当他儿子的家?我没有儿子,女儿是共同的,儿子也是共同的。

王雅歌说,人家是疼爱你的女儿,帮你养女儿。

兰泽光说,我也喜欢王奇,那小子很聪明,还有个性,是个扛枪吃粮的料子。我来动员他投笔从戎。

当天晚上,兰泽光往王铁山家打电话,王铁山接的电话,一听是兰泽光的声音,说师长有什么事,我马上到你那里去。

兰泽光说,我不找你,我找王奇。

王铁山拿着话筒半天没有回过神来,心想真他妈的奇怪,师长往副师长家里打电话,不找副师长,却找一个乳臭未干的毛头小子,真是莫名其妙。王铁山回答说,王奇不在家。

正好王奇从自己的房间出来,冲口而出说,谁说王奇不在家,我在家。

王铁山捂着话筒说,是你兰叔叔,找你没好事。你马上都要高考了,不能跟他瞎胡闹。

岂料话筒没捂紧,王铁山的话被兰泽光听个正着。兰泽光说,老王你等着,敢向一把手谎报军情,我马上去调查核实。

放下电话,王铁山就让王奇藏起来,赶紧到同学家里,但王奇偏偏不走。王奇说,兰叔叔又不是老虎,对我挺好的,我很喜欢跟他聊天。

王铁山说,他现在闲着没事,可你要高考,跟他混不起。

正在扯皮,兰泽光已经在院子里了,高嗓大门地喊,老王你怎么回事?谁说我闲着没事?你这样讲有造我舆论的嫌疑,好像我不务正业似的。

王铁山说,王奇要高考,他没时间陪你玩。

兰泽光说,岂有此理!难道我想破坏他高考?我就是冲着他高考来的。

王铁山说,这件事情没你什么事。你要是谈工作,咱俩到你办公室谈。

兰泽光说,丽文的成长,有我的一半,也有你的一半。不,有我们家的一半,也有你们家的一半。王奇的成长也是这样。

王铁山说,完全是两码事。丽文的出生与你有关,丽文的成长没你多大的事情。我这个儿子,从出生到成长,与你都没有多大的关系。反而受你负面影响。两年前你给他买支气枪,这小子玩上瘾了,上学都背着枪,还把同学的腿给打伤了,幸亏没伤着骨头。

兰泽光击掌道,这事还不是我处理的吗?你不在家,家长说这小子是师长的儿子,直接到我办公室了,我派人带去医院的,除了医药费,还赔了人家二百元。你以为那是军费吗?那是管理科从我工资中扣除的。那个月王雅歌找我算账,说工资少了三分之一,我说多交党费了。

王铁山说,你这是咎由自取。你赔那点钱算什么,给王奇留了个军阀的后代仗势欺人的恶名。我再也不能让王奇跟你往歪道上走了。

兰泽光说,王奇,我教你走歪道了吗?

王奇老老实实地回答,没有。我现在是优等生。

兰泽光说,不是说好了,高考考军校吗?

王奇说,我爸爸说,让我考理工大学。

兰泽光问王铁山,你这是什么意思?

王铁山说,我的儿子成绩很好,够上名牌大学的了。难道这你也要管?

兰泽光说,我当然要管,这是原则问题。

王铁山说,这是我们家的私事。

兰泽光说,领导干部没有私事,私事也是公事。你想过没有,我们的孩子学成了,有出息了,都去考名牌大学,可是我们部队呢?兵员是他妈的越来越差,干部也多数是二流三流学校毕业的,长此以往,那部队素质能提高吗?

王铁山说,咦,照你这么说,我这个儿子还非得考军校不可了?

兰泽光说,别的我不管,但是王奇我不能不管。你老王要带个头,孩子成绩越好,越是要报考军校,不能让军校只收二三流学生。

王铁山说,他妈的,我给你当副手实在是窝囊,我连儿子考什么学校的自由都没有。还是那句话,孩子考什么,你说了不算,我说了也不算,王奇说了算。王奇你说你想考什么?

王奇说,兰叔叔说得对,都去考名牌大学,谁来当军官呢?我自己愿意考军校,毕业回来接班当师长。

兰泽光大笑说,哈哈,你这个小子,他妈的就是像我。不过你接班当师长至少还有三十年,你爸爸现在还等着接班呢。

王铁山说,别给孩子说这个,我从来也没打算接你的班。

兰泽光说,老王,这件事情给我一个启发,我们二十七师要形成一个良好的风气。师首长的孩子,凡是成绩好的,首先报考军校,考不上军校再考清华北大。

王铁山说,好大的口气,你以为清华北大是幼儿园是不是?

兰泽光说,反正就是那个意思,第一志愿报军校,第二志愿报名牌大学,这要成为一个制度。下次党委会上,你提出来,我配合你。

王铁山说,我可不干这个蠢事,我不想让人骂我二百五。

十四

沈东阳的机会很快就来了。

这年秋天,军区分管训练作战的副司令员张永麟带领一个庞大的工作组到二十七师所在的军,检查教育训练改革成果,并且准备选点召开训练改革现场会,由各师抽调一个团进行战术技术对抗赛。在所有的十九个项目中,一团一连共取得排进攻、连战斗队形快速展开、步炮协同、机动伪装以及个人射击、通信、投弹等十二项冠军。

张永麟对这个连队大加赞赏,问是哪个师的。

此时贾军长已经调任省军区司令员,陪同张永麟副司令员的是新任政委刘界河。刘政委回答说是二十七师的。张永麟说,他妈的,兰泽光还是有一套的,就这些破枪破炮,他还把它搞得日龙日虎的。

部队考完了就考干部,让参赛的干部进行图上战术演练。作业想定是军区工作组出的,标准答案也在工作组的手上。结果,多数成绩优良,但出现了一个不及格。这个不及格的连长就是沈东阳。

张永麟说,沈东阳是哪个连队的?

刘政委说，就是夺得十二项冠军那个连队的连长。

张永麟惊奇地说，怎么可能？把连队带得目龙日虎的，连长怎么能不及格？

刘政委说，我也觉得奇怪。这个人过去在师里当参谋，三年前在前线还当过第一突击队的队长，差点儿就砍头只当风吹帽了，这么个优质的国防料子，怎么就闹了个不及格呢？

张永麟说，把他给我叫来，我亲自考考。

后来就把沈东阳叫了过来，就在演练场地上，军区的参谋把沈东阳的标图作业找出来，张永麟看了半天，看出蹊跷来了。张永麟说，为什么把122榴弹炮兵连阵地设置在208号高地上？

沈东阳回答说，第一，便于展开；第二，便于伪装；第三，便于机动。

张永麟说，可是你在这个反斜面上，离目标太远，你122榴弹炮的射程不够，搞得不好就打自己的步兵。

沈东阳说，从理论上讲，射程差十至三十个标尺，在四千公尺的距离上，以每个标尺平均十一公尺计算，误差在一百一十公尺至三百三十公尺。但是作业想定上有气象条件和气温条件，是夜间准备，白天战斗。榴弹炮的药温会增加，风向阻力会减少，修正量加二十个标尺，再加上高差修正量，208号高地上的炮兵对目标进行火力准备是绰绰有余的。

张永麟挥了一下手，问随行的炮兵部部长，他的计算准确吗？

炮兵部副部长说，非常准确。

张永麟说，那么为什么多数人要把炮阵地选择在七号无名高地上？

炮兵部副部长说，射界开阔，保险。

张永麟说，我明白了，你说的射界开阔是真的，保险也是真的。但是在战术上，开阔则不保险，保险则不一定开阔。这个连长的作业不光是作业，里面有步炮协同的战术。你们没有深入推敲，差点儿把状元给我名落孙山了。

然后就让沈东阳走近来，询问年龄，特长，突然说，我刚才听你们刘政委说，你过去就是师里的参谋，三年前在前线还当过突击队长，为什么现在还是个连长？

沈东阳回答，报告首长，工作需要我当连长，我只好当连长。

张永麟问，连长当了几年啦？

沈东阳回答，报告首长，三年。

张永麟又问，正连几年？

沈东阳回答，一共七年。

张永麟把目光从沈东阳的身上挪开，移到刘政委的脸上说，他妈的兰泽光他们搞什么鬼，硬是把一个人才给我当铁匠用，哪有这么用人的？

刘政委心里有数，却不点破，意味深长地笑笑说，嘿嘿，这个沈东阳，他有难言之隐。

张永麟说，什么难言之隐，把部队带得日龙日虎的，把步炮协同玩得日龙日虎的，他还有什么难言之隐？难道犯了错误？是经济问题还是作风问题？

刘政委说，既不是经济问题，也不是作风问题。他是兰泽光的女婿，兰泽光就是把他当铁匠用。

张永麟愣了一下，笑了说，这狗日的兰泽光，又玩哪一出？老刘我告诉你啊，这个人你们再像这样糟蹋，我就要带走了哦！

第九章

一

沈东阳是在当了一年营长之后被任命为师司令部作训科科长的，副团职，也就是说，在一年半的时间内，连升三级。

找沈东阳谈话的是王铁山。王铁山说，东阳啊，你已经是十五年的军龄了，按说这个职务不高，但是很重要。把你一个正连职干部又放下去当了几年连长，有点屈才，可是谁让你的老丈人是师长呢，况且我这个副师长也算半个老丈人，两座大山压在你头上，那你只能忍辱负重了，从最底层起步，再回到最底层，拔地而起，脱颖而出，水到渠成，功德圆满。你的老丈人对你的栽培是别出心裁的，说高瞻远瞩夸大了一点，确实也是深谋远虑。你老丈人不简单哦！

沈东阳笑笑说，也许兰师长没有想这么多，恐怕他的出发点就是避免非议。

王铁山意外地看了沈东阳一眼，哦，你是这样看？

沈东阳说，我只能这样看。

沈东阳到司令部作训科上任的当天晚上，回到岳父家，原以为兰泽光要给他谈谈谦虚谨慎戒骄戒躁的道理，哪知道兰泽光只字不提。趁没有人在场的时候，兰泽光说，东阳你坐近点。

沈东阳便挨着兰泽光坐下了。

兰泽光说，东阳，有人说，爱情和战争是文学的两大永恒的主题，我已经年过半百了，再谈这个问题不合适了，但是我还想谈谈，尤其是想和你谈谈。

沈东阳说，我明白了，师长的意思是让我把杨桃阿姨的事情搞清楚。

兰泽光说，这个问题你搞不清楚。明天你自己开车，爷俩出去转转。

沈东阳说，我明白了。

第二天一大早，沈东阳亲自开了一辆北京越野吉普车到一号小红楼旁边，兰泽光穿了一件软皮夹克，背着小口径步枪出门了。正准备出发，兰丽文从楼上下来了，说等一等，我也要去。

兰泽光求援似的看着沈东阳说，我们的行动，为什么保密工作做得这么差？

沈东阳赶紧下车去哄兰丽文，说爸爸有正经事情要和自己谈，关系到自己的前途，关系到二十七师的命运，关系到……

兰丽文打断他的话说，再大的正经的事情，可以对女婿说的，难道还有必要向女儿隐瞒？

沈东阳说，这是男人的事情，你去了不方便。

兰丽文更加好奇了，说我偏要去，岳父和女婿之间难道还有秘密，真是莫名其妙！

正纠缠着，王雅歌站在走走廊上喊，丽文，别跟他们扯了。你爸爸要去重温旧梦。

兰丽文说，什么，妈妈你说什么？什么叫重温旧梦？

王雅歌没有理睬，端着刷牙缸子走到花台边上刷牙。

兰丽文说，算了，不跟你们去了，这个家里简直就像特务机关。

沈东阳回到车上，见坐在后排上的岳父脸色很难看。

兰泽光半闭着眼睛说，听见丽文是怎么说的吗？特务机关，嘿嘿，特务机关。这个家里就这么几个人，就被搞成了特务机关。我跟你说，你岳母这个人，就像个特务，自从跟我结婚，始终想窥探我的隐私，过去连我的梦话都敢偷听。妈的，战术行动又被侦破了。

出了师部大院，沈东阳把着方向盘不知道往哪边打，回头问，师长，去哪里？

兰泽光说，去西大山。

沈东阳便把方向盘向左一打，吉普车便上了通往西大山的公路，还没有出城，兰泽光又说，听说落叶松风景也很好啊，依山傍水，有空再到去那里看看。

沈东阳松开油门说，师长你定。要去落叶松我就掉头。

兰泽光说，不，去西大山。

车子开出相州市，进入到郊区，公路两边的白杨树向两排哨兵，齐刷唰的夹道欢迎夹道欢送来来往往的车辆行人。兰泽光说，东阳，你说男人一辈子要做多少事情？

沈东阳说，师长您不是常说，男人一辈子就两件事情，一是战争，二是爱情。

兰泽光说，我说过这话吗？没说过嘛，不过这话确实像我说的。不，是作家说的,作家说,战争和爱情是文学的两大永恒的主题。

沈东阳开着车,笑笑。

兰泽光说,为什么不问问这次行动的目的?

沈东阳说,需要我知道的,师长会部署的。师长没有部署,那就是我没必要知道。

兰泽光说,好,你这个作战科长当得明白。该出现的时候出现,不该出现的不出现。但我跟你讲,这次行动嘛,与战争和爱情都有点关系,又都不是。

沈东阳说,我会不折不扣地执行命令。

兰泽光说,这两年我感到我真的是老了,不能接受。你和丽文一结婚,不能接受也得接受了。你们要是有了孩子,我就是外公了。外公是什么角色,想想都吓人。过去在我的心目中,外公都是七老八十的人,没想到呼啦一下,我也快当外公了。一个当了外公的人,还能做什么? 带兵打仗,跑不动了,锐气减了,脑子也不好使了。不甘心啊! 可是不甘心也不行。我这一辈子有三个遗憾,一是双榆树战斗打得不明不白,老是想找个机会重新打一次,打得明明白白漂漂亮亮。那一年我准备好了,你也准备好了,可是他妈的背时,没打成。我跟你说,叫我当师长我很高兴,可是仗没打成,当这个师长一点味道没有,天天管吃喝拉撒鸡毛蒜皮,跟他妈的个村长保长没什么两样,就是个老外公。

沈东阳说,不可能再出现双榆树那样的战斗了。现在西方军事理论和军事科技发展得都很迅速,那种常规战争很难再现了。

兰泽光说,打仗,其实还是常规战争有意思,攻城略地,开疆拓土,马背上战刀旋风,阵地上枪林弹雨,面对面,个顶个,玩战术,斗智慧,比经验,较意志。我也注意了一些军事理论,所谓未来战争预测,远程打击,精确制导,看不见人,那叫什么战争? 游戏嘛,就靠吓唬人。你说呢?

沈东阳说,师长,恕我直言,时代不同了,战争的目的不同了,战争工具和战斗力构成不一样了,可能整个陆军在战争中的地位都要下降。从审美的角度看,大漠孤烟直,长河落日圆,瑰丽壮观,但是像以往那样的大兵团犬牙交错的情况可能会大大减少。

兰泽光说,那你的意思是,我们这些老家伙就该退出历史舞台了?

沈东阳从反光镜里看见,兰泽光的脸色很难看。

沈东阳说, 这倒不至于。一来西方的所谓未来战争理论不一定适用我们。我们中国的大战略是防御战略,不去侵略,本土作战,他再先进也施展不开,就好比猪八戒掉进泥沼里,他的耙子要不开。二则从常规战争到现代战争,有一个较长时间的过渡,在这个过渡期里,传统和理论都需要承上启下,而你们这一代人,既在传统战争中显过身手,又受过现代军事理论熏陶,尤其是师长您,思想一直是解放的。部队有个说法,说王副师长是上什么山走什么路,您是上什么山开什么路。一字之差,可见风格分野。

兰泽光本来是半躺着的,听见这话来了精神,坐了起来,笑眯眯地说,哦,还有这个说法?不会是你拍马屁吧?拍老丈人的马屁没必要。

沈东阳说,师长,我是拍马屁的人吗?我要是拍马屁,我现在都到军区工作了。

兰泽光哈哈大笑说,好,就像我,就像我的儿子。

沈东阳说,师长的第二个遗憾我知道了,是没有一个儿子。

兰泽光说,否,这是第三个遗憾。第二个遗憾保密。不过,没有亲生儿子,有你这么半个,不,至少是大半个儿子,也是对我的补偿吧。

沈东阳说,能给师长当大半个儿子,我也很幸运。

西大山位于相州市西郊,离城区三十多公里,山上有千佛寺,南临千佛湖。这正是春天,群峰叠翠,水色激滟,果然秀美宜人。

把兰泽光送到千佛山上,沈东阳说,师长,我遇到了一个难题。

兰泽光说,什么?

沈东阳说,您是相州市军界最高长官,我得为您的安全负责。我跟着您吧,有跟踪的嫌疑。我不跟着您吧,出了事怎么办?

兰泽光笑道,难道我脸上写着我是师长吗?再说,和平时期没那么多特务,就是有,谋杀我也没有用。

沈东阳说,我最担心的是你走丢了。

兰泽光说,这个地方我十年前来过,再说,对于地形概念,本老丈人自信不比你差。

沈东阳说,那我也得跟着,若即若离。

兰泽光说,可以,但必须在一百米以外。虽然不是谈情说爱,就是回忆往事,回忆战友情谊,但是后面跟着个女婿,那像什么样子?不是不放心你,而是别扭。

沈东阳说,在师长面前,我是参谋。

兰泽光说,那也不行,我来会见一个熟人,又不是打仗,要什么参谋?

那天沈东阳最终没有看清兰泽光秘密会见的是什么人,倒是在兰泽光结束会见之后,他看见一个女人的身影远远地跟着兰泽光。兰泽光上车之后也没有马上出发,目光凝视车窗外面,似乎在暗中进行告别。沈东阳从反光镜里看见,兰泽光的眼睛是红的,好像流过老泪。而且在返回的途中,兰泽光还时不时地用手绢揩泪,基本上没有说话。

二

忽如一夜春风来,部队换装了,这是自从取消军衔之后的第一次更换军装。虽然还没有肩章,但是有了大檐帽和肩牌。

兰泽光得到这个消息,给沈东阳布置了一个秘密任务,一是了解我军一九五五年授衔战斗部队军师两级的军衔情况,二是了解苏军军衔和职务情况,三是了解国民党军队军衔和职务情况。

沈东阳很快就搞清楚了,说国民党军军衔很乱,恨不得团长都能授少将,苏军和我军相对职务等次要高,少将的职务在正师职和大区副职之间都有,但是正师职少将很少。

兰泽光说,我明白了。我又成了本军区最老的师长了,妈的我将是本军区职务最低的少将,非常难得,无上光荣。

试穿新军装那天,王铁山对兰泽光说,妈的这个军装看起来像是呢子的,很挺括,但是我觉得还没有一颗红星两面红旗感觉好。

兰泽光说,嘿嘿,你看不出来吧,这是预兆。

王铁山说,什么预兆?

兰泽光说,预兆着你要给我敬礼。

王铁山说,你是师长,我是副师长,你要是稀罕,我现在就给你敬礼。

说着,右手扣着裤扣,左手给兰泽光敬了一个礼。

兰泽光阴阳怪气地笑笑说,你要搞清楚,那可不是副师长给师长敬礼的问题,那是一个校官给将军敬礼的问题。

王铁山愣了一会儿说,他妈的,还记得大尉给少校敬礼的事啊,你这个人怎么这么小心眼儿?

兰泽光说,我小心眼吗?我小心眼早就打击报复你了。我报复你了吗,我把师长的权力都分了大半给你。

回到家里,兰泽光对着镜子,昂首挺胸地自我欣赏了很长时间,突然心血来潮,抓起电话叫出了干部科长,给我找一副五五式少将肩章来。

干部科长傻眼了,回答说,师长,咱们从来没有发过那东西!

兰泽光说,发过我还让你去找吗?去干休所问。

干部科长说,别说咱们师里的干休所没有,就是军里的干休所恐怕都不一定有。

兰泽光说,那算屁了。停了停又说,不用找了,再过几年,如果有谁向你要少将肩章,可以到干休所找本老同志了。

但是二孔明这次确实操之过急了,新军装换了几个月,还没有传来恢复授衔的音信,反而传来要裁军的消息,百万大裁军。

一听说要裁军,兰泽光就沉不住气了,赶紧向军里刘政委打听有没有这个事。刘政委说,是啊,中央很英明啊,你那些破枪破炮留着没用,回炉炼钢。

兰泽光说,不会吧,我们二十七师可是有光荣历史的,把二十七师弄没了,你这个老政委连祖坟都没有了。

刘界河说,不要搞本位主义。撤谁,你说了不算,我说了也不算,军委了算。

兰泽光说,恐怕要防患于未然,别搞成既成事实了。

刘界河说,怎么防患于未然?你兰泽光那么清高,从来不为三斗米弯腰,难道在大局面前还想去游说?

兰泽光说,你和贾司令在本军区很有影响力,你们可得保住二十七师啊!

刘界河火了,在电话里吼了起来,兰泽光我告诉你,这是军委的统一部署,是大战略,我们都要服从大局。你也是老同志了,不要在这个问题上犯错误!

兰泽光愣住了,半天才有气无力地说,是!

刘界河说,在师常委会上传达我的话,一切为大局让路,谁也不许做那种螳臂当车的事情!

放下电话,兰泽光半天没有回过神来,静坐,抽烟。其实烟斗里没有烟丝,自从被确诊心脏有问题之后,王雅歌就不许他抽烟了,只好抽空烟斗。静坐了半个小时,兰泽光拨了一个电话,一会儿王铁山就过来了,紧接着沈东阳也过来了。

等王铁山和沈东阳坐定,兰泽光问,看来是真的了。

王铁山说,我也得到消息了,估计很快就要动手,裁掉一百万。

沈东阳没有注意到两位首长兼岳父的脸色,兴奋地说,这一天终于到来了,早就应该了。

兰泽光阴沉着脸,王铁山的脸阴沉着。兰泽光问,什么早就应该了?你是不是幸灾乐祸?

沈东阳这才发现情况不妙,两位首长的脸色都是乌云翻滚。但沈东阳还是把话说出来了,说裁军是大势所趋,现在我们的部队不是太少,而是太多,装备不是太好,而是太差了。裁掉那些战斗力不强的部队,腾出人力物力搞精兵建设……

没想到兰泽光把桌子拍了起来,吼道,我们还用你来上课吗? 什么大势所趋,我们难道不懂大局吗? 你说裁谁,把你裁了你乐意吗?

王铁山说,老兰你冷静一点,现在还不是没说要裁谁吗? 按照通常的规律,裁军总是要裁那些零散杂乱部队,尤其是生产、保障部队。像二十七师这样有光荣历史的部队,恐怕不一定会动。但是我们也得一颗红心,两套准备。沈科长,你立即传达师长的命令,你们作训科牵头,司令部组织科、后勤部战勤科参加,成立一个小型班子,立即将本师在战争年代参加的重大战役、立下的重大功绩和在和平时期参加抢险救灾完成的重大任务,整理一个简史,发给每个常委,让大家心里有数,说话到位,并随时准备向军党委和军区呈交。

沈东阳没想到王铁山布置任务这么胸有成竹。

兰泽光问,王副师长的话听明白了没有?

沈东阳说,听明白了。

王铁山说,那就去执行吧! 关于裁军的重大意义,我们比你清楚,但我们不希望把二十七师裁掉。你这个作训科长,在这个问题上要有清醒的认识。

兰泽光说,按照王副师长的部署,给我好好地弄光荣历史,要积极地搞,不要消极地搞。二十七师要是没有了,我先把你撤了。

沈东阳无言地给兰泽光和王铁山敬礼,面无表情地转身出门。

兰泽光看着沈东阳出门,扭头对王铁山说,听说这次裁军动作很大,我们要有所作为。

王铁山说,我也听说了,但是总不能把我们二十七师一个师都裁了吧?

兰泽光说,难说,我们二十七师主要是步兵,看来是有点落后。沈东阳这小子就老是说,二十七师不适应现代战争。

王铁山说,裁军是好事,精兵简政,历来就是富国强兵的重要举措。但裁到谁头上,谁的心里都不好受。

兰泽光说,大局是一回事,小局又是一回事。我们革命了几十年,有什么? 就是个部队。装备差,结构落后,我们可以改变。但是你倘若真的把我老窝端了,我感情上是很难接受的。

王铁山说,是啊,我们都把耳朵支棱起来,一有风吹草动,我们也得行动。

兰泽光说，我们应该把本军区、本军那些杂牌部队搞清楚，特别是战斗力差的，要想办法把上面的视线首先集中在他们的身上。把战火引到杂牌区域。

王铁山笑道，你这家伙，一贯玩弄阴谋。不过我拥护你的阴谋。

兰泽光说，优胜劣汰，这也是为了军队现代化嘛。

三

二十七师荣誉办很快就成立了，以师政治部副主任朱白江为办公室主任，沈东阳和组织科副科长姚得春为副主任，经过两天两夜奋战，拿出了一个二十七师荣誉简史。简史送到兰泽光的手上，兰泽光看得很仔细。

二十七师组建于抗战初期，前身为东北抗日联军北满独立团，曾经参加过黄崖峪大战，江家洼大战，产生了四十六名著名抗日英雄，后又参加过衡宝战役，金门战斗，平津战役，广西剿匪战斗，在抗美援朝战争中，参加过皇甫战役，麻山战役，双榆树大捷……

兰泽光的目光在双榆树大捷一节停住了，视野里出现了一片冰封山河，出现了一座白雪皑皑的山头，出现了一群群倒下的身躯。

荣誉简史是这样记述双榆树战斗的：恒甫地区进攻战斗之后，为了保障主力部队进入战区，二十七师一团以两个营的兵力围歼双榆树地区敌人的一个加强连，一营营长兰泽光奉命率部担任主攻，兰泽光为该次战斗最高责任者，兰营长所拟战斗方案为师团两级指挥部赞赏，但在实际的战斗中，由于不明原因，敌情突然变化，增援之敌增加至两个连。王铁山营顽强作战，迅速夺取二号高地，顺应敌情变化，指挥员当机立断，改变战术，二营迂回至双榆树反斜面进攻。一营迅速进行角色转换，密切配合二营，冲击至二号地区。守敌受腹背夹击，纷纷被歼，余敌落荒而逃。双榆树战斗遂告胜利。

兰泽光看完，唰的一下把所谓的荣誉简史扔到门后。他的脑海里出现了马江山等一群熟悉的面孔。那都是在双榆树战斗中牺牲的烈士。那一幕兰泽光刻骨铭心，当时他的部队已经占领了东北角无名高地，发起第二轮冲击，此时二营应该在侧翼保障的位置上，可是二营却不见了，他的部队冲击至二号地区，出乎意料地受到三面合围，五分钟内尖兵排损失大半，马江山等二十多名官兵就是在那一瞬间牺牲的。

后来确实是二营解了一营的围，也是二营替一营擦了屁股，使双榆树战斗转败为胜。可是,为什么二营没有按计划进行呢?没有人知道,只有兰泽光知道,他把什么情况都想到了,就是没有想到自己会出现二十分钟的判断盲区,他制定的计划天衣无缝,可是当敌情突然出现重大变化的时候,他的自信丧失了二十分钟。但是如果王铁山不贸然行动,如果王铁山营没有在二十分钟后离开二号高地,那么,战斗的结局将仍然是按照第一方案进行的,将仍然是完美的。敌人打了兰泽光一个时间差是二十分钟,兰泽光的判断盲区也是二十分钟,塞翁失马,还应该是最佳战果。而王铁山的擅自行动,事实上使这次战斗只取得了中策的效果。所谓的双榆树大捷,在兰泽光的眼里,不过是将错就错的中等胜利。

兰泽光记得石得法的泪花,石得法当时已经失去理智了,泪流满面地对兰泽光说,我们的人牺牲了十九个,还是把敌人顶住了,如果二营不擅自行动,我们的战术很快就调整过来了,那要比现在的结果好得多,至少不会有那么多同志牺牲!

兰泽光在看见这个荣誉简史的时候,有自责,更有一种难言之痛。

兰泽光把沈东阳叫来了,问道,你们这个荣誉简史很好。但我提醒你,必须严谨。你们这里说的"不明原因"是什么?

沈东阳回答,因为资料太少,我们无法澄清敌人兵力突然增加的原因,尤其是通道无法解释。

兰泽光又问,你们说顺应敌情变化,指挥员当机立断,改变战术,这里的指挥员指的是谁?

沈东阳说,战地日志记载,您是这次战斗的直接责任者,改变战术应该由你决定。

兰泽光说,但事实上我并没有改变打法的决定,二营是自己行动的。

沈东阳说,可是,如果二营没有从反斜面上攻下双榆树高地,一营的情况可能会更差。所以,我们认为二营的行动是正确的。当然,如果二营没有行动,在您向主峰发起进攻的时候,二营若在二号高地策应,那是最好的效果。

兰泽光说,我要的就是这个效果。这一段你们要重新搞,我们不能把胜利说成是偶然,也不能把失利说成偶然。

沈东阳说,可是这是一场胜利的战斗,我们请示过王副师长。王副师长说,历史往往就是由很多偶然的因素构成的。我们之所以用"指挥员"这三个字代替了您和王副师长的名字,就是把这场战斗看成是您和王副师长集体智慧的结晶。

兰泽光啪地拍了一下桌子,吼道,什么集体智慧的结晶? 这是集体愚蠢的结晶。要实事求是,功过是非,说个清楚!

沈东阳回到自己的办公室,又陷入迷茫之中。他清楚地记得,就在三年前,师长还信誓旦旦地说,双榆树战斗已经由组织上下了结论,我无条件地接受。师史办公室的同志要排除一切干扰,秉笔直书。只要我兰泽光还活着,就不许再提此事。请同志们以大局为重,维护常委班子的团结,不要再煽风点火了。可是,现在为什么又出现了反复?

这个谜一直装在沈东阳的心里,直到三个月后,裁军命令下达,三团被撤销,沈东阳似乎才有点明白了,原来师长看得更远更细。当然,那也只能是揣测而已。

这件事情后来就闹到了王铁山那里。王铁山对兰泽光说,兰师长,我知道双榆树战斗给你留下了创伤,但是它已经是历史了。历史对双榆树战斗做出的结论是,这是一场胜利的战斗,因为他达成了上级的战役意图。现在我们是在整理二十七师的荣誉简史,是为了保留二十七师这支部队,不是你我个人的恩怨问题。

兰泽光说,你是什么意思?你是说,你用一个指挥员的概念包括了你我两个人,等于是给了我一个面子,一个台阶,让我仍然保持那场战斗最高责任者的体面?

王铁山说,不是体面,是荣誉。事实上,那次战斗就是我们两个营密切配合的结果,离开谁,取得胜利都是不可想象的。

兰泽光冷笑一声说,不是我们两个营密切配合的结果,而应该是你配合我的结果。是谁让你离开二号高地的?如果你不离开二号高地,战斗的胜利就不会付出那么大的代价,你也不会站在主峰上。

王铁山说,我承认我的战术没有你成熟,但是我不能等到你迟到二十分钟的命令才行动。当我在二号阵地上发现我失去目标的时候,我只能向主峰发起冲击,我要寻找敌人。

兰泽光说,阴差阳错啊,阴差阳错啊,我告诉你,即便是胜利,也是一笔糊涂账!

王铁山说,即便是糊涂账,也是胜利!

兰泽光不说话了,自己走到门后,捡起被扔掉的荣誉简史,拍在办公桌上,两手拇指按着太阳穴,揉了很久才说,老王,请原谅我失态,我想起了那些牺牲的同志,心里很难过。也许,我们都没有错。

王铁山说,也许,我们都错了,可是战斗胜利了。那是一场胜利的战斗,牺牲的烈士们会理解我们的。

兰泽光说,好吧,就这样吧。

四

不久,精简整编的正式命令就下达了。

由于二十七师拥有辉煌的历史,二十七师没有被裁掉,但是根据军区的命令,二十七师必须缩编,保留炮兵团和坦克团,从三个步兵团里裁掉一个团。

军党委给二十七师三天时间,要二十七师自己先拿出一个方案。

二十七师常委会开了一天。根据上级保留荣誉部队和战斗部队的总体原则,司令部作训科拿出的方案是裁减三团。理由是三团于"文革"中新建,历史上没有重大战绩,基础也远远不如一团和二团。

因为王铁山是三团首任团长,三团是王铁山一手拉起来的部队,所以常委会上大家的表态都很谨慎。倒是王铁山本人表态很明朗。王铁山说,谁说三团是我的? 三团是在中国人民解放军的编制序列里,三团是国家的,是解放军的。需要三团,我们可以拉出一百个三团,需要精简,我们可以撤掉一百个三团。大局为重,战争年代我们成师成旅都可以牺牲,一个小小的三团算什么?

兰泽光说,老王有这个态度我很感动。手心手背都是肉,三团是二十七师的部队,也是在座的各位首长的心头肉,我们哪一个对三团没有感情,哪一个把三团看成是后娘养的? 我敢说没有。可是裁军命令下来了,我们必须撤掉一个团,撤谁? 二团是红军团,你把他撤掉,干休所的老红军敢堵上你门口骂娘。一团是抗日团,首长遍布各大军区,你把他撤掉了,有人要扒你的皮。那么只好撤三团了,小弟弟来也匆匆,去也匆匆。

常委会上就这么定下来了。

但是在第二天上午开党委会的时候却发生了意外。当马政委把常委会的决议提交党委会表决的时候,三团团长朱振国和政委郭靖海都没有举手。等大家把手放下之后,郭靖海却把手举起来说,我举手反对。

王铁山当即训斥,老郭你要干什么? 作为一个党委委员,你要坚持党性!

郭靖海不卑不亢地说,我就是坚持党性才反对的。如果常委会决议无须提交党委会审议,那你们就上报好了。既然提交党委会审议,我作为一个党委委员,有义务,也有权力陈述我的意见。

王铁山说，老郭你要顾全大局！

兰泽光摆摆手对王铁山说，王副师长，请让老郭发表意见。

郭靖海站起来了，挺着巨大的肚皮，不紧不慢地说，我们可以同意裁减三团，但是，不能说三团就没有荣誉。第一，三团组建之后，虽然没有参加过战争，但三团在历次抢险救灾中，首当其冲，为民造福，这是有目共睹的。三团是军区授予的爱民模范团。第二，三团不是从天上掉下来的，三团是从一团剥离出来的，我和朱团长都是原一团的干部，从解放战争开始，一团参加过的战争，我们都参加了。第三，三团是以原一团二营为主体骨干组建的。说起战功，在抗美援朝的双榆树战斗中，在敌情突然变化的情况下，主攻营因故受阻，未能及时发起进攻，因而遭到敌人压制，在此危及关头，二营死打硬拼，以牺牲四十多名官兵的代价，一举拿下双榆树高地，并且使一营转危为安。二营在双榆树战斗中说起的作用，兰泽光同志应该是很清楚的……

啪地一声，王铁山拍案而起，面前的茶杯跳了起来。王铁山吼道，郭胖子，你想干什么？你是向常委会发难吗？

郭靖海依然仰着脸，一副死猪不怕开水烫的样子，还是不紧不慢地说，王铁山同志，这是党委会，在党内我们应该称呼同志，请你称呼我郭靖海同志，而不是什么郭胖子。

兰泽光微笑，平静地微笑。但是这微笑掩饰不住他苍白的脸色。兰泽光竭力地使自己平静下来，微笑地看着郭靖海说，郭靖海同志，你提的意见很中肯。但是这里有一个问题需要说明，那就是关于双榆树战斗的问题，组织上已经有了结论，这不是个人品质问题，而是部队荣誉问题，所以请你实事求是。

郭靖海抖了抖手里的荣誉简史，脸上露出轻蔑的微笑说，兰泽光同志，你认为这个简史实事求是吗？我认为至少在指挥员的关系上，这里面有些似是而非，难道兰泽光同志你看不出这一点？

兰泽光转首对马政委说，我有点累了，是不是可以休息一会儿？

马政委立即宣布，暂时休会，休息十分钟接着讨论。

五

关于裁减三团的问题，虽然有三团团长朱振国和政委郭靖海的反对，尤其以郭靖海的反对更为强烈，但是党委会最终还是以多数赞成通过了常委会的决议，上报军党委和军区党委并得到了批准。

三团举行解散仪式那天,师首长都到三团为即将离开的官兵送行。马政委宣读军区党委的裁军命令:根据国防建设的长远需要,我军将逐步实现从数量到质量的转变,部分部队将取消编制,部分官兵将调动工作或转业。根据这个精神,军区党委决定,撤销陆军第二十七师三团编制……

马政委宣读完命令,兰泽光讲话。兰泽光说,二十七师三团自组建以来,在师团两级党委的领导下,表现了新团队的良好素质和卓越的战斗精神,官兵牢记为人民服务的宗旨,在历次军事训练中取得了良好的成绩,在历次抢险救灾中发扬了突击队的精神,为抢救国家和人民群众的生命财产,立下了不朽功勋,功在千秋,彪炳青史。在这次精简整编中,三团官兵忍辱负重顾全大局,为国家分忧,为军队分忧,为我们二十七师分忧。我代表二十七师党委和首长,向即将奔赴新的战斗岗位的三团官兵致以崇高的敬礼!

兰泽光举起了右臂。

没有鼓掌。

突然,传来一声抽泣。

接着,又传来一声抽泣。

似乎在突然间,三团的操场上爆发出低沉的却是不可遏止的哭声,像潮水一般,一浪高过一浪。

主席台上,二十七师首长全体起立,庄严肃穆,泪水在首长们的脸上无声无息地流淌。

六

三团被解散之后,留下了一个营级留守处,仅四十多名官兵,负责看守营房营具。郭靖海没有着落,暂时安排在留守处当老太爷。

这天凌晨一时,兰泽光让沈东阳带路,悄悄地到三团检查岗哨。

他们是从东营房的后门进去的,这里往往是死角,过去经常出现误岗误哨的情况。但这天却很正规。走近后门,老远就听到一声断喝:谁?

兰泽光回答,我!

哨兵又是一声断喝,口令!

兰泽光回答,你爹!

兰泽光听出来了,是王奇。王奇从步兵指挥学院本科毕业后,担任见习副连长,可是刚刚当了一个多月,部队便解散了,王奇成了一个小小的光杆司令。

王奇持枪跑过来,敬了个礼说,报告师长,三团留守处副连职哨兵王奇正在执勤,请指示!

兰泽光突然有一阵辛酸,摸摸王奇的脑袋说,孩子,三团解散了,害得你这个副连长亲自站岗。

王奇说,我爸爸,不,王副师长说,我要向东阳大哥学习,咬得菜根,百事可做。从哨兵开始当起,无上光荣。

兰泽光说,现在我来替你站岗,你陪沈科长继续检查岗哨情况。

王奇有点犹豫,觉得让师长站岗不妥。

沈东阳说,把枪交给师长,你跟我走。

王奇跟着沈东阳走了,兰泽光把步枪斜挎在胸前,感觉很好。觉得自己好像年轻了。

不一会儿,一个胖胖的身影出现了。兰泽光把枪一横,喊道,谁?

回答说,妈的,连我都认不出来啦?

兰泽光又喊,口令?

胖胖的身影怔了一下,回答,长江! 回令!

兰泽光傻眼了,他忘记问王奇今晚的口令了。正在着急,胖胖的身影火了,吼道,哪个连队的? 为什么不回口令?

兰泽光说,黄河!

其实他是蒙的,没想到蒙对了。

胖胖的身影一边往这边走,一边训斥道,幸亏这不是战场,战场上答不出口令,搞得不好就要吃枪子儿。

兰泽光说,报告首长,我记住了。

胖胖的身影觉得不对,停住步子,又问,哪个连队的?

兰泽光回答,报告首长,临时支队的。

胖胖的身影嗯了一声,警惕地走了过来,边走边说,什么临时支队的,哪有……啊,是兰……兰师长?

兰泽光说,是我。你这个当政委的不容易,只有四十多个兵了,看守这么大的营房。

郭靖海说,那还不是你兰师长一手造成的? 我这个政委,连个连长都不如,连长还管百十号人呢。既然有兰师长亲自替岗,那这个方向我就放心了。我到别处查查。说完就要走。

兰泽光说,老郭,过来谈谈嘛,我又不是日本鬼子。

郭靖海说,兰师长,我的话在党委会上已经说了。现在三团也没了,朱团长也到武装部去了。你放心，我对你有意见，但是只要我这个政委还没有离开营房，我就坚守岗位。营房营具装备，一样不少地交给验收组。

兰泽光说，你我又没有深仇大恨，我几次请你谈心，你拒而不见。我们在工作中有分歧，尽可以交流。你在党委会上的发言，率真坦诚，但有不实之处，为什么就不能听听我的观点呢？你这个团政委，是职务比我高，还是水平比我高？

郭靖海说，我当一天团政委，服从一天命令。现在我是只有政委的名分，没有团了，但是我还是服从命令。服从你并不等于怕你。我既不比你职务高，也不比你水平高，但是我不想跟你谈心。

兰泽光说，老郭，说句心里话，我很讨厌你的臭脾气，但是，我不希望你离开二十七师，我希望你这样的同志在我身边工作。

郭靖海说，不会吧兰师长，你是战术专家，不会又给我玩什么战术吧？你不是有一套战术叫猫盘老鼠吗？你是不是想把我留在二十七师，留在你手心里慢慢地盘啊？兰师长我跟你说，我郭胖子不怕！

兰泽光强压怒火说，老郭，难道你就这么看我兰泽光的品质？我们都是从战场上下来的，死都不怕，谁怕谁啊！我只是想，像我们这样参加过战争的，留在部队的，已经很少很少了。你这样看我，我很伤心。今天不谈了，等你冷静下来了，我们长谈，骂娘也行！

郭靖海说，你说要把我留在二十七师，我想听听你的理由。

兰泽光说，非常简单，我需要对手，需要一个敢于公开跳出来跟我作对的人。

郭靖海说，那好，我留下，当什么都行！

七

郭靖海没想到他真的被留在了二十七师，先在政治部挂了个超编副主任的名义，帮助工作，不到半年，突然下了一道命令：任命郭靖海同志为二十七师副政委，跟他的老首长王铁山平起平坐了。

郭靖海当然清楚，没有兰泽光的支持，退一步说，没有兰泽光的认同，他当这个副政委是不可能的。但郭靖海就是郭靖海，他不领情，他认为这是兰泽光诱惑人心或者收买人心的战术。

兰泽光在常委会上说，郭靖海哪怕有一百个缺点，但那都是小缺点。郭靖海同志有一个大优点，就是敢讲真话。现在，敢讲真话的人越来越少了，郭靖海就越来越显得弥足珍贵了,就像大熊猫一样。

郭靖海当了师里的副政委,有一个人不干了,这个人就是一团团长石得法。石得法也是个老团长了,兰泽光的师长当了多长时间,石得法的团长就当了多长时间,而且他只比兰泽光小三岁,眼看再当团长就不合适了。

石得法跑到兰泽光的办公室发牢骚说,我不相信兰师长你这个战术专家看不出来,郭靖海在党委会上发难,绝不仅仅是他个人行为,难道他吃了豹子胆了吗?他的背后一定有人支持。我认为没准他们是在演双簧,一个白脸,一个黑脸。

兰泽光脸一沉说,说话要有证据,你认为?你认为顶个屁用。没准?没准是个鸟。你当年还认为王铁山都当了团长,我还当营长呢。你还认为一营的干部都有可能被二营的干部压一头呢。事实呢?

石得法表情沮丧地看着兰泽光说,你是没有被压住一头,可是在"兰支队"里,我们这些手下的人却被压住了。章济泽打双榆树的时候就是排长,现在还是团里的副政委。马节四打双榆树的时候也是排长,现在才是后勤处长。他郭靖海敢在党委会上公开挑衅,向你发难,你却建议提升他,从总体上看,除了王铁山、郭靖海、朱振国、范辰光,"王支队"剩余的干部全在正团职以上,郭靖海居然还当了师里的副政委。

兰泽光伸出一根手指头,敲了敲桌子,咳嗽一声说,石得法同志,我要提醒你注意,我们现在都是相当一级的领导干部了。我是师长,不是你的一营营长,你是团长,不是当年那个副连长了。领导干部说话要负责任,要讲大局。什么"兰支队""王支队"的,二十七师是解放军,不是哪个个人的,这种带有明显山头主义的话,你再也不要说了。第二,你说郭靖海同志在党委会上发难,背后有人支持,没有证据,仅靠"我认为"和"没准"是不行的。没有证据的话随便说,挑拨领导关系,中伤同志,弄得不好是要追究法律责任的。你一个团长,一个德高望重的老团长,要保持晚节。第三,要加强个人修养,不要以小人之心,度君子之腹,当然,郭靖海也算不上什么君子,但是他至少比你光明磊落,也比你有水平。想当年,关于双榆树战斗,是他弄了一张战术变化示意图,兵力、地形、时间,乃至气候条件都清清楚楚,有根有据。你呢,"我认为","没准",吞吞吐吐,就好像有什么东西要遮掩似的,让人听了怀疑。上次党委会,用你的话说是郭靖海挑衅,发难,可是郭靖海敢于公开表达自己的观点,敢于提出不同意见,你别说,我还真佩服他的勇气。你呢?你在干什么?每次需要你说话的时候,你的嘴巴就是铁嘴钢牙。难怪别人说你上巴不如下巴勤,奋斗十年种三吨!

224

石得法的脸涨红了,他没想到师长也会说出这个不雅的说法,看来师长真是烦他了。这个说法来自五六十年代。那时候二十七师因为皇甫一战,生育能力不是很强,人丁不兴旺。可是石得法从五十年代末到六十年代末,一共生了六个女儿,六千金,三吨。要不是穷得裤裆破了没布补,他还想不屈不挠地生下去,因为他想要一个儿子。兰泽光后来没敢轻举妄动生儿子,就是接受了石得法的教训,用王雅歌的话说,生男生女不是以人的意志为转移的。

石得法说,因为决议要撤的是三团,他是背水一战孤注一掷,我没必要引火烧身。

兰泽光笑了,冷笑说,明哲保身,这就是你!当然,我不希望你在会上也跳出来,形成两军对垒的态势。但是我知道,你就算跳出来了,还是"我认为"和"没准"那一套。

石得法说,师长,我也是年近半百的人了,你总不能让我在团长这个位置上离休吧?

兰泽光说,你说来说去,总算露出狐狸尾巴了。同志哥,我还是那句话,要顾全大局。风物长宜放眼量,观鱼胜过富春江。

八

精简整编的第二年春天,一大批老干部退出了领导岗位。兰泽光和王铁山的任职年限基本上到了边缘,尤其是王铁山、董矸石、石得法、张省相等人,都可以离休或者退休了。

但是宣布离退休名单的时候,没有王铁山,居然也没有石得法,只有董副师长等人。

王铁山已经做好了离休准备,倒也坦然,跟兰泽光开玩笑说,无官一身轻,今天宣布离休,我明天就搬到干休所去,我这一辈子都没有逃脱你的魔掌,离休了你总不能天天跑到干休所去折腾我吧?

兰泽光说,老王你休想。我发现了一个秘密,咱俩就是老天安排的一对冤家,你离不开我,我也离不开你,虽然你这个人老谋深算很阴险,但是再狡猾的狐狸也斗不过好猎手。你离休我也离休,咱们继续斗法。

王铁山说,你这话是什么意思?我早就不跟你斗法了。

兰泽光说,天知、地知、你知、我知。

王铁山说,好,怕有鬼偏偏鬼就来了。我就知道你会把郭胖子的发难跟我联系起来,这种事情你能做得出来。郭胖子这个二百五那次在党委会上一石激起千层浪,你表现得倒是大度,虚怀若谷,还建议提升郭靖海。我当时就想,他妈的难道太阳从西边出来了? 兰泽光是这么胸襟开阔的人吗? 后来我想明白了。这又是你的战术,以退为进,站稳脚跟。好,现在三团被解散了,舆论平息了,老郭也被你策反了,你开始找我秋后算账了。你算账我也不怕,反正我要离休了。

兰泽光说,我操,你老王怎么这么看我? 我们都是中高级领导干部了,难道我们还停留在营长的水平上,停留在双榆树高地战斗的水平上? 我跟你讲,你错了。我没有找你秋后算账的意思,但是你还是逃脱不了我的魔掌。只要我在台上,绝不让你下去。

王铁山说,你这是什么意思?

兰泽光说,很简单,我需要你支持,也需要你反对。

王铁山说,这我就不明白了。你需要支持我知道,你是个管大事的人,小事全都当了甩手掌柜。可是把权力交给别人你又不放心,交给我这个老实巴交的副手你就可以高枕无忧了。难道你真的需要我的反对吗?

兰泽光说,真的需要。我越来越感到需要你的反对了。

王铁山说,不懂,你的战术神出鬼没。

兰泽光向王铁山伸出手来,张开五指,倏然攥紧,出其不意地向王铁山当胸一拳捅了过去。王铁山本能地一闪,把这一拳躲过了。王铁山叫道,妈的,哪有师长打副师长的,这比国民党还国民党,简直就是日本鬼子。

兰泽光说,我这个师长,没有日本鬼子打,我只好打你这个副师长。

王铁山说,我这个副师长也不是轻易能够被打倒的。

话音刚落,他的肩膀上就挨了一拳。兰泽光皮笑肉不笑地说,我这个师长,也不是轻易罢休的。

王铁山抬起头,看看兰泽光,又看看天,嘿嘿一笑说,我明白了。和平时期,没屄仗打了,你兰泽光有劲没地方使,没有对手,一拳打在空中,没精打采。天天打空气,拳脚就废了。你是把我当假想敌练啊,当靶子啊!

兰泽光说,你不也是一样吗? 别看我们现在老了,进步慢了。但是,你王铁山这一辈子最幸运的事情就是参加革命遇上了我,我当排长,你跟着屁股就撵上来了。我当连长,你跟着屁股又撵上来了。我爱上了杨桃,你也跟着屁股掺和。你是跟我铆上劲了,我每前进一步,你就在后面紧追不舍。你紧追不舍,我就拼命地往前跑啊跑啊! 要不然,以你那个半真半假的高小毕业文化程度,能当上副师长吗? 早就回家当小炉匠了。

王铁山说,你说得有道理,但好像也不完全是这样吧。我当副团长你还是营长,我当副师长你还是团长。

兰泽光说,哈哈,这就是你对我的贡献。你永远只能比我快一步,在一个极短的时间内快一步,激发我马上前进两步。你当我顶头上司的时间总和加起来不超过三年,我正你副的时间至少是十年,这还不算我在同级的位置上指挥你,比如工作队长,比如主攻营长。

王铁山说,那你说怎么办,我不离休,继续给你当靶子,让你这个老师长再往前拱一步?

兰泽光说,咬得菜根,百事可做。同志哥,我告诉你,很快就要恢复军衔制了,没准还能搞个将军干干呢,咬紧牙关坚持住,也许曙光就在前头。

<h1 style="text-align:center">九</h1>

可是曙光迟迟没来。不仅王铁山岌岌可危,半年之后,连兰泽光都感觉到当将军基本上没戏了。

这年调整干部,王铁山离副师长任职最高年限就差半个月了,到划定的那天,即当年十二月三十日,他的年龄超过了五天。但是在召开军常委会之前,军政委刘界河突然指示干部处,一路飞机火车快速行动,到王铁山的家乡去搞了一个调查,证明王铁山档案记载的年龄日期为农历,而按照阳历计算,他的年龄应该在次年阳历二月二日,这个年龄日期符合提升为正师职的最后期限。

最先得知消息的是干部科长姚得春,紧接着姚得春就把消息暗示给了沈东阳,沈东阳在下午向兰泽光呈递 112 号演习计划的时候,"顺便"问了兰泽光一个问题,师长,您的档案年龄是以农历记载的还是以阳历记载的?

兰泽光伸长脖子,把目光从老花眼镜的上框上射出来,落在沈东阳的脸上反问,为什么要问这个问题?

沈东阳说,顺便问问。我到现在还不知道师长您的生日呢。

兰泽光说,第一,作为作训科长,一个大参谋,你没有必要知道师长的年龄;第二,作为一个女婿,你不知道岳父的生日是失职。

沈东阳说,亡羊补牢犹未晚。我作为女婿应该知道岳父的生日,以便祝寿。

兰泽光盯着沈东阳看了一阵,笑道,少给我搞障眼法。你沈东阳跟我一样,不爱管这些婆婆妈妈的事情,今天突然发问,必有缘故。不要弯弯绕,从实诏来。

沈东阳说，听说刘界河政委指示军政治部干部处正在火速调查王副师长的年龄，把农历更正为阳历。

兰泽光放下手里的112号演习方案，拿起烟斗，空吸了两口，不动声色地看着沈东阳问，说说看，这意味着什么？

沈东阳说，意味着王副师长还要留下来用。

兰泽光说，还意味着什么？

沈东阳说，意味着王副师长不仅要留下来用，可能还要提升用。

兰泽光说，还意味着什么？

沈东阳说，意味着师长您可能要动一动了。

兰泽光说，哦？还有这事，依据是什么？

沈东阳说，您要给王副师长腾位置，或者说王副师长把您给顶上去了。

兰泽光说，即便你分析得对，但是怎么能担保王副师长不会用在其他地方呢？即便是王副师长把我顶走了，也不一定要提升我啊，说不定去其他师当师长，或者搞个后勤部长什么的，算军常委，给个最后的舒服。

沈东阳说，第一，根据上级对二十七师干部的使用规律分析，二十七师的军事主官历来没有从外面调入，最多是本师调出的干部在外单位过渡一下，再杀回马枪；第二，以您和王副师长的年龄情况，属于不进则退的类型。既然留下，必然重用；第三，我们军的风气比较好，用干部不搞因神设庙，强调用则用在刀刃上，所以不存在过渡调级给待遇的问题，如果留下，就要有所作为，不可能今年调动，明年离休。基于这三点，我认为调查王副师长真实年龄是一个信号，意味着您和王副师长都要上。

兰泽光说，那你分析看看，我可能会上到哪个位置上？

沈东阳说，分析认为，现任军长跟您年龄一样大，而且在非战争状态下，越级提拔的可能性很小，所以您最有可能当副军长或者军参谋长。

兰泽光放下烟斗，笑道，在二十七师，有两个人最希望我兰泽光升官。猜猜是哪两个？

沈东阳说，这不太好说。

兰泽光说，最希望我升官的，一个是我本人，再有一个是我的半个儿子。

沈东阳说，其实，从带兵打仗的角度，我认为您并不适合当副职。您只适合当一号。

兰泽光淡淡一笑说，愿望归愿望，但愿望不能代替事实。我这个年纪了，当军区司令员都不年轻了，船到码头车到站了，还奢望最后捞个一官半职？

这事到此为止吧。说完,戴上花镜,拿起方案,专心致志地看了起来。

沈东阳困惑地看着兰泽光,很惊讶他能这样超然。沈东阳怏怏地说,师长,那我先走了,对方案有什么意见,我一个小时后来听取指示。

兰泽光优乎游哉地说,好吧。

沈东阳走后,兰泽光立即放下方案,拿起烟斗又吸了一阵,猛然把烟斗一扔,将办公室的门反锁上,一屁股落在藤椅上,抓起战备保密电话:给我接军区一号台!

一个小时后,沈东阳接到了兰泽光的电话指示,让他通知王副师长、参谋长、政治部主任和后勤部长以及有关业务科长,马上到作战室开会。

在112号演习预备会议上,沈东阳把演习部署介绍完毕,兰泽光亲自上阵,对沈东阳说,我说,你改。然后指点沙盘和大幅挂图,侃侃而谈,从演习的出发点,到战术检验目的,到各单位成绩评定标准,一一交代,言简意赅,重点突出,条理分明。

沈东阳标着图,暗暗惊讶。此刻的兰泽光就像八年前,从团长直接当上师长,当天中午就容光焕发。现在的兰泽光,又是精神矍铄,咄咄逼人。

但在最后,兰泽光一再强调,这次演习,一是体现"实"的原则,实实在在地锻炼部队,检验部队,不搞花拳绣腿,不搞提前演练,不能把演习变成演戏。一句话说到底,真枪真炮,实兵实弹。二是必须确保安全,冰天雪地,寒风呼啸,大部队机械化行动,每一个环节都要考虑到安全因素。

十

作训科在最初接受兰泽光的指令,进行112号演习作业想定的时候,沈东阳就隐隐地发现了这次演习的内容好像似曾相识,一是选择在严寒季节,二是低高差山地,三是兵力和火力配置,四是攻防战斗性质。等参谋王奇和王通化、陈未央等人把112高地演习的沙盘堆好之后,沈东阳凝视沙盘,久久不语。

他终于明白了,这是双榆树战斗的翻版,兰泽光为了重现当年双榆树战斗的情景,不惜动用机械化,将演习部队运送至马萨岗地区,因为马萨岗的地形酷似双榆树高地。

沈东阳指示王奇。严格按照师长部署的兵力结构,将作战沙盘立体化。当部署兵力的沙盘堆好之后,沈东阳于当天晚上带上双榆树战斗的资料和师史和团史,一一对照,结果震惊地发现,112号演习确凿无疑就是双榆树高地战斗的翻版。

清楚了这个事实之后,沈东阳陷入进退两难的地步。到目前为止,王铁山对112号演习还没有做出反应,因为这是兰泽光亲自部署并亲自到军区汇报才争取过来的任务。兰泽光没有说让任何一个副师长插手,所以任何一个副师长都不会主动靠上来。这是规矩。但沈东阳有些难受,他不知道演习的帷幕一旦拉开之后,王铁山不可能看不出蛛丝马迹,那么王铁山会怎么想?

至于兰泽光为什么在三十年之后要重新论证双榆树战斗,沈东阳分析,他是在大裁军中受了很大的刺激。在郭靖海发难的时候,虽然兰泽光克制了,但当时的克制不等于永远克制,当时的退让不等于永远退让。兰泽光把郭靖海留下来了,建议提升,可是给郭靖海一个副师职算得了什么呢?兰泽光要借112号演习,把拳头打在郭靖海的脸上,把疼痛落在王铁山的心里。

好在有了那个消息。沈东阳的难题随着姚得春提供的消息迎刃而解了。那天下午向兰泽光汇报112号演习的准备情况,暗示了兰、王二人可能会提升的消息,兰泽光表面上不显山不露水,但是内心一定会有重大动荡。一个小时之后,当兰泽光出现在作战室的时候,不仅容光焕发,连脸上那三粒老年斑都神奇地消失了。

更重要的是,兰泽光命令,修改112号演习预案,把原定作为演习展开地域的马萨岗地区,改为贺家山地区,把演习兵力由七个连队减为四个连队,把保障部队由三个营改为两个营,增加了红箭七三导弹和炮火准备。这样一改,实际动用的兵力小多了,而由于地形的变化,双榆树高地战斗翻版的痕迹也就不复存在了。

沈东阳的心里长长地出了一口气。

兰泽光为什么突然改变主意,别人不一定知道,沈东阳却是心有灵犀,一定是在他离开兰泽光的办公室之后,兰泽光确切地知道了自己要提升的消息。他太渴望提升了,再不提升,就意味着要退出历史的舞台,从师长的岗位上下来就意味着军事生命的结束。而以兰泽光的性格和能力,他是不甘心退出历史舞台的。更何况,一个即将公开的秘密已经传遍了全军,即将就要恢复军衔制度了,只要他再坚持一年,不,也许半年,他就有可能被授予少将军衔。这对戎马一生的兰泽光来说,实在是太有吸引力了。对于前程的渴望和憧憬,不费吹灰之力就把双榆树高地战斗笼罩在112号演习中的阴影驱散了。

兰泽光亲自下令修改112号演习方案,沈东阳一眼就看明白了,不仅缩小了规模,而且加强了防事故措施,一句话说到底,突出了安全。未来的少将兰泽光最不愿意看到的就是事故,只要有一个恶性事故,那么一切都有可能鸡飞蛋打。沈东阳揣摩,兰泽光现在的心态,可能都有点后悔了,不该在这个时候死乞白赖地搞这个演习。他原来是为离休做准备的,哪里想到还有可能提升呢?

十一

不久就有工作组下来考察师里的班子。这次是刘界河亲自带队,据说刘界河快离休了,那么这一次回到相州市,就有些告别的意思在里面。

先是常委一个个谈话。常委们都很实事求是,说兰泽光大处着眼,王铁山小处入手,正副之间配合得很好。刘界河感到意外的是,郭靖海居然为兰泽光大唱赞歌,历数兰泽光治军有方,胸怀宽广,秉公无私等等。

刘界河有点奇怪说,你郭靖海能对兰泽光有这么个评价,看来兰泽光这个同志确实成熟了,像个高级干部了。我且问你,你们过去对双榆树高地战斗一直争论不休,现在你是怎么看?

郭靖海说,双榆树战斗就是组织结论的那样,其实一营二营都没有错,二营灵活机动,一营随机应变,所以才取得了胜利。

刘界河说,郭靖海你不老实,你以为我看不出来? 你很聪明,你的内心是想把兰泽光同志推荐上去,王铁山接替师长的位置。你狗日的倒是很懂权术。

郭靖海说,向首长坦白,我确实有这个想法,但是我反映的兰师长的工作成就也是客观存在,并不是故意粉饰。

刘界河点点头说,对头了,你们总算明白了。互相补台,一起上台,互相拆台,一起下台。像兰泽光和王铁山这样的同志,参加过战争,作风正派,人品正直,是我们部队的财富,应该有一个好的结果。现在我们都老了,连你小郭都五十多岁了,知天命了。过去的那些恩恩怨怨又算得了什么呢? 你现在能够站在大局看问题,我很欣慰。

后来又找石得法谈话,石得法说,我认为兰泽光同志和王铁山同志都是好同志,政治上强,军事过硬。都是老革命了,应该重用。

这次考察,刘界河非常满意,临走的时候对马士基政委说,二十七师进入到历史上最好的时期,我从来没有见到过二十七师上下之间这么团结,你这个党委书记当得好。

马士基说，我和兰泽光同志有分歧，但是分歧是小分歧，原则问题上都是一致的。我希望兰泽光同志担负更大的责任，也希望王铁山同志能把二十七师的担子接过来。

刘界河听了这话，更是高兴。临走之前，把兰泽光和王铁山叫到一起说，我很快就要退出历史舞台了。你们也很快就要退出历史舞台了。但是我们在没有退出历史舞台之前，一定要站好最后一班岗。

兰泽光说，个人进退去留无足轻重，带好部队高于一切。

王铁山也表示，老革命要像老革命的样子，人在阵地在，不给二十七师抹黑。

刘界河说，你们两个有这个态度，我就放心了，我回去要向军党委和军区党委汇报。但是你们要有思想准备，现在参加过战争的干部不多了，能用的，组织上还是要尽量地用。一颗红心，两套准备，而更多的准备，还是要树立长期作战的准备，兰泽光你今年五十五岁，不年轻，也不老。王铁山你五十六岁，不老，更不年轻。但是你们是解放战争时期参加革命的，要多想想怎么把部队带好，要培养新一代。

王铁山说，我们随时准备交班。

刘界河说，也要做好随时接班的思想准备。本来我想让你们两个好好地请我的客，但这次就算了。下次等我离休命令到了，我和老叶回到相州市，相信你们，哦，主要是王铁山同志了，你不会人走茶就凉吧？

王铁山说，老首长你开玩笑了，就算我王铁山人走茶就凉，但是二十七师不会人走茶就凉。

刘界河说，还记得人民医院的沈大夫吗，啊，还有贾护士长和林司药，我估计她们也快退休了。我们都老了。等着吧，等我离休，要把她们请到一起，到时候，恐怕有好故事要讲给你们听。

兰泽光和王铁山对视一眼，王铁山说，我们好像已经知道一些了。

刘界河说，也许吧，时间是最强大的，时间就像海水，大浪淘沙，水落石出。不过现在我还不能告诉你们，我得给我的老年生活留个话题。

从招待所出来，兰泽光和王铁山并肩回家，走着走着，兰泽光突然笑了。王铁山说，偷着乐啊？

兰泽光没头没脑地说，半毛。

王铁山说，什么半毛半角的？

兰泽光说，没听人说吗，军以上干部穿全毛，师团干部半毛，团以下没毛。我老兰要是往上跳一跳，就是全毛。你老王跳一下，还是半毛。

王铁山说，半毛就半毛吧，谁让咱官小一级呢。

刘界河率领的庞大的考察组于十二月底撤出。

兰泽光中午回到家里，连王雅歌都知道了，桌上居然摆上了六个菜，开了一瓶茅台酒。还把兰丽文和沈东阳叫回来了。

王雅歌说，老兰赶上了最后一班车，要当副军长了。我们预祝一下。

兰泽光说，这话在家说可以，但不能出去张扬，八字只见到一撇，还没有见到一捺呢。

王雅歌说，你老兰真是老了，跟从前判若两人，这么谨小慎微。

沈东阳说，官越当越大，胆子越来越小，这是普遍规律。师长越是谨小慎微，越是说明提升快成事实了。

三杯酒下肚，兰泽光突然眉头一皱问，老王你怎么知道是副军长？

王雅歌说，现在不是流传吗，春江水暖鸭先知，老公升官妻先知。我当然知道，而且绝对可靠。

兰泽光想了想，哈哈大笑说，好好，这个副军长当得好。东阳你给我算算，我什么时候当过副职，我当副职总时间不超过三年，最多的是团参谋长，差一个半月两年。哎呀同志们，好啊，如果不出什么意外的话，最多再过两年，你们就可以喊我军长了。两年之后我五十七岁，到满六十岁休息，我可以在军长的位置上干四年，四年是什么概念？是半个抗日战争。

兰泽光自己把自己灌醉了，微醺。

在外面，兰泽光却不动声色。

当天下午，王铁山就到兰泽光的办公室去商量找一帮老战友聚聚，说这么多年来，大家公事公办，板着面孔，都没有人味了。现在老了，也该回到人间烟火了。

兰泽光说，你是不是感觉到晋升已经是铁板钉钉了，想提前庆祝一下啊？

王铁山说，是的。提升我我庆祝，不提升我，我离休，还是要庆祝。

兰泽光说，不要高兴得太早，命令还没有下啊？

王铁山说，我不像你那样患得患失，我老王就是心里痛快。我们老了，就不能年轻一次？

兰泽光说，你想怎么年轻，难道你想娶小老婆不成？

王铁山说，我们过去一个团的战友，加上沈大夫和贾护士长一起，喝个

233

酒,聊个天,我让你回到当排长当连长的岁月。

兰泽光说,嘿嘿老王,你又错了。别自以为是了。有些事情啊,有些人心知肚明,但心照不宣。第一,刘政委留的有话,他要为他的老年生活留个话题。这层纸这么多年了,我没捅破,你也没有捅破。但是你现在捅破不合适。第二,眼看就要授衔了,你我两个老汉,咬紧牙关坚持住,我能授少将,你也差不多。这个时候不要得意忘形。

王铁山说,我没有你想得那么多,我想回到人间过日子。

兰泽光说,好好,你高风亮节。但我告诉你,我不是还没有走吗?师长这把交椅还在我屁股底下,我不同意你搞战友聚会。你要搞,我就在民主生活会上提你的意见,检举你搞山头主义。

第十章

一

过了春节,二十七师的112号演习的准备工作就紧锣密鼓地开始了。但是在兰泽光一次又一次地强调重要性之后,这次演习的规模实际上越来越小。

意外的事情发生了。

这段时间兰泽光一直隐隐约约地觉得心脏有点不舒服,但又不敢张扬,怕在关键的时候身体成了拦路虎,就让王雅歌在家里调理。现在条件好了,王雅歌自己搞了一套简易设备,不仅密切注意兰泽光的心脏,还主动地帮王铁山注意心脏,经常悄悄地到王铁山家去给他做心电图。用孙芳的话说,这哥俩都是在朝鲜战场上冻出来的毛病,人家多数是搞成了生理缺陷,这两个人却步伐一致地搞上了心脏病。

那天兰泽光感到有点胸闷,就给王雅歌打了电话。王雅歌回来一检查,说心脏好像问题不大,但是人没有精神是怎么回事,还有哪里不舒服?

兰泽光说,别的地方没有太大的不舒服,好像肋巴骨有点痛。王雅歌又检查了一会儿,神情严肃地对兰泽光说,你是要命还是要官?

兰泽光愕然看着王雅歌说,没那么严重吧?

王雅歌说,用你的话说,平时的事,再大也是小事;打仗的事,再小也是大事。你现在已经进入临战状态了,我觉得还是慎重一点好。你要是怕走漏风声,我们到701野战医院检查。

兰泽光说,没脑子!二十七师是相州市最大的部队,701野战医院就是针对二十七师的,二十七师师长到701医院检查身体,没有个毛病还好说,要是真有问题,别说大问题了,就是个痔疮疝气,不用半天,全二十七师都知道了。

少年夫妻老来伴,王雅歌倒是很理解兰泽光,于是又提出了一个方案,到相州市人民医院,先看中医。看中医不引人注目,然后在那里检查内科。

兰泽光沉吟了一会儿,点头同意了。

后来就去了人民医院,七检查八检查,结果出来了,其他毛病不是太大,果然还是心脏出了问题。

负责诊断的是一位专家,不知道面前这个患者是二十七师的师长,建议住院治疗。离开门诊室,兰泽光对王雅歌说,我不能住院,这个时候,我怎么能住院呢?

王雅歌说,哪头轻哪头重,你自己掂量。

兰泽光断然说,既然是老毛病了,还是回家调养,你能不能带我去见见沈大夫,让她给我把把脉?

王雅歌说,你又不是不知道,沈大夫是产科大夫。

兰泽光说,你不是说过吗,中医讲究阴阳调和,隔行不隔山。我想请沈大夫给我开点中药。无论如何,半年之内我不能住院。

王雅歌无奈,只好带兰泽光去找沈大夫。沈大夫又介绍了另一位男中医,把了一会儿脉说,心律不齐,心血管狭窄。这种病是重病,但也不是无药可治。中医调养固然好,关键是不能激动,精神不能受刺激,烟酒都要戒掉。

兰泽光说,这个我能做到。你给我开点中药,要汤剂。

男中医说行,提起笔来,唰唰地开了几张方子,交代王雅歌说,怎么炮制,请到药房找林司药,她会很细心地给你们交代。

在往药房去的路上,兰泽光对王雅歌说,老王你去公共电话亭给老王打个电话,说我下午有点事情,请他主持预备会。

王雅歌说,那怎么行,一会儿药就抓完了。

兰泽光看看手表说,这么多方子,还要听交代,一时半会完不了。快到开会时间了,赶快去给老王打电话。

王雅歌说,你那脑子,说了你也记不住,还是我去抓药,你打电话。

兰泽光恼了说,我在地方给老王打电话,他要问我在哪里,我怎么回答?我能说病了吗?你可以跟他含糊其词,就说痔疮犯了,在打针。

王雅歌这才狐疑地离开。

王雅歌离开之后,兰泽光并没有到药房抓药,而是在院子里晃悠,并且回到了产科诊室,在沈大夫的门外徘徊,直到后来王雅歌打完电话,发现兰泽光两手空空,生气地问,你怎么回事?

兰泽光说,我想了想,哪有一个师长亲自抓药的?还是你来吧?

王雅歌盯着兰泽光看,你搞什么鬼,难道给我搞了调虎离山吗?

兰泽光苦笑说,我倒是想给你搞调虎离山,可是有什么用呢?一切都晚了。

二

二十七师的 112 号演习如期展开,虽然规模小了,但是兰泽光还是高度重视。鉴于风雪太大,道路崎岖,司令部一再调整演习计划,最后差不多就是野营拉练了。

因为兰泽光有命令,除了保障分队以外,放弃机械化行动,所以战斗部队全是徒步,顶风冒雪前进。兰泽光背着一个军用水壶,只有沈东阳知道,那里面不是酒,而是中药。

王铁山在前带领前进指挥所,兰泽光在后带领基本指挥所,王铁山在前强调安全,兰泽光在后强调防事故。

偏偏怕有鬼鬼就来。

兰泽光是在伦掌的临时指挥所里听到事故报告的。临时指挥所设在学校里,学生们都放了假,里面升起了炭火,沈东阳把兰泽光军用水壶里的汤药倒进茶缸里,放在火塘边上加温,正在这时,王奇脸色苍白地闯了进来,话都说不利索了,结结巴巴地报告,师长,不好,出事了,出大事了!

兰泽光披着军大衣,坐着火塘边上没动。

沈东阳喝道,沉住气,慢慢说。

王奇打开电报夹,王副师长来电,因山体陡峭,路段险峻。一团四连炊事车在七号地段坠入山下,三伤二亡。

兰泽光还是没有动,抬起头来看着爬满蜘蛛网的房梁,似乎是自言自语,防滑链呢,防滑链呢,既然路段险峻,为何不下车推车?这不是猪脑子又是什么?

沈东阳感觉师长的神情有点异样,安慰说,师长,您别着急,演习中发生事故是正常的。

兰泽光说,正常吗,又不是打仗,三伤二亡,非战斗减员,其咎难辞。电告王副师长,查明事故原因,迅速报军司令部。

王奇答应了一声是,转身正要出门,猛听到一声喊,慢着。

王奇又转回来了。

兰泽光说,为什么三伤二亡?在事故过程当中还发生过什么?

王奇傻傻地说不出话来。

兰泽光忽地一下站了起来,把军大衣往后一甩,盯着沈东阳,记录!

沈东阳抓过王奇的电报夹,唰的一下打开了。

兰泽光的腮帮动了几下，从容口述道，请王副师长立即赶到伦掌基本指挥部，就七号地段雪崩造成一团四连车翻人伤一事拿出善后意见。着一团团长石得法，立即封锁七号地段，查明雪崩规模，并通报演习各部，避开山路行进。

雪——崩？

沈东阳手中的铅笔啪的折断了。他的脑子里唰的一下闪过一道亮光，啊，兰师长真不愧是一个高明的战术专家——雪崩是什么？是天灾。而防滑没到位，遇险不下车，则是人祸。

天灾人祸，天壤之别。天壤之别啊天灾人祸！

兰泽光面无表情，问，沈东阳，听明白了没有？

沈东阳说，听明白了。师长……

兰泽光说，第一，立即将电报发出，用密码；第二，立即出发，去七号地区。

沈东阳更加诧异，师长，那么王副师长还来伦掌吗？

兰泽光说，我们相向而行，迎在纵风地区会合，同去七号地段。

沈东阳虽然心存顾虑，但还是执行了命令。

越野吉普车吼叫着冲出伦掌中学，一头扎进茫茫雪海里。沈东阳对司机说，慢一点，防止打滑。

兰泽光坐在后排吼道，全速前进！

吉普车飞了起来。

快到纵风镇的时候，王奇在车上用 709 电台同石得法联系上了，兰泽光抓起话筒问石得法，雪崩规模有多大？

石得法说，报告师长，七号地区有一百三十公尺雪崩，路面已经完全堵塞，我已经通知其他部队绕道而行，并在进出口处设置了警戒。

兰泽光说，很好！

说完，呻吟一声，软绵绵地歪倒在后排。王奇惊叫，师长，师长，师长你怎么啦？

兰泽光睁开眼睛说，我没事，我累了。想歇歇。

喘了两口又说，王奇，销毁来电。

三

二十七师的演习草草结束了。

关于七号地段的事故,因为是天灾,上级没有追究责任事故。

对于沈东阳来说,这一切都像梦一般恍惚。事故突如其来地发生了,又突如其来地消失了。他最没有想到的是石得法,简直就像兰泽光肚子里的蛔虫一样,就凭一份电报,就凭兰泽光脱口而出的"雪崩"两个字,在漫天飞雪中,在不到半个小时的时间内,居然就真的制造了一个雪崩的现场,而且搞得有声有色。

那三名伤员被评为甲等或乙等残废军人,那两名殉难的战士因在演习中丧身,属于战斗减员,被定为烈士。在烈士追悼会上,兰泽光对沈东阳说,我知道你有疑惑,但是,当你看见这两名同志被评为烈士的时候,也许你会明白,这件事情就应该这么处理。

沈东阳无语。他不得不承认,兰泽光的话把他的心深深地打动了。后来到医院看望那三个伤员,兰泽光在他们的床前坐了很长时间,摸着其中一个的脑袋说,孩子,我这个师长对不起你们,没有保护好你们。

那个头上绑着脑袋的士兵说,怎么能怪师长呢?我们应该想到的。

旁边的一个老兵立即制止说,我们怎么能想到会遇上雪崩呢?现在我们都成了伤员,听说还要给我们评残,部队没有亏待我们。

沈东阳顿时理解了兰泽光的良苦用心了。

只是有一点,沈东阳直到很长一段时间之后才搞明白,那就是为什么兰泽光一方面发电报让王铁山火速赶往伦掌,一方面并不等待王铁山,而是让他在纵风镇等待兰泽光同往出事地段纵风镇。按照通常的规律,王副师长当时正在七号地段附近,作为一个处理棘手问题的高手,兰泽光对于他的信任仅次于信任兰泽光本人,可是兰泽光却没有让他马上去现场,而是让他火速赶往基本指挥所,又在路上通过电台联系,让他在纵风镇等待兰泽光。

后来还是王奇提醒了他。王奇说,科长,那份电报在你手里,师长命令立即销毁。

他于是明白了,兰师长不想让王铁山在第一时间赶到现场。他宁肯相信王奇,也要戒备王奇的爸爸。

兰泽光的身体时好时坏,但仍然没有住院,咬紧牙关坚持着,等待着。王雅歌忧心忡忡地对沈东阳和兰丽文说,你爸爸早晚会死在那颗金豆子上,还不知道什么时候授衔,他就这么撑着。

兰泽光吼道,胡说,我健康得很!人民医院给我的中药,灵丹妙药!

据说王铁山担任二十七师师长已经在军区党委会上通过了,但是暂未宣布,因为兰泽光的副军长职务须由军委定夺。

在等待的日子里,突然发生了一件事情。

刘界河政委接到了一封信,状告二十七师弄虚作假,将一团在演习七号地段中的车毁人亡事故进行详细描述,着重揭发师长兰泽光为了推卸责任,翻手为云,覆手为雨,将人为的事故变成天灾的原因。

刘界河雷霆震怒,打电话问王铁山有没有这回事,王铁山支支吾吾地说,我当时不在现场,我看到的就是雪崩的现场。

刘界河说,你不是在前进指挥所吗?一团不是演习第一梯队吗?出事了,你前进指挥所的指挥员不去第一梯队,那你到哪里去了?

王铁山在电话里吭哧了半天,刘界河终于吼了起来,他妈的兰泽光偷换概念,然后调虎离山,搞了一个雪崩现场。反了天了,老革命也搞这一套了。我现在就出发到相州市去,我要对组织负责,离休之前一查到底!

王铁山说,这次责任在我。第一,我在前进指挥所,一团出事是我在管理上出现了疏漏,没有及时调整路线,也没下达危险地段徒步推车的命令。第二,出事之后,我应该首先奔赴现场,查明原因,防患于未然,也就不会有后来的天灾之说。

刘界河说,你别替兰泽光解脱,没有用。你千错万错,但是你没有制造假象。

王铁山说,其实我在心里也并不反对兰师长的处理意见。我们的战士死的死伤的伤,演习伤亡算战斗减员,我们希望他们能有个好结果。

刘界河说,这是感情问题,同事实是两码事!

当天夜里,刘界河果然驱车一百公里来到了相州市,没有召见兰泽光,单独把王铁山叫到招待所,谈了半夜。第二天早上,兰泽光才知道刘界河来了,也知道刘界河同王铁山谈了半夜。

王雅歌说,既然知道来了,你应该去看看老首长。

兰泽光说,既然老首长来了也没有通知我,我去了他也不见。那不是自取其辱吗?

刘界河临走的时候给兰泽光打了个电话说,兰泽光同志,对不起啊,我刘界河保你保了一辈子,保的都是对的,用你的话说,你的所有的缺点都是小缺点,你的所有的优点都是大优点。缺点无伤大雅,优点有益国家。可是这回不同了,这回你犯的可不是小缺点,是错误,是嫁祸于天,天大的责任。我不能保你了,也保不住了。

兰泽光说,老首长你放心,我已经有思想准备了,好汉做事好汉当。

刘界河说,退出吧,退出历史舞台。我们一起退出,我带你去见杨桃。

兰泽光说，我已经见过了。

四

兰泽光终于住院了。不是心脏病，而是脑出血。

一纸命令下来，兰泽光和王铁山的提升命令被冻结了。在兰泽光身体恢复之前，由王铁山代理师长职务。

兰泽光的病情时好时坏。军区司令员张永麟的指示，将兰泽光送往军区总医院治疗，但这道指示遭到了兰泽光的拒绝。兰泽光说，我哪里也不去，就二十七师是我的家，我不能离开我的家。

住院期间，石得法不断过来探望，石得法说，我现在谁也不怕了，我要讲真话了。兰师长的病是被气出来的。王铁山和郭靖海再一次联手演双簧，把兰师长气病了。

王雅歌说，老石你不能这样说，没有根据。

石得法说，给刘界河政委的那封信是郭靖海写的，刘界河找王铁山谈话，王铁山把责任都推给兰师长一个人了。

兰泽光清醒了，断断续续地说，不要搞"我认为"，不要搞"没准"。

石得法说，不是我认为，也不是没准，而肯定是。

兰泽光说，证据？

石得法说，郭靖海就是证据。不信你把郭靖海叫来一问，他自己都会承认。

王雅歌说，他们唱双簧有什么意义，王铁山当师长已经铁板钉钉了，那封信对王铁山一点好处都没有。

兰泽光说，不要以小人之心，度君子之腹。

石得法说，我已经离休了。

王雅歌说，不要忘了，副师职待遇。这个副师职待遇是王铁山同志给你呼吁的。

石得法说，还有一个处分，这个处分也是王铁山同志给我搞来的。

兰泽光说，走吧，我累了。

石得法说，兰师长你一定要挺住，不然我们"兰支队"就被他们"王支队"一网打尽了。

兰泽光睁开了眼睛，逼视着石得法，轻轻地吐了两个字，出去！

后来郭靖海果然来了。

听说郭靖海来了,兰泽光说,不见。然后就睡着了。

郭靖海说,兰师长,那封信不是我写的。不是我不想写,因为我根本就不了解那件事情的内幕,我要是知道,也许会写的。但我没写。

兰泽光睁开了眼睛,向郭靖海伸出手,把郭靖海的手拉在自己的胸前,又推了出去。

郭靖海说,你让我扪心自问?我扪心自问我是讲良心的。我没有写,尽管这种事情像我干的,但我不会写信,我要是知道真相,即使写信,我也会署名的,我绝不会写匿名信。

王雅歌在一旁说,老郭,那你说说,那封信是谁写的?

郭靖海说,天地良心,我不知道。我知道了就不会隐瞒。

兰泽光的最后时光,家里人开始轮流值班。

有一次上午是王雅歌值班,郭靖海和石得法一前一后地进来,谁也不看谁,不说话,但也不走。只是向王雅歌点头致意,然后就一边一个坐在兰泽光病床的两边。

他们都在等兰泽光说话,但兰泽光不说。兰泽光斜靠在病床上,双目无神地看着空气。

沈大夫来了,在兰泽光的病床前站了很久,还把了脉。

兰泽光睁开眼睛,看着沈大夫说,我完蛋了。

沈大夫说,你不会完蛋,你只是累了,一切都会好起来的。

兰泽光说,是大脑出了问题,还是心脏出了问题?

沈大夫说,哪里都会出问题的,哪里的问题都会解决的。

兰泽光说,大脑是用来装智慧的,心脏是用来装情感的。是大脑出了问题,还是心脏出了问题?

沈大夫说,感情和智慧都没有问题。你需要休息。

兰泽光说,王铁山这个愚蠢的家伙把什么都搞砸了,也把什么都搞错了。

沈大夫没有说话,临走的时候跟王雅歌说,时间能够医治一切,时间也能够腐蚀一切。

王雅歌说,老兰个性太强,自尊心太强,虚荣心也太强。那个将军梦把他害了。

沈大夫说,一个人一辈子能做多少事情?看起来轰轰烈烈,其实放在生命的长河里,微不足道,放在历史的长河里,更是微不足道。所以,一颗平常心就是最好的保健药。

这时候兰泽光的喉咙里传出一声低鸣,嘴巴嘟嘟囔囔起来。

王雅歌侧耳听了一会儿,向沈大夫苦笑了一下。沈大夫问,他说什么?

王雅歌说,他说一万年太久,只争朝夕。

兰泽光嘴巴又动了动。

王雅歌说,一切反动派都是纸老虎,兰泽光是,王铁山也是,一捅就破。然后兰泽光的嘴巴就不停了,一直动了下去,王雅歌就一直翻译下去。假的就是假的,伪装应当剥去!

要奋斗就会有牺牲,死人的事情是经常发生的。要让部队经风雨见世面,不能养温室的花朵。

战争结束了,但是战斗没有结束,双榆树高地战斗没有结束。

无欲则刚,有屁就放。

生于忧患,死于安乐……

郭靖海拿起笔来唰唰地记,石得法瞪着郭靖海说,你记什么?是谁安排你来当特务的?

郭靖海说,莫名其妙,谁是特务?我要把兰师长的思想火花记下来。

石得法说,你没有这个权力!

郭靖海说,我是师常委,副政委,我没有这个权力难道你有?就是由于你的丑恶表演,才使兰师长背上了山头主义的黑锅。

石得法说,都是你伪造的双榆树高地战斗示意图,使兰师长的心灵蒙受了巨大的阴影。

王雅歌说,你们两个要吵就出去吵,让老兰休息一会儿好不好!

石得法和郭靖海互相瞪着,郭靖海站了起来,忽然伸出手向外一摊说,老石,您请!

石得法也把腰一弓说,常委请!

这时候兰泽光又说话了,王雅歌俯身听了听,起身对郭靖海和石得法说,他说请你们继续吵下去,他喜欢听。那你们就吵吧。

沈大夫说,我得走了,我这个医生,最怕看见病人这样。

沈大夫深沉地看了兰泽光一眼,走了。

兰泽光说,世界是你们的,也是我们的,但归根结底是你们的,现在还是我们的。沈大夫走好!

沈大夫走后,石得法问郭靖海,刚才吵到哪里了?

没想到兰泽光坐了起来,清清楚楚地说,吵到双榆树高地战斗示意图了,接着吵下去!

大家面面相觑。

五

下午马政委和王铁山来探视,还有几个科长在外面溜达。兰泽光还是闭着眼睛。马政委说,王雅歌同志,老兰清醒的时候说什么话,你要记下来,我们要帮他实现愿望。

王雅歌说行。

王铁山走到床前,伸手摸了一下兰泽光的脑门,他的手突然被兰泽光抓住了。兰泽光把王铁山的手放在胸前,王铁山感觉到兰泽光的指甲正在掐他的手背。兰泽光的嘴唇开始嚅动。王铁山俯下身去,听到兰泽光断断续续说,我死了你的日子不好过,搞战术你永远搞不过我。

王铁山说,老兰,你是清醒的吗?

兰泽光说,一个解放军的指挥员,即使睡着了,他也是清醒的,这一点你要永远记住!

王雅歌说,这话他已经说了三十多年了,是说我的。

兰泽光掰着王铁山的手指头说,一腔热血,两袖清风,三足鼎立,四脚朝天,五体投地,六亲不认,七窍生烟,八仙过海,九九归一……

王铁山看着王雅歌,马政委也看着王雅歌。马政委说,王雅歌同志,老兰这是什么意思?

王雅歌说,这话不是他说的,是血栓说的。

兰泽光说,当师长王铁山不如我,部队死气沉沉。

王铁山问王雅歌说,我怎么听着这话又像是清醒的?

王雅歌说,他就这样,一会儿人话,一会儿鬼话。

兰泽光说,从来就没有什么救世主,也不靠神仙皇帝,一切要靠我们自己。王铁山把什么事情都搞砸了。

马政委说,我们走吧,等他清醒了再来看。

王铁山脸色难堪地跟着马政委走了。

马政委和王铁山离开之后,兰丽文过来接班,当病房里只剩下父女两人时,兰泽光又坐了起来,并且喝了两口水。兰泽光说,爸爸要死了,丽文你再也没有爸爸了。

兰丽文说,爸爸你别多想,组织上正在想办法,爹爹已经派人到上海去了……

兰泽光说,孩子,答应爸爸,爸爸死后,要给爸爸守孝,要爸爸就不要爹爹。不要再喊王铁山爹爹了,他不是你的爹爹。他把爸爸的什么事情都搞砸了。

兰丽文说,爸爸,你为什么要说这样的话呢,爹爹是疼爱我的。

兰泽光说,可是你是我的女儿,答应爸爸,叫他王叔叔,把我的女儿还给我。

兰丽文摇头,我做不到,我张不开口。

兰泽光说,答应我,守孝三年,我死后三年不喊王铁山爹爹。

兰丽文摇头,爸爸,不要这样。

兰泽光说,两年。

兰丽文说,不,我不能。

兰泽光说,一年。

兰丽文摇头。

兰泽光说,求求你了我的孩子,爸爸什么都没有了,只有你了,王铁山什么都有了,你不要再喊他爹爹了。答应爸爸,半年,不,三个月。答应爸爸,爸爸死后三个月,热泪只为爸爸而流,不喊爹爹。

兰泽光说着,喘了起来,喘着抓住兰丽文的手喘道,答应爸……爸。

兰丽文哽咽着,终于点了点头。

兰泽光问,沈东阳来了没有?

等在门外的沈东阳应声而至。

兰泽光说,记录!

沈东阳展开笔和纸。兰泽光说,第一,修改《步兵第二十七师师史》,澄清双榆树战斗—营失利真相。第二,向上级组织报告兰泽光的最后意见,王铁山同志不宜担任各级主官,括号……重复!

沈东阳重复,括号。

包括各级司令部主官。括号完。王铁山同志宜担任副师长、副部长、副参谋长、副军长、副司令、联合国副秘书长……重复!

沈东阳重复。

兰泽光说,不许离开二号高地,不许到达七号地段。括号完。重复。

沈东阳重复。

兰泽光说,不要离开我,不要离开我,我即将奔赴新的战斗岗位,全体起立,集合!

六

最后的消息终于传过来了,因为兰泽光和王铁山的情况特殊,军区司令员张永麟和陈政委将二人的档案都调了过去。张永麟司令员在抗美援朝战争中是兵团司令部的作战部长,非常熟悉双榆树高地战斗。看完档案,张永麟对陈政委说,双榆树战斗虽然规模不大,但是在实现我军机动的战略意图上,起着非常重要的作用,使敌人的一个师在皇甫地区徘徊了三天,这三天给两个师的战略转移争取到了时间。这两个同志都是功臣,大功臣。但王铁山同志记大功一次,更高一等。我看可以考虑仍然维持原议。

陈政委说,我想亲自到二十七师去一趟,把这个部队的情况摸一摸。

张司令员说,那好,等你回来再定。

但是军区陈政委没有见到兰泽光,他还在飞机上,兰泽光便去世了,并且留下一个扑朔迷离的遗嘱。

关于这份遗嘱,有好几个版本,其中郭靖海的说法是,兰师长跟他说过,第一,双榆树高地战斗是历史了,牺牲的同志已经长眠了,活着的人不要再为谁是谁非争斗了。手心手背都是肉,都是解放军的部队,一切归功于集体战斗。第二,112号演习检验了我们的部队,长期的和平时期使部队一定程度地染上了惰性,缺乏战斗精神,动不动就出事,非战斗减员说明实战能力差,要让部队有忧患意识,有危机感,有紧迫感。要让部队动起来,不能因为怕出事故就让部队死水一潭过日子。

但是石得法对这个说法嗤之以鼻,石得法言之凿凿地说,他也曾经听兰泽光口述了一份遗嘱,第一是重新修改《步兵第二十七师师史》,澄清双榆树战斗一营失利真相。第二是请求上级机关,避免将兰泽光的免职和王铁山的任职命令下在同一页文件上。

石得法说,你郭靖海是告兰师长刁状的人,他怎么可能跟你交代遗嘱?

郭靖海说,兰师长的胸怀不是你想象的那样。我承认我冒犯过兰师长,但是在兰师长的最后关头,他原谅了我并信任了我。

石得法说,根本不可能,我亲耳听见兰师长叫你滚出去。

郭靖海说,我也曾经亲耳听见兰师长叫你滚出去。

又是各执一词莫衷一是。但是有一点,王铁山在兰泽光的最后时刻去见兰泽光,兰泽光始终没有跟他说话,要不就冲他冷笑,要不就傻傻地看天,白痴一样。

兰泽光死后，王铁山也曾询问过兰师长弥留之际有什么交代，沈东阳说，有几句话，但不宜向个人传达，丧事办完，我把它整理出来，呈交政治部。

沈东阳交给师政治部的《兰泽光遗嘱》有两项内容，一是112演习车毁人亡的事故，完全是管理责任，属于人祸，并非天灾。一团是他的老部队，居功自傲，管理松懈，事故虽然是在演习中发生的，但根子是平时扎下的，他作为一团的老团长，二十七师的师长，有感觉，但是没有引起高度警惕，没有及时采取有力措施，此事他应该承担主要责任。二是他在病重期间，王铁山主持的工作，他很满意，把部队交给王铁山他很放心，希望在上级组织考察新班子征求意见的时候，由政委把他的意见转述上去。

这个遗嘱使王铁山颇感意外，他觉得这里面可能别有文章。但是他也没有把问题想得那么严重。

七

王铁山担任师长之后，主动找到王雅歌，提出要把兰丽文从701野战医院调回师医院。

王雅歌说，没有这个必要，我还没有老糊涂啊，用不着女儿照顾。

王铁山说，离家近一点总是方便些，不光是照顾你，还有孙芳啊。现在老兰走了，两家要多走动一些。

王雅歌说，老兰死后，这孩子有点变化，不爱说话。老王我看你就别费心了。孩子大了，让他们走自己的路。

但是王铁山还是硬着头皮要把兰丽文调回来。兰泽光的丧事办完之后，王铁山给兰丽文打电话说，妞妞，我想把你调回来，征求你的意见。

兰丽文只说了一句话，王铁山就蒙掉了。

兰丽文说，王叔叔，我在701医院工作很好。我不想到二十七师工作。

王铁山呆了半晌也没有回过神来，稀里糊涂地问，丽文，我什么时候成你的王叔叔啦？我是你的爹爹啊！

兰丽文说，王叔叔，请你尊重我自己的选择，不要调动我的工作。

王铁山说，哦，孩子，我明白了，我全明白了。

泪水顺着王铁山的脸庞无声无息地流淌，王铁山把电话挂好，仰天长叹，老兰啊老兰啊，你给孩子灌输什么了？就算我王铁山有不周到的地方，有对不起你的地方，可是你也不能挑拨我和孩子的关系啊！

王铁山终于相信了,兰泽光临死之前,一定是留下了东西,而这个东西对他王铁山来说,一定是极具杀伤力的。

但王铁山还是不死心,回到家里跟老伴讲,一定老兰这个家伙临死的时候没有说我的好话,妞妞今天居然喊我王叔叔了

孙芳红着眼睛说,也来家了,喊我孙芳阿姨,把她的书也清走了。看来这个家她是不会回来了。

王铁山说,妈的,我就不相信,她还能跟我一刀两断!

从兰泽光去世后第十天开始,连续几天,王铁山按时下班,在师首长家属院等待兰丽文。第十天没等到,第十一、十二天都没有等到。

并不是兰丽文下班没有回家,而是远远地看见王铁山在那里焦虑地徘徊,就远远地走了。走了不忍心,又把自行车藏在一边,躲在大树后面或者墙角偷看,一边看一边抹眼泪,哭着对墙角说,对不起了爹爹,我没有办法,我是迫不得已的。哭完了就走,到机关楼下等沈东阳,两口子上街喝稀饭。沈东阳看见妻子的眼圈红红的,就问怎么回事。兰丽文说,没有怎么回事,骑车太远,眼里进沙子了。

到了第十三天傍晚,兰丽文又回到了师首长家属院,没有看见王铁山在徘徊,心里先是一喜,接着就是一酸,心想爹爹到底是死心了,不再等她了,推着车子往自己家里走,没防备后面轻轻的一声喊,妞妞!

兰丽文惊住,想回头却没有回,推起车子刚要快速离开,只听到身后一声断喝:兰丽文,你给我站住!

兰丽文不由自主地停住了步子。

王铁山低沉地喊,兰丽文听口令,向后——转!

兰丽文低着头,转过身来。

王铁山喊,向前三步——走!

兰丽文缓缓地、艰难地向前走了三步。

王铁山喊,向前三步——走!

兰丽文又往前三步。走了三步也没有停住,又往前走了几步,在离王铁山有十几步的地方站住了。

王铁山的喊声惊动了首长家属们,纷纷出门观看。王雅歌和孙芳也都出来了,看见王铁山和兰丽文对峙,王雅歌停在门边,没有围观。孙芳一溜小跑走到王铁山身边说,老王你怎么啦? 她还是个孩子,你干吗跟个孩子过不去?

王铁山吼道,她是个孩子,可是她还小吗? 她已经二十七岁十一个月零

六天了,再过二十四天,就是她二十八岁的生日,她还不懂事吗?

孙芳说,有话回家说,在这里嚷嚷什么,一个师长,也不怕人家笑话!

王铁山说,师长怎么啦?师长如果落个众叛亲离的下场,我宁肯不当这个师长!

孙芳走到兰丽文身边说,孩子,回家吧!

王铁山吼道,老孙你走开,没你的事!

孙芳可怜巴巴地松开兰丽文,站到一边去了。

王铁山说,兰丽文,你抬起头来,你抬起头来看着我,看着我这双眼睛,这里面有邪恶吗?看着我这张脸,这张脸上有虚伪吗?

兰丽文抬起头来,漠然地看着王铁山。

王铁山突然爆发了,喊道,孩子,看看这双手吧,看看这双手,你知道这双手对你来说意味着什么吗?

王铁山高高地举起了双手。

兰丽文僵尸一般站立,抬起头来,看着王铁山高举着的双手。

王铁山说,在你只九个月的时候,你的爸爸妈妈各自都有事业,他们把你送回鄂豫皖老家,可是那时候鄂豫皖正在闹灾荒,你的爷爷奶奶因为成分不好,家里的粮食不够吃,你差一点儿就饿死了。就是这双手,在你一岁半的时候,把你从老家抱了出来,抱到火车上。那时候我才是个营长,没有卧铺,我就把你放在座位上。火车走走停停,有时候人多,有时候人少,人多的时候,我怕人碰着你,就弓下我的腰,用我的后背挡住拥挤的人群。两天两夜,条件那样艰苦,我也没有让你挨饿,没有让你受到一点委屈……

兰丽文的泪水终于汹涌而下。

王铁山说,兰丽文,你回到家里看看,那个鱼缸还在。你四岁的时候问我,爹爹,金鱼会说话吗?我当时真的不懂金鱼会不会说话,但是我不想看到你失望的样子,我临时编了一个说法,说金鱼会说话,但是金鱼说话我们人类听不懂,也听不见。你很高兴,你说,它们自己能够听得懂就行了。你知道我听了你这样说,我是怎么想的吗?我想我们的妞妞真是个聪明的孩子,是个善良的孩子。我又突然想,我说得对吗?我要是说错了,不是给我的聪明的妞妞撒谎吗,不是教给妞妞一个错误的知识吗,直到第二天,我到相州市中学里请教了老师,老师说这样回答很好,我的心才踏实下来。妞妞,兰丽文,你摸着良心想一想,我王铁山怎么就对不起你了?

兰丽文再也控制不住了,失声痛哭,爹爹,我对不起你,对不起你啊爹爹……

兰丽文向王铁山奔了过来，扑进王铁山的怀里。

围观的家属们一片唏嘘。

门后的王雅歌泪流满面。

八

第二天早上出操的时候，王铁山和郭靖海在师部生活区的林荫道上散步。王铁山说，关于兰师长的遗嘱，据说有很多说法，可能与我最有关系，但我又是最不知情的。不过无所谓了，我王铁山问心无愧。

郭靖海说，基本上就是我说的那些。弥留之际，他老兄已经糊涂了，东一榔头西一棒子地说了不少只言片语，不过有些话是很有道理的，特别是关于治军的，我记了一些。

王铁山说，你有没有听到他对我的评价？

郭靖海含含糊糊地说，没有明确地说过什么，只说过王铁山老谋深算，会办事。

王铁山问，难道就这些？

郭靖海说，大致就这些。

王铁山说，你老郭说话，一向是一根肠子通屁股，直来直去，怎么也给我弯弯绕了。

郭靖海左顾右盼，然后说，嗨，我这个人就是藏不住话，我干脆跟你说吧，兰师长有一次跟我说，王铁山这个同志，战争年代胆大包天，和平时期心细如发。在二十七师军事干部当中，除了我也就是他了，遇到棘手问题，需要死缠烂打，我没精力，也没兴趣，全交给他，交给他就算交给清道夫了，他会披荆斩棘一路畅通，哪怕自己遍体鳞伤。

王铁山心里一热，这老兰，还算公正。王铁山说，这是好话啊，你吞吞吐吐干什么？

郭靖海说，这只是一部分。兰师长还说，王铁山这个同志在和平时期胆子越来越小，作为越来越平庸，那就只能给我当配角了。当助手，尤其是给我兰泽光当助手，他是个好助手，因为不用他决策，不用他定方向，他只管当老黄牛就行了。但是这个同志独当一面的能力差，不适合当一把手，当一把手他会瞻前顾后患得患失。据说群众有句话，叫王铁山上什么山走什么路，兰泽光上什么山开什么路。这话是什么意思？就是说他没有作为。我把话撂在这里，你们可以看见的，我死之后，王铁山要是当了师长，不出两年，二十七师的工作基本上就是个维持会了。

王铁山停住了步子，仰头看着杨树，突然笑了。老兰啊老兰，你也把我老王看得太低了。我没有作为？我一直都是个副手我怎么有作为？我稍微有作为一点都有争名夺利的嫌疑。你不给我舞台，我怎么作为？可惜你已经完蛋了，你已经看不见了，我这回就要让你看看我是怎么作为的。我老王当团长不比你差，当师长也不比你差，就是当军长，我还不比你差。

后来王铁山反思，他原来并没有新官上任三把火的想法，他想他也是个老同志了，当个师长也是最后一班岗了，平稳过渡，顺利交接，轻松地退出历史舞台。但是郭靖海传来的兰泽光对他的评价，使他的自尊心和荣誉心都受到了伤害。

那天上午王铁山什么事情也没有干。他想他必须反击了，他要以自己的思想和行动向那个已经故去的自以为是的家伙开战。

到了下午，王铁山让沈东阳通知司令部、政治部、后勤部首长和有关科长，召开了一个"二十七师全面建设改革务虚会"，会上就教育训练考核、干部任用考核、战备机制转换等方面内容，部署有关科室进行调研，查找问题，制定改进措施。王铁山在做动员的时候用诗歌一样的语言说，二十七师已经走过了曲折而漫长的岁月，新的历史开始了。

沈东阳对王铁山的话深感意外，因为按照王铁山四平八稳的性格，他不可能说出这种锋芒毕露的话，可是他偏偏就说了。这话同时也可以理解为兰泽光的时代结束了，王铁山的时代开始了。

王铁山说，二十七师要想上一个台阶，出路在哪里？就在问题里面。问题有多少，出路就有多少。解决了多少沉疴痼疾，就能提高多少标准。

沈东阳对这话同样感到意外，他发现当了师长的王铁山同当副师长的王铁山有了很大的不同，似乎一夜之间就变得咄咄逼人了，就像当年的兰泽光。而且王铁山的改革是以否定兰泽光为出发点的，一个新任主官，上任之初二话不说就查找问题，基本上就是明着否认前任，这是为一般人所忌讳的，但王铁山偏偏就这么做了。

王铁山说，行政管理方面的薄弱环节在哪里？就从炮团三连不请假外出违反纪律的事件里找；安全防事故的薄弱环节在哪里？就从112号演习的事故里面找；战术训练方面的薄弱环节在哪里，就从双榆树高地战斗战例里面找。从现在起，我们二十七师要用主要的精力查找薄弱环节，把所有的薄弱环节夯实了，我们的基础就打牢了。

公正地说，沈东阳对王铁山以抓"薄弱环节"为突破口展开工作的方式，是既意外又欣赏的。但是,他隐隐约约地感到,王铁山的"薄弱环节理论"在很多方面都是针对兰泽光的。这就有失厚道了,沈东阳想,他想干什么?他是想摆脱兰泽光的阴影还是想建立自己的丰碑?

沈东阳什么都可以相信,但是他不相信王铁山能超过兰泽光。兰泽光的风格,兰泽光的个性,兰泽光的犀利,兰泽光的睿智,兰泽光出其不意的战术思想和卓越的创造力,在二十七师有着广泛的影响。假如王铁山真的挑战兰泽光的话,弄得不好会很难收场。

对于王铁山的评价,沈东阳跟兰泽光基本上是一致的:四平八稳,跟随大流前进,如此而已,而已!

沈东阳判断,王铁山有可能是受到了某种刺激,头脑发热,新官上任,也就是三把火而已!但是没想到,王铁山不仅把这三把火烧起来了,而且烧了好几年,而且越烧越旺,其中一个最著名的成功范例便是"人才首位晋升制"。

所谓"人才首位晋升制",就是在同级别同类型干部中,按照政治考察、军事考核、民主测评三大项内容,就德、才、能、绩四个方面打分制,团里成立考评小组,师里成立考评委员会,不搞末位淘汰,搞首位晋升。这话听起来比较顺耳,实际上也很残酷。王铁山说,现代战争,打的就是人才,人才主要体现在指挥员的身上。至于战斗员,可以用强将手下无弱兵来解释,把指挥员素质搞上去了,其他问题就迎刃而解了。

沈东阳是"人才首位晋升制"的最早受益者,王铁山在会上说,二十七师军事干部中,副团职的有六名科长,十六名副团长和团参谋长,只要你在半年综合考核中,在二十二个人当中是第一名,哪怕你副团职任职只有半年时间,也照提不误。

这一下,二十七师就动起来了,纲举目张,层层考核,月月考核,分数说话,有点像选举总统,全凭真本事,来不得半点含糊。

恢复军衔制的那一年,沈东阳在二十七师二十二名副团职干部中,考核总分第一名。王铁山说,不用讨论了,腾出一个团长的位置,马上上去。

两个月后,沈东阳被任命为二十七师一团团长。

九

沈东阳调到一团之后,王奇给沈东阳打电话,主动申请到一团当连长。沈东阳说,你是副连职参谋,想到基层来可以,但到一团只能当副连长。

王奇说,我已经是四年副连职了,就因为实力表上搞错一个数字,王师长就勒令停止我正常调职。你这个老科长就不能高抬贵手拉我一把?

沈东阳说,咬得菜根,百事可做。我当连长当了七年你知道吗?

王奇说,我都二十二岁了,一个副连长连找女朋友都困难。

沈东阳说,那你看着办吧,随你的大小便。

后来王奇又给兰丽文打电话说,姐姐,别人都是三年一调职,我为什么这么倒霉啊,四年副连职还要我当副连长。难道就因为我是王师长的儿子?

兰丽文说,沈东阳同志当年当过七年连长,就因为他是兰师长的女婿。

王奇说,那好,那我也认了。不过,我到一团,天天到你们家吃饭。

兰丽文说,你可以把我当姐姐,但是你千万不要把沈东阳同志看成是你姐夫,这个人是六亲不认的。

王奇说,那算了,我还是老老实实地待在连队里修行吧,免得自找没趣。

王奇担任四连副连长,沈东阳找他谈话,只提出一条要求,一切按规矩办。

王奇问,一切按规矩是什么意思?天哪,你想把我培养成圣人啊,只有圣人才一切按规矩办。

沈东阳说,从现在开始,一律喊团长,不管是在家里还是在部队,决不允许喊姐夫或者沈大哥。第二,迅速忘掉你是王师长的儿子,你就是一个副连长,比排长大,比连长小。第三,业余时间读团史,研究战例,每周写一篇学习心得,平均每月在军区学术杂志上至少发表一篇文章。年底算账,如果在其他方面,譬如欺压士兵、男女作风、一日生活秩序等方面不出问题,嘉奖一次。两年政治和军事考核优秀,可以考虑去掉一个字,把副字去掉。

王奇惨叫,我操,把我当劳教对象啊?

沈东阳说,再说一句脏话,我马上换掉你一个字,把长字去掉,让你当副连职管理员,专门伺候本团长。

过了两天,是个星期天,王奇到沈东阳家去蹭饭,沈东阳给了他一个花名册,但除了姓名和职务以外,其他一概没有。

王奇问,这是什么?

沈东阳说,将要打败你的人或者你将要打败的人。

王奇看了半天,明白了,这是本团副连职军事干部名单,直接属于战斗分队的十七个,也就是说,只要他在综合考核中获得第一,他就随时都有提升的可能。但是只要他是第二名,那就靠运气了。

王奇说,整个是一个挑动群众斗群众的战术。

沈东阳说，八亿人民，不斗行吗，不斗则修，不斗则垮，这是颠扑不破的真理。

十

王奇的奋斗史于是就拉开了。

沈东阳规定，没有重要事情，未经允许，王奇同志不得随便出入团长家，尤其不能进入他的"家庭作战室"。

事实上王奇也没有办法进去。倒是兰丽文，经常和沈东阳战斗，说王奇年轻，天天在连队，伙食差，她这个当姐姐的不能不管。

沈东阳说，什么叫伙食差，他是副连长，伙食就归他管，伙食差我要查他的责任。

王奇调进一团，前半年只去过沈东阳家五次，沈东阳对他很不客气，根本不把王奇当客人，像考核一样提问，训练的，兵员的，伙食的，团结的，等等。

沈东阳的问题，有些王奇能答得上来，有的答不上来。答不上来就挨批。有次沈东阳居然提问，野战条件下如何保存食盐，没有食盐怎么解决？王奇绞尽脑汁也没有想明白，被沈东阳狠狠地训了一顿。沈东阳说，一个副连长，就是连队的后勤部长，居然不知道怎么解决食盐的问题，简直是渎职！现在就给我滚回连队去，把问题给我弄明白了！

兰丽文说，沈东阳你干什么？王奇来吃顿饭，就把你吃穷了吗，你为什么要变着法子赶他走？

沈东阳说，你别胡搅蛮缠，我是考察他的工作能力。

兰丽文说，要考察上班时间考，现在吃饭！

那顿饭王奇虽然没有被赶走，但是吃得很别扭。沈东阳一言不发，王奇也不敢说话，只有兰丽文没话找话，不断地给王奇夹菜，想调节气氛，却无论如何也调节不起来，反而搞得王奇上刑一般。

这以后，王奇就不太敢去团长家了。

有一次兰丽文给王奇打电话说，晚上过来吃排骨。

王奇说，你家那个排骨可不是好吃的，你们家老沈逮住了我就过巴顿的瘾，先是考核，然后教诲，孜孜不倦，乐此不疲。我受不了。算了，我还是不去了，这回我去了，估计他又该问我野战条件下怎么保存大葱了。

一年之后，王奇历经坎坷，终于在本团二十二名副连职军官"人才首位晋升制"考核中第一次取得了综合成绩第一,计算机算出结果之后,他很高兴,沈东阳也高兴。沈东阳当场宣布,此结果立即报师部考评委员会审定,若确凿无误,第一,我将向团党委提交提升王奇同志为四连连长的议案。第二,王奇同志基本上取得了交女朋友的资格。

王奇这一高兴,就有点忘乎所以,第二天晚上就把女朋友带到团长家里,让姐姐和沈团长鉴定。王奇的女朋友是本师离休老干部石得法的老六,小名六子的石晓颖。

沈东阳回家一看,当即就把脸拉下来了说,王奇,你动作也太快了吧!

王奇嬉皮笑脸地说,兵贵神速,这是团长您老人家教导我的。

沈东阳说,师里考评委员会的鉴定还没有下来,我还不能担保你在考核中有没有做手脚,会不会被揭露。你要鸡飞蛋打怎么办?

王奇说,我能担保,不走夜路不怕鬼,这也是你教导我的。再说,我就是当不上连长,你也不能老让我打光棍吧。我都二十三岁了,不是小孩子了。

沈东阳说,你爸爸妈妈知道吗?

王奇说,这件事情,我爸爸授权丽文姐姐全权负责。

沈东阳开始考察石晓颖了,摆开架式问,什么职务?

石晓颖落落大方地回答,排长。

沈东阳眉头一皱问,怎么才是排长?学历也太低了吧。

石晓颖说,我是本科毕业生,副连职,见习期间,担任师直通信营三连二排排长。

兰丽文说,沈东阳同志,当好你的团长,家庭事务由我负责。我看小奇可以和六子处下去,朋友嘛。

沈东阳说,那好,今天姑且把假的当真的,把代理的当正式的。现在我分工。我们四个人,一个团长,一个正营职少校,一个准连长,一个排长。排长洗菜,连长切肉,营长做饭。

王奇问,那你干什么?

沈东阳说,团长指挥。

王奇夸张地惊呼,哇,团长要给我们吃满汉全席啊!

沈东阳脸一沉说,什么满汉全席,军营伙食,永远是四菜一汤。

王奇说,就四菜一汤还要指挥?

沈东阳说,你老实点,你这个连长命令还没有下,男朋友还是非正式的。好好地给我干活,让我看看你的手艺,合格了,我既不反对你当连长,也不反对你当正式的男朋友。

那晚沈东阳情绪很好,开了一瓶好酒。饭后还破天荒地将王奇放进了他的"家庭作战室",大谈新军事革命潮流。

临走的时候,王奇从"家庭作战室"里偷了两本书,没想到就偷出一个秘密,那是沈东阳就读军事学院期间写给兰丽文的家书,谈到了他在军事学院图书室里借了一本《韩战史》,里面有美军对双榆树高地战斗的战例分析,从这个战例分析上看,双榆树高地战斗志愿军二十七师的两个营是被对方迷惑了,稀里糊涂地打了一仗。这封信夹在沈东阳的战术教材里,被王奇随手翻出。

第二天是个星期天,王奇回到师部家里休假,饭桌上顺便提及沈东阳的那封信,说这个双榆树高地战斗,好像是二十七师的一个痔疮,动不动就被提出来说一通。

王奇说得轻巧,王铁山却是分外敏感,追根刨底,王奇就把沈东阳的信卖出去了。王铁山半天没有说话,第二天给兰丽文打电话,详细询问信的内容,兰丽文就知道东窗事发了。

王铁山说,丽文,你给爹爹说清楚,东阳在军事学院学习期间,是不是还专门研究过双榆树高地战斗?

兰丽文老老实实地回答,是的,好像是无意间看见了韩国的资料。

王铁山问,韩国的资料是怎么说的?

兰丽文说,是《韩战史》,但是内容是美军写的,自我吹嘘,说爸爸和爹爹您中了敌人的计谋了。

王铁山说,沈东阳是怎么看的?

兰丽文说,我不知道。他上学是在爸爸去世之前,爸爸去世之后,他就把所有的资料藏了起来,连我也不给看,而且像防备特务一样地防备我,就像当年我爸爸防备我妈妈。

王铁山说,好吧,我明白了。

过了几天,兰丽文下班回家,迎头碰上王奇,王奇说:兰丽文同志,现在向你播送新华社最新消息,经陆军第二十七师人才首位晋升制考评委员会鉴定,8月12日即今天上午正式公布结果,一团四连副连长王奇在本次同级综合测评中名列第一,预计该结果将给王奇带来以下好处,第一,王奇同志的职务将正式减少一个"副"字。第二,王奇同志将正式获得女朋友石晓颖一名。

兰丽文说,王奇同志,你居然盗窃团长的重要文件,沈东阳同志知道了要扒你的皮。

王奇倒吸了一口冷气说,不就是一封信吗? 那里面什么也没有。

兰丽文说,什么也没有你干吗回去问爹爹? 你把娄子捅大了。

王奇说,完了,没准这回我的提升也泡汤了,咋办啊姐姐?

兰丽文说,提升也泡汤那倒不至于。沈东阳现在还不知道这件事情,就是他知道了,这件事情也由我来承担,你什么都不知道。

王奇说,那我也只好背靠大树乘凉了。

王奇确实把娄子捅大了,但这个娄子也不完全是王奇捅的。

王铁山担任二十七师师长三年,在这三年里,整个二十七师都像煮沸了的开水锅,不停地翻花滚浪。王铁山就像一根上足了劲的发条,推着二十七师这只大象的屁股,向他理想的高地上一步一个脚印地迈去。

王铁山的三把火烧了两年,二十七师成了军区教育改革的先进单位,王铁山在年龄限制已经岌岌可危的关键时刻,再一次受到重用,被破格提拔为集团军军长,少将军衔。

至此,兰泽光在生命最后岁月里梦寐以求的东西,王铁山几乎全部得到了。但是王铁山并不满足,总觉得在自己的军旅生涯中还笼罩着一丝阴影。直到后来王奇提到了沈东阳的那封信,他终于明白了,这阴影就是双榆树高地战斗,是兰泽光留给他的最后一个课题。

王铁山在寻找战机,直到三年之后,在他离休之前,这个机会终于横空出世了。

第十一章

一

加强步兵师野战阵地攻防战斗演习作战会议于午饭前结束。二十七师一团上校团长沈东阳被单独留下,召进了军长办公室。王铁山面带含蓄的微笑,站在巨大的作战挂图左侧,手中的金属指挥棒在图上划了一条遒劲的曲线——那是沈东阳部的作战地带:明白我的意思吗?

沈东阳说,军长,对于任务我很清楚。

王铁山笑了笑说,我想你清楚的恐怕不仅仅是这次演习的任务。我知道,你对于战例一直是有着浓厚兴趣的。你有没有从这次进攻演习的方案里看出一些别的什么东西,譬如说……一个故事,一个虽然发生在过去岁月里但是又始终活跃在我们或者说是始终活跃在你我心中的故事?

沈东阳正襟危坐在军长对面的沙发上,目光落在挂图上军长刚刚划过的那一块,绷紧的脸腮不易察觉地动了一下说,军长,我没有想那么多。我的职责决定我只能从演习的角度进入情况。

王铁山又笑了。放下手中的指挥棒,移动硕大的身躯,隆重地坐进写字台后的高背皮椅子里,两手向沈东阳微微摊开说,如果你说的是实话,你对不起的是本军长,对不起我对你的赏识。如果你不敢说实话,那又对不起你的老丈人,对不起他老先生对你的厚望。好了,我这个当军长的也不跟你兜圈子了,你不说我说,这次演习的背景,就是本部历史上的某一次真实的战斗。你看,你并不感到惊讶嘛。你是胸有成竹嘛。

沈东阳不安地站起身子说,可是军长……话到此处,沈东阳又缄口了。有话直说,我王铁山手下没有吞吞吐吐的团长。

沈东阳说,我看出来了这里面的匠心,但我不明白军长这样做是想达到一个什么样的目的。

是吗,你会不明白?王铁山夸张地意外了一下,嘿嘿一声冷笑,那好,我来告诉你。

沈东阳重新坐下,冷静地等待王铁山道破天机。

258

王铁山说,前几年下面部队有一种说法,说是你的岳父大人兰泽光在活着的时候没有斗过我,便给我安了一个绊子,选择了一个得意门生当女婿,精心培养,临死前还授以锦囊妙计,势必要把一段早已做过结论的历史扳回来。这话你听说了吗?

军长,这是对兰泽光人格的贬低,完全是有人不怀好意造的谣。

哦,你也认为是造谣? 王铁山扭过头来,盯着沈东阳,像是细细地琢磨一张作战地图,你能肯定这是造谣吗?

沈东阳的脑门上沁出了汗珠,咬紧牙关说,我能肯定是造谣。军长,兰泽光已经去世了,您也没有必要对这些谣言较真了。

王铁山仍然不动声色地逼视着沈东阳的眼睛,看得沈东阳心里直发毛。王铁山说,是啊,你的岳父这一手的确很高。人总是要老的嘛。如果说较真的话,我自愧不是他的对手,甚至不是你的对手。再过一年,也许半年,不,也许更快,我就可能要从这个位置上下台。而你,三十六岁的团长,来日方长啊……

沈东阳霍然起立说,军长,兰泽光是一个正派的军人,不是……政客。王铁山勃然变色,目光旋转着逼向沈东阳,那么,在你的眼里我是什么人?

您是我们集团军的军长。

请你正面回答我的问题!

军长,您今天留下我,难道就是为了……你们老一辈之间虽然在有些问题上有过争论,可那都不是品质的原因啊! 你们曾经情同手足生死与共,你们都是我极为尊敬甚至崇拜的楷模……军长,一万多部队即将投入演习,我们都满怀信心要在您的麾下一展身手,这也是您精心等待了几年的机会。可是我真的有点不明白,在这个时候,您为什么偏偏要对那一段不愉快的历史纠缠不放?

沈东阳的话说得诚恳而又不卑不亢。

王铁山略做沉吟,脸色稍微松弛了一些,坐下去,手抚脑门,一轻一重地拍了几下说,你是真不明白还是假不明白? 我告诉你,我老了,知道什么叫老了吗? 认死理就是老了。我真的成了一个力不从心的老头了。这将是我组织的最后一次演习,我必须把心里的疙瘩解开。军区和总部批准了这次演习,也就是说,他们宽容了我这个固执的老头。你我都是军人,军人心尖子上牵挂的那点东西,你应该清楚。

沈东阳无言以对。他不能不承认,军长是对的。事实上,他早就意识到这次演习有着非同寻常的背景。受领任务时,马萨岗的地形条件和在马萨岗部署的兵力态势,以及攻防双方的行动原则,都使他深信不疑,这里面有一番苦心,这是在仿制一个历史的情节,有人要在 J 这块地方再现过去的一幕——双榆树战斗再一次浮出了水面。于是,这次演习对于他沈东阳来说,就有了特殊的意味。而这一切,又都安排得合情合理天衣无缝。旁观者绝对看不出破绽,知情者只有三个人——现任集团军军长的王铁山和已故的兰泽光,加上他沈东阳。

王铁山用铅笔敲了敲桌面说,我想你不会认为这是我的一时冲动。到了我这个岁数这个身份,我冲动不起来。我也可以坦率地告诉你,我这样做,并不是对你的老丈人耿耿于怀。死都死了,我还去跟他扯什么皮呢?问题是,本人也是吃了几十年军粮的人,我不能容忍我的历史上有那么不明不白的一笔。我要赶在见上帝之前把账目算清。我怕的不是承担责任,怕的是承担那种不明不白的责任。

沈东阳说,军长,既然这样,我认为我团不宜担任作为主攻的"渡江支队"的任务,至少我本人应该回避。

王铁山挥了挥手说,那是不可能的。一,只有你有那个能耐运算好那道算术题;二,也只需要你去运算;三,你在军事学院学习期间,还专门研究过双榆树高地战斗,调研过《韩战史》,看来你对那场战斗的了解已经非常成熟了,难道你不想展示一下?

沈东阳愣住了,此刻他还不知道是谁出卖了他。沈东阳说,军长,这样我就为难了。非如此不可吗?

把你换到我这个位置,你会改变吗? 王铁山以问作答。

沈东阳再一次语塞,抬起头来,他看见王铁山的目光里有一种穷追不舍的坚定,同时也掺杂着一丝痛楚的阴影,握着竹根烟斗的手有些轻微的颤抖。

军长,我岳父临死之前,并没有留下所谓的锦囊妙计,他交代我的是,老老实实地当好一个参谋,并且要我们这些机关人员维护您的威信。

那么,你为什么要向政治部门假传你岳父的最后留言?

沈东阳吃了一惊:军长,此话从何谈起?

年轻人,我再次提醒你,这是可以追究法律责任的,隐瞒高级干部的遗嘱是犯罪行为,你懂吗?

王铁山一只手扶着椅背,上体微向后仰,一根指头笃笃地敲着桌沿。没有追究你,是因为我不想让我手下一名很有出息的军官背上复杂的历史包袱。

沈东阳的防线被王铁山轻而易举地攻破了,他不敢再狡辩,嗫嚅地问,军长,您是怎么知道的?

王铁山哈哈大笑,沈东阳,你低估了本军长。别忘了,站在你面前的人,已经在沙盘前度过了四十多个春秋,已经在战场上滚过一百多个来回。凭我的经验,他兰泽光不会说出那样的话,他不是那种人,他也是心里怎么想的就会怎么说,尤其是在临死的时候。第一条,说112演习车毁人亡的事故,完全是管理责任,尤其是他作为一团的老团长,二十七师的师长,应该承担主要责任。这话也许他在心里承认,但他不会说出来,即便说出来,也言不由衷,因为当时是我在前进指挥所,他不可能认为我没有责任。第二条,说是把部队交给我他放心,这倒是真的,但是这层意思也只能藏在他心里,他不会说出来,更不用说在临死的时候了。你伪造的这份遗嘱在当时至少向上级证明了师里的班子是团结的,巩固和加速了对于我的任命。我不想对你的上述行为做出感谢的表示,我只对你的一句话很感兴趣。

王铁山停顿一下,向沈东阳递过来一个老谋深算的微笑。

沈东阳更加紧张,目瞪口呆地看着王铁山,不知道又有什么把柄被军长抓在了手里。

你是不是说过,本集团军内近年来有三个杰出人物,一是兰泽光,二是王铁山,三是沈东阳。啊,我要感谢你啊,感谢你如此看得起我,把我的名字同你并列在一起,我感到无上光荣啊。

沈东阳的脸顿时涨红了,先是怔怔地玩弄手中的茶杯,然后苦笑一下说,这话是我说的,那时我才二十多岁,不知天高地厚。

你还说过,兰泽光死了,王铁山老了,剩下的事情该由我沈东阳来办了。是不是啊?

沈东阳大窘,语无伦次地说,军长,我……这是开玩笑,酒后狂言。王铁山挥手打断了沈东阳的话头说,说得好,我认为你为自己定了一个很高的标准,事实上这些年来你一直是向着这个目标努力的。你在一步一步地证实自己,同时也在一步一步地否定我们这些老家伙,甚至在一定程度上包括你的岳父。

沈东阳说,我没有想这么多。我只是在竭力尽职。

不,你的野心大得很哦。王铁山脸上又挂上了一层不轻不重的笑色,说不上是讥讽还是别的什么。我和你岳父都是从二十七师出来的,都在师、团首长的位置长期干过。我的带兵原则是平时多流汗,战时少流血,闲无好兵。认认真真打基础,扎扎实实学大纲。到了你丈人的手里,花样别出,说我们的军官太土,行动上组织了一个敌后武工队,让所有的干部从骑自行车开始,踏上现代化的征程;理论上搞了一个心理训练七大程序,让军官们成天摇头晃脑地猜心思。如今到了你的手里,听说你又在忙乎什么《临战人员心态探讨》?

王铁山从金属文件筐里抽出一本《军事学术》杂志,拍在桌子上说,我翻了翻,基本上还是兰泽光的思想在放光芒嘛。

沈东阳微笑了一下。此时他已经充分地放松下来。尽管军长的话有些云遮雾罩的,也尽管军长脸上的表情忽冷忽热,但是他还是能够感觉出军长的善意和对于他本人发自内心的器重。尽管军长和他的岳父兰泽光之间曾经有过一段难言的历史,但是他的人格却是始终受到沈东阳的尊重和仰慕的。

沈东阳说,军长,写这篇文章我并没有带着个人感情色彩。对于前辈的传统,我有权利继承,也有权利选择并且加以丰富。事实上,您当年规定的军官自身行政管理细则,人才首位晋升制,我们至今仍然在对照实施,只不过加了两条。现在毕竟有了许多新的问题,当然也就会出现新的思路,这一点,我是受过军长的表扬的。

王铁山狡黠地眨了眨眼说,啊,是啊,我是经常要表扬你啊,可是每次我都在心里想,这个小子,又在标新立异。不能表扬他,不能让他太得意了。可是,不表扬又不行,部队的面貌摆在那里,各项训练和工作指标白纸黑字。我对你的表扬,有很大成分是被迫的。其实你知道,我对你是提防的,我总是觉得你的那些论文带着一定程度的挑战意味,甚至是对我们这些老家伙的……否定。否定是对的,可是被人否定毕竟不是一件令人愉快的事情。你说呢?

沈东阳从心里笑了。军长能把心底藏着的那点隐私坦率地暴露出来,同时也正是对他自己人格的证明。沈东阳说,军长,我是按照您的思路往前走的。您说过,在新的条件下,要注重研究新的教育管理方法,更准确和深入地掌握和控制部队。所以,我们对于传统的带兵之道就要重新进行审视了。

这样我也就有理由认为,你的确是在一步一步地否定我。

我没有这样想过,但是客观上可能会出现这样的效果。

哈哈,很好,我们都是君子,不说假话。正是基于这样的认识,迫使我选择你担任马萨岗进攻演习的指挥员。

军长,我可以走了吗?沈东阳站起身子,拎起了军帽。

你没有使我满意。王铁山收敛笑容,又敲了敲桌子。你应该说你很乐意接受这个任务,并且密切配合我把那个谜底揭开。

沈东阳沉默。片刻之后说，我执行命令。

沈东阳的态度使王铁山一度松弛的脸色又阴沉下来。他眉头微蹙，注视着自己麾下这个不卑不亢并且有点倔强的小团长，心里掠过一丝愠怒。但是他很快就把这种情绪掩盖起来，深深地吸了一口烟，似乎平静地对沈东阳说，好吧，我们的任务暂时解除了。现在已经是中午了，你就到我家去吃午饭吧。这不是我的意思，是你孙芳阿姨的意思。

王铁山说完，起身到衣架前摘下了帽子。

沈东阳踌躇了一下说，军长，我就不去了吧。

哦，什么意思？王铁山已经着装完毕，沈东阳的拒绝尽管十分婉转，他还是感到了巨大的意外。要知道，一个集团军的军长要一个团长去自己的家里就餐，这不是什么请客，这差不多就是命令。而这个不是命令的命令居然遭到了拒绝。

为什么不去？

沈东阳立正回答，军长，既然您已经决定要把双榆树战斗的症结搞清楚，那我只能站在我岳父的立场上提前进入状态了。我改天再去看望孙芳阿姨。

王铁山原地伫立，盯着沈东阳那张年轻的微笑的脸庞，足足盯了十几秒钟，牙巴骨突然一阵悸动。

你可以走了。王铁山终于遏制住一触即发的怒火，冷冷地说。

沈东阳戴正军帽，摸了摸风纪扣，军用皮鞋碰撞出清脆的响声。他抬臂向王铁山行了一个标准的军礼，然后转过身去，以齐步的幅度跨出了集团军军长的办公室。

二

在沈东阳迈出门槛的那一瞬间，一股难以言状的滋味向王铁山袭来。在部属的面前，尤其是在沈东阳的面前，他一直很注意保持形象，对自己的衰老进行着顽强的抵抗。他竭力把宽阔的腰板挺直，挺出了一副凛然威严的将军风度。他知道这是一种模仿，是在咬紧牙关坚持模仿二十年前三十年前的自己。而一旦独处，他就不由自主地松散了身体的结构，身上像是有了一个气门芯，几十年的军旅生涯点点滴滴凝聚在身的那一腔豪迈的精神气，正在通过这个气门芯丝丝缕缕地往外泄漏，一种疲惫的老态势不可当地侵蚀了他的生活。

他狠狠地目送着沈东阳逐渐远去的背影，愤怒地欣赏那副充满朝气的肩膀，他甚至从内心深处滋生出一丝隐隐约约的嫉妒。沈东阳的背影消失在楼梯拐弯处，他才在心里咬牙切齿地嘀咕了一句：混账！

　　是的，他也曾经年轻过，也曾经满怀勃勃雄心，在长江北岸，在广西剿匪，在朝鲜双榆树高地。但是他终于老了。他希望他的部属是他忠实的执行者，同时也是他的崇拜者。

　　兰泽光去世之后，他仍然一如既往地器重沈东阳。他甚至觉得，沈东阳其人，不仅在性格上、气质上酷似他的过去，就连那一副板正的身躯，也像是倒回二三十年的王铁山，而且事实上也确实是他最先发现了这个思想活跃的小参谋，原谅宽容了他的缺点，并且也是在他的家里，沈东阳才同丽文认识的。然而，他却是兰泽光的崇拜者和维护者。集团军军长麾下的一名势头看好的团长，却始终摆脱不了兰泽光阴影的笼罩，这不能不让王铁山时时感到一种尴尬，不免要经常扪心自问，我到底是怎么啦，我究竟是怎样对不起你兰泽光啦？没有嘛。你临死的时候来那么一下子是什么意思？很不磊落哦。

　　他理解兰泽光，过去他给兰泽光太多的忍让。在内心深处，他觉得他好像确实欠了兰泽光什么，这是从什么时候开始的呢？也许是从杨桃牺牲或者失踪的时候事，也许是双榆树高地战斗的过程中间，也许是第一次授衔的时候。

　　争争斗斗骂骂咧咧铆着劲干了几十年，但是有一条，工作上大家都是不含糊的，都没有做过推诿扯皮的事情，遇到困难两副肩膀一起顶上去。遇到开心的事儿，拎一瓶老酒两个人能喝到半夜。虽然中间不断穿插一些不愉快的情节，但毕竟还是见了坦诚。他看出来兰泽光在生命的最后阶段对他的态度有些反常，可是他不认为兰泽光会对他王铁山的人格进行诋毁，他依然忧心如焚地组织对兰泽光的抢救，派出人员到上海北京为兰泽光请专家名医。兰泽光断气时他不在场，首先是兰泽光不让他在场。那当口他正在同军区通话，请求派直升机抢运兰泽光去上海。兰泽光的后事也是他承办料理的，直到那时候，他还不知道兰泽光最后留言的真实内容，只是从郭靖海等人的嘴里听到了片言只语。可是后来兰丽文不再喊他爹爹了而是喊他王叔叔了，他才发现问题不是一般的严重。

　　他以最快的速度，以不可阻挡的情感的力量，重新把兰丽文召唤到麾下，并且把她调回了师医院。但是兰丽文同沈东阳一样，仍然矢口否认兰泽光有正式的遗嘱。

　　后来他终于知道了。兰泽光最后时刻留给他的确实是诋毁和贬低。这些年,他从来没有摆脱这种诋毁和贬低的阴影,他们像幽灵一样跟在他的屁股后面,发出阴森的冷笑:王铁山,你不如我,搞战术你永远不是我的对手……

真的吗？那就试试吧!

王铁山没有马上离开办公室,他收了收心,从公文包里取出几封短信,戴上老花眼镜又看了一遍。

> 爹爹:父亲已经去世了,您也上了岁数。往事倒不回来,忘记它吧。当初东阳没有真实地汇报爸爸的最后留言,是我同意的。
>
> 这件事只有我和东阳两个人知道。您别再问了,别再为此难过了。您现在很忙,身上还有伤,您要多保重。再到军部,我会去看您的。
>
> 如果您和东阳之间真的要发生争斗,我一定是爹爹的盟军。

把信又看了一遍,王铁山的心里好受多了,但是仍然对沈东阳的不卑不亢耿耿于怀。

六菜一汤。一瓶茅台像一个红色的士兵,立正在桌子中间。

王铁山大步跨进家门,老伴孙芳向他身后看了看,小心翼翼地问:"东阳没来?"

王铁山不吭气,横了老伴一眼。哪壶不开提哪壶。

孙芳闹不明白老家伙这几天撞上了哪路神仙,成天绷着个脸,像是有谁借了他的米还给他了糠。上班之前甩了一句话,说是中午叫沈东阳过来吃饭,害得老太太和公务员忙了一个上午。菜做得不多,但是样样精致。岂料一番用心用力的劳动成果全都便宜了光杆司令。

老伴不喝酒,王铁山自斟自饮,三五杯下肚,就有些晕乎,自叹好汉不提当年勇,酒量看来确实大不如前。晕乎中突发奇想,想把那个躲在骨灰盒子里的老家伙拽出来,对饮半斤然后开骂。

刚到团里工作那阵子,他和兰泽光都才三十挂零,一个人能喝七八两。那时候茅台便宜,一瓶才三块来钱。

"东阳也太见外了,到了家门口都不进来。不管怎么说,丽文还是我带大的嘛。"

"切点酸菜来。"王铁山沉着脸,低低地吼了一声。

这顿酒委实喝得无滋无味,王铁山呼呼啦啦扒了一碗饭喂饱肚子,便把自己关进书房,斜靠在沙发上吸烟。却又不装烟丝,怔怔地瞅着雕花的竹根烟斗发呓症。

电话铃声悠扬地唱了起来，王铁山仄身摁了一下按钮，免提电话里传来了声音。二十七师政委郭靖海向他请示去 J 地域检查的出发时间。

王铁山看了看表，答复在下午两点半，然后坐到床上，拉开毛毯，想眯瞪一会儿，却又睡不着，脑子里有很多东西往上翻。

他觉得人委实是有点怪，一上年纪了，连自己的身体和思想都不听自己的指挥了。记忆力变得莫名其妙，有些事情前不久才刚刚发生过，眼下却只记得个隐隐约约。有些事情分明已经过去了几十年，可是一想起来，却历历在目，仿佛窗外正在移动的云彩。沈大夫对他说过，人上年纪了，远期记忆却反而强于近期记忆。这话他信。

想起了沈大夫就想起了杨桃。这些年来，他越来越相信杨桃没有死，而且沈大夫就是杨桃，或者与杨桃有关。这种感觉很奇妙，但他就是这么感觉。杨桃似乎就活在他和兰泽光的身边，时隐时现，若即若离。他曾经有好几次动念头去找沈大夫打探虚实，但都没有如愿，一方面他怕自己的幻觉闹出了笑话。二者，即便杨桃真的活着，她自己不愿意现身，必然有她的苦衷，老都老了，那层纸不去捅破也罢，雾里看花，留个念想未尝不是好事，捅破那层纸，或许更加惆怅。

三

下午一时左右，沈东阳驱车回到了驻地，踏进家门，对迎上来的兰丽文说的第一句话便是你出卖了我！

这话还不全是开玩笑，沈东阳的脸色一本正经，语气很重。

兰丽文说，我不明白你的意思。

沈东阳说，你爸爸要是九泉有知，没准会从棺材里坐起来，给你一耳光子。

兰丽文说，我怎么啦？

沈东阳说，别装蒜。由于你的出卖，使这次演习变得复杂了，看样子是要把三十年前的双榆树战斗重新演示出来。这可是一个天大的决心啊。兰丽文惊愕地看着沈东阳，愣了半晌才叫出声：你们这是干什么？都过去了几十年的事情了，你们为什么还要抖搂出来？

不是我，是你的爹爹。当然，还是你爸爸先埋下的导火索，并且由于你的出卖点燃了导火索。

不这样做不行吗?

看来是不行。否则,老爷子临死的时候不会留下那样的话,你的爹爹现在也不会这样较真。

这样做会出现什么结果?

沈东阳坐下,脑袋靠在沙发的靠背上,看着天花板说:结果无非是两种。一是以实际演示再一次证明王铁山当年的决心是正确的,是根据敌情变化采取的果断行动,而老爷子这些年来耿耿于怀是没有道理的,是无理取闹。第二种结果就要看我的了,在演习中我将结合那次战斗,找到当年王铁山留下的破绽,证明他放弃钳制擅自越位主攻仍然是错误的。对于老爷子那一个排的伤亡,他要负责。

兰丽文忧郁地说,太严重了……何必呢,爸爸已经去世了,难道还要对他进行指责吗? 爹爹也是年近花甲的人了,何必再让他去负……何必要去伤害他?

可是,不这样不行。这算不上是伤害。或许,军长他只是想重温过去的岁月……现在只能是看他老人家把我们指向哪里了。不过有一点可以肯定,他要进攻,我是不会退却的。这不是我和他个人之间的事,我只不过是兰泽光的代言人,这件事关系到两个老一辈军人的荣辱和品格,军人的原则不容许我让步,哪怕对方可以决定我的前程并且是我尊敬的首长。

兰丽文沉默了。

沈东阳说,一会儿让王奇过来,带上他的未婚妻。

兰丽文说,干什么,这事与他有什么关系?

沈东阳说,我断定,关于我在军事学院调研《韩战史》的事情,不会是你主动向你爹爹报告的,可能是王奇窃取了我的情报。

兰丽文说,你别疑神疑鬼,王奇那么单纯,没有你那么复杂。好汉做事好汉当,那就是我告诉爹爹的。

沈东阳说,我复杂? 我再复杂也没有你们两家复杂。打断骨头连着筋,恩恩怨怨搞不清。

兰丽文说,你这话是什么意思?

沈东阳说,很有意思,打断骨头指的是双榆树高地战斗,从此导致两个老同志的感情骨折,当然,是骨折而没有断裂,而且有时候骨折的地方还愈合得很好。连着筋指的是情感,是女人们在维系着两个家庭的关系。这里还不仅仅指的是你,还有另外的情感血肉。

兰丽文说,你指的是杨桃?

沈东阳说,应该是。

兰丽文说,关于杨桃,你知道多少?

沈东阳说,比你多一点,但我不会告诉你,因为兰泽光同志没有授权我出卖他的隐私。

兰丽文说,你真是我爸爸的忠实走狗。

沈东阳说,你爸爸身边有你这么个叛徒,倘若没有我这个忠实走狗,那他还有什么?兰泽光同志,对不起了,我没有你那么高的警惕性,没有想到你的女儿、我的妻子会把咱爷俩出卖了。不过不要紧,她出卖的是假情报,就像蒋干中计。你的忠实走狗搞起战术,仅次于您老人家,不,不次于您老人家。

兰丽文说,你到底搞什么鬼,你难道是在利用我欺骗爹爹中你的计?

沈东阳哈哈大笑说,看看,狐狸尾巴露出来了吧,本团长只需要略施雕虫小技,你的叛徒立场就昭然若揭。别紧张,那封信里有什么?什么都没有,只暴露了我早就关注双榆树高地战斗,如此而已,而已!

兰丽文说,你说话的口气越来越像我爸爸了。

沈东阳说,那就对了,难道你希望我像你爹爹?

当天晚上,王奇果然带着六子来到了沈东阳家。王奇的连长已经当了三年,恋爱也谈了三年,正在酝酿结婚。

沈东阳并没有追查那封信的事情,而是向王奇宣布了一项紧急命令,从即日起,陆军第二十七师一团四连进入临战准备状态,以双榆树高地战斗为基本背景,部队交给一名排长负责进行山地攻防战斗战术训练,干部集中研究战术!

王奇说,哇,我说怎么山雨欲来风满楼呢,果然要算历史老账了。

沈东阳说,四连连长听命令!

王奇咔嚓一个立正。

沈东阳说,这次演习,你们四连在行动中担负突击队任务,在理论上要完成下列课题!我口述你记录!

王奇从桌上抓起了一个作业夹,唰的一下打开。

沈东阳口述道:第一,严寒条件下的双榆树高地战斗;第二,炎热条件下的双榆树高地战斗;第三,敌兵力部署明确条件下的双榆树高地战斗;第四,敌兵力部署不明确条件下的双榆树高地战斗;第五,双榆树高地战斗敌情变化预测;第六,双榆树高地战斗指挥协调容易出现的问题。完毕!

王奇说,这都是团长以上的战术课题,我又不是团长,你让我搞这个不是为难为我吗？

沈东阳说，你知道什么是连长吗？

王奇说，知道，比排长大，比营长小。

沈东阳说，知道怎么当连长吗？

王奇说，说来话长。

沈东阳说，我给你长话短说。踩着排长的肩膀，拽住营长的小腿，看着团长的屁股，这就是连长。

兰丽文说，你教他什么，什么叫看着团长的屁股？

沈东阳说，看着团长屁股下面的交椅。一个连长，至少应该有团长的眼光，才能当营长。难道你想永远当连长？

王奇啪地一个敬礼说，明白了！

沈东阳说，现在还有一个问题，这次演习，虽然是军事行动，但是也有个人感情在里面。今天这个阵容有意思，我先问同志们一个问题。王奇你先说，你愿意背叛你爸爸吗？

王奇凸起眼珠子说，我为什么要背叛我爸爸，我又不是神经病。

沈东阳说，好。又问石晓颖，你呢？

石晓颖说，我当然不会背叛我爸爸。

沈东阳再问兰丽文，你？

兰丽文说，我拒绝回答。

沈东阳踱起了步子说，现在阵线已经基本清楚了。前几年在我们二十七师流传着"兰支队""王支队"的说法，好像是我们二十七师有两个体系。我们从理论上假设这种说法成立或者大致成立，那么今天"兰支队"和"王支队"的后代就基本到齐了。王奇同志不愿意背叛你爸爸，你自然就在"王支队"的序列了，兰丽文同志拒绝回答我的问题，不是否认就是默认，那么她也在"王支队"的序列。现在，兰泽光同志英年早逝了，石得法同志光荣离休了，众所周知，在理论上我就是"兰支队"的第二代掌门人了。石晓颖同志不愿意背叛她爸爸，那她就是我的同盟了。

王奇说，啊，原来是这样。那我跟你叫板，我不是自找麻烦吗？

沈东阳说，照你这么说，我跟你爸爸叫板，我不更是自找麻烦吗？这是从学术上分野，不是在政治立场和阶级感情上。从现在开始，无论是"兰支队"也好，"王支队"也好，都要实事求是，客观公正。

王奇问，要不要宣誓？

沈东阳说，算了。吃了饭就进入情况。"王支队"的战术理论分析由王奇负责,"兰支队"的战术理论分析由沈东阳负责。我们就分别担任兰泽光和王铁山吧,进入状态,才能找到感觉。

沈东阳很快就进入角色了,几乎整夜未眠。

现在,出现在他眼前的,是一比二千五百的 N—9073 号演习中马萨岗的地形沙盘。这是他亲手制作的,安在他的书房内。

沈东阳在寻找所有的可能,放大历史的任何一个细节。尤其是对于兰泽光给他留下的那张原始的草图,更是不遗余力地反复研读。

他现在已经理清了一个思路,从错综纷乱的现象中首先选择了一个突破口,那就是——实地会不会存在一个隐蔽的通道? 如果这个假想成立,双榆树战斗就构成了这样一种态势:敌人的所谓四点环形分布纯属虚构,至少有五分之四的兵力实际上都使用在双榆树主峰上,而且全部放弃表面阵地。但是即使这样,也还有个问题:二号高地之敌运动至主峰东部,是在王铁山营转向无名高地之前还是之后。如果是之前,那就证明王铁山从主峰反斜面扑上去是正确的行动;如果是之后,则可以认为兰泽光在主峰东部所遇到的强敌是从王铁山眼皮底下放过来的。这个问题就是战斗前期是非的分水线。

双榆树高地战斗乃至整个朝鲜战争结束后,几十年来,王铁山和郭靖海等人都一口咬定,二号高地上的敌人是在他转向无名高地之前就不见了踪影,他是在失去了打击对象之后才迫至双榆树主峰的。

兰泽光虽然很少正面表态,但是兰泽光的代言人石得法则坚持认为,王铁山的说法是荒谬的。二号高地之敌既没有插翅,也不可能遁土,不可能在光天化日之下从王铁山的眼皮底下穿过去,一定是潜伏在某处,待王铁山转移进攻目标之后,才跨越公路踏上主峰的。

各执一词,莫衷一是。症结是双方的根据似乎都不是很充分,这就给沈东阳提供了可为的余地。沈东阳跳出怪圈假设了另外两种可能。一是二号至双榆树主峰东部有一条地下通道,如果这个假设成立,则对王铁山有利,说明敌人确实是在他转移之前就调整了部署。第二种可能是敌人玩了一个十分巧妙的战术动作,让王铁山上了一当,这种可能就会为兰泽光洗刷耻辱。沈东阳希望第二种可能成立,他似乎看见了兰泽光临死之前那双绝望的眼睛正向他播放欣慰的笑容。

直到夜已经深了,沈东阳的目光还在二号高地、无名高地和双榆树之间的三角地带上久久盘旋,并且在三角地域外围进行周密的搜索。

倏然,他的灵感被三角地带缘外的一个符号擦亮了。

在坐标(X56,Y72)的位置上,他发现了一段南北走向的河流,消失在金刚峰下。他激动地继续往北寻找,在坐标(X83,Y70)的地方,终于又找到一段河流的标记,从形状和趋势上看,这条河流极有可能是从双榆树以北的千佛岭穿出去,向西北延伸的。这个发现就像一颗星星,在他的思维里闪烁起来。把这些断断续续的河流标记联系起来想,就不难看出,这条河流贯穿了整个双榆树山区,而恰好在二号高地北侧转入地下,过了二号,就是无名高地与双榆树之间的峡谷。似乎可以这样认为,这条穿山越谷的河流就是一条隐蔽的通道。当年,兰泽光和王铁山的对手就是从这条通道上运动的。

可是,这样一来,王铁山的观点就被证实了,沈东阳于是又陷入新的窘境之中。

四

王铁山也在积极地准备着。

演习地域是王铁山亲自敲定的,来自一次从军区开会的途中,他坐在直升机上往下瞭望,突然发现一块很有特点的地物地貌。回到军里之后,他让作训处送来那块地域的地图,惊讶地发现,这正是当年兰泽光准备搞112号演习的地带,即马萨岗。这个发现又让他吃了一惊,原来早在七年前兰泽光就有推演双榆树高地战斗的想法,看来真的是死不瞑目。

按照预定计划,演习于作战会议一个月之后拉开帷幕,虽然进入雨季,但王铁山指示,不能降低标准,一切按照实战要求实施。

七月十五日,细雨霏霏,集团军导调部在北山安营扎寨。

王铁山巍然伫立在烟雨笼罩的峰顶上,手持十倍望远镜,向演习地域俯视。嵌进视野的,是一片混沌的氤氲,下方依次铺垫着村庄、河流和连接雾霭的林带。山头上撑起一片帐篷,导演部全班人马均在泥泞中忙碌。警卫员拎着雨衣站在他的身后,几次想走近,却始终不敢。

跟随导演部行动的二十七师政委郭靖海走近王铁山的身边,小心翼翼地提醒道,军长,进帐篷吧,这雨看来是越下越大了。

王铁山哦了一声,依然纹丝不动。他的两腿挺直,上身略向后仰,握着望远镜的双手像是一副机械的支杆。雨水汇成若干溪流,从钢盔上落下,溅在失去光泽的肩膀上,再往下,浸湿了迷彩服,斑驳的图案全部成了黑色,衬出一张雕刻般冷峻的脸膛。

电台的呼叫声和嘀嗒嘀嗒的信号宛若一首澎湃的旋律,在雨幕里交错飞扬。山下，十几路车炮像是刚刚出笼的长蛇，在弥漫的雨雾里蜿蜒爬行，轰轰隆隆的声音经久不息。另有几队步兵冒雨跋涉，出没在山涧小路上。进行曲的歌声和加油的口号此起彼伏，在透湿的山洼里滚动。

王铁山贪婪地欣赏着每一个细节，眼前的一切都使他感到一种切肤的痛快，些许小雨丝毫不能减退鼓荡在胸腔里的亢奋。这时候他甚至有一点得意，他发现自己似乎并不算老，似乎年轻了十岁二十岁。

他想走下山去，跟在一支队伍的后面，走上十里二十里地。他自信不会比那些二十郎当岁的小伙子们腿软。皇甫战役那次，他们穿着棉衣，戴着棉帽，一天一夜走了二百九十华里，可以说逢山过山逢水过水。那时候打仗全凭腿杆子硬。连女同志也不含糊，一边行军还一边搞鼓动，那副热气腾腾的干劲很能激发战斗力。

雨点越下越大，望远镜的镜面上终于汪洋一片。

三十九年前的那天也是个阴天。

那天晌午时分，他带领本连九十六个人，从玉姚圩子出发，沿沙陀公路插进，越过野马川，直奔毛田坝，去援助兰泽光的剿匪工作队。就是那天，他领略了什么叫从容不迫，什么叫大将风度。兰泽光的胸有成竹使严峻的敌情在顷刻间变得不堪一击。那就是著名的毛田坝连环伏击战。他不得不承认，那个时候，小他一岁的兰泽光确实表现出了战术天才。

可是后来就出现了"抢媳妇"的一幕，杨桃向左，杨桃向右的喧哗，至今在耳畔回荡。多少年后王铁山反省，兰泽光的话不是没有道理，那天当兰泽光端着酒碗大声宣布"杨桃是我的啦"的时候，杨桃最初表现的只是害羞和不知所措，但是杨桃并没有反对，杨桃或许在心里正在做着决定，或许正在等待事情进一步发展，可是就在这时候，他也端着酒碗上去了。他没想到竟是他把事情搞砸了，搞得杨桃骑虎难下，只好挥泪而去。可是他不能不上去，搞砸了是对的，因为他也爱杨桃。那时候年轻气盛，可以为爱情拔刀相向，他没有错。兰泽光后来甚至把杨桃牺牲或者说失踪的责任也算在他的头上，没有道理！

往事如烟啊……

王铁山放下望远镜转身向帐篷走去。

作战处长走进帐篷，报告各演习部队的行军情况。

王铁山掂起一根红蓝铅笔，对作战处长说，通知"渡江支队"，在凤凰寨宿营，烤干衣服，十九时前进入休息。

作战处长面带难色：军长，那明天的行军……

发电报给汽车营,让他们派一个排连夜赶到凤凰寨,交给"渡江支队"使用。明天全部摩托化开进。

作战处长踟蹰了一下,茫然地看了看军长,无声地退出帐篷。

王铁山展开图囊,将目光放在马萨岗上,视界里出现了两个叠影:马萨岗——双榆树,双榆树——马萨岗。他把手指按在马萨岗上,织满青筋的手背立即涨成紫色。在他的感觉中像是摸到了一座朝鲜的山峰,摸到了双榆树山顶上的针叶杉,触到了一页揪心的记忆。

手有些抖,僵硬的指头沿着马萨岗的山脊往下滑,滑到高芭山,这个地方就象征着那场战斗中的重要高地,也就是兰泽光至死不忘的二号高地。

是的,当时我委实解释不清二号之敌失踪之谜,但是凭借战斗经验,我判断他们一定会在双榆树主峰出现。他们首先给了我一个假象,在我向二号投入兵力之后,他们又神不知鬼不觉地出现在双榆树的正面,而你却不容置疑地让我对付这座空山,让我守住无名高地。如今,你想必是弄清楚了二号上的敌人是怎样到达主峰的了,我也知道了。再提这件事情能说明什么呢?说明你当时确实没有错?说明我王铁山确实是为了争功?不,你说明不了,战斗决心不是数学题,我不可能把所有的答案都解出来才去战斗,时间不容许,情况不容许,我是凭借我的战斗经验果断采取行动的。就像吃饭,我未必要先搞清楚这碗饭是从哪里来的,但是这并不影响我把它吃掉。

王铁山躺在行军床上,脑子里乱糟糟的,辗转难以入眠,他把一双老眼落在意念中的那块山地里,又从心底发出一声痛苦的呻吟:双榆树啊双榆树,你可是把我们老哥俩折腾苦啰。

五

翌日雨收天晴。

沈东阳的"渡江支队"分成四路向马萨岗挺进。部队经过一夜休整,精神面貌大为改观。沈东阳谢绝了汽车营的援助,二十六辆解放牌卡车到达凤凰寨之后,又迅速掉头回去交差了。军长的意思沈东阳明白,军长是想让他的部队兵肥马壮地演好他赋予他们的角色,正是因为明白了这一点,沈东阳才谢绝了汽车的援助。他现在已经进入角色了,他也在寻找历史的感觉。而在双榆树的战斗中,部队全部是徒步的。

时值仲秋,士兵却一律携带冬季着装。沈东阳一度跟随王奇的四连行动,坚持自己背背包徒步行军,并且抢了一支冲锋枪横在背包上面。沿途经常超越队伍,立于路旁某一高处,大声吆喝鼓动,就像当年挥着驳壳枪的老八路老解放。这种热烈的氛围使他领略到了古典的新鲜。

十一时,部队到达距离指定地区二十里的水舀镇。在这里,沈东阳见到了兰丽文。师野战救护所就安扎在这里。

沈东阳让作战参谋发出信号,全团大休息,打火造饭,烧水烫脚。吃饭的时候,兰丽文来了。

兰丽文的脸色有些忧郁,分手时吞吞吐吐地对沈东阳说,东阳,你们演习就是演习,可别把过去杂七杂八的事情搅和进去。军长身体不好,腰上还有弹片,你不能惹他生气。

沈东阳说,那是当然的。问题是这老头有点捉摸不透,现在火气越来越大了。

兰丽文说,不管怎么说,你得小心点。停了停又说,遇到别扭的时候,你得让着他点。

沈东阳说,你这是孩子话。你把我看成什么人了?我当然得小心。他是军长啊。我又不是傻瓜,我才不会拿鸡蛋往石头上碰呢。

兰丽文没有在"渡江支队"吃饭,关切地交代几句就走了。她后脚刚走,王铁山前脚就到了,只带了一个警卫员。沈东阳暗暗吃惊:军长也是徒步行军。

王铁山进了团部的人堆里,一屁股坐下来,大喘粗气说,沈团长,给碗饭吃。我可是饿坏了。

沈东阳看了看快要见底的菜盆,又看了看王铁山染霜的双鬓,突然滋生出一股说不清楚的滋味,于心大为不忍,支支吾吾地说,这……不大合适吧……张参谋,到对面的馆子里给军长炒几个热菜。

王铁山挥手制止了:胡闹,少将军长坐在那种馆子里成何体统?要的就是你们的行军饭。

军长,我是怕饭硬,您……

别小看人。要是夹生了,你亲手给我重新做,还得扣你们的分。王铁山不由分说,端起沈东阳刚刚盛满的大碗,夹起一撮炒芹菜,嚼了几口,笑了,哈,还是老传统,盐多下饭,腿上有劲。

沈东阳也笑了笑,取下军用水壶,拧开盖子递过去:军长,来一口。

怎么,你也好这一口?

这是丽文给您准备的。她怕山上夜寒,潮气大,特意要我背过来。本来想等上山才给您的。

哦,王铁山迅速收敛了笑容,伸手接过水壶,在手上掂了掂,凑到鼻子底下闻了闻:好酒,纯正的茅台。这酒怕有三十年了,放在有些星级饭店里,可以挣老外两千美元。这想必还是你岳父留下的老底子吧?

沈东阳老老实实地回答:是的。只有两瓶。还有一瓶在干休所,我岳母说等这次演习结束,她要请您到家里去。

王铁山的手停在了胸前,不易察觉地抖了一下,用一种异样的眼神看了看沈东阳,很长时间才收回目光,举起水壶,先是抿了一点咂摸几下,情不自禁地叫出了声:好香的美酒。接着便仰起脖子大灌一口,咂咂嘴说,这酒,可不是一般的酒啊。妞妞如此有心……好吧,还交给你背着,山上用。

十二时,军号嘹亮,部队拔营继续开进。

王铁山跟随沈东阳的团指挥所前进。

走在山路上,沈东阳突然产生了一个新的想法,他想也许他把军长的意图理解偏了。也许王铁山并不是要解决一个历史遗留的问题,而是……显然,他们那一代人就要彻底地退出战争的舞台了,他是要在新一代的面前,最后一次检阅自己的过去和价值,在这一点上,他甚至同兰泽光一样倔强。可是……他为什么偏偏要选择双榆树战斗作为背景呢?

山路狭窄,只能成一线纵队行进。王铁山在前,沈东阳在后。

王铁山的步子迈得很大,腰杆也挺得很硬朗,特大号迷彩服下沿系一条黄牛皮子弹链,腰侧缀着一柄五九式手枪,头上压着一顶两斤多重的钢盔,显得很精神,颇有几分名将风采。

部队进了邙山,羊肠小道更加崎岖,不断有枝丫挂绊裤管。阳光被树荫遮掩了大半,视野阴暗潮湿。林子渐深,坡度渐陡,几乎直立成了八十度的钝角。尺把宽的石板路面忽左忽右,盘旋曲折,险象丛生。

沈东阳疾步追上王铁山,折了一截树棍递了过去说,军长,挂着点,小心摔倒。

王铁山接过去,挂了几步,感觉良好,却又在突然间稳稳地立住了。

沈东阳举目望去,竟发现王铁山的肩膀有些异样地颤抖,似乎在控制着某种即将爆发的情绪。

什么意思?果然,王铁山猛回头,鹰隼一样锐利的眼睛里射出两道冷光,低沉地吼了一声。

军长,您年纪大了,不比我们……沈东阳把话说了半截,又猛然刹车。他意识到自己又犯了一个错误,真是错上加错,连忙又补充了一句:军长,丽文说您腰部负过伤……

王铁山没再说话，只是冷冷地看着沈东阳，肌肉松弛的脸部愫动出一团紫红色的愠怒。对视了一阵子，王铁山举起双手擎起棍抬起一条腿，出其不意地往膝盖上用力砸了下去。

一声脆响之后，棍子断成两截，被王铁山扬手扔到山下。

王铁山重重地哼了一声，转过身体，大步向山顶迈去。

沈东阳目瞪口呆。不是屈辱，也不是悲哀。他突然涌上一阵冲动，他想追上去对王铁山说：行了军长，您犯不着这样，您当真要去揭开双榆树之谜吗？没有必要了，您犯不着跟一个已故的人较真，更犯不着跟我这样的后辈较真。军长，您当真老了，您已经老得敏感而又脆弱了。您真的该歇一歇了，您就放手让我们干吧，给我一个团一个师，您就静静地等着我们给您扛旗子吧。

可是，这话沈东阳只敢在心里想，他是不敢说出口的。

六

"渡江支队"全部潜入邙山浓荫蔽日的老林里。

越往深处走，光线越加暗淡。头一天落下的雨水还滞留在绵厚的植被中，空气中弥漫着浓郁的腐烂气息。尺把宽的石阶山路盘旋扭曲，铺满了深褐色的落叶，一脚踩下去，便挤出几片水渍，向四处溅射。

王铁山渐渐觉得气喘不匀。海拔增高，气压降低，耳朵里总是有个东西在不停地叫。到了山顶，听觉几乎完全失效。心里一阵苦笑。娘的，不服老行吗？好汉不提当年勇。看看现在这个样子，简直就是三十年前那个王铁山的模仿者，一时精神抖擞起来容易，可是你能一直抖擞下去吗？他感到一阵内疚，有点对不起沈东阳。人家和你较的不是这个劲儿，给你一根棍子那是尊重你保护你，至少说对你的身体还是负责的。你敏感什么？神经质嘛。老了就是老了，走不动了就是走不动，这有什么掩饰的？谁没有年轻过，谁没有这一天？莫名其妙。

他把步子停了下来。自从他把沈东阳递给他的那根善意的棍子折断并且抛弃之后，沈东阳一直跟在身后，垂头不语。即使向后传达指示，声调也明显压抑了许多。他想等沈东阳赶上来，寻找一个恰当的机会和方式，挽回自己的失态。正剧还没有上演，他不能让他的主要演员在精神上产生被压抑的感觉。

军长,要不要坐一会儿?

王铁山回头一看,见沈东阳已经赶到身后了。哦,不用。走吧。王铁山稳住神,又撩起长腿。走了一截,摘下钢盔和手枪递给沈东阳,笑着说:团长给军长背枪,不失身份吧?

沈东阳愣了一下,立即明白了军长的用意,想必军长刚刚经历了一场心灵的反省,这个动作意味着军长向他传过来一个友好的信号。沈东阳微笑说,无上光荣。

王铁山则笑得意味深长:这就对了。即使我不是军长,你替我背枪也是天经地义的。丽文至少要算是我的半个女儿,我自然也就算是你的半个老丈人了。

这我知道,军长是丽文的爹爹啊!

王铁山说,跟你说句不客气的话,丽文过了一岁,你岳父岳母就没怎么管过她,就像一只猫咪,一上班就扔给王奇他妈算完事。你不主动送回去,那两口子就绝对不会主动来领,人家那是放心得很。那时候我们都在团里工作。你老丈人在家里是个甩手掌柜,养足了精神扯我的皮。为了炮营跟十里铺的官司,他指着我的鼻子嚷:王铁山,我要向上级机关反映你。你看,反映就反映呗,你干吗要对我说呢? 这不是威胁吗?

沈东阳说,我认为兰师长的坦率也是很可贵的。

那是。说句粗话,当兵的汉子十有八九是一根肠子通到屁股眼,都是直来直去。他总是看不惯我王铁山。也就不过多了几滴墨水,却总自以为自己是个文化人,像他妈个知识分子。后来到师里工作,咱俩的位置调了个个,我王铁山没有那么多心眼……

军长,我认为你们在二十七师是配合最好的正副手。

王铁山说,对头。你发现一个规律没有?凡是我王铁山在他手下,给他当副手,天下是太平的,部队也是嗷嗷叫的。为什么?我王铁山甘当下手。但是只要我先进步一步,高他一头,让他给我当下级,那是千难万难。

沈东阳说,这个我注意到了。

王铁山说,两个人长期在一起工作,要说没有一点磕磕绊绊的事情,那不现实。吃饭还硌牙嘛。但是我心里坦然,都是为了把部队带好。我王铁山就是吃了聪明药也算计不到,他老兄到死还给我留了这么一手……哦,你是不是觉得我在自我标榜?

不,其实你们两个是打断骨头连着筋。

王铁山站住了,看着沈东阳,眼神里有赞许,有喜悦。王铁山说,是啊,打断骨头连着筋,这个比方好。

沈东阳说,骨头也没有打断,只是因为某种误会而造成了感情的骨折,这种骨折又由于有了深厚的情谊、爱情和两家扯不断的联系而经常处于良好的愈合状态。

王铁山说,很好,你分析得很好!

沈东阳说,但是,又很复杂。

王铁山沉吟道,是啊,是很复杂。你要是有我这个经历,到了我这个岁数,你就明白了。这是不以人的意志为转移的。我何尝不想痛痛快快地走完这段路?不行,这个老兰啊,死了还在逼……话到此处,王铁山一使劲,上了一块石坎。

绕过邙山,眼前顿时扑来一片新鲜的阳光,空旷辽阔的山野尽收眼底。王铁山精神大振,仰天对日,响响亮亮地连续打了六个喷嚏。

山下,一辆三菱越野吉普车早已停在路边。

王铁山正要上车,突然想起了什么,叫过沈东阳,严厉质问:我给你们要的车呢?

沈东阳耷拉眼皮说:作战会议并没有明确这项保障,我不能接受特殊的照顾。

噢……有种。王铁山几乎是咬牙切齿地说,可是我警告你,如果不能按时到达指定地域,你们就别再往下进行了。我取消你们的演习资格,或者说你们已经被消灭了。

请军长相信"渡江支队"。

王铁山余怒未消,向山下集结的部队扫了一眼,克制住自己的情绪,盯着沈东阳,从牙缝挤出了低沉的一句:那好,我在五号公路等你。

七

各路部队纷纷进入指定集结地域,桑林地区方圆几十里在一夜之间涌进千军万马,几百顶帐篷犹如绿色的蘑菇,新鲜地开放在周山环绕的沟壑里。

王铁山驱车两百余公里,检查了战区所有部队的准备情况,最后将导演部确定在马萨岗外围的西高峪的山顶上,他要在这里亲自监测"渡江支队"的行动。

上午九时许，一辆草绿色的卫生车盘旋而上，直奔西高峁山顶。车停稳后，身着迷彩服的兰丽文春风满面地跳下来，迈着优雅从容的女性军步，走进了王铁山的帐篷。

王铁山从地图上抬起头，目光滑过老花眼镜的上沿，顿时大喜过望道，哦哈，是妞妞！你怎么来了？

奉马政委的命令，来给首长当保健医生。兰丽文双脚一碰，立正回答。

噢，好的好的，老马这个事办得有水平，很好很好。王铁山拍了拍兰丽文的钢盔说，把这玩意儿去掉，坐下来。小刘，去弄点水果来。

兰丽文摘下钢盔，一头黑瀑般的黑发立即泻落下来。在外面我都不敢摘帽子，东阳老是逼我剪头发。

还有这种事情？爹爹给你豁免权，不听他的。再说你已经是少校了，不是战士嘛，条令没有规定少校不许留头发嘛，他是歪曲地执行条令啰。

兰丽文笑了笑说：他说他是矫枉过正。条令既然规定了女战士发不过肩，就有发不过肩的道理。虽然没有明确对于女干部的限制，但是我们应该向这个标准靠拢……他这个人，执行条例条令倒是毫不含糊的。

啊，是啊……我的小妞妞真的长大了，真是个大人了。王铁山眯眼看着兰丽文，目光温暖如八月的阳光。

爹爹，我已经是中年妇女啦。

你可别吓我，你是中年妇女，那爹爹呢，还不是老朽啦？我们这一代人啊，硬是被你们追苦了。你们拼命地长啊长啊，不管不顾，光知道往高里长大里长，一下子就把我们撵老了。这也是没有办法的事，孩子都这么大了，你还能不老吗，你还能赖着假装年轻吗？不行啊，岁数不饶人，孩子也不饶人啊。

兰丽文说：我看爹爹能说这话就不老，一个人有几种年龄，一个是按年份统计出来的数字年龄，一个是生理年龄，一个是心理年龄。前一个年龄是客观规律，是没有办法改变的。可是这个年龄并不重要，它只不过是一个记录而已。重要的是生理年龄和心理年龄，生理年龄是由身体状况决定的，心理年龄则是由性格和生活习惯决定的。这两个年龄互相影响，对人的生命至关重要。爹爹很乐观，心胸开阔，我看爹爹的心理年龄跟我们一样年轻。

兰丽文说话的时候，王铁山一直乐呵呵地看着她，十分投入的样子。

啊，你这话我爱听，现在的年轻人是越来越有学问了。你的职责也履行得好，不知不觉地就给我上了一课。我要奖励你。来，小刘，把阿姨准备的洋玩意儿给我找出来。

警卫员手脚利索地洗了一串鲜艳透明的进口葡萄。

兰丽文惊喜地叫了一声:哇,爹爹搞腐败,还有这么好的东西。

王铁山说:好吗? 我看不怎么好,你们年轻人就是喜欢洋玩意儿,我可是不喜欢。美国佬人高马大,葡萄也是大个的,但是并不好吃,肉硬,不甜。

兰丽文摘了一颗提子含进嘴里,笑盈盈地说:爹爹这么好的东西都拿出来了,我也给您送一份礼物,算是回报。我给爹爹送一份绝密情报。

王铁山兴趣顿时来了:好啊,我的少校军医居然还是个间谍。可别给我送假情报哦,别扰乱了我的正确决心。

兰丽文仍然笑容可掬:绝对可靠,爹爹肯定会用得着的。说着,将一张图纸展开在王铁山的面前。

王铁山伸长脑袋,往方桌上目不转睛地看去,看着看着就凝固了笑容,喔,这是什么东西……丽文,你这是什么意思?

出现在王铁山面前的,是兰泽光在最后日子里绘制的《双榆树战斗兵力运用示意图》。

兰丽文站起身子,迎着王铁山狐疑的目光,恳切地说:爹爹,我请求您,别再为这件事伤心了,爸爸他……不该那样……他错怪了您……一瞬间,兰丽文的眸子迅速地闪出了两颗晶莹的水花。

王铁山面无表情地长久伫立,脸上的肌肉不易察觉地抖动起来。

答应我爹爹,这件事情到此结束吧……东阳心高气盛,又一直受爸爸的影响,我怕他……惹您生气。

王铁山把拇指按在眉心上,揉了几圈,踱步至兰丽文的面前,在她背上轻轻地拍了几下,无语地坐下,燃了一根硕粗的雪茄,深深地吸进去。

孩子,我问你,你了解你爸爸吗? 不,你只了解他的一部分,而且是很表面的那一部分。你知道我们那一代人最惦记的是什么吗? 虽然你也穿着军装,但你是一个在无忧无虑中长大的孩子,你没有见过血,你没有见过真正战死的人。你没有伤过,也没有死过,甚至没有失败过,很多事情你是没有办法体会的,当然也用不着你体会。我今天只跟你说一点,我不是要跟你爸爸弄个水落石出,也不是要教训沈东阳,我是在检讨我自己。丽文,你知道,爹爹的时间……我是说在台上的时间不多了, 爹爹好歹也是带了一辈子兵的人,总得有一个干干净净的下场吧。我跟你爸爸一样,别的没有什么家底子,就是那几仗,小的十来仗,大的三五仗。路快走到头了,就想回头再走一遭。这个问题就是你爸爸不提出来,我也会自己想到的。

既然这样,就请爹爹留下这张图,这是爸爸在世时用了很大功夫研究出来的,我怕落到东阳手里……

孩子,你怎么还不明白,你是在给爹爹帮倒忙,用兰泽光的智慧来对付兰泽光,那我王铁山是干什么的?我王铁山还配当这个军长吗?王铁山轻轻地推开了地图,丽文,这件事你不要再管了,给我说点别的什么,沈东阳他敢欺负你吗?王奇还听不听招呼?你们每个月往干休所去几趟?你妈妈是不是学会了搓麻将?

爹爹,我还要提醒你,东阳是很有诡计的,你得做好思想准备。

王铁山笑笑说,他再有诡计,还能比你爸爸更有高招?那样也好嘛,我们不就是希望他们比我们强嘛。长江后浪推前浪,自然规律嘛。怕就怕他还嫩着呢!说到底,爹爹这次还是帮你考女婿。

兰丽文赧颜一笑:他要是倔起来,爹爹不会暴跳如雷吧?

王铁山朗声大笑:爹爹既不会暴跳如雷,也不会气急败坏,我自信这一点比你爸爸强。

八

"渡江支队"在马萨岗东南侧三公里处伪装待命。

沈东阳此刻有一个很强的欲望,他想趁月色去勘察那块神秘的地形。但他最终镇压了这个欲望。他觉得这个想法有些不光彩,在实战中也是不可能的。那里现在还是"敌占区","蓝军"一个加强营早已空投下去了。没有电。一盏昏黄的马灯挂在帐篷的撑竿上,这是沈东阳特意派人从老乡家里买来的。他喜欢这束恍恍惚惚的微弱的光线,这种光线有历史感,能够营造出陈旧的氛围,使他体验到昨日战争的感受。他想象兰泽光王铁山们当年恐怕也像这样,在冰冷的雪地上,独自坐在窝棚里,点燃一根烟卷,身边放着一瓶老酒,眺望天上乳白的寒月和远山黝黑的廓影,构思着出奇制胜的谋略。他需要这种境界。出发之前,他甚至还让妻子到干休所去搬来了兰泽光当年使用过的马褡子,还有一件千疮百孔色彩斑驳的日军黄呢子大衣,连他现在使用的图囊和文件包都是兰泽光给他留下的。

而这里是初秋,并且没有马。

他想让他的部队也扮成老八路或者老解放,他想还原历史的雄壮——部队从空旷的沙滩上顶风前进,独轮小车吱吱呀呀地碾过,大娘大婶站在村头大把大把地塞着红枣鸡蛋。年轻英俊的团长骑一匹雪青色或者枣红色的骏马,像一簇火焰在队伍中穿梭。马蹄飞扬,雪浪四溅。头戴耳巴棉帽的士兵边走边唱。丽文领着一帮剪二刀毛的女兵,站在路边的石坎上,手打竹板为部队鼓劲加油。某高地上,他身先士卒跃马陷阵,一队士兵高擎红旗跟在他的身后……那才叫气派,那才叫战争!

东阳啊,十年磨一剑,霜刃未曾试,就稀里糊涂地结束了。我现在感觉这个世界有两个最背时的人,你和我。

这声音仍然那么亲切,那么深刻。他记得那次在槟辉山的萨莫拉山口,兰泽光眼睛里的光泽一下子黯淡了许多。而仅仅在一个月前,上午的兰泽光还是团长,下午当他从玉屏军分区招待所走出来的时候,那是一副什么样的姿势?几个小时前还是他上级的张省相在他的面前敢怒不敢言,面对给他当了数年顶头上司的马政委,他伸手一指:进入战区,我是一号,你是二号!

那是一个既有雄才大略,又有独特个性的天才。他只属于战争,只熟练战争,因而一旦离开战争,他就会变得糊里糊涂,变得乖戾无常。他记得那次去千佛寺回来的路上,为了避开那个让人敏感的话题,他们又谈起了战争,兰泽光说,现在我闷得慌,什么都不会做,做什么都碍手碍脚。军人啦,就像骑手,哪怕从马背上摔下来,也要往前滚几滚。

他理解兰泽光。这个世界上,没有哪一个女婿能像沈东阳这样理解他的岳父,抑或说是理解他的精神之父。

他希望有那么一天,他也能站在一个制高点上,挥手对他的同僚或者下属说,进入战区,我是一号,你是二号……三号……八号!

月挂中天,如烟的月光遍地流淌。

沈东阳信步走出帐篷。山洼处万籁俱寂,微风轻吟,秋虫浅唱。

哨兵的枪刺闪着寒光, 时有警惕的口令问讯声传来, 振奋着山野的情调。帐篷里传出香甜的鼾声,像是一首抒情的小夜曲。远处有几点星火闪亮,那是集团军导演部所在位置。沈东阳突然想到,此时王铁山或许也正在挑灯夜战,正在艰苦地谋划对付他的细节。

九

王铁山黎明即起,全副武装地扎束完毕,在山头上打开了太极拳。张牙舞爪地比画了一阵子,才拎起衣服到女兵帐篷外面叫出了兰丽文,开始沿盘山小道跑步。

山区清晨的空气纯洁清新,坡上的小树枝叶上还挂着初秋的露水。

山里的水土养人,王铁山跑出了满面红光,喘着气说,离休之后,我得选个幽静的地方,最好能在山里。不工作了,再住在城里,恐怕不适应了。

爹爹想隐居成仙啊?

成仙的想法没有,不过是想过点清静的日子罢了。

兰丽文紧跑几步,与王铁山并肩,拢一拢额前的湿发,爹爹,可以问您一件事吗?……是件秘密的事情呢。

人一老,就无密可保了。

我倒是听说,岁数越大,埋得越深。

那要看是什么事儿。

听说……兰丽文说了半截,诡秘一笑。

听说什么?

听说从前您和我爸爸同时爱上了一个人,是这样的吗?

哦? 王铁山的嘴角撇了一下,放慢了脚步,扭过头来,你是听谁说的?

这并不重要,重要的是有没有这回事?

王铁山淡淡地笑了笑说:不是同时爱上了。话应该这样说,是你爹爹和你爸爸同时爱着一个人并且同时被一个人爱着。

这下轮到兰丽文惊讶了:有这样的事?

这有什么值得大惊小怪的? 在战争年代,用鼻子吃饭的事情都不足为奇。

她一定很美,是吗?

是的,尤其是在我和你爸爸的心目中。王铁山回答得旗帜鲜明。

你和我爸爸是不是因为她才开始闹别扭的?

不,王铁山突然笑了,你以为我和你爸爸争风吃醋? 哈哈,不是那么回事。争风吃醋是你们这一代人的事情。我和你爸爸都爱……我们那时候叫喜欢,我们都喜欢她,但是我们之间从来都没有倒醋罐子。倒也争来争去,用你爸爸的话说是抢媳妇儿。话都是摆在桌面上说的,不搞阴谋不使绊子。那时候我们都年轻,年轻得荒唐。我们那时候的爱……就叫爱情吧,简单得很,就像一只红红的桃子挂在树枝上,有能耐你够下来,没有能耐你就走开。不像你们弄得那么复杂,钩心斗角死去活来的。

爹爹您为什么没有先下手摘下那颗桃子呢?

这是一个简单的复杂问题,我和你爸爸都是大个子,两个人都能够得着,所以在最初的时候我和你爸爸明火执仗地战斗,口头抢占高地,但是都没有动手。我们怕把那颗桃子抢破了。只要她还挂在那里,时常能看上几眼,心里就滋润。

你们难道就没有想过,总该有个结果吧?

当然想过,但是在初级阶段,我和你爸爸谁也不想主动去触动那个结果。我们都在等,都在心里用力。三个人是一起出来的,不把话挑明,三个人都亲,话一挑明,就孤了一个。我们都在想,等吧,顺其自然吧。桃子总会落下来的,让她自己挑个方向吧。我们实际上是把难题交给她了。我们都没有想到,她会用那样一种办法解决这个难题。她后来走了,所有的问题都烟消云散了。直到树上的桃子没有了,我和你爸爸才同时伸出手去,我们都扑了一个空,于是我们的手就紧紧地握到一起了。

兰丽文说,爹爹,你描述得真美,从你的描述就可以想象出来,那是一段美好的岁月。

王铁山说,是啊是啊,往事如烟啊!

兰丽文问,你们从来没有向她表白过吗,您和我爸爸都没有?

王铁山说,不,我们最终表白了,并且抢在她牺牲之前。那是在毛田坝连环伏击战胜利之后,毛田坝区政府慰问我们两个连队,搞了个很大的篝火晚会,喝酒吃肉,载歌载舞。后来你爸爸端着酒碗走到杨桃的面前,大声宣布,杨桃是我兰泽光的老婆啦!我当时不服气,也端着酒碗上去了,大声说,我不同意!后来就有意思了,我和你爸爸分别是两个连队的连长,这两个连队就分别喊,杨桃向左,杨桃向右,向左杨桃,向右杨桃!那个场面哦,你不知道有多么壮观!

哇,那个杨桃幸福死了!兰丽文叫道。

王铁山苦笑着说,幸福个啥?她哭着跑了。

兰丽文不解地问,为什么?她不是爱你们吗?

王铁山说,可是我们的方式她不能接受,或者说不好意思接受。那个时代的人啊,哪里像现在这样呢。

兰丽文问,后来呢?

王铁山说,后来嘛,后来你爸爸怪我把事情搞砸了。

兰丽文问,再后来呢?

王铁山说,再后来,再后来嘛……王铁山不说了。

兰丽文说,我有个情报,说出来你可别吓一跳。

王铁山淡淡一笑说,传说杨桃还活着?

兰丽文说,啊,原来爹爹知道啊!

王铁山说,传说而已。

兰丽文说,如果杨桃阿姨真的还在人间,爹爹你会不会去找她?

王铁山说,也许吧,爱情丢失了,还有战友情啊!快四十年了,可是她在哪里呢?

兰丽文问,爹爹真的不知道?

王铁山说,我连那个传说是否真实都不知道。

兰丽文说,如果有一天,我突然带着杨桃阿姨出现在你面前,爹爹你可要镇定啊,别激动出了毛病。

王铁山说,你这孩子,搞什么阴谋诡计!

兰丽文说,爹爹,我还有个事情要报告,这次演习结束之后,您要服从我的安排。

王铁山说,嗨,妞妞,好大的口气。你想怎么安排爹爹?

兰丽文说,这几天给爹爹检查身体,虽然各项指标都正常,但是,我总觉得有些隐患似乎没有暴露出来。妈妈说过,你的心脏从前就不是很好,跟我爸爸一起在朝鲜冻的,是吗?

王铁山说,是的。但是现在正常了。

兰丽文说,不是。我感觉跟正常还是有差异的。爹爹,你得引起重视。服从我的安排,演习结束后去检查一下。

王铁山说,妞妞,既然你已经察觉了,我也不瞒你了。我自己确实也有点感觉。上个月到北京开会,还在三〇一医院做了心电图,没查出什么,又搞了个二十四小时跟踪,到会场上还带着,那几天天热,穿得少,大家都看着我怀里安了一大堆仪器,出尽了洋相,也没有查出个所以然。近几天,又有感觉。看来零件是老了,反复无常。

兰丽文说,爹爹,您可不能掉以轻心。建议您去再进一步检查。不行就住院。

王铁山笑了笑,孩子话!目前这个样子,我能住院吗?这事知道就行了。千万不能传出去。你明白吗?

兰丽文不吭气了,她当然能够洞悉王铁山的心态。他这个年龄,如果近年上不去,就意味着要彻底退出政治和军事舞台,而像他这样经历的人,只要能撑得住,就不会甘心的。有消息说,军委考察军区下一届班子的时候,王铁山的呼声很高,在这时候如果传出健康问题,显然是极为不利的。

可是……这不是小事啊!

好啦,你给我注意一点就是了。不要大惊小怪。也许压根儿就没事,不过是老了,神经质了。外界如果有舆论,那可就是你出卖了爹爹。

爹爹,我一定会保密的,但是您得答应我。演习一结束,我就联系给你全面检查一次……当然不是在军队医院里检查。

王铁山歪起脑袋看了看兰丽文,可靠吗?

爹爹放心,一流的设备,特级保密。

好,就这样定了。这话到此为止。我们洗脸吧。

兰丽文不再说什么了,将毛巾丢进冰凉的河水里,望着水中的倒影,开始盘算如何在绝对保密的前提下为军长安排检查的计划。她有很多同学,有的在地方,现在已经是相当级别的专家了。还有她的几个导师,更是享誉军内外的权威。这件事只要王铁山密切配合,应该是不成问题的。

王铁山此刻已经进入到另外一种境界了。

一捧凉水泼在脸上,王铁山感到很痛快。在这种冰凉的感觉里,内心深处的那个声音又响了起来:杨桃——向左!杨桃——向右!向左——杨桃!向右——杨桃!

他在这一瞬间又看见了那一根苍白的手指。最近几天,这根手指就像一丛闪着寒光的刀剑,总是在眼前晃来晃去。手指在厉声质问他,你王铁山到底在干什么,你要死死地抵抗到底吗?为了那样一个好女人,你们都没有撕破脸皮,你们都能和平共处,你们都能兄弟般生死相依。可是,就是为了那一场早已成为历史的战斗,你还要跟一个幽灵对簿公堂吗?你难道还不明白,这一仗你打不赢。

果真打不赢吗? 他问自己。

自从昨天他看见了那张图纸,一眼瞥见兰泽光最后的艰难的笔迹,他就开始扪心自问了。在那一瞬间,他拼命地掩饰内心巨大的震惊。几十年来,他都理直气壮地认为自己无愧,在后来的日子里他能找到一千条根据来证明自己的行为。然而,他终于还是震惊了。

十

一轮下午的太阳照在演习战区的上空。

集团军导演部所在地一片嘈杂。十几名参谋在地图和沙盘上奔忙不停,嘀嗒嘀嗒的信号像是一首此起彼伏的旋律。

置身于这样的氛围,王铁山完全地进入到双榆树战斗的回忆之中。出现在他眼前的,不是马萨岗,而是一群白雪皑皑的山峰和山峰下待命的志愿军官兵。当时,他正在和五连副连长庄志勇蹲在一块石头后面观察二号高地上的火力配系。庄志勇肯定地认为,二号高地上敌人的兵力不是两个排而是两个连,他后来同意了庄志勇的分析。庄志勇要求带领突击队先摸上去,他没有同意,他打算等战斗发起后敌人暴露了再说。可是后来庄志勇还是牺牲了,就是在双榆树反斜面上被美军的机枪打死的……

军长,电报。

王铁山从沉思中回过神来,接过电报,匆匆浏览一遍,吩咐作战处长:回电,按四号计划实施。

说完,转身回了帐篷,摊开地图,画上了第一处标记。

"渡江支队"一营主力已经运动至三号地域。

沈东阳擎着十倍望远镜向马萨岗主峰方向仰视。一号防御阵地人头攒动,大约有一个连的兵力严阵以待,没有出现异常情况。

沈东阳指挥部队疏散接近,同时命令二营向五里屯发起佯攻。

四连连长王奇报告,高芭山东侧出现情况,实地有石灰线标志是一条穿山暗河,深五十公尺,导演部特别说明,是我控制地段射击死角,无法对运动之蓝军进行拦截。

沈东阳明白,军长的撒手锏开始往外抛了。这也是沈东阳近几天才证实的一个情况。图上分析,双榆树实地确实有一条穿山暗河,就是那条断断续续的暗河形成,在两山之间呈三角状,上窄下宽。新野公路横越该沟顶部,居然无桥,当年实际地形是二号高地伸出去的一块巨石成为天然桥梁。穿山暗河向北三百米,从无名高地和双榆树接壤处穿北而上,于是就成了一条秘密通道。

难道当年二号高地上的敌人就是从这条秘密通道运动到双榆树主峰上去的吗?应该说只有这种解释,这种解释为王铁山提供了有利的依据。

沈东阳心里笑了一声:军长阁下,这个当我是不会上的。你这个穿山暗河没有用,我不理它。

导演部里,各职能部门高速运转,十几支红蓝铅笔无声地爬行,报务员的手指快节奏地舞蹈,石晓颖不断地签发电报。

加强步兵师野战阵地攻防演习已经全部铺开。各个战斗要点的情况像潮水一般涌了过来。王铁山的目光却单纯地盯向一片绿色的图案,严密地注视着马萨岗的每一个细节变化。几公里外的那场模仿战斗在他的脑海里清晰可见,他甚至能透视出每一支分队目前所进入的位置。

他本来已经放弃了很多想法,他本来已经不想重现历史了。可是一旦置身于这座似曾相识的山头,他在三分钟之内完成了第二次转变。

不行,没有退路,一退下去就必须再退下去,最终将不堪收拾。仗不是那样打的,我不能等你在几十年后琢磨出道道才去打。我不是神仙,我不会神机妙算,我只能凭我掌握的情况去选择,你兰泽光是真正的死不讲理。

王铁山制定了两套方案交给作战处长,按此给"渡江支队"出情况。他不相信沈东阳有回天之力,硬是能把红的说成黑的。

这时候,他想起了庄志勇。他甚至能够看得见庄志勇那身没有领章帽徽的志愿军军服。血从棉花里浸出来,洇红了很大一片白雪。他从来没有看见过那么鲜艳的血色,染在雪地上,就像鲜艳晶莹的红色宝石。他记得他当时托起了庄志勇的脑袋,任他怎么喊怎么叫,庄志勇死活不吭气。他匆匆数了一下,躺在庄志勇身边的,还有二十七个战士,全都是在抢占反斜面上倒下的。后来他从庄志勇的腰上取下了那面旗帜,折了一截树棍,把它挂在双榆树的山头上。再后来兰泽光也上了山顶,眼睛里闪烁凶狠的光芒。兰泽光在那面旗帜前站了一会儿,吸了一根烟。他记得兰泽光还讲过一句话,这句话他当时印象很深,可是现在无论如何回忆不起来了。

又有新的情况报上来,王铁山揉了揉太阳穴,翻腕看表:演习已经进行了四十六分四十七秒。

老伙计,就那么屁大个事,你何必那么耿耿于怀?你牺牲了人,我二十八个同志的血也是红的。

王铁山要来了马萨岗方向的所有简报。

突然,他似乎想起了什么,扔下简报去看看地图,在上面指指戳戳画了几笔,脸上顿时涌上一层惊愕,吩咐一名参谋叫来了兰丽文。

怎么,沈东阳没有见过那张图纸吗?

兰丽文肯定地回答:没有。我是从爸爸的衣服里翻出来的,以后就藏起来了。

哦?王铁山一愣,神色陡变,终于变成一片掩饰不住的愠怒,一掌拍在地图上,好小子,还真顽固!

马萨岗在一片呐喊声中制造出了逼真的战斗氛围。空包弹和激光枪声交织在一起,浓烟翻滚火光映照。沈东阳的三营部分兵力佯攻高芭山,主力以迅雷不及掩耳之势扑向牛尾巴岗。

沈东阳正在亢奋之中,却突然接到四连连长王奇的呼叫:进攻受挫,高芭山出现猛烈的压制火力。

紧接着,导演部连续下达六条情况,综合意思是:已经得到确切情报,蓝军实际作战意图是以攻为守。战斗打响后,全部投入火力,制造假象,吸引我助攻分队,待我三营进入高芭山和牛尾巴岗之后,该两处蓝军主力立即转移,三营所攻对象只有少量兵力纠缠,马萨岗主峰对一营合力夹击之势已经形成。

　　沈东阳明白,这就是当年兰泽光遇到的最后情形。

　　恰在此时,王奇又在电台里呼叫:在牛尾巴岗只遇到微弱的抵抗,该处守军大部已不知去向。

　　这个消息与导演部提供的情况形成了互为印证的关系。

　　从目前的态势看,进攻部队似乎已经陷入了绝境,然而沈东阳仍然镇定自如。他举起了望远镜,不慌不忙地察看一番,然后在地上用石子摆了一个三角形。

　　王奇再一次呼叫,请求沈东阳批准他放弃高芭山,率部迂回,攻占反斜面,配合一营行动。

　　沈东阳厉声否定:进入战区,我是一号,你是……你没有号!离开牛尾巴岗半步,我送你上军事法庭。坚决修复西侧工事,准备打退蓝军主力的反扑。

　　王奇大惑不解:反扑之敌从何而来?

　　沈东阳明确答复:仍然来自高芭山。

　　王奇惊问,两地之间已被我控制,高芭山之敌分明转移,何以重新出现在牛尾巴岗下?

　　沈东阳抬腕看了看手表,立即回答,十分钟内必见情况,若无反扑牛尾巴岗迹象,则以一个排的兵力跟踪打击。另外以两个排的兵力控制马萨岗二号地段东部,并且以山腰平行火力切断马萨岗山顶至二号地段之间地区。

　　导演部第九号情况显示:马萨岗主峰守军已经全部放弃表面阵地,正向一号地段移动,请"渡江支队"停止进攻。

　　沈东阳心里一阵冷笑:停止进攻?谈何容易。我还没有开始呢。这回是将在外君命有所不受了。他回首看了一眼早已整装待发的一营官兵和一直按兵不动的预备队,一口长气呼出了五秒有余。正向一号地段移动?对主峰的合击已经形成?

　　哦,军长阁下,这只是您和兰泽光当年的判断。可是你们都错了。多么了不起的敌人,他们以牙还牙,学起了中国军队的看家战术:运动战。敌人大胆地玩了一个时间差,并且在这个时间差里连环兵力,运动使用兵力。此举竟然让我们两位卓有经验的指挥员同时上当。可是我不会再上当了。我要带着我的四个连冲上去了。

沈东阳将话筒送到嘴边，颤抖着喊了一声：出——击！

马萨岗主峰顿时骚动起来，四百多人一跃而起，凭借地形快速跃进。激光枪声奔腾汹涌，如同草原上万马驰骋。牛尾巴岗上四连王奇指挥的火力从右侧平行射了过来，蓝军"阵亡"者的钢盔上冒着浓烟，纷纷倒了一地。"战斗"只进行六分二十秒，蓝军一个连的兵力头上几乎全部冒起了青烟。

沈东阳指挥部队呐喊着冲上了108号目标。

眼看胜利在即，岂料风云突变。一支锐兵突然从马萨岗左侧杀出，山顶已经销声匿迹的火力点重新复活。另有右侧一个连的兵力从斜刺里杀出，以迅雷不及掩耳之势出现在东端，占据了已经放弃的阵地。顿时，激光枪声如雨点般向一营瓢泼过来。

电台里出现了王铁山冷冰冰的声音，沈东阳先生请注意，你部主攻分队已陷入不便展开地区，遭我三面合击。抵抗是不明智的，希望你审时度势，率部放下武器。

沈东阳以同样冰冷的语调反问，请问总导演，这是演习还是实战？

王铁山的声音依然冰冷不带任何感情色彩，并且因为冷漠而显得空旷遥远，有什么区别吗？

沈东阳强压不快，尽量平静地问道，军长，凭什么预先在我东侧潜伏兵力？

并非预先潜伏，这股敌人正是从高芭山上转移而来的。

他们是插翅飞过来的还是遁土钻过来的？

首先请你尊重事实，演习结束后我会告诉你通道在哪里。

一股酸楚涌上沈东阳的心头。他此刻真是无言以对了。他只是在心里倾诉：军长，您想必是也找到那条穿山暗河了，可是您真的以为那条穿山暗河能派上用场吗？您是真的不明白还是假装糊涂？演习的前半场，您给我出的情况都在表明您是清楚的啊，可是您为什么还要这样？事实只有我们两人清楚，我可以不说，但是您却不能不说，至少您可以同我推心置腹地探讨啊。您这样武断地压我，我反而不能接受。

十一

十六时三十分，马萨岗攻防演习结束。

王铁山率领参谋干事以及保障人员数十人风尘仆仆，驱车赶到沈东阳的临时指挥所。

正在山下担任警戒的王奇看见父亲大踏步走来,立正敬礼,报告军长,渡江支队四连已经结束高芭山侧攻任务,正在休整,请指示!

王铁山头也不抬地问,你是谁?

王奇放下手说,渡江支队四连上尉连长王奇。

王铁山说,你已经阵亡了,不要再说话了。

这时候沈东阳迎出来了,军长,部队正在休整,请您检阅。沈东阳立在指挥所外,迎着王铁山敬了一个军礼。

王铁山穿着笨重的野训服,脸色很不好看,盯着沈东阳,像是打量一个不认识的陌生动物,厚厚的嘴唇紧闭,很长时间一言不发。

军长,您休息一会吧。沈东阳放下手臂,搬过来一把折叠椅放在王铁山的身后。

王铁山依然无动于衷,攥着红蓝铅笔的右手在胸前微微悸动。

对峙了一会儿,王铁山突然转身,怒气冲冲地跨进帐篷。

沈东阳挥手让警卫员将折叠椅子又搬进了帐篷。

帐篷内的气氛在凝固的寂静中沉淀。深秋下午的阳光斜着落下来,在山坡上笼罩出一层扑朔迷离的光辉。

参谋干事们敛声屏息,等待着一触即发的爆炸。

王铁山转过身去,面向远处的流云蓝天,伫立良久,然后倏然回首,目光落在沈东阳的钢盔上——那上面已经冒过青烟了。

王铁山逼视着沈东阳,一字一顿地问:告诉我,你是谁?

沈东阳愣怔片刻,随即冲口而出:渡江支队支队长沈东阳。

哦,是吗?王铁山冷笑一声,不,你不是沈东阳,沈东阳已经阵亡了。沈东阳和他的"渡江支队"已经被蓝军第89团消灭了。

王铁山说完,庞大的身躯重重地沉在折叠椅子上,仰起头来,双手揪住两眉之间的开阔地,缓缓地,一上一下地作推拿运动,口中念念有词:是的,你不是沈东阳,你已经被消灭了。你没有创造出奇迹,你伤亡了我的部队,你要负责。你负不了这个责……

风从帐篷外面掠过,萧瑟的树叶在风中沙哑地呻吟。阳光里卷起一片飞沙,敲打着蒙了伪装网的帐篷和车辆。

随行而来的兰丽文责备地看了沈东阳一眼,从挎包里取出保温杯,沏了一杯热茶,默默地放在王铁山的面前。

王铁山微微闭着双眼,渐渐地不再嘟囔,疲惫的脸膛似乎松弛下来。很长一段时间内,帐篷里鸦雀无声。

沈团长,请你谈谈死而复生的经历。王铁山终于开口说话了。

军长,如果您指的是今天的演习,我只好承认"阵亡"了。但是……沈东阳向参谋干事们扫了一眼,含蓄地笑了笑。

王铁山挥了挥手,参谋干事们鱼贯而出。

你也出去。王铁山对兰丽文说。

兰丽文站着不动:军长,您……

出去吧孩子,让我们两个男人好好地谈一谈,我们不会吵起来的。兰丽文仍然迟疑着不肯挪动脚步,又向沈东阳使了个眼色,并且背过身子,趁王铁山不注意,向沈东阳挥了挥拳头,做了个威胁的暗示,这才怏怏地离开。

待帐篷内只剩下两个人之后,沈东阳拎过放大镜,展开了一张地图。军长,那我们就开始了?

王铁山似乎有些走神,没有理睬沈东阳。

沈东阳无所谓地笑了笑,接着自己的思路说了下去,如果今天进行的是双榆树战斗,站在军长面前的并不一定是一个"阵亡"者,而绝对是一个胜利者。即使真的成了一具尸体,那他也仍然是一具胜利的尸体。

王铁山仰脸朝天,面无表情,我有理由否认这种说法。

军长,您是不是也从图上找到了那条穿山暗河?

王铁山看了沈东阳一眼,不置可否。

那我就首先从这条穿山暗河说起。这条沟在图上没有明确的显示,而且当时在实地上也不可能被发现。军长,是这样吗?

是的。王铁山回答得很有力,但是你否认它存在吗?

不,我只是否认它在实战中的作用。我也是根据那条河流的断续走向推理出来的。这的确是一条神奇的河流,它像一个变幻莫测的魔鬼,在您和我岳父的意念中,断断续续地笼罩了几十年,使你们时而惊喜,时而沮丧,时而看到一星亮光,时而陷入困惑。我今天要说,恰好就是这条穿山暗河,影响了你们对双榆树战例的正确判断,我岳父到死都被这条穿山暗河纠缠着折磨着。所以在他死后我再也没提双榆树战例。无疑,这条穿山暗河也使军长您盲目地受到了蛊惑,直到今天,您仍然把它作为依据来检验我。事实上,这条穿山暗河在双榆树战例中没有起到任何作用。

王铁山惊愕地站起身子:根据何在?

军长,恕我斗胆直言,你们都上当了……上了敌人的当。

谁,你是说谁?你是说我上当了吗?

是的,您是上当了。当然……还有兰泽光。

王铁山有些意外,似乎一下子苍老了许多,茫然的目光游移在沈东阳的脸上,投过去一团巨大的狐疑。说下去。

军长请看,沈东阳胸有成竹地从行军床下拖出了一只背囊,扯出了一双染着褐红色锈迹的钉鞋。

王铁山又是一怔,看着这双钉鞋,目光有些异样,像是唤醒了一种久远的记忆。

这能说明什么问题?

在演习之前您找我谈过话之后,我理解了您的意图,可是我心里仍然没数。后来我得到一个意外的启发。兰泽光留下了很多战争年代用过的物品,在他的马褡子里就有这双钉鞋。我知道,这正是您当年为兰泽光出的主意,是为了防滑用的。看见了这双钉鞋,我产生了对气候的联想,我想到了双榆树战例中一个至关重要的因素,那就是——雪。后来我就进一步寻找资料,于是查出,在双榆树战斗发起之前,新野地区接连下了四天大雪。这一带地形两壁几乎直立,平均沟宽不足三公尺……沈东阳在沙盘上方比画了一个手势,而距离长达四十公尺。当时的风力风向是东偏北七级。这些说明了什么呢,说明了这四十公尺的距离至少有七至十公尺的积雪,完全封住了穿山暗河至双榆树主峰的出口。您和兰泽光当时没能发现穿山暗河,也是因为积雪造成的。由此我得结论,这条穿山暗河在实际的战斗过程中,没有起到任何作用。它唯一的作用是在战斗之后,在几十年间,都在混乱着您和兰泽光对于双榆树战例的分析。另外,还有师史,当年修订的师史的确有一些不太准确的地方,那可能是出于……

出于什么? 你是说对我歌功颂德? 不实事求是?

……那里面确实回避了一些不该回避的细节,不能不说,有一定的粉饰成分,也包括对我岳父面子的照顾。可是这样一来,却给后人在研究这段历史的时候,带来了许多不便。从这个意义上讲,修改师史是有必要的。也许,这种修改和我岳父的初衷是相悖的。他是想往好里改,但可能事与愿违。

王铁山竭力控制自己的愤怒,目不转睛地注视着沙盘,看了一会儿,抬头问道:那么,如何解释敌二号高地兵力的转移呢?

沈东阳从容地说:兰泽光最初认为,是您离开之后才给二号之敌让出道路的,这显然根据不足。他无法解释时间和距离上的矛盾。而当我把思维的焦点集中在这个问题上的时候,我又产生了时间上的联想。我计算了两点间运动所需的最长的和最短的时间,终于找到了答案,那就是——敌人打了你们一个时间差。敌人的兵力并非是从甲到丁,而是链形滚动,从甲至乙,乙至丙,丙至丁。他们是在运动中换防。在您失去目标时,他们全在路上。当您离开目标时,他们又各自到达新的阵地。全部的问题不是空间的,而是时间的。兰泽光延误了二十分钟,您则提前了二十分钟,以至于把本来应该达到的最佳效果变成了次佳效果。

<h1 style="text-align:center">十二</h1>

帐篷外面,参谋干事们全都坠入云遮雾罩之中,什么双榆树战例,什么二号高地,什么时间差穿山暗河,全都莫名其妙。

内幕只有兰丽文知道,她几次想走进去缓冲一下,却始终没敢这样做。

你的意思是,首先上当的还是我啰?

是的。战斗发起之前,无名高地之敌在前,军长您居中,二号高地之敌在后,黄蚜洞之敌在最后。战斗发起之后,无名高地之敌进入兰泽光的东侧,军长您进入无名高地,二号之敌则进入了您放弃的阵地,黄蚜洞之敌又进入了二号。如此一来,就使兰泽光部陷于被动地位。当然您部还是以最快的速度攻上了反斜面,否则,后果是不堪想象的。

那么,请你明确回答我,你是怎样看待双榆树战斗中我和你岳父的是非问题?

军长,我没有权力下这个结论。由于敌情突然变得诡秘,致使你们两个人都产生了判断上的失误。而当敌情明朗之后,您确实扭转了局势。但是……兰泽光之所以失去了扭转局势的能力,也正是由于配合上的不协调造成的。

你的意思仍然是在说,兰泽光的失利我有责任。

沈东阳避开了话题的锋芒笑了笑说:军长,如果是我站在您当年的位置上,我也会那样干的。我们今天所进行的毕竟不是真实的双榆树战斗,真实的战斗不容许我们这样解方程般地从容,不是我们今天在一片模拟战场上能够复制出来的。军长您是一个唯物主义者,我想您并不是要跟谁较个水落石出,您的本意一定是想把过去的战斗结合起来,用今天的眼光去审视它分解它,寻找它的可塑性,从而在理论上总结出更加成熟的战术思想。

你不要打了老子一掌又来按摩。王铁山拍案而起。

我是真诚的。我认为,一场战斗,有无数种可能也有无数种打法。可是在当时的条件下,只容许做一种选择。你们过去打了不少仗,甚至打了不少漂亮的胜仗。但是能不能说都是进行了最佳的选择呢？我想不一定。最佳的选择永远只有一个,而我们或许终生未必能够得到。譬如双榆树战斗,您,也包括兰泽光,你们只能根据当时掌握的情况,以你们的智慧和经验所能够达到的最高极限去进行选择,而这种选择在若干年后重新审视,还会发现弊端,这就使得双榆树战斗和过去所有的战斗包括已经取得了巨大胜利的战斗一样,还可以往下演绎无数次。从这个意义上说,我们不能用今天的思维方式去苛求双榆树战斗,更不应该对您和兰泽光提出苛求。

你知道你岳父对我指责的理由吗,是我没有从东翼出兵。老实说,这一点我恰好是能够接受的。

从东翼出兵同样是亡羊补牢之举,还是在穿山暗河上做文章,充其量也只能像实际结果那样,勉强取胜。只不过能够保住他的主攻态势,伤亡依然不可避免。如果他能够看穿守敌的企图,将计就计,就绝不会出现那么大的伤亡。

好,既然把皮剥到这个地步,我就告诉你这样一个事实。拿下无名高地之后,我曾经派出两个排迂回至高芭山下,又被你岳父指挥到了二号。如果这两个排在战斗中期出现在高芭山,你想会是什么样的结果?

沈东阳怔了一下:您是说您也利用了时间差?

我没有想那么多。但我根据当时的情况,认为有必要加强高芭山。如果你丈人不阻拦,至少可以减轻西边的压力。

他为什么要截住那两个排?

高芭山距主峰只有二百四十公尺。

沈东阳迟疑了一下,军长您是说……他怕二营先上主峰?

王铁山抬起夹烟的手指,往头顶上指了指:这个问题只有问你的老丈人了。

沈东阳低下头,在沙盘上凝视良久,然后才淡然一笑说:军长,我岳父截住你派去的两个排,这种说法史料上没有记载,恕我直言,死无对证的事情,我们大家都说不清楚。

王铁山被沈东阳的态度激怒了,只觉得心脏一阵悸动,他盯着那张年轻而顽强的脸庞,很想劈头盖脸地训斥他一顿,然后再告诉他,不是死无对证,证据就在你妻子的手里。你岳父临死之前在图上标记得清清楚楚,你去看好了……但是他克制了。争论已经转入到更加严重的层次,已经涉及对整个战例的重新认识问题,个人的是非已经无足轻重了。

王铁山再一次陷入了沉思,指间的雪茄被碾成粉末,以专注的目光投向沙盘,随着目光的分野和穿透程度,宽大的肩膀在阳光的阴影里微微晃动。突然,他挥起手臂做了一个凌厉的姿势,将雪茄举在了空中,又机械地停止了运动,只有粗糙的指头在不由自主地扭动着挤压着,似乎在开掘着记忆的某个角落,并且牵扯住了一个漫长的岁月。崎岖的青筋时而膨胀时而松懈,爬满藤蔓的手背表皮上跳动着移动着,指关节偶尔发出一两声碰撞,似乎竭尽全力凝于指尖,紧紧地攥住了一段刻骨铭心的往事,在一个无人知晓的境界里做着不屈不挠的进攻或者防御。终于,这只手敏感地颤抖起来,像是被火烫了一样,又像是遭到了沉重的阻击,痉挛了一阵,定定地僵在胸前约十五公分处,直到松弛了皮肤,这才无力地、疲惫地垂在隆起的小腹上,静静地犹如一只喘息的动物。

王铁山慢慢地向沈东阳转过脸来。

沈东阳吃了一惊——军长在微笑,军长的笑容沐浴在落日的余晖里,如同覆盖了一层灿烂的鲜花,放射出神圣的光芒。

那么,双榆树战斗成了什么?你的意思是说,我们打了一个糟糕的败仗?是不是啊?现在我才明白,你说过,修改师史的确有必要,而且有可能改变你岳父的初衷,原来你是从实质上否定这场战斗的胜利性质。你认为这场战斗是……失败的。

不,军长……我不是这个意思?

你的眼睛告诉我,你就是这个意思。

我只是认为,伤亡太大了,而且有些伤亡完全是可以避免的……应该承认,那场战斗实际上是勇大于智,如同以往的许多战斗一样,指挥员的头脑一热部队就冲上去了,在战术上并不严密,虽然最后还是有一定的战果,但是应该看到,那里面有很大的成分是部队的勇敢和牺牲弥补了指挥上的……盲目。

尽管一再提醒自己不要激动不要失态,可是当沈东阳的话说完了……王铁山还是从这些话里体会到了一针见血的疼痛。他极其艰难地再一次平静了自己。

我告诉你,双榆树是以敌人的失败、我们完成了任务而胜利结束的,它是一次胜利的战斗,不是败仗。

是的,双榆树当然是一次胜利的战斗,可是我们必须正视一个重要的事实,如果说这是一场胜利的话,那么也带有很大的偶然性,恰好是两个指挥员的判断失误,阴差阳错,负负得正。

你说什么,负负得正?什么叫负负得正?

王铁山终于控制不住了，一拍桌子站了起来。

沈东阳嗫嚅地说：……军长，我们这只是……从理论上探讨……

你估计你的这个理论你的老丈人同意吗？

沈东阳无语。

王铁山突然哈哈大笑起来。哈哈，没想到啊没想到，兰泽光啊兰泽光，老道失算了。你他妈的神气什么？你以为你就那么正确？不，我们是五十步笑百步，一个结果。你听见了吗，你的得意弟子说咱们的战术是阴差阳错，负负得正。你不是要修改师史吗？那就让他们改去好了，改个一塌糊涂，这下你满意了吧？你要知道，你是那一仗的合成指挥员，指挥上的错误主要应该由你来负。你给自己培养了个掘墓人……

军长，我……本来也只是想通过这次演习，向您和前辈们学习……我并不是……

不是什么？我知道，你的野心大得很呢。你居然否定了双榆树战斗，不仅否定了我，连你岳父也一锅端了。你口气好大，有魄力……

军长，您误解了……

放肆！王铁山突然暴怒，一拳擂在桌子上，你，你算老几，你打过仗吗？你尝到过战争的滋味吗，你知道弹片钻进肉里是甜的还是咸的？你今天站在这里说得头头是道，全他妈的纸上谈兵。打一仗给我看看，打胜了，老子喊你军长！

沈东阳也倔了起来，军长，您别小看我。喊我军长用不着，但是说起打仗，我想，我也许会有那么一天的……

狂妄！

军长，我并没有否定您的现在，也没有否定我岳父……

出去！

军长，您是有胸怀的，您至少应该让我把话说完，您这样对我不公平。

出去，请你现在就出去，我要好好地想一想。

爹爹！一直在帐篷外坐卧不安的兰丽文终于不顾一切了，惊叫着扑进帐篷，看着怒气冲天的王铁山，再看看纹丝不动面无表情的沈东阳，眼睛里迅速地蓄满了泪水：东阳，你这是干什么，你知道你在做什么吗，你会后悔的……你出去吧。

拿酒来！王铁山咬牙切齿地吼了一嗓子。突然，他浑身一颤，脑袋一歪，踉跄一步，山一样沉重的身躯仄倒在兰丽文的臂弯上。

直升机降落在马萨岗渡江支队的指挥所旁。王奇和两名满身尘土的士兵抬着担架上的王铁山,向直升机走去。兰丽文手举输液瓶神情忧伤地走在担架的旁边。另一侧是跟随飞机到来的集团军马政委。

王铁山拉着政委的手,痛苦的脸上挤着微笑,用微弱的声音断断续续地说:请政委在十六日的常委会上转述我的意见,二十九师师参谋长人选另配,我个人提名沈东阳同志担任二十七师师长。向军区报告时,请附一份材料,说明这是我的最后一次提议。

马政委无声地点了点头。

沈东阳跟在身后说,军长,对不起,我惹你生气了。

王铁山说,过来东阳,让我告诉你,你是对的。

太阳已经落山,西天一片血红,残霞碎絮在空中飞扬,马萨岗山区笼罩着一片苍凉的暮色。

沈东阳沉浸在无限空旷的思维空间里。攥在他手里的,有两张图纸,一张是兰泽光临走时扔给他的由兰泽光绘制的《双榆树战斗兵力运用示意图》,另一张是王铁山上担架之前交给他的由王铁山绘制的《双榆树战斗释疑图》。

望着渐渐淹没在天穹尽头的直升机,沈东阳点燃了一根香烟,伫立良久。

补 记

王铁山自从住进医院，就再也没有出来。不是因为心脏，而是被查出了肺癌。

两年半后，王铁山进入生命的最后阶段。病重期间，军区马副政委到医院探视，问王铁山还有什么要求，王铁山说，他想见一个人，想见刘界河同志。

刘界河因健康原因未能成行，派老伴叶红叶前往军区总医院探视，和叶红叶同行的有原相州市人民医院的沈大夫。

二十七师大校师长沈东阳正在中原组织高技术条件下的多兵种合成演练，突然接到军区紧急通知，带着一团二营营长王奇，驱车三百公里奔赴军区总医院。

紧接着，王雅歌和兰丽文等人也从不同的地方云集军区总医院。

望着一屋子人，王铁山问，为什么都来了？难道现在就给我送行吗？

叶红叶说，老王，老刘不能来，他让我问问你，现在你最想知道的是什么？

王铁山说，双榆树高地战斗我已经搞明白了。谢谢沈东阳同志。

叶红叶问，老王，这里的人你都认识吗？

王铁山说，老伴，战友，孩子……

叶红叶说，想听听兰泽光的声音吗？

王铁山说，啊，老兰？这个老冤家啊，他在哪里？

叶红叶对沈东阳说，开始吧。

沈东阳向王奇竖起了一根指头，王奇把录音机打开了，少顷，兰泽光的声音出现了，苍老而衰弱，时断时续，在病房里缓缓地流淌：

老伙计，当你听到我的声音的时候，估计老哥俩又快见面了。请原谅我用这种方式跟你开了这么大的玩笑，搞战术你还是不如我，说好听点，仅次于我……这一次一踏进医院，我就知道可能出不去了。前十天，我很恼你的火，认为都是你把事情搞砸了。中间十天，我原谅了你。最后十天，我在反思我们之间的磕磕碰碰。人之将死，其心也善，大限将至，我的头脑异常清醒，就像天目开启,眼前金光闪烁。我们两个人的斗争和团结史,一定程度上讲也是一个成功的战例。我决定最后再帮你一把,调动一下你的战斗欲望。

还记得咱们的老政委刘界河给咱俩讲的那个故事吗,那个关于运鱼的故事——沙丁鱼有了对手,时刻警惕,它的身体就始终有活力,活而不腐,不至于很快死去……我们两个就是这样度过了我们的战争生涯,从无知青年到高级指挥员,大眼瞪着小眼,谁也不服气谁,谁也不敢掉以轻心,我们又像两只孤独的狼,你离不开我,我也离不开你。可是我死之后,你怎么办啊?谁是你的对手呢?你需要对手,我们的二十七师需要对手,我们的后代需要对手……我即将死去,我不能再帮你了,我只好激怒你,只好激活我们的后代。老伙计,接着干吧,只要活着,就力所能及地干吧,直到我们再也跑不动了。我是多么想和你在一起,继续争吵,继续争夺,继续……可是我不行了,你自己好自为之吧!

王铁山的嘴唇嚅动起来,啊,我清楚了,二孔明啊老诸葛,我也想和你在一起啊,哪怕天天战斗。还有茅台吗?你等着……泪水从王铁山的眼角溢了出来,像蚯蚓一般在纵横的老脸上爬行。

兰泽光的声音继续回荡:至于双榆树战斗,相信你们一切都明白了,个人的荣誉算得了什么?都是身外之物,重要的是总结经验教训。我完全同意你们的结论。

我还想告诉你的是,我们的杨桃她还活着……我是说,在广西她并没有牺牲,可她不是沈大夫,在这个问题上,你又做出了一个错误的判断。杨桃她在哪里呢,她是谁呢?老伙计,你那双牛眼是看不出来的,我想让东阳告诉你这个秘密。

王铁山睁开眼睛,把浑浊的目光投向空中。

沈东阳走近王铁山说,军长,您能听见吗?

王铁山点点头。

沈东阳说,那我开始说了。

王铁山又点点头。

沈东阳说,关于杨桃,正像军长您和我岳父感觉得那样,四十二年前,杨桃同志她没有死,她被沙陀名医沈尔石兄弟救下了,由于沈尔石对我军政策缺乏了解,同时要躲避土匪的追杀,带着杨桃同志辗转桂林。后来沈尔石为在镇反中被错杀,怀有身孕的杨桃同志一路打听,找到了自己的部队,可是由于她脱离组织多年,当时的贾副师长和刘界河政委便通过地方民政部门把她安排在相州市人民医院。

王铁山的嘴里嘟囔了一句:沈大夫。

沈东阳说,所有知道这件事情的人都认为沈大夫就是杨桃同志,她利用了沈氏秘方为二十七师八十多名干部治疗了生理疾病。后来在我和丽文的婚礼上,沈大夫隆重出现了,就连我的岳母和孙芳阿姨,也包括军长您,都认为沈大夫就是杨桃同志,可是只有我的岳父心里清楚她不是。但是沈大夫给我们提供了一个重要的线索,我受岳父的委托,秘密地调阅过沈大夫的档案,震惊地发现,她确实来自广西沙陀,而且是沈氏家族秘籍的女性传人,她也是沈尔石兄弟的堂妹。就是她,陪同杨桃同志找到二十七师,在老首长贾宏生同志和当时的相州市董市长的挽留下,在相州市人民医院当了一名产科大夫。沈大夫多次在二十七师的生活里出现,实际上是代表着杨桃同志。知道了这个线索,我就断定,杨桃同志就在相州市,很有可能也在人民医院。直到后来有一天,我在我岳父留下的遗物中看见了一张纸条,上面写了四个木字,我推测杨桃同志她不姓杨,她可能姓林,我再次到人民医院,从医院人员花名册里我发现了一个名字,林林,职务是司药。她的名字里恰好有四个木。后来我就到药房去观察,可是林林同志也不是杨桃。经过一番了解,我得知,杨桃,也就是林杨桃同志,她早已离开了人世,她是在三年困难时期之后因病去世的。我岳父在生前就已经清楚地知道了。

王铁山说,老孙,沈大夫,这是真的吗?

沈大夫走近王铁山说,王军长,沈东阳说的是事实。

叶红叶说,老王,你想知道杨桃的孩子吗?

王铁山喃喃地嘟囔,沈湾,沈湾的女儿……

叶红叶对王雅歌说,开始吧。

王雅歌说,老王,你原谅东阳了吗?

王铁山说,沈东阳是好孩子,好儿子,好女婿,好干部……我最早发现的,可是老兰把他收编了……

王雅歌从口袋里又掏出一盘录音带,交给王奇说,放给你爸爸听。

录音机里又传来兰泽光的声音:老伙计,没想到吧?这次连我都没有想到,我们的杨桃,给我们送来了一个出色的接班人,他是我们的女婿,我们的儿子,我们的队伍。

王铁山说,难道……哪里又出了问题?

沈东阳的表情在那一瞬间凝固了。沈东阳面向王雅歌惊问,这是怎么回事?

王雅歌说,东阳,不要激动,听你爸爸说完。

录音机继续转动:老伙计,我记得我们曾经幻想,杨桃已经来到我们的身边,我们还推测,杨桃的孩子交给了组织,由沈湾同志抱养。可是我们都忽略了一个细节,杨桃的孩子不是一个,而是两个,这就是民间说的龙凤胎。那个男孩后来落在省城铁路段的一个姓沈的工人家庭,详细情况沈大夫最清楚……

沈东阳惊呆了,异样地看着王雅歌,又傻傻地看着沈大夫,讷讷地说,难道,难道,这是真的……那你是?

沈大夫说,是的,我的孩子,我是你的姑妈!

王雅歌说,东阳,没错啊,沈大夫就是你的姑妈,在你的妈妈杨桃同志去世后,她一直在暗中关照着你们。

沈东阳仍然瞪着一双迷茫的眼睛说,可是,可是,这一切,这一切都是为了什么? 我的妈妈她是怎么死的?

沈大夫噙着眼泪说,孩子,这是真的。因为你的妈妈不想让你背上匪属后代的包袱,还不想让你改姓,所以就把你寄养在现在的家庭里。在最困难的那几年,你妈妈变卖了一切,就是为了给你换取一点粮食,那点粮食最终救活了你和沈家的那个女孩……

兰丽文说,我明白了东阳,你说的那只神奇的陶罐……它是杨桃妈妈的心血。

沈大夫说,是的,是她的心血,为了给你换取粮食,她最后就是卖血,瞒着我,50毫升换十斤小米,所以后来她的身体垮了。

沈东阳泪流满面,嘴里轻轻呼唤,妈妈,妈妈,我的好妈妈,你不该这样啊……姑妈,我的亲生爸爸他是谁?

沈大夫说,他是一个好人,曾经为我军救过很多伤员,政府已经给他平反昭雪了,并且追认为拥军医生。他是一个很有才华的知识分子。

沈东阳痛苦地问,可是他在哪里?

沈大夫说,他在广西的十万大山里。东阳,我的孩子,明年清明,姑妈陪你去看你的爸爸和妈妈,他们的灵魂在十万大山里,一定会为有你这样的好儿子而高兴啊!

沈东阳两眼迷茫,视野里出现了一个雕梁画栋的庭院,那里有神秘的天井和幽深的回廊,瓦檐上断断续续地滴着颗粒样硕大的雨珠。热泪在沈东阳的脸上缓缓爬行,他大张着两只手向沈大夫走去,终于到了沈大夫的面前,把头深深地埋下,喃喃地说,姑妈,姑妈,我没想到啊姑妈……

沈大夫说,你的情况姑妈都知道,姑妈每年都能见到你和丽文,姑妈把你们的事情都讲给你的爸爸妈妈听了,可是你们不知道啊!

王铁山咳嗽了一声。

所有的声音都静止了。

王铁山说,杨桃永远都在帮助我们。

沈大夫说,王军长,杨桃她只能以这种方式了。

王铁山说,扶我起来。

王雅歌和王奇走上去,扶着王铁山,把他放在枕头上。王铁山说,沈东阳同志接受命令,记录!

沈东阳擦干眼泪,向王铁山走来。王奇眼疾手快,唰的把文件夹和铅笔递到沈东阳的手中。

可是王铁山却什么也没有说,半张着嘴巴,看着空气,两眼一动不动,像是凝固了。

孙芳惊恐地喊,老王,老王……

王雅歌向医生示意了一下,闪身给医生让了一条道,医生刚把手放在王铁山的鼻子下面,王铁山的眼珠子动了一下说,我还活着。

病房里安静极了,只有心脏从嗓门眼往下落的声音。

王铁山说,我口述,第一,同意沈东阳同志的结论,双榆树战斗使我们变得聪明起来了;第二,打断骨头连着筋,朝气蓬勃向前进;第三,不同意兰泽光的结论,我没有把他的事情搞砸,包括战争与爱情,包括双榆树和杨桃;第四,同意把我的骨灰盒同兰泽光的放在一起,但是不能太近——也不能太远。

口述完毕。

一张破地图
——《高地》创作谈

徐贵祥

公历 2005 年最后一天是个假日,我懒洋洋地起床后,发现北京的天空似乎压得很低,空气中弥漫着潮湿的气息。我的心里突然涌上一阵喜悦,预感到要下雪。果然,到了八点钟左右,花瓣一样的大雪纷纷扬扬飘落下来,而且越下越猛。我喜欢从天上掉下来的东西,下雨、下雪乃至下霜都会让我感到亲切,让我产生一种同自然和童年亲密接触的感觉。我于是出门,在绵绵不绝丝绸一样的落雪中走到北三环,尽情地享受苍天赐予我的天籁之音。

一个小时后我回到了宿舍,打开电脑。坐在桌前,我仍然密切关注着窗外的情景,我渴望雪花来得更猛烈一些,这种感觉就像高尔基呼唤让暴风雨来得更猛烈些吧!那场大雪仅仅下了个把小时就停了,然而我心中的大雪却刚刚启程。

就是那个上午,我产生了强烈的创作冲动。我不知道我的冲动与这场突如其来的大雪有没有关系,我只知道,那场大雪让我心灵的大门洞开,我透过漫天飞雪看到了另一场大雪,曾经真实地诞生于朝鲜战场的那一场大雪。

二十世纪八十年代中期,我认识了本部队一位首长,并从他的遗产里继承了三样东西,一个公文包,一把指挥尺,一张作战地图。这张作战地图的正反两面都有文字,推理,论证,肯定,否定,还有很多气象信息和问号。

那是在本部队争议很久的一个战例。两支亲如兄弟的部队,因为一场战斗的功过是非,存疑了几十年。我认识的那位首长,在那场战斗中,是本部队某团的参谋长,因为一个偶然的因素——突如其来的大雪把他的道路堵塞了,带领的主攻营未能在预定时间到达指定位置,于是他的部队成了助攻营。这个结果,让那位首长哑巴吃黄连,从此,他就收起那张作战地图,变得沉默寡言。因为他后来到师里工作,要顾及本部队的稳定与团结,直到晚年退休,那张地图才被重新翻出来。老八路戴着老花镜,在干休所的葡萄架下一遍又一遍地推演,地图正反两面的笔记记录着老八路的困惑和希望。

老八路去世之后,我接过那张地图,对照已经拥有的战史,开始了我的研究。我后来常常来到老首长经常待的葡萄架下,想象老首长在生命最后岁月里,默默无语,独自看着西边燃烧的晚霞,回忆他的年轻时代,回忆他最辉煌的、可能也是最后的、还可能是最伤感的那次战斗,可是,我还是没有搞清楚真相,老八路失利的原因到底是什么,他耿耿于怀的到底是什么,他为什么要在生命的最后阶段还孜孜不倦地研究这个战例,难道他想重返战场,证明自己没有失误,证明另一支部队错误?

地图已经快被磨烂了,有些地方模糊难辨。随着对文字资料的深入研究,我渐渐发现,凡是有记载的战例,几乎都有很多空白的地方,都有一些说不清道不明的东西。几年过去了,我对那个战例的研究在不知不觉中偏离老八路的初衷,因为我不可能帮他找到答案。而我却在研究中收获了另外的东西:对于那场战斗参与者的研究,对于战斗中人的研究,包括那位老八路。

后来我调到北京工作,中止了对那个战例的探寻。

直到2005年最后一天遇上那场大雪,我站在北京北三环的马路牙子上,恍有所悟。也许,我误会了老八路,因为我并不了解他们那一代人,也许,老首长对于那场战斗孜孜求索,只不过是想搞清事实,只不过是为了学术求证,只不过是为了解开一个战争谜团。是什么使他如此执着,是为了捍卫军人的荣誉还是为了追求真理?我为什么一头钻进个人恩怨的误区,用狭隘的心胸去衡量他们的价值观和道德观?在那些貌似个人恩怨、争夺冲突的背后,也许隐藏着军人的深层品质。他们捍卫集体荣誉更捍卫国家利益,他们对于旧事耿耿于怀而绝不影响他们履行军人的职责,因此他们之间的争论乃至斗争、抗争,都有着不同寻常的意味。我为这个猜想兴奋不已。

那个下大雪的上午,我登上了自己的精神高地。两个职业军人的形象从遥远的雪天里向我走来,《高地》应运而生。

在创作《高地》的日子里,我感到我进入了最佳的状态,我把我的理想赋予了我的作品人物,我的作品人物成了我表达理想的载体,我同他们同呼吸,共命运。我重新认识那位老首长和他的对手。他们是在抗日战争尾声参加八路军的,在抗日战争期间,他们曾经有过忍辱负重的经历;在解放战争中,他们"百万雄师"南下,一路所向披靡;在朝鲜战场上,他们所在和我后来所在的部队打出了八面威风……他们是在战争的特殊环境里锻造出来的特殊材料。可是,就在他们刚刚上足了发条,要在战争中大显身手的时候,战争戛然而止,他们就像奔驰的骏马被突然勒住缰绳,惯性使他们猝不及防地从事业的巅峰滚落下来。生活、爱情、工作……这一切都不能取代他们对于战争的追求,不能满足他们内心的渴望。他们成了奇怪的人,茫然四顾,找不着北。

我在作品里把他们分别命名为兰泽光和王铁山,兰泽光的一生是幸运与不幸交替进行,有幸参加了战争,却不幸很快失去了战场;有幸成为战术专家,却不幸很快失去了战争;有幸成为高级指挥员,却不幸很快失去了战友。没有了战场,没有了敌人,没有了对手,他的生命便黯然失色了。于是乎,作为搭档,彼此最耿耿于怀同时也是彼此最重视的人成了他的假想敌,准确地说是陪练的标靶,成了他最大的障碍和最能心心相印、"打断骨头连着筋"的铁杆目标。兰泽光只能依托王铁山,只能依托地图和沙盘以及演兵场,在战争准备的平台上,在虚拟的战争里,偶尔青春再现。战争艺术成为他生命的主体工程。

当我写到他们生命的终点,也是小说结局的时候,我同读者一样恍然大悟,我认识的那位老八路临终前还耿耿于怀地摆弄他的地图,其实并不一定有什么政治目的或者军事目的,也许只不过是一种习惯,我把这种习惯理解为职业精神。